長編小説

晴れた空(上)

半村　良

祥伝社文庫

目次

第一部

第二部

前奏

一九四二年（昭和十七年）四月十八日土曜日の昼すぎ、東京は米軍機による最初の空襲を受けた。

それは、太平洋上に浮かぶ空母ホーネットから、ドゥーリトル中佐の率いるB25双発爆撃機十六機が敢行した冒険的ロングショットであった。

彼らは東京、川崎、横須賀をはじめ、名古屋、四日市、神戸などに銃爆撃を加え、日本列島を突っ切ってそのまま中国大陸へ逃げこんだ。

日本側の被害は僅《わず》かだったが、心理的な影響は大きく、東京の市民はすでに疎開《そかい》を奨《しょう》励《れい》されていたこともあって、地方に疎開すべき縁故者を持つ者は、翌日から先を争って避難をはじめた。

そのため国鉄上野駅は、押しよせた人々で溢《あふ》れ、収拾不能の状態に陥り、正面の大鉄扉《てっぴ》を閉じるという、創業以来の非常事態になった。

アメリカ側はその壮挙に熱狂し、ドゥーリトル中佐は一躍英雄となった。

東京は敵の空襲に備えるため、町の一部をみずからの手で破壊した。空襲による火災の延焼をくいとめるため、特定地域の民家を強制的に破壊して、火除地《ひよけち》にするためだった。

それは江戸時代からの知恵だったが、ドゥーリトル中佐の来襲から二年あまりすると、サイパン島が陥落して状況は最悪となる。

米空軍の最新型超重爆撃機B29は、サイパン・東京間をやすやすと往復する。

一九四四年(昭和十九年)十一月二十四日、サイパン島から百十一機のB29が東京へ発進し、主目標である三鷹《みたか》の中島飛行機工場を徹底的に叩《たた》いた。

東京の空がB29を迎えたのはその日が最初である。そして五日後には、これもまたはじめてのB29による夜間爆撃をくらうことになる。

そのころには学童の疎開が促進されて、三年生以上の小学生は東京から姿を消していた。

ただしこのころ、小学校は国民学校と呼ばれている。

東京の下町方面には、どちらかといえば東北、北陸方面の出身者が多い。もちろん、千葉、埼玉、栃木、茨城、長野、群馬、それに静岡あたりの出身者も多いが、いずれにせよその多くは農村地帯に生まれた次、三男たちが、独立を求めて東京へ流入したものである。江戸期から明治、大正、大不況の昭和初期と、その事情は変らない。

彼らが東京へ流入したこと自体、その生まれた家との間に何らかの問題があったはずだ。

流入した初代なら、まだ故郷には仲のいい兄弟や、甘えさせてくれる父母がいるだろう。だが二代目、三代目ともなれば、その実家《いなか》は懐《ふところ》具合のいいときに、子供たちを連れ手土産《てみやげ》持参で訪ねて行く行楽地のようなものになってしまう。初代でも一、二度大きな法事に顔を出しそびれたりすれば、義理を欠いて縁がそれだけ薄くなる。

結局そんな故郷喪失者が寄り集まり、遠い親戚より近所の他人とみずからを慰めて、夕餉《ゆうげ》の惣菜《そうざい》から味噌《みそ》、醤油《しょうゆ》のやりくりまで、お互い気軽に助け合い、子供らになんとか新しい故郷を作ってやろうと踏んばっているのが、下町の人々の実態だった。

暖かく迎えてくれる実家《いなか》を持たない人々は、そのとき内心愕然《がくぜん》としていたに違いない。

いやおうなしに巻きこまれたこの大戦争で、勝てると聞かされていたものがどうやらそうではなくなった。敵の爆撃機が、真っ昼間から自分たちの町に襲いかかるのだ。

子供たちを安全な土地へ落ちのびさせねばならない。実家《いなか》のある子はもうとっくに逃げ出してしまっている。

父や母の故郷へ懇願の手紙を出した人も大勢いる。だが日本中どこへ行っても食う物が足りず、縁の薄い者から来たそんな手紙はほとんど黙殺された。食べざかりの子供をしょいこむほどのゆとりは、どこにもなくなっていたのだ。

それに対して、国は学童の集団疎開という方法をとった。学校単位で強制的に受入れ先を作って、そこへはめこんだのだ。

典型的な受入れ先は各地の寺だった。その他の受入れ先でも、献身的に子供たちの世話をしてくれた人々は多かったが、いかんせんどこも食糧は乏しかった。地域全体の食糧が必要量を下回っている。そこへ疎開者がやってきて、食べる口の数だけが増えるのだ。

日本人全体が自由を束縛された上に空腹でいらいらしている。軍がいくら景気のいい発表をしても、日本が押しまくられているのはみんな気がついていた。親兄弟を兵隊にとられ、その生死については暗い予感しかない。

そこへ他所者《よそもの》が来て余分な飯を食ってしまうのだから、集団によらず縁故によらず、疎開した者は地元の人々からたいてい白眼視された。

疎開者、という言葉が日本各地で蔑称《べっしょう》のように使われた。しかしそういう軋轢《あつれき》も、もとをただせば地方の偏狭さや都会の我儘《わがまま》が原因ではなく、敗戦という終点へ急カーブで突っ走る列車の乗客の、横だおしになった悲鳴のようなものであった。

現に、敗戦から立ち直り、復興をとげた東京のあちこちに、疎開先で世話になった人々と交流を続けるための、同窓会に似たグループが出現し、その第一回の集まりは、たいてい双方涙の対面になるのだった。

だがそれは後日のこと。疎開児童の実態は辛《つら》く悲しいものだった。

子供たちは夜ごと親を思ってしのび泣いた。低学年の子の落書きのほとんどは、「かあちゃん」「おかあちゃん」だったという。習字の授業で、「父母」という字を書かせたら、一人泣き二人泣きして、しまいには全員が泣きだし、先生まで泣いて授業にならなかったという話が残っている。

みんな一日も早く東京へ帰りたかったのだ。彼らの父親の大半は軍隊にとられて家にはいなかった。前線へ送られてしまえば、父親の命などないも同然だった。

東京に残った母たちは、連日連夜B29の空襲に怯《おび》え、逃げまわっている。子供たちは辺《へん》鄙《ぴ》な山の中で母を恋い、その命を案じていた。

だが絶対に帰れないというわけでもない。近親者が死んだような場合には、特別に手配して一時東京へ帰ることが許されるのだ。

疎開先から解放され、上りの汽車に乗った子は、それこそ天にものぼる気持でいたに違いない。故郷《ふるさと》へ帰り、母と会えるのだから。

だが、運が悪いとこういう例もある。

総武《そうぶ》線亀戸《かめいど》駅近くから長野県へ集団疎開した武田勝利《かつとし》という五年生がいた。父親はブリキ職で脚が悪かったことから軍隊へは行かずにすんだが、その年の正月に病気で寝こんで、春が近づいたころ死んでしまった。

勝利は一人っ子だったので疎開先に電報が届き、あわただしく上野行の汽車に押しこまれた。

汽車は大幅に遅れ、彼が亀戸へ着いたときにはとっくに葬式もおわって、ブリキ職だった父親は骨壺《こつぼ》に納まっていた。

もう母一人子一人。彼は父の死を悲しみながらも、母との再会をよろこんで、その夜は狭い家で枕《まくら》を並べて寝た。

しかし母子とも、すぐ眠れるものではない。厳重な灯火管制の闇の中で、母は子の日常のことをこまごまと尋ね、子は父の死について質問を重ねた。

ひどく寒い晩で、昼すぎからは風が吹き荒れていた。

一度空襲警報のサイレンが鳴り、母子はあわてて身支度を整えたが、その空襲警報はすぐ解除になって、二人ともそのままの身なりでまた蒲団《ふとん》にもぐりこんだ。

なぜかそのとき母親が言った。

「まっ暗で顔も見えやしない。勝ちゃんこっちへおいで。久しぶりにだっこして寝かしてあげる」

勝利は母も父が死んで淋《さび》しいのだと思った。だから母の蒲団へ移っていっしょに寝た。

うとうと……とした真夜中、彼は母に揺り起こされた。

「勝ちゃん、B《ビー》公だよ」

母はもうB29の爆音を覚えてしまっていた。

「ずいぶんいっぱい来てる。どっちへ行くんだろう」

母のその声には、よそへ向かってくれという切実な願いがこめられていた。

「勝ちゃんと会えた晩くらい、そっとしといてくれればいいのにね」

そんな愚痴《ぐち》を言いながら、母は勝利を連れて防空壕《ぼうくうごう》へ向かった。

すると西の方角に大きな火柱がたった。

「精工舎のほうだ」

勝利が叫ぶと母は軽く笑った。

「もうちょっと先。お父ちゃんは火事の見当をつけるのが名人だったよ」

それは自分たちのほうが狙われているのではない、という安堵《あんど》から出た笑いだったのかも知れない。

空襲警報のサイレンが鳴ったのは、そのあとであった。勝利は母と防空壕へ身をひそめながら、警報が遅れたのを知って、軍隊もだらしがないものだと思った。

戦後、映画などで市街地に対する絨緞《じゅうたん》爆撃を、空からの角度で見た者は多い。だがそれを現実に地上で受けている者にとっては、何が起こっているのかさっぱり判らない。

歩けば小一時間の距離を、ほんの二、三分で爆弾が埋め尽してしまうのだ。火柱のたった位置がだいぶ遠いと、母がゆとりを持って言った数分後には、強風に煽《あお》られてクルクルと回転しながら落下する焼夷弾《しょういだん》の、ヒュー、ヒューという音が聞こえはじめた。

勝利は母にしっかりと抱きかかえられた。二人とも防空壕の隅にうずくまり、顔を伏せ体を固くしていた。

湿った土のにおいと、母の化粧品のにおいを彼はたっぷりと嗅《か》いだ。母の吐く息が彼の顔を包んだ。母はしっかりと彼の手を握っており、その手が汗ばんできた。道を人が駆けまわる気配がしたあと、母はやっと顔をあげた。久しぶりにわが子を抱きしめた母は、そこに長く居すぎたようだ。

「たいへん」

母が叫んだ。防空壕の入口が赤かった。

「出たほうがいい」

母は叩きつけるようにそう言った。前の家の羽目板から白い煙が蒸気のように噴きだしていた。狭い路地の、大通りの側の家はもうさかんに燃えだしている。

「どっちへ逃げよう……」

母はうろたえていた。

「天神さま」

「ダメ。あっちは燃えてる」

母は空をみまわしてそう言った。

「じゃあ水神さまだ」

勝利は母の手を強く引っぱった。その路地は一見行きどまりのようだが、突き当たりに家と家との狭い隙間《すきま》があって、子供たちは左右どちらへでも、その隙間を通って出て行っていたのだ。

「中川へ逃げろ。とにかく川へ」

黒い防空頭巾《ずきん》をかぶった男がそう喚《わめ》いて、火を噴く家の前を走り去った。

「待って。お骨《こつ》を」

母は家の中へ走りこんだ。

その瞬間、白煙を噴いていた前の家の羽目板が、ドンという鈍い音と共に裂け、路地へ幾つもの赤い舌をのばした。

「かあちゃん……」

彼は叫びながら辛うじて防空壕の前に踏みとどまった。左肱《ひだりひじ》をあげて顔をかばいながら、自分の家のほうへ進もうとするのだが、僅か十歩ほどの距離が炎の壁で完全にさえぎられている。

ゴーッと風が鳴り、炎の壁がいったん燃える家の中へ退いた。風がグルグルまわりはじめたのだ。彼がその隙に家へ走りこもうとしたとたん、二間《にけん》の間口に四枚のガラス戸をはめた彼の家が、中から膨れあがるような勢いで火を噴いた。

ガラス戸が外へ吹っとび、中から母がよろめき出た。

「かあちゃん」

彼は駆け寄ろうとした。だが火炎が天井のほうから長い舌で地面を舐《な》めるように噴きだし、母の衣服が白く光った次の瞬間、ボッと燃えだしてしまった。

火達磨《ひだるま》の母が立ちあがった。彼のほうを向いて両腕をゆっくりあげ、それから反《そ》りかえってあおむけに倒れた。

彼は逃げろと母が命じたのを感じた。だが走る気にはなれなかった。のそのそと路地の両側の火を感じながら歩き、何度も振り返って母が燃えているのを見た。

火とそれによる不規則な風は、時として一瞬の死と奇跡の生をもたらす。

路地の突き当たりの隙間を抜けて、再び別な火の海を次々に横ぎり、五年生の武田勝利がその夜を生きのびたのは、幾つもの偶然が重なったからだ。

一九四五年（昭和二十年）三月十日午前零時八分。三百三十四機のB29が木と竹と紙でできた日本家屋を焼き尽そうと、東京に焼夷弾の絨緞爆撃を行なったのだ。

父の葬式がその東京大空襲と重なってしまい、目の前で母の体が燃えあがるのを見た武田勝利は、そのあと疎開先へ戻ることもできなかった。

いたるところに、黒こげの焼死体がころがり、一人一人を識別するどころか、数を算《かぞ》えることもろくにできなかったという。

地域によってはあとで焼けたガマロの口金を拾い集め、それを算えて死者数を推定したほどである。

したがってその夜の死者数は八万八千余から十万余までいろいろな説があり、今もって判然としない。公式には一応八万八千七百九十三人とされている。

　そして、各地に散った子供たちの多くが、疎開先で眠っているあいだに家や親や兄弟姉妹を失ってしまった。


　なぜだろう。その大空襲のあと、東京はよく晴れた日が続いた。四月までに快晴と晴れが十日、曇りが九日。雨は二十四日と三十日の二日だけで、それもほんのお湿り程度の小雨であったのに。

　家は奇麗さっぱりなくなってしまった。

　火ではなく、直接人が手を下した破壊なら、町はもっと乱雑で足の踏み場もないくらいだっただろう。

　しかし火は、家屋の材料をそのままの位置で燃え尽きさせた。溶けたガラスとトタン板などが、風呂場《ふろば》や台所や便所などの基礎になったコンクリートの上に散らばっていて、風が灰をどこかへ運んで行ってしまう。

　東京は平べったく、意外なほどさっぱりした姿になってしまった。そのさっぱりした姿をもし清浄だというなら、死の清浄さだ。火葬した肉親の骨のように、東京は厳《おごそ》かで、不吉で、そのうえ虚《むな》しい清浄さに掩《おお》われていた。

　銀行と学校、役所、交番、公衆便所、それに魚屋や肉屋のコンクリート製冷凍庫、銭湯の煙突や湯舟などが、平べったくなった町にある僅《わず》かなでっぱりだ。

やがてその焼野ガ原に、物を拾い集める人の姿が少し見えはじめた。焼けたトタン板や鉄パイプなどを組み合わせ、自宅の跡に雨露をしのぐ仮小屋を造ろうとしているのだ。それは岩山に家を建てようとするのに似て、木材は遠くから引っぱってこなければならなかった。

とりあえず、焼跡の交番や金庫、冷凍庫などに住みつく人々も現われるが、焼跡に住む人は一様に履物で苦労した。裸足《はだし》では絶対歩けないのだ。焼跡はこなごなになったガラスでいっぱいだった。

運がよければドブ川や学校のプールに浮いた下駄を拾うことができる。それは火に追われて水に飛びこんだ死者の形見だ。鼻緒はもちろん使えない。サンダルのように足をとめる帯をそれに打ちつけて、その形見を使わせてもらう。しかし両方揃っていることはまずない。二人分の形見の片方ずつを一人が履く。

六月から七月。梅雨どきになると公園や寺の裏でよく燐《りん》が青白く光った。応急処置でそこに穴を掘り、焼死者を片はしから投げこんで埋めてあるからだ。

東京はもう子供の住む世界ではなくなった。大のおとなが交番や冷凍庫などをねぐらにし、死者の下駄をサンダルに改造して食うや食わずの日を送っている。

生きるためにはあらゆることをしなければならなかった。焼失をまぬがれた地域の家々からは、塀がはぎとられ垣根が抜かれた。玄関先のドブ板まで盗まれ、どこかで薪《たきぎ》となって消えた。

むろん、ガラスのはまった窓の中にいる人間などは珍しかった。

東京の半分は焼野ガ原になってしまい、首都としての機能を失ったため、米軍の主要攻撃目標からは外されたというが、それでも五月二十五日夜の空襲では、皇居さえ炎上してしまった。

そのとき宮殿は青い炎を発したという。海軍大臣は詫びるため炎上する皇居近くに土下座して火の粉を浴びても動かず、副官がその体に水をかけ続けていたという。

だが子供たちはまだ疎開先にいて、帰る家や迎える親を失ったことさえ知らない。もちろん、ずっとあとになっても、その子らに詫びる者は誰一人いなかった。

それどころか、のちに警察はその子らの一部を浮浪児と称して、犯罪者同然に狩りたてるのである。

その子供たちの家は、神秘的な青い炎などではなく、ごく普通の赤い炎に包まれて燃え尽きた。宮殿が発した青い炎は、その屋根を覆った高価な銅瓦《どうがわら》のせいだろうと推測されている。

そして時代が変ったあとも、弱者を狩りたてる官憲は存在し続ける。弱者はその不幸を自力で乗り越えて、逞《たくま》しく生きるしかないのである。その過程で官憲と反目、対立するのはやむを得まい。

ともあれ、皇居炎上以後空襲はややゆるみ、Ｂ29より新鋭戦闘機Ｐ51を中心とする艦載機の銃爆撃が多くなった。

ガラスのはまった窓の中にいる人間は珍しい。巨木が鬱蒼《うっそう》と生い茂る中に、その建物は珍しく無傷で残っていた。

二階のガラス窓の内部は、その窓の下までが焦茶色《こげちゃ》の腰板で、壁は白い漆喰《しっくい》塗りだった。

床にくすんだ青の絨緞が敷いてある洋間だが、その広さを畳数で言えば十八畳くらい。建物全体が大きくて重厚な造りだから、なんとなく小ぢんまりとして見える。

だが焦土と化した東京のまん中で、今どきそんな広さの部屋に一人きりでいる人間は珍しい。

なお珍しいことに、その男は白いワイシャツにネクタイをしめている。ズボンはちょっと黄ばんで見える白麻で、揃いの上着がそばの革ばりのソファーの上に、無造作に置いてある。

そんな服装をしている男はまったく珍しいが、なおいっそう珍しいことに、その男は大きなデスクのそばに立って、電話をかけている最中だった。

どこへかけているのか知らないが、よく電話が通じたものだ。

「そうか、おわったか」

男はそう言うと素早く腕時計を見た。時間は正午を五、六分すぎている。

「結局けさのビラがとどめをさしたというわけか……」

男はそう言って、デスクの上に置いてある紙きれを指先で手前へ引き寄せ、視線をおとしてその文書に目を走らせる。

相手は何か喋《しゃべ》りはじめていた。

「うん……そうか……」

男はそれに短く答えている。

その日の朝六時ごろに警戒警報が出た。東京上空に現われたのはB29が一機だけで、都心部に文書散布を行なったのち、さっさと退散した。

デスクの上にある紙片は、その文書の一枚である。内容はすでにスウェーデンやスイスを通じて連合国に申し入れた、ポツダム宣言受諾の日本側公文である。

その種のビラはたびたび散布されたが、拾った者はただちに当局へ提出する義務があった。それをしないで所持しているのが見つかれば、問答無用で逮捕され、背後関係の取調べで拷問されかねない。

ポツダム宣言の受諾を四カ国に通告はしたものの、陸軍の反対でまだモタついている日本政府の尻を叩くため、アメリカはその公文の存在を日本国民に知らせる策《て》を使ったのだ。

そのビラは戦争続行を求める軍の反乱や、戦争終結を求める民衆の蜂起《ほうき》を誘発しかねない。

急遽《きゅうきょ》その朝、最高戦争指導会議が行なわれ、引き続き全閣僚と枢密《すうみつ》顧問官などを加えた拡大会議があって、遂にあす正午、終戦の詔書《しょうしょ》が出され、日本は降伏することにきまったのだ。

「ありがとう。お互い、これからだな」

男はそう言って電話を切ると、静かに東側の窓へ近寄って外を眺めた。

空は曇っていた。あけがた小雨が降ったようである。

年齢は四十くらい。痩身長軀《そうしんちょうく》で鋭い目をしている。

たった今、日本の敗戦がきまったというのに、その男の表情はなんとなく微笑しているように見えた。

彼は軍の特務機関員で、中国全土を股《また》にかけて飛びまわっていた。もちろん満州（現中国東北部）、蒙古《もうこ》も彼の縄張りだ。

だがほぼ一年前、突然行方をくらました。

仲間は脱走者、敵前逃亡者として彼を追ったが、とうとう逃げ通して今日に至った。明日になれば戦争は終り、軍隊も消滅する。裏切り者として追われることもなくなるのだ。表情が明るいのも無理はない。

「晴れろ」

彼は曇った空を睨《にら》んでそう呟《つぶや》いた。

第一部

地下道

地下道は昼でも薄暗かった。上下左右のコンクリートは、夜ごとの人いきれを冷やしながら、毎日少しずつ人の脂《あぶら》を染《し》み込ませ、それ自体が生ぬるく饐《す》えたような臭いを発している。

起きだしてもうどこかへ行ってしまった者もだいぶいるが、大半はまだ体を丸めてコンクリートの上で寝ているし、壁ぎわには膝《ひざ》をかかえて顔を伏せ、身じろぎもしない人々が、黒い塑像《そぞう》のようにずらりと並んでいた。

ここ半年たらずのうちに、地下道は行き場のない人々でいっぱいになってしまった。今ではもう、夜になると足の踏み場もない。

上野駅の地下道で人々が夜を過すようになったそもそもは、汽車の切符を買う順番を待つためだったそうだ。切符を買うのに二日がかり、三日がかりが珍しくなくなっていた。列車の運行本数が減った上に、米軍機の銃爆撃でダイヤはめちゃめちゃに混乱していたのだ。

だがその人たちには住む家があり、行く当てがあった。もちろん、家を焼かれた浮浪者も、すでにその中にまじってはいたが、ほとんどは数日分の弁当をたずさえ、切符を手に入れると姿を消して、荷物を持った新しい旅行者と入れかわるのだった。

ところが、三月十日の大空襲で事情がいっぺんに変った。着のみ着のままで逃げだした人々は、家を失ったばかりでなく、町も失ってしまったのだ。

中には用心深く、かなりの大金を常時身につけていた者もいただろうが、町がなくてはその金の使いようがない。だからみんな、しょうことなしに駅へ集まってきたのだ。

列車が着けば食べ物も手に入るだろう。生き残った友人、知人にも会えるかもしれない。人がたくさんいるところなら情報も素早く伝わって、世の中の動きからとり残されずにすむはずだ。

だが東京は、強いパンチをくらった男が、両手をだらりとさげて放心状態でいるようなもので、混乱を収拾しようとか、困窮者に救いの手をさしのべようとかという気力は、まだ持ち合わせていなかった。

必死に食い物を探しまわり、なんとか動けるだけのカロリーを補給しているうちに、彼らは所持金を使いはたし、乞食同然の境遇へ落ちて行った。

地下道に寝て雨露をしのぐうち、衣服はコンクリートの床にすれて穴があき、破れ、そしてちぎれた。それは一日ごとに汚れを増して黒くなり、髪はどんどん伸び、その上パサパサに乾きそそけて、誰《だれ》も彼も地獄図に現われる餓鬼《がき》そっくりの姿になった。

地下道がすしづめの状態になったのは、本所深川《ほんじょふかがわ》方面にあった木賃宿や簡易宿泊施設が焼けたせいだという者もあったが、実態はそんな根の浅いものではなかった。

常時木賃宿や福祉施設に寝泊りしていた者のほうが、こうした事態にはうまく身を処すことができた。彼らの中には、焼け残りの材料を拾い集めて、無人の町に素早くねぐらをこしらえてしまい、昼は上野駅周辺をうろついていても、夜になると自分の〈家〉へさっさと帰ってしまうちゃっかり者が多かった。

夜ごと地下道のコンクリートの上に、餓鬼の姿となり果てた身を横たえたのは、以前なら身をかがめて路上の物を拾うことさえ恥とした、ごく当たり前の人々であった。

それが一挙に最底辺へ突き落とされて、茫然《ぼうぜん》自失、なすすべを知らない有様《ありさま》であったが、それでも饐えた臭いがする地下道には、それなりの序列が出来あがりかけている。

その暮らしに慣れ、誇りも理性もかなぐり捨てて、ひたすら生きのびるために生きるという肚《はら》のくくりようをした者が、腕力だけでは結着のつかない、奇妙な威厳を持ちはじめていた。

乞食の貫禄というべきものだろうか。

地下道に棲《す》む常連の寝場所はだいたい固定し、ことにそういう連中の寝場所は当人がいなくても侵す者がいなくなった。

空《あ》いているからといってそこへ腰をおろせば、そいつは何も知らない素人《しろうと》ということになる。

ボロボロでまっ黒けの浮浪者たちのあいだにも、玄人《くろうと》と素人の差が生まれはじめていたのだ。

おかしなことに、それには男女や年齢による差別がなかった。いかにも先住者という風格を示す者は、誰でも一目置かれた。

そのような暗黙の序列の中に身を置くことで、遅れてきた者も自分の一定の寝場所が維持できるのだろう。きたない風格で汚れた秩序ではあったが、地下道の中にはそれが必要だったのだ。

そして新入りはたいてい、山下口《やましたぐち》のガード下から地下鉄へ、ゆるい坂でもぐって行く地下道へ追いやられた。

そこは地下鉄が動いているあいだ一般の乗降客が通るし、入口のそばには浮浪者を目のかたきにする交番もあり、何よりも雨の日は道路の水が流れこんでジメジメするのだ。

いっぽう、東出口の精算所前や、正面玄関の左右にある階段から入る地下道は、合流してすぐまた右と左に分岐し、左へ行けば地下鉄や京成上野駅へ、右へ行けば山下改札口へあがる階段の前へ出るようになっている。

正面玄関下から山下改札口へあがる階段前へ通じる地下道の一部は、完全に浮浪者が占拠した形になっていて、とても一般人が通れたものではなかった。駅の中心部を抜けているから湿気も少なく、特等席である。

その特等席へ、ひょろりと背が高く、長い顔をした浮浪児が、ヒョイヒョイと寝ている連中の体を、慣れた様子で爪先立《つまさきだ》ちに飛びこえながらやってきた。

二人の浮浪児が壁にもたれ、曲げた膝を胸におしあてるようにして、上目遣いにそれをみつめている。

「おす」

のっぽの子が二人の前に立ってそう言い、しゃがみこんだ。

「なんだ、バアちゃん」

眉《まゆ》が太く目の大きな子が、その大目玉をギョロリと光らせて用件を訊《き》く。バアちゃんと呼ばれたのっぽは眉がなく、そう言えばどことなくお婆《ばあ》さんのような感じだ。

だが全体の顔だちは悪くない。麹町《こうじまち》のいい家《うち》の子だそうだが、三月十日の空襲でその家を大型爆弾が直撃し、家族全員がふっ飛ばされてしまったという。眉毛はそのとき焼け、眉のあったところにツルツルの火傷痕《やけどあと》が残った。そのときのショックのせいか、彼はときどき様子がおかしくなる。

「飴屋《あめや》と級長には、教えといたほうがいいだろうと思ってさ」

のっぽのバアちゃんは、ひどくゆっくりした喋り方で言った。

「言ってみな」

ギョロ目が言う。随分おとなびた表情をする子だ。

「級長も聞いてくれよ」

バアちゃんはもう一人の子に合意を求めた。それもギョロ目に劣らずおとなびた顔をしている。だがギョロ目のほうはひねた感じで、級長と呼ばれたほうはその綽名《あだな》通りしっかりした感じである。

バアちゃん、飴屋、級長。浮浪児たちは互いに綽名をつけ合って呼ぶ。ギョロ目はこの上野駅へ現われた直後、どこで掻《か》っ払ってきたのか、飴玉をしこたま持っていて、それを仲間に気前よく分けてやったから、それ以来飴屋と呼ばれている。

級長はいかにも真面目そうで、その上子供にしてはかなり重厚な性格だったから、みんなに一目置かれ、級長という尊称を奉られていた。

生まれは城東区亀戸《じょうとうくかめいど》。ブリキ職の子で三月十日に自分の家の前で火達磨《ひだるま》になった母親の死にざまを目撃している。次の日から行き場がなくて上野駅にいるから、地下道暮らしの先達《せんだつ》ということになる。本名武田勝利。だが彼らには本名など必要ない。つけられた綽名の微妙なニュアンスが、浮浪児仲間での地位や役まわりを示してくれる。

級長が軽く頷《うなず》いてバアちゃんをみつめた。するとバアちゃんは納得したように、ゆっくりと喋りはじめた。

「いま、ラジオで言ってたんだけどさ、きょうのお昼に、天皇陛下が何か喋るみたいだぞ」

「天皇陛下が……ラジオで……」

級長はいぶかしげな顔で飴屋を見た。

「お昼っていつだ」

飴屋はボロボロのシャツの中へ手を突っこんで、ごつい革のベルトがついた腕時計をとりだした。どうせ盗品に違いない。時計はちょうど七時をさすところだった。

「本日正午、おんみずから……ラジオがそう言ってた」

「たしかだな」

飴屋の尋ねかたは鋭い。言葉もハキハキしていて、語尾がピシッとよく切れる。

「うん。駅や郵便局なんかは、みんなにもれなく聞かせるって言ってたから、ここでも駅員がラジオを持ち出すんじゃないかな。その時間は日本中停電させないってさ」

「そりゃ大ごとだな」

今度は飴屋が級長を見た。

「天皇陛下なんて、ラジオで喋っていいのかよ」

「そうだよな。だって神様じゃないか。おかしいよ」

バアちゃんは飴屋の言葉に相槌《あいづち》をうつ。

「そのくらい大事なことなんだろう」

級長はゆっくりと立ちあがった。両手を上へのばして背を反らせ、

「腹へったな。外へ行こうか」

と言う。飴屋もそれに続いて腰をあげ、

「天気は……」

と、バアちゃんに訊いた。

「晴れてる。いい天気だけど暑いぜ、とても」

バアちゃんはそう答え、三人は寝ている連中の体を無造作にまたいで地下道の外へ向かった。


ラジオはバアちゃんが聞いた通りのことを、繰り返し喋っていた。

「謹しんでお伝えいたします。畏《かしこ》きあたりにおかせられましては、このたび詔書《しょうしょ》を渙発《かんぱつ》あらせられます。畏くも天皇陛下におかせられましては、本日正午、おんみずからご放送あそばされます。まことに恐れ多ききわみでございます。国民は一人残らず、謹しんで玉音《ぎょくおん》を拝しますように。なお、昼間送電のない地方にも、正午の報道の時間には特別に送電いたします。また、官公署、事務所、工場、停車場、郵便局などにおきましては、手持ち受信機をできるだけ活用して、国民もれなく厳粛なる態度で、畏きお言葉を拝し得ますよう、御手配願います。ありがたきご放送は正午でございます。なおきょうの新聞は都合により、午後一時ごろ配達されるところもあります」

級長と飴屋とバアちゃんは地下道を出て上野駅の正面へでた。

ギョロ目の飴屋は左手を額《ひたい》にかざして言った。

「畜生、いい天気でやがる」

まったく、眩《まぶ》しいほどよく晴れた空だった。

「凄《すご》く青いなあ。空っていつもこんなに青かったんだろうか」

級長も目を細め、穏かな口調で言った。

「工場なんかの煙突が、煙を吐かなくなっちゃったからだよ。隅田川が透《す》きとおってきちゃったってさ」

「嘘みてえだ」

級長はバアちゃんには意味不明のことを呟《つぶや》き、カンカン照りの中を歩きはじめた。

「どこへ行くんだい」

「その予告の放送ってのを聞いてみようぜ」

汚れきった三人の浮浪児が、明るすぎるほどの朝の光の中を、肩を並べて歩きだす。

白い小さな雲が幾つか泛《うか》んでいるだけで、空は彼らがあらためて嘆声を発するくらい鮮かな青色に塗りこめられていた。

西郷隆盛の銅像のそばへ登って行く、京成上野駅手前の石段には、もう雑多な人々が腰をおろしてずらりと並んでいる。みんな手持ぶさたな様子だが、あたりに起こる一瞬の変化を待ちうけ、あわよくばそれに便乗して何かにありつこうという、飢えた禿鷹《はげたか》のような目つきの連中だった。

都電のレールが少し右へよろけるようにのび、目につく建物は焼けた松坂屋デパートくらいなものだ。

コバルトブルーの空も、地平線に近づくとやや白っぽくなり、末広《すえひろ》町どころか、総武線のガードがなかったら、須田《すだ》町あたりまでまる見えのはずだ。

その焼けてぺったんこになった町を、三人は歩いて行った。どこかに安心してラジオを聞かせてもらえる場所があるのだろう。

上野駅では、放送で指示があった通り、電報扱所《あつかいじょ》の前に二メートルくらいの高さの台が作られ、その台を白い布で覆って、上に大型のラジオが据《す》えられた。

待つことに慣れ切った人々は、十一時ころからそのラジオの前に集まって、予告された放送がはじまるのを待っている。

据えられたラジオに向かってすぐ左には警察の構内派出所があり、増えて行く群衆を警官が胡散臭《うさんくさ》そうな顔で見ていた。

正午。それは君が代の演奏ではじまった。地方によっては受信状態が悪く、雑音が入って天皇が何を言ったのかよく判らなかった人々も少なくなかったようだが、上野駅の中央ホールでは、その意味をつかみそこねる者など一人もないくらいよく聞こえた。

朕《ちん》深ク世界ノ大勢ト帝国ノ現状トニ鑑《かんが》ミ……帝国政府ヲシテ米英支蘇四国ニ対シ其ノ共同宣言ヲ受諾スル旨通告セシメタリ……。

交番がそばにあることもあって、人々にまじってそれを聞く浮浪者たちも、勅語《ちょくご》を聞く姿勢で頭《こうべ》をたれ、静かにしていた。

聞いているうちに、とうとう戦争に敗けたのだという実感が人々のあいだに湧《わ》き、同時に強烈な感傷が、誰かのすすり泣きを媒介にして、急速にひろまって行った。

ラジオの前に集まった人々はなかなか散って行かなかったが、その中で汚れた姿の浮浪者たちは、なんの未練もない様子でさっさと消えてしまう。

交番の巡査は今にも泣き出しそうに顔を歪《ゆが》め、それでいて妙におどおどした態度でどこかへ行ってしまった。

駅員が出てきてのばしたコードを外し、ラジオを片づけはじめると、ようやく人々も散りはじめた。

崩れた人垣のいちばん前に、級長と飴屋とバアちゃんがしゃがんでいた。

台の白布がとりのけられ、駅員が二人がかりでそれをたたみはじめると、三人も立ちあがって南口通路のほうへ歩きだした。

構内の大時計が十二時四十分をさしていたから、人々は随分長いあいだラジオの前に立ちつくしていたことになる。

「敗けたんだってさ」

級長が吐きすてるように言い、飴屋はボロボロの上着の両袖《りょうそで》を引っぱってみて、

「どうしようもねえや」

と吐きすてるように言った。

やはり終戦の詔勅《しょうちょく》を聞いて、心細くなったらしい浮浪児が、仲間の姿を求めてそのあたりをぶらついていた。

彼らは餓鬼大将格の級長と飴屋が歩いて行くのに気づくと、足を早めてそばへ寄ってくる。浮浪児の一団が南口通路から、ひとかたまりになって出て行く形になった。

するとそこへ、濃いブルーに塗ったトラックがやってきて、小荷物受付所の前でとまった。

荷台で男が二人立ちあがり、積んできた荷物を無造作に投げおろしはじめる。

級長が足をとめてそれを眺めた。飴屋が級長を肱《ひじ》で突つく。

「新聞だ。ラジオで言ってた奴だぜ」

二人はそれが、いつもの新聞とは違う貴重品であることを直感していた。

級長はくるりとうしろ向きになると、そばにいる仲間をみまわした。

みんな知った顔だ。

「あの新聞のいちばん小さい束をやるぜ。でかいと重いからな。判ってるな」

飴屋はもうやる気満々でトラックのほうをみつめている。

ほかに、バアちゃんを含めて六人。それがツーと言えばカーと答えるような調子で頷いてみせる。

「行こうぜ」

級長と飴屋がトラックのほうへ歩きだすと、他の六人はめいめい自分の判断で間隔をひろげた。

先まわりしてガードのほうへ出て行く奴、小荷物受付所の左角にある運賃支払所のあたりへはりつく奴、そのまま足をとめて南口通路のまん中に立つ奴……。掻っ払いなど朝飯前の浮浪児たちだ。要領は心得切っている。

「ヤマで会おう」

飴屋がバアちゃんにそう言い、級長と二人でさりげなく獲物に近づいて行く。

級長がいったん小荷物受付所の前まで行って、急に踵《きびす》を返すと新聞の束をひとつかかえあげて突っ走った。

「あ、こら、おい……」

荷台の男が飛びおりたとき、飴屋がもう一束とりあげて駅の中へ逃げこむ様子を示した。

「待てこの野郎」

　二人の男は、あとから行動を起こした飴屋に気をとられてそっちを追った。

　飴屋ははじめからもう一束を盗む気はなく、適当なところで新聞を放り出すと、簡単に男たちを振り切って逃げた。一人が飴屋の放りだした束を拾いあげるうち、もう一人が方向を転じて級長のあとを追う。

「待てえ……」

　男は大声をだした。ガード下にも交番がある。そこの巡査をあてにした叫びだ。

　だがそこへ、ちょろちょろっと小柄な浮浪児が出て来て追う男とぶつかった。二人はもつれて路上へころがる。

「なにすんだよォ」

　妨害した浮浪児のほうが甲高《かんだか》く叫んで巡査の注意をひいた。

「どうした」

　巡査が近寄ってくる。

「返せ、返せ、俺のを返せ」

　立ちあがりかける男に、その浮浪児がしがみつき、わけのわからないことを叫んだ。混乱させるのがその子の役だ。

「泥棒、俺の芋をこいつが盗ったァ」

「違う違う。新聞だ。新聞泥棒だ」

「何を言ってる」

巡査はサーベルをガチャつかせて中腰になり、その男を叱《しか》りとばした。

級長はそのあいだに三つ並んだガードの下を走り抜け、飴屋もそれに追いついている。

「こっちだ」

飴屋は新聞の束をかかえたため脚力の落ちた級長を追い抜き、先導する形で公園口への坂を駆け登って行く。

彼らが符牒《ふちょう》のように言う西郷階段はまるで禿鷹の巣で、掻っ払った品をかかえてそこへ逃げ込んだら、登り切るまでに全部奪われてしまうにきまっていた。

坂の途中まで一気に駆けあがった二人は、下を振り返って追手の姿がないのを確認すると、ようやく足をゆるめた。

周囲の注意をひかぬよう、できるだけさりげない様子で坂を登り切ると、科学博物館のほうをめざして歩いて行った。

科学博物館の裏手。そこも彼らが好んで集まる場所の一つだ。

さっきの突発的な新聞泥棒に加勢した六人も顔を揃えている。

「汚すなよ」

枚数を算《かぞ》えている飴屋に、級長がそう注意した。級長は八人全員に、それを均等に分けると言ったのだ。

「いくらで売ればいいんだよ」

バアちゃんが尋ねた。

「これにはさっき天皇陛下がラジオで喋ったことなんかが書いてある。戦争に敗けたってことをみんなに知らせる新聞だ。だからあの放送より先に売るわけには行かなかったんだろう。いいか、こいつはそうボルわけには行かねえぞ。俺たちは戦争でひどい目にあったんだ。敗けたっていいから戦争がおわるのはめでてえや。それに、親、兄弟をなくしたのは俺たちだけじゃねえ。だからみんな本当は戦争がおわればうれしいんだ。焼け死んだ者だってこの新聞を見ればうれしがるだろう。こいつは墓にあげる線香だぞ。ボッちゃいけねえ。きまりは一枚一円だ。線香だからそれ以上とるな。いいか、一枚一円」

新聞は号外よりは少しましだが、紙不足で裏おもて一枚こっきりだ。だから小さいと思った束でも意外に部数が多かった。八人は均等に分けた新聞を隠し持つと、思い思いに散って行った。

スイトンが一杯一円の時代であった。

その日の一時ごろ、東京中の新聞売場には長蛇《ちょうだ》の列ができていた。

人々は耳で聞いたことを、もう一度目でたしかめなければ納得できなかった。それをラジオで聞いて慟哭《どうこく》した人々がいる。嗚咽《おえつ》し、落涙し、そのあとたいていの者が放心状態に陥った。

東京の焼跡に、焼け残った町に、奇妙な静けさがあった。その静けさの中で油蟬《あぶらぜみ》だけがやかましく鳴き続けていた。

新聞売場の列にも、食べ物を手に入れるときのような殺気だった空気はなかった。伝染病の予防注射を受けるときのように、仕方なく並んでいるといった風情《ふぜい》だった。

しかし上野駅周辺では、短い時間だったがその沈滞した空気を、八人の浮浪児たちがかき乱した。

「新聞だよォ。戦争が終った新聞だよォ。特報だよォ。大本営発表だよォ」

彼らが上野公園内で分配に手間どり、新聞売場の行列が動きだしてだいぶたってから現われたのがよかった。

特報、大本営発表、という煽《あお》り文句にドキッとしたおとなが多かった。敗戦を信じたくない気持が、彼らを浮浪児たちのほうへ走らせた。

「はい一円。新聞一円。一円だよ……」

飛ぶように売れて、みんなあっという間に売り尽した。新聞売場でもう買ってしまった者も、同じ新聞を二度買うことになった。

戦争が終ったことにほっとしながらも、人々は同時に悲しみ、悔しがり、ことに男は悲壮感にキリキリと体をしめあげられていたのだった。

何のための炎だったのか、何のための死だったのか……。人々の思いがそこへ辿《たど》りつくには、まだ少し時間が必要だった。

だが、科学博物館裏へ戻った八人の浮浪児たちは、まるで戦争に勝ったかのように、意気揚々としていた。

「どんなもんだい」

「ざまみろってんだ」

級長が掻っ払った新聞の束は四百部もあり、八人がそれぞれ五十円ほど稼いだ。

いちばん遅れて戻った飴屋は、手まわしよくイモを十本買ってきた。

「俺と級長の奢《おご》りだ。この分じゃ、あしたっから空襲はねえだろうって、みんなそう言ってたぞ」

子供たちはワーッと歓声をあげ、いっせいにそのイモへ手をのばした。実が白くて水っぽいイモだったが、その子たちにとって味などとうにどうでもよくなっている。残った二本は一本を四つに分けて……育ちざかりの連中にはまだまだ食い足りないが、それでもみんんな満ち足りた顔をしていた。

やがて飴屋がその中の一人を指さした。

「お前、あんまり見かけねえな」

「俺、昼間っきゃいねえから」

「へえ、家《ヤサ》があんのか」

「まあな」

「どこ……」

「俺んち、和菓子屋だったんだ。御徒町《おかちまち》のさ」

「なんでえ、地元じゃねえか」

「うん、そう。飯能《はんのう》のほうへ疎開してたんだけど、うちが焼けたってのになんとも言ってこないしさ。それで、我慢できないから、先月ぬけだして来ちゃったんだ。焼跡には避難先の札も立ててないし」

　みんなしゅんとなってしまう。

「でも俺んちの地所だぜ、あそこ。みんなが帰ってきたとき、よその奴に住まれてたりしちゃ困るじゃないか。そうだろ」

　ちょっと間《ま》を置いて級長が頷いた。

「そうだよな」

「だからうちがあったとこへしっかり線引いて……」

　その子は両手で十センチくらいの幅を示した。

「こんのぐらいの溝だよ。そいで、まん中に掘立小屋作ってそこに寝てるんだ。でも、駅じゃなきゃ食えないしね」

「焼けちゃっても家《うち》が駅に近い奴はいいや」

飴屋は笑った。励ますような笑い方だ。

「俺も房総へやられてたんだけどよ、浅草がまる焼けだって聞いたから、すぐふっ飛んで帰ったんだ。電車なんか動いちゃいねえから歩きだもん。でも三月十一日のお昼ごろには帰りついてた。自分ちでも判りにくいんだよな。あたり一面焼けちゃうと」

「うちは裏に金魚なんか飼うちっちゃなコンクリの池があったから」

「うちは長屋さ。だからよくよく見ないと判んなかった。なんで電信柱にくっついた看板だけよく焼け残ったんだろう。あの看板めあてにやっと見当がついた」

「うちの人は……」

「会えたらここにいやしねえよ」

「お母さんと……」

飴屋は迷惑そうな顔で級長を見た。割って入れと言いたいらしい。

「姉ちゃんと妹」

それでもそっぽを向いて答えている。

「お父さんは……」

「兵隊」

級長が口を開いた。

「こいつはバアちゃん。婆ちゃんみたいな顔してるだろ。眉に火傷《やけど》しちゃったんだ。変な奴だよ」

するとそのバアちゃんが、そばにいる気の強そうな子をみんなに紹介した。

「こいつはニコ」

そう言われたニコは、思いだしたように拾った喫《す》いがらをポケットから出し、器用な手つきでマッチを擦《す》ると、その短いタバコに火をつけた。

「な、ニコチンのニコだよ」

「俺の綽名はゲソ」

ニコのとなりにいた奴が自分で言った。半ズボンから突きだした足がばかにひょろ長い。バアちゃんと同じくらいののっぽだ。

「こいつはアカチン」

ゲソのとなりにいた小柄な子が、八人目の子を指さして笑った。

「チンボコが赤《あけ》ぇでやんの」

「あんときはミミズにしょんべんをひっかけたあとだったんだよ。俺んちは薬局だったたって言ったら、みんながアカチンて言いだしたんじゃねえか。そんなら自分の綽名を言ってみろ、この野郎」

小柄な子は黙ってしまう。

「俺、そいつ知ってる。饅頭《まんじゅう》だろ」

飴屋がそう言うとみんな陽気に笑った。

「違わい。俺んちはよ、万寿庵《まんじゅあん》というそば屋なんだよ」

「なんだ、饅頭じゃねえのか」

それでもまだみんなは笑いこけた。

それぞれが少しずつ、育った家のしるしをのぞかせている。でもそんなものはもう、ここでは何の役にも立ちはしない。子供たちは誰にも頼らず、自分の力だけで空腹を満たし、寝る場所をみつけ、なんとか生きのびているのだ。

その上野では、毎日一人か二人、餓死者を出している。

「なんだか変な気がしねえか……」

小柄なそば屋の子が言う。

「何がだい、マンジュー」

飴屋がニヤニヤしながら訊いた。

「だってよ、みんなちっとずつ顔見知りだけど、こうやって集まって喋るのははじめてだろ」

「そうだな」

「でも俺たち気が合うしよ、それにみんななんとなく似てるみてえじゃねえか」

するとゲソがびっくりしたようにマンジューをみおろして言った。

「俺とお前が似てるって……」

みんながまた笑う。

「どこが似てるよ、ばか」

「雰囲気だよ、なんとなく」

「雰囲気だ……スカしやがって」

「スカしてなんかいねえよ」

「揉《も》めんなよ、戦争は終ったんだから」

飴屋はもうその一座を完全に仕切っている。ゲソとマンジューが静かになった。

「そう言えばマンジュー、お前幾つだ」

「十三」

ちなみに、それは数え年である。満年齢で言うようになるのは、一九五〇年（昭和二十五年）一月一日からだ。

「なんだ、それじゃ五年生か」

飴屋がうっかりそう言い、マンジューは少しむきになって訂正する。

「違わい、もう六年だぞ。ただ五年生のまんま学校へ行かないだけだ」

「そうだよな、俺も本当は六年生になってるはずさ」

ゲソが言った。

「俺も十三で六年だぜ」

とニコが言い、アカチンと御徒町の子も右手をあげて、

「俺も」

「俺も」

と言った。

飴屋と級長は顔を見合わせる。

「なんだ、みんな同じ年か」

「飴屋も級長も十三なのかい」

マンジューはびっくりしたようだ。

「ああそうさ。そうか、みんな学校へ行ってれば六年生なんだな」

「学校だって焼けちゃってるもん。戦争に敗けたら学校なんかなくなっちゃうよ」

ニコはきまりきったことのように言い、またシケモクに火をつけた。

「バアちゃん」

級長が黙っているバアちゃんを促した。

「俺、昭和七年の十月十日生まれで十四歳。爆弾が落ちなきゃ中学へ入るはずだった。それで疎開から帰って来たんだ。犬、二匹飼ってて、シロ、と、ムツ……かわいそう。みんな、かわいそう……」

バアちゃんは、コトン、と首を前へ傾け、しばらくそのままの姿勢でうつむいていると思ったら、ゆっくり右へ倒れて背を丸め、両膝を抱くようにして、胎児の姿勢になってしまった。

ニコがそばへ行って助け起こそうとする。

「時間がたたなきゃダメだ。そいつはときどき変になるんだよ。爆弾に吹っ飛ばされて、どうにかなっちゃったんだ。そっとしといたほうがいい」

飴屋が言った。ニコは死体を眺めるような目でバアちゃんをみおろしている。

「俺たち、かたまってやって行こうか」

ポツリ、とアカチンが言った。

「バラバラじゃ上の奴にやられちゃう。戦争に敗けちゃったんだからさ、警察だってなくなっちゃうぜ。兵隊は手向かったからって、みなごろしにされちゃうかも知れねえしな。そうなるといちばん強《つえ》えのはやくざだぜ。俺たちじゃまだかなわねえよ」

「そうだよな。級長か飴屋が親分になってくれてさ、みんなでかたまろうよ」

マンジューもそう賛成した。

「なら、もうひとつ訊いとこう。飴屋は浅草の芝崎町《しばざきちょう》だな」

「ああ」

「俺は亀戸で、バアちゃんは麹町だと言ってる。それにお前は御徒町」

級長は和菓子屋の子を指さし、その指をアカチンへ向けた。

「俺は本所《ほんじょ》の太平町《たいへいちょう》」

「マンジューは」

「日本橋の横山町《よこやまちょう》」

「ゲソは……」

「淀橋《よどばし》の柏木《かしわぎ》三丁目」

「ニコは……」

「荒川区町屋《まちや》」

「遠い奴もいるし近いのもいるけど、みんな東京の人間ばかりだな」

うん、と全員が声を揃えた。

「年もバアちゃんのほかはみんな同じだ。これはうまくかたまれるかも知れねえ。敗けちゃったら何が起こるか判んねえから、せめてこの八人だけでも用心してかたまるか」

「そうしようよ」

「それがいい」

みんなの気が揃ったようだ。

「でも親分だのってことは、まだきめねえぞ。そんなのはそのうち自然にきまることだよ。それより集まる場所をきめたほうがいい」

「ここがいいよ。毎朝ここへ来ようぜ」

「雨が降ったらどうするんだよ」

「朝のうちに稼ぐことだってあるぞ」

団結しようというところまではトントンと運んだが、細部のとりきめになると、まるでまとまらなかった。

子供たちの敗戦

上野駅地下道を中心に生活する八人の浮浪児たちが、自然発生的に集団を作った。

一人だけが十四歳で、あとはみな十三歳。彼らは特別に団結を誓い合ったというわけではない。みなほとんど同じ年齢で、境遇も似ていたから、偶然顔ぶれが揃《そろ》ったとき、互いに親近感を持ったのだ。

それを安心感と言ってもいい。お互いにこの相手なら自分に対して、そうめちゃくちゃなことはするまいと思ったのだ。

毎日餓死者が出ている中では、他人が手に持って食べている握り飯の半分を、すれ違いざま掻《か》っ攫《さら》うくらいの芸当ができなければ生きて行けない。

だがそういうことを決してしない相手を持つことも必要だ。自覚はしなかったようだが、彼らがいちばん欲しがったのはそういう仲間だったのだ。

そしてはっきりと自覚し、言葉にもしたのは、そういう仲間が寄り集まれば、年上の者や数でまさる集団に対して、なんとか自衛できるのではないかということだった。

しかし彼らが作った集団はそれほど有効には機能しなかった。

なぜなら第一にねぐらが離ればなれで、それに各自ねぐらが一定しているわけでもなかった。上野駅の地下道に棲《す》みつく者は日ましに多くなっていて、一定した寝場所を一応確保しているのは、御徒町の焼跡に犬小屋同然のねぐらを作って暮らしている和菓子屋の子を除けば、今のところ級長と飴屋くらいなものである。

あとはその日のなりゆき次第。稼ぎに手間どってもぐり込むのが遅れれば、もう地下道は満員で、どこか別なところを探して寝なければならない。

ちなみに彼らが言う稼ぎとは、仕事にありついて日当を得るというような意味ではない。

汽車から降りた人々にまつわりついて哀れっぽい声を出し、情にすがって弁当の残りにありつくとか、スリ、掻っ払い、モク拾い……飯のタネになることならなんでもやって空《す》きっ腹を満たすのが彼らの言う稼ぎなのである。

だから働くというのは餌《えさ》にありつく行動のことで、仕事というのはそれがうまくいった行為のことなのだ。

いくら働いても仕事にならず、稼ぎがなかった一日は、もう死ぬほど腹が減っている。体は垢《あか》だらけ、着ているものはシラミとシラミの卵だらけ。それが嫌だと体を洗って妙に小ざっぱりしようものなら、たちまち強いおとなに目をつけられる。新入りなら何か持っていやしないかと、ぶん撲《なぐ》られて身体検査だ。だから垢とシラミは浮浪児の最低の保険みたいなものである。汚れていれば人はよけて通るし、まつわりつけば嫌がって、そうそうに何かくれて追い払う。

彼らにとって案外仕事にならないのがモク拾いだ。ホームや路上に落ちている吸いさしは、普通のサラリーマンでさえマメに拾う奴がいる。そろそろモク拾いを専門にするおとなも現われて、そういう奴は勝手に自分で縄張りをきめている。だからあまり邪魔をすると、そいつにもぶん撲られる。

それで一度、ニコがおとなの浮浪者に本気で追いかけられたことがある。ニコもマメにモクを拾うほうだが、綽名《あだな》の通り自分自身がまだ十三のくせにもうニコチン中毒ぎみで、彼が拾うのは自分の喫《す》い料なのだ。

だが同じまっ黒けのシラミたかりのくせに、そのおとなの浮浪者は、子供は純真だからニコぐらいの年ではまだ自分の喫い料にしてるはずがないと思いこんでいたらしい。たまたまばかに拾いが少なかったとき、それをニコのせいだと勘違いしたのだ。そしてニコはなんにもしないのに追いかけられた。

ということは、モク拾いで結構食って行けたおとなの浮浪者がいたということだろう。

ピース発売は二十一年の一月十三日。十本入り七円。コロナ発売はひと月遅れの二月二十四日で十本入り十円。ただしコロナは日曜祭日のみ販売となっていた。

その理由は、朝早くから行列しなければ買えなかったからだ。ウイークデーに売ると、一般勤労者の手には入らず、みんなヤミにまわってしまう。もちろん生産量が少なかったせいもあるが、すべてが足りないその時代、生産量が少ないのは理由になどなりはしなかった。

東京に米軍が現われた当座、子供たちがギブ・ミー・シガレットという英語をいち早く憶えたのには、そういう事情が裏にある。

当たり前の話だが、GI《ジーアイ》は洋モクをくわえている。浮浪児はまずその吸いさしが欲しかったのだ。

どこかで学のある奴が、浮浪児に英語を教えたのだ。

「ぎんみい、しがれッ」

教わった浮浪児の発音はそんな具合だ。のちに学校で教えるようになった英語より、そのほうがずっと通じやすかった。

くわえタバコのGIは、意外な相手から上手な母国語を聞かされて、吸いさしではなくポケットにあるラッキーストライクやキャメルを袋ごとくれたりした。

インフレはすさまじい。新発売当時七円だったピースが、二十二年の春には三十円に化けている。一年三カ月で四倍強だ。しかもそれが同じ年の秋には五十円になってしまう。ヤミ値ではない。国がきめた値段でだ。

モク拾いの成果は、ピースが五十円にはねあがった同じ秋に、シケ洋モクの巻き直しが十本で三十円。タバコならなんでもいいと、もっとも状態の悪いごちゃまぜシケモクの巻き直しが二十円。そして浮浪者のモク拾いのプロは、日に三百円を拾いまくったという。

それが再製されてまた短く吸い捨てられ、再び拾われて再製され……いつまでも成仏できずに上野周辺をさまよっていた、不幸な葉っぱがいたわけだ。

そんなわけで、昭和二十二年ごろプロのモク拾いが一カ月みっちり働けば、月に九千円の高給とりになる。同時期に国が新物価体系として発表したサラリーマンの標準賃金は千八百円であった。

ルンペンが九千円で実直な勤め人が千八百円。このめちゃめちゃに歪《ゆが》んだ社会を、人々は戦争に敗けたせいだと、胸をさすり歯を食いしばって耐え忍んだ。

それなら国家は真に国民をかばってポツダム宣言を受諾したのだろうか……。

終戦の時点で国外にいた日本人は、一般人、軍人、軍属など合計六百六十万人にのぼる。

そして終戦を決定した直後に国が世界各地に在留する外交官たちへ発した訓令は、まず第一に御真影を外国人に汚《けが》されぬよう確保することと、機密文書の破棄焼却である。

そう命じた上で、次に海外在留の日本人について、もの凄い指示を出している。

現地にできるだけ定着させること。その上で外国人に虐待されぬよう配慮すること、の二つだ。

それだけ。あとは何も言っていない。六百六十万人の本土引揚げについては、何ひとつ対策を講じなかった。

終戦の詔勅を級長や飴屋たちがラジオで聞いてから一カ月と三日後の九月十八日、国はようやく博多港など九港を引揚者上陸地に指定し、引揚援護局を作るようにきめたが、それは日本政府が自発的に動いたのではなく、GHQの指示によってきめられたのだ。

GHQの指示がなかったら、どうするつもりだったのだろうか。

マッカーサーの厚木到着とGHQの横浜設置が八月三十日。日比谷移転が九月十七日だから、引揚援護局の設置決定が九月十八日というのはいかにも無策だ。

そんなあんばいだから、浮浪児化した戦災孤児への対策などろくにあろうはずがない。

外地で働き、また激しく戦ってくれた六百六十万人に対してさえ、はじめのうち現地定着の方針を打ちだしている。

こんな王、こんな国家、こんな権力が西欧にも存在したのだろうか。

警察も浮浪児狩りはよくしたけれど、浮浪児化した戦災孤児の探索や救出はろくにしていない。めいめい勝手に品よく育てという態度だ。

だが両親を失って路頭に迷った子供たちには、戸籍さえなくなっていたのだ。

葛飾区青戸《かつしかくあおと》にあった葛飾区役所に、高射砲弾に当たったB29一機分まるごとの焼夷弾《しょういだん》が集中落下したのは有名だが、ほかにも全焼して戸籍原簿を失った区がある。

当時の彼らには、その復活申請さえする能力がなかった。

現に級長や飴屋たちの孤児グループは、六年進級を目前にして上野駅地下道に入ってしまった。

警察はいとも簡単に、その地下道に〈特殊地区〉という烙印《らくいん》をおして、そんな汚ない穴をねぐらにする者は、犯罪者にきまっているというような顔でいた。

ところが米軍がまだ現われもしない八月十八日、内務省はRAAなる組織の発足を準備しはじめている。

RAAとは特殊慰安施設協会の略称である。全国にやがて来る進駐軍兵士のための性的慰安施設を作り、それを管理運営する協会がRAAなのだ。

八月二十八日、マッカーサーの先乗りとして連合軍先遣部隊が厚木飛行場へおりたころ、内実は半官半民の形に近いその公認売春協会は、なんと皇居前広場で設立式を行なっていた。

しかもその五日前の二十三日には、銀座七丁目の協会本部前に、女性募集の大看板が立てられている。

――ダンサー及び女子事務員募集。年齢十八歳以上二十五歳まで。宿舎、被服、食糧全部支給――

その募集で協会は、千人をこす女性をたった五日間で集めたという。すでに売春を行なっている者は、比較的楽に食えていたから、集まったのはほとんどが飢えに苦しむ素人娘たちだ。

東京都は彼女たちにメリンスを特配し、協会は長襦袢《ながじゅばん》や腰巻、伊達《だて》締めなどを作って、タオルや洗面道具、浅草紙まで添えて支給した。

米軍の要請があったわけでないことははっきりしているし、日本側には米軍のその方面に関する軍規が厳しいのをよく知っている者もいた。

それにもかかわらず、日本の純潔を守るためと称して、処女を含めた千余の娘たちをわざわざGIの前へ放り出したのだ。

慰安施設第一号は大森の小町園。初日に娘たちの中から自殺者が出た。

そのRAAへの融資にかかわった大蔵省主税局長は、のちの首相池田勇人《いけだはやと》である。

同じ時点で、孤児には一円の予算もついていないし、六百六十万の同胞に対する引揚対策も存在していなかった。

このとき国家は国民をかばおうとしなかった形跡がある。どうやら国民のすべてで国家が形成されているのではないようだ。

こののち長く続くいびつな税制に、その正体を示す臭気が強く漂っている。

RAAへの融資に対してGHQは不正ありと指摘し、翌二十一年三月十日には立入禁止処分を打ち出した。

日本という国家の、娘たちを犠牲にした過剰反応に苦り切っているGHQの表情がみてとれる。

RAAは、梅毒地帯を示す〈オフリミットVD〉という屈辱的な黄色い標識と、失業慰安婦の転身によるパンパンの激増をあとに残して消滅した。

人は地下道の入口へ来ると一様に眉をひそめる。掌《てのひら》で鼻と口を掩《おお》って逃げだす、もんぺ姿の婦人も多い。

吐き気がするほどの悪臭だったという。ああ地獄の臭い、と慨嘆《がいたん》した売れない詩人もいる。だが、厚いガラスばりの天井の下の、上野駅中央ホールあたりだって、そういい臭いがしているわけじゃない。

中央改札口の上には、行先や発車時刻のほかに、入場時刻を記した長方形の札がずらりと吊るしてあり、中央ホールにはそこから列車別に何本もの行列ができている。

乗客たちは長期戦の構えでコンクリートの床に坐りこみ、荷物にもたれて辛抱強く改札開始を待っている。

彼らはやっとの思いでその位置を確保した。切符を買うだけで散々待たされた揚句なのだ。次の段階は立ちあがって荷物を背負い、改札口を通って自分が乗る列車へ全力で走るのだ。

だがそれは、インディアンのテリトリーで野営する幌馬車隊《ほろばしゃたい》に似て、置き引きや掻っ払いの攻撃に無防備な側面をさらしている。

忍び寄るインディアンの役は、まっ黒けな浮浪者ばかりだとは限らない。自分もその列車に乗るような顔で並んでいるプロの泥棒がいる。乗客のほうも敵に囲まれていることは充分承知の上だから、待ちくたびれて荷物に寄りかかっているような姿勢を見せても、決して油断してはいない。荷物が三個あれば、その三個ともどこかしらで自分の体にしっかりと触れさせてある。荷物が少しでも動けばすぐ判るのだ。

級長がゲソといっしょに山下改札口のほうからおりてきて、その中央ホールへ現われた。別にはっきりした目的があるわけではないが、日に二、三度はそうやって構内を歩きまわるのが習慣のようになっている。

「笑っちゃうな。おとといから灯火管制が解除になってたんだってさ」

「え……」

ゲソは本当に笑ってみせた。

「駅の外は停電ばっかりしてるけど、電気が来れば誰だってもう大威張りで明るくしてるぜ。今ごろになってまだそんな命令を出してる奴がいるのかな」

「ほんとだよな」

級長は頷《うなず》いた。

「空襲警報や警戒警報って、軍が出していたんだろ」

「そうさ、ラジオがよく、東部軍管区情報って言ってたじゃねえか」

「じゃ灯火管制をしろってのも軍だろ」

「だと思うな」

「まだ軍はあんのかな」

「奴ら変に几帳面でやがるから、灯火管制を解除するのを忘れてたのに気がついて、それで今ごろ言ったんじゃないのか」

「戦争が終っても、自分たちが解除って言わないと、国民はいつまでも電気の笠に黒いきれをかけっ放しにしてると思ってんのかな」

高いガラス天井へたくさんの人声が舞いあがって、濃い靄《もや》のように人々をおしつつみ、その中へときどき太い棒を突っこんだように、スピーカーからアナウンスの声が横切る。

ただしその構内アナウンスは、いる位置が悪いと声が拡散して内容がよく聞きとれない。

「新宿《ジュク》、どうだった……」

「新宿マーケット、関東尾津組って書いた立派な看板が出ててよ、勇ましかったな、あれは。おとなが本気でやると、すげえよ。三十二小間《こま》もあって、ちゃんと葦簀《よしず》ばりでさ。客が押しくらまんじゅうしてやがんの」

「どんな物売ってた……」

ゲソは淀橋の柏木に家《うち》があったから、新宿にマーケットが店びらきしたと聞いて、見物に行ってきたのだ。もちろん歩いてだが、きっと自分の家があったあたりも見てきたに違いない。

「おでんや天ぷらの店も出てた」

級長は生唾《なまつば》をのんだ。

「すげえな。それは」

「七輪とか茶碗とか鍋とか、女のよろこびそうなものがいっぱいあって、どんどん売れてたぜ」

「下駄みたいな履物は出てたか」

「うん。ちゃんとした下駄が二円八十銭だった」

級長がゲソに、新宿のマーケットの下駄の値段を訊《き》いたのにはわけがあった。ゲソはその綽名《あだな》にふさわしく、履物狙いで稼いでいるのだ。

地下道で眠りにつく人々の多くは履物を脱いで寝る。ゲソはその長い足を利して、寝ている者の体をそっとまたぎ、人々のあいだを音もなく歩きまわりながら、ひと晩に何足もの履物を盗み集めてしまう。

足の踏み場もないほど人で埋まった地下道だから、いいかげんにつかまりそうなものだが、まだ一度も気づかれたことさえないというのだから、たいした芸である。

関東大震災を体験した祖父から、ゲソはそのことを聞かされていたそうだ。町が焼野ガ原になったとき、いちばん大切なのは足まわりだという。靴、下駄、草履、なんでもいい。とにかく焼跡では履物がないと動きがとれない。自転車やリアカー、大八車などがあればそれだけでひと儲けできる。小人数で大量の物が運べれば、他人との競争に必ず勝てるというのだ。ゲソの祖父は、あのときトラックなんかがあったら、俺は今ごろお大尽《だいじん》だと言っていたそうだ。

理屈は簡単だ。焼跡にはなんにもない。そこで何かしようとすれば、外から物を運んで来るしかないだろう。素早くたくさんの物を運び込んだ者が焼跡の勝者になる。

ゲソは今のところ小規模にそれを実践しているのだ。そして級長もゲソの理屈をもっともだと思っている。

東京周辺の農家では、地下足袋《じかたび》を欲しがっているという情報が入っている。地下足袋を持って行けば簡単に食い物と交換してくれるらしいのだ。

級長は自転車があれば神田《かんだ》、有楽町、新橋そして新宿、池袋などの様子が気軽に見てまわれると思っている。掻っ払いや物乞いも、今のところはやむを得ないが、そんなことは早くやめてしまうに限る。もっと奇麗に稼げるやり方をみつけたいのだ。上野だけを見ていては、いつまでたってもそのやりかたが判らない。つまりもっと情報が欲しいのだ。

おとといゲソは新宿へ市場を見に行って来た。そこには新しいやり方があるはずだ。

上野駅のすぐそばにある、強制疎開でできた空地のあたりにも、地面の上へじかに品物を並べて売る人々が現われているが、新宿の市場といい、何かそういった新しい動きが出て来ているように思えてならない。

ゲソが盗んだ地下足袋は、それを農家へ持って行って食べ物と換えてくる連中が先を争って買っているようだ。

そんなことを考えていた級長は、ゲソが自分の脇腹《わきばら》を小突いているのに気がついた。

「危《ヤバ》いよ、あれ」

見ると薄汚れた四、五歳くらいの女の子が、改札口に向かって一番左端の行列の中ほどで、行列から少しはみ出した位置にペタンと坐っていた。

何が危《ヤバ》いのか級長にもすぐ判った。その女の子は白米のおにぎりを食べているのだ。そして膝《ひざ》もとに竹の皮が大きな笹舟の形で置いてあって、その中にもう二つのおにぎりが見えている。

「危《ヤバ》い。親はどこにいるんだ」

「近くにはいねえみてえだ」

級長は舌打ちした。今にも白米のおむすびが掻っ攫われそうだ。

級長は行列に沿ってつかつかとその子のそばへ歩み寄り、まん前へしゃがみこんだ。

「このおにぎり、しまわなきゃダメだよ。こわいお兄ちゃんに持って行かれちゃうから」

うす汚れてはいるが、まだ浮浪者の汚れかたではない。さりとて家のある子でもなさそうだと級長は直感した。

「さ、早くしまっちゃいな。誰といっしょなんだい……お母ちゃんか……」

女の子はおにぎりを食べながらコクリと頷いた。

「浮浪児のくせに気がきくじゃないのよ。ほんとに危ないねえ、そこでそんなの食べてちゃ。何しろここは上野なんだから」

しゃがみこんだ級長のうしろの行列の中にいた婆さんがそう言った。

「いいかい……俺の手はバッチイけど、おにぎりにはさわらないようにしてしまっちゃうからね」

女の子はまたコクリと頷いた。みるからに柔かそうな髪をした子だった。

級長は用心深く竹の皮の先を持って、そっと両方から中央へ折りまげた。そして皮の下をくぐらせてあった、細く裂いた竹の皮でそれをしばった。

そのとき、級長の目の隅に軍靴《ぐんか》の片方が見えた。おむすびを包んだ竹の皮の下には、白い紙が敷いてあって、なんだろうとそれを手にしてみたときだった。

「コンの野郎ッ」

そういう声と同時に級長は右の二の腕あたりを軍靴の爪先で思いきり蹴《け》られた。

「痛てっ……」

級長は左へころがり、体をねじって相手をみあげた。

「この餓鬼、そんなちっちゃい子の食いもんをとりあげてどうしようっていうんだ。てめえみてえな根性の餓鬼がいるから日本は敗けちゃうんだ」

ポカッと今度は拳固《げんこ》で頭を撲られた。

「違うよ。違うったら」

「何が違う。俺はそこではじめっから見てたんだ。自分よりちっちゃい者《もん》の飯を盗むなんて、この生まれぞこないめ」

脇腹に蹴りが入って、級長は息がつまり、呻《うめ》きながら婆さんに目を向けた。証人がそこにいる。その婆さんが何か言ってくれると思った。

だが婆さんはそっぽを向いた。掛かわり合いになりたくないらしい。

「これでもか、この穀潰《ごくつぶ》し」

次の蹴りは体をひねったので尻に当たり、あまり痛くはなかった。女の子が泣きだした。

「やめろ、この糞《くそ》おやじ。級長は親切でしてやったんだぞ」

続けてもう一発蹴ろうとしているその痩《や》せた四十男に、ゲソがむしゃぶりついて行った。

「よせ、汚ない。こん畜生め」

その男は柔道の心得があったのだろう。浮浪児の汚れっぷりに辟易《へきえき》しながらも、あっさりゲソを投げとばした。

その隙《すき》に級長は立ちあがった。ゲソは並んだ人の中へ飛び込んで、起きあがろうともがいている。

「やめてよ」

「何すんのよ」

ちょうどそこにはおばさんばかりが集まっていて、えらい騒ぎになった。

級長は行列のうしろのほうから構内派出所の巡査が走ってくるのを見て逃げる姿勢になった。だが改札口のほうからは、体格のいい駅員が近づいて来る。

「ゲソ、逃げろ。お巡《まわ》りだぞ」

だがそう叫ぶ級長を、男ががっしりした手でつかまえてしまう。級長は肩口をつかまれふり離そうと体をゆすった。

ウウウゥゥ……。

そのときぶきみなサイレンの音がした。

「なに」

「どうした」

「またなの……」

坐りこんでいた人々がいっせいに立ちあがり、駅の中は騒然とした。

「また空襲なの……終ったんじゃないの……」

その騒ぎの中で、巡査も駅員も必死になって人々をなだめはじめる。

「正午の時報だ」

「警報のサイレンではありません」

「今日から時報になった。みんな落着け」

戦争が終って一週間。人々を怯《おび》えさせ続けたサイレンは、ただ正午を報《し》らせるだけの平和なものに戻ったのだ。

一九四一年（昭和十六年）十二月八日の開戦から三年八カ月ぶりに、正午を報らせるサイレンが鳴ったのだが、人々はまだその平和を受入れ切れずに立ち騒いでいる。

「冗談じゃねえや、なんでえあのおやじ」

級長とゲソはもう地下道へもぐり込んでいる。

「はた迷惑だよな、あんなとこで銀シャリちらつかせるなんて。こんなことになるんだったら掻っ攫っちゃえばよかった」

ゲソも級長もプリプリしていた。親切にしたのが掻っ払いと間違えられたのだから、憤慨するのも無理はない。撲る蹴るの目にあった痛みより、級長の自尊心が傷ついていた。

「それにあの婆《ばば》ぁ……褒《ほ》めてたくせに知らん顔だ」

「どうせろくな死に方しねえよ」

ゲソがそう悪たれたとき、二人のうしろでケタケタと笑った奴がいる。

「なんだ、飴屋か」

二人は振り返った。

「見てたよ。よく判ったろう」

「何がだ」

「上野《ノガミ》でいちいち人に親切にしてたら、てめえが死んじゃうってことさ」

飴屋は左手で太めの紐《ひも》を握っており、その先についたでかい袋を肩から背中へぶらさげている。

「なんだそれ」

級長が尋ねた。

「ちょっと預ったんだ」

さりげなく飴屋はそう答える。今日は空模様がおかしく、外へ出ないで地下道の中にごろごろしている奴が多い。級長はまわりの奴らに聞かせたくないんだなと思った。

「はじめから見てたんだよ。婆ぁにシカトされやがった」

級長と飴屋は、ゲソを連れていつもの場所へ歩いて行った。

「まあ我慢しろ。俺が仇《かたき》をとってやったから」

「仇をとったって……」

級長が尋ね、飴屋が肩をゆすってみせた。

「それ、あの婆ぁのか……」

級長が低い声で言った。

「でけえ信玄袋でやがんの」

「凄《すげ》え。早くバラしちゃおうぜ」

掻っ払った獲物はいつまでも原形を留めておいてはいけない。すぐ奪われた者が探しに来るはずだ。

「どっこいしょ、と」

いつもの場所へ着いて、飴屋は焦茶と赤茶のまじった大きな信玄袋をコンクリートの上へおろした。

三人はその袋を壁ぎわへ置き、自分たちの体で隠すようにすると、飴屋が素早く太い紐を引いて袋の口をゆるめた。

「タオル……使ってあるのが一本と、新品が三本。眼鏡ケース……中は……これ、老眼鏡だろ。おやおや、刻みにキセルでやがんの。このキセル、銀じゃねえかな。あの婆さん、ただ者《もん》じゃねえな。村長のおかみさんとか」

飴屋は笑った。

「これ、印伝《いんでん》って奴だろ。印伝の革財布《かわざいふ》だよ。あるある、こってりありやがる。ひい、ふう、みい、よ……ちょっきり千円だ。どうしよう」

「お前の仕事だもん、お前の稼ぎにしとけ。でも、ゲソに少し助《す》けてやれ」

「おいきた。じゃ一割。ゲソだってぶん投げられたもんな」

ゲソは素早く百円受取ってシャツの中へかくす。

「あの爺《じじ》ぃ、俺に柔道をしやがんの」

「なんだこれ……あ、罹災《りさい》証明だ」

「あの汽車が出るのは夕方だ。お前、逆チャリできるか……」

「そんなことできるわけねえよ。掏摸《モサ》ったこともねえんだから」

するとゲソが口をはさむ。

「アチャコがうまいんだってさ。掏摸《モサ》った財布の中身を抜いてから、逆チャリをかけるんだって。スカした野郎だよ。名人だなんて威張ってやがる」

「アチャコは口が軽い。やめとこう。それじゃ交番《ハコ》の前へうまく置いとけばいい」

「降《ふ》るぜ、この分じゃ」

「そんなら中へ放りこんどけ。あとはあの婆ぁの運さ」

「おい見ろよ。底にぎっしり石鹼《せっけん》が敷いてあるぜ。それも昔の石鹼だぜ」

「よし、そいつは三人で分けよう」

ゲソは軽く頭をさげた。

「悪いな。もう百円助けてもらっちゃってるのに」

「いいから取っとけよ」

飴屋は鷹揚《おうよう》に言った。

「袋はバックレに売っちまえばいい。こりゃいい袋だよ」

級長がそう言い、飴屋は信玄袋をできるだけ小さく畳もうと両手で押しつけはじめた。

「あれ……」

級長はボロボロの上着の内ポケットへ手を入れて首を傾《かし》げた。みかけはボロボロだが、内ポケットは丹念に補強してあるのだ。

級長はそこから白い封筒をとりだす。

「そうか。おにぎりの下に置いてあったんだっけ」

無意識にポケットへ入れてしまったらしい。

「手紙だ」

級長は白い封筒を手にして少しためらった。だが封はしていない。

「糊《のり》がしてないぜ。読んじゃえよ」

飴屋は好奇心まるだしでせっつく。

「とても食べては……」

級長は便箋《びんせん》をひろげて読みかけ、途中で口をとじるとそれを封筒へ戻した。

「なんだよ、自分だけ読んじゃって」

級長は暗い声で言った。目をとじている。

「とても食べては行けません。この子をよろしくお願いします」

「え……あれ、捨て子か」

飴屋が言い、そのあと三人は黙りこくっていた。

しばらくして級長が立ちあがった。

「どこへ……」

ゲソがそう尋ねながら、飴屋といっしょに立ちあがる。

「とにかく行ってみよう。まだいるかも知れねえ」

三人は地下道を走りだした。

列車を待つ人の行列はそのままだったが、あの女の子の姿はもうなかった。さっきの姿さんが立ちあがっていて、そばに巡査がいた。

「ざまみろってんだ」

ゲソはそう言ったが、三人とも行列に近寄りはしなかった。

「紺のスカートに空色の半袖。髪の毛がうんと柔かそうだった。みんなにもそう言え」

手分けして探そう、などと言う必要はなかった。三人は深刻な表情で三方にさっと散った。

駅の中をぐるぐると駆けまわり、しまいには改札口の中へ入ってホームまで見てきた級長が、キョロキョロしながら南口通路へやって来たとき、ひょいと飴屋に出くわした。

「いた」

飴屋はニヤニヤしている。

「どこ」

飴屋は級長を隅の壁ぎわへ連れて行って、しんみりした声になる。

「捨て切れなかったんだな。地下鉄んとこでかあちゃんに抱かれてるよ」

級長は溜息《ためいき》をついた。

「でもあのかあちゃん、なんとかしてやんなきゃ」

「よかった……」

「どうして」

「顔が蒼黒《あおぐろ》くてむくんでる。だいぶ稼いでねえみてえだ」

当時の浮浪児の隠語で、食べていないという意味だ。

最悪の日は、上野駅だけで六名の餓死者が処理されたことがある。彼らはいつもそうした餓死者のそばで暮らしているのだ。

隠語は頻繁に使われ、しかも人々の関心を最も引きやすい言葉に当てはめられる。食べる、食うなどという言葉は、上野の地下道あたりにおいて、ナマで使うのがはばかられたのだ。三日も食物にありつけなかった者のそばで、食うとか食えとか言えば、それを耳にした者はいっそう飢餓をつのらせてしまうだろう。

「このごろトンボが外食券《ショッケン》の仕事をしてるそうだ。渡して来てくれ」

渡す、というのは金を渡すこと。つまり買うことである。これも飢えた者にはドキッとする言葉だ。何かを買うというのは、その分生きられることなのだから。

飴屋は級長から金を受取って、なぜか眩《まぶ》しそうな目つきになった。

風が強くなり、ガード下から地下鉄へおりて行く地下道にも、その風がかなり吹きこんでいた。

雲が低く、母子のいるあたりは薄暗かった。級長と飴屋がその母子の前に立った。母親はまだ若かったが、品のいい顔立ちに無残なほど暗い翳《かげ》りがあり、二人の浮浪児をみあげる目には力がなかった。

「これ」

級長はしゃがみこむと、白い封筒を母親にさしだした。

「いけないよ、お母さん」

「遠くで見てたわ。あなたはこの子に優しくしてくれたのに。ごめんなさいね」

級長は気おくれしたような顔で、そばに立っている飴屋をみあげた。

「痛かったでしょ……」

母親は封筒を受取った。

「親ですものね、できやしないわ。もうあたくしの力では食べさせられないし……そう思ったのよ。でももう少しがんばってみますわ」

「その封筒の中に、お金が少しと外食券が入っています」

級長はきちんとした喋《しゃべ》り方になっていた。

「スイトンだけですけど、食べさせてくれるところがあります。案内しますから」

「まあ……」

母親は絶句して級長をみつめ、そして飴屋をみあげた。

「でもどうしてあたくしにこんなことを」

「三月十日に母は僕の目の前で燃えてしまいました。僕らはみんなあの晩母を亡くしました。お母さんが生きている子はしあわせだと思います。がんばってその子といっしょにいてあげてください。僕らみたいにまっ黒けになってしまっても、その子といっしょにいてください」

「ありがとう。あたくしもいまそう決心したところなのよ」

母親は立ちあがり、女の子と手をつないだ。

「さあ、案内して頂戴。食べないわけには行かないんですもの」

「大丈夫ですか」

飴屋が母親の体を支えようとした。

「ありがとう。大丈夫よ」

二人は母子の先に立って地下道の坂を登りはじめた。

焼け残った車坂町《くるまざかちょう》に、風変りなおやじがやっている小さな外食券食堂があるのだ。

「降るぜ」

母子がついてくるのをたしかめながら飴屋が言った。

「あそこじゃまずいな」

母子のいたところは地下道でも最低の場所だった。強い雨が降れば下はビショビショになってしまう。

「ゲソに言っていい場所をあけさせよう」

「あいつのとこももう満員だぜ」

「なんとかなるさ」

風が強いくせにひどく蒸し暑い晩であった。

薄茶色の汁の中に拇指《おやゆび》の先くらいのメリケン粉を練った団子が四つ五つ入っている丼が、一杯で一食分だった。

母親は汁も残さず四食分も食べた。

「わあ、四杯稼いだぞ」

「見ろ、もう顔色があんなによくなった」

「奇麗な人だな」

「信玄袋、あの人にやれよ。あの手提袋じゃすぐ手を突っ込まれちゃうぞ」

「いけね、袋の中見てる」

「どうしていけねえんだ」

「あそこへさっき金入れちゃった」

「逆チャリか」

「あんな袋へ入れるのわけねえよ。逆チャリだなんて……」

飴屋は照れている。

「お前まさか……さっきの全部かよ」

飴屋はフフ……と笑った。

二人は裏のガラス戸ごしに中を覗《のぞ》いているのだ。そこのおやじは彼らにもスイトンを売ってくれるが、店の中へは入れてくれない。まっ黒けの浮浪児を、普通の客といっしょにするわけには行かないのだ。

ゲソが一人に五円ずつ渡して間隔をつめさせ、壁ぎわに母子の寝場所を作った。

飴屋は母親に信玄袋を渡すよう級長に頼んで、さっさと自分の寝場所へ行ってしまった。母親はいつの間にか手提袋に九百円も入っていたと級長に抗議するように言ったが、

「そんな袋を持っているから余分なものを投げ込まれちゃうんだよ」

と、級長は言葉遣いを精一杯地下道の言い方に戻してあしらった。

「昔の上等な石鹼と刻みタバコと、銀のキセルがあるんだ。あしたもし天気がよかったら、駅のそばの空地へ行ってそれを売ってみるといい。その投げ込まれた九百円で何か売る物が仕込めるか当たってみるから。品物さえ並べられればすぐ売れると思うよ」

「あたくし……」

「お母さん。そのあたくしってのはここじゃまずいんだよ。目をつけられちゃうぜ」

「そうなの……それじゃ気をつけるわ」

「誰かしらいつもお母さんを見張ってるから、あんまり心配しないでいいよ。たいして頼りにはならないけどさ」

案外物判りのいいお母さんだった。きっと浮浪者の仲間入りをしようと、肚《はら》をくったからだろう。

級長は母子が横になったのを見てから、飴屋のところへ戻った。

その八月二十二日は、人々を怯えさせ続けた東京中のサイレンが、敵機の来襲を告げるのではなく、時間を告げる音に戻った最初の日だったが、ラジオの天気予報が人々の耳に返された日でもあった。

天気予報もまた、十六年十二月八日の開戦の時から発表を禁止されていたのだ。

もちろん級長はラジオなど聞いていない。しかし解禁になった天気予報は、東京地方の天候を、「遅くなってから驟雨《しゅうう》」と告げていた。

「嵐みたいだぜ」

級長は上機嫌で飴屋にそう言った。

「あの子たち、すっかり元気になったな」

飴屋はお母さんのことを言うのが照れ臭いのか、そんな言い方をしてよろこんでいる。

「空地で何か売れってすすめといた」

「それで……」

「やる気みたいだ。やらなきゃ稼げねえもんな」

「お母さんか。俺んちはかあちゃんだったけどな」

「あの子、お母さんそっくりだな」

「なあ級長」

「なんだよ、ニヤニヤしやがって」

「あのお母さんも俺たちの仲間みてえなもんだよな、こうなりゃあ」

「そうだな。変な具合になりやがった」

「はずみだよな、はずみ」

結構二人はうれしがっている。

「あのお母さん奇麗だからさ、俺たち少し臭すぎると思わねえか」

「そうだな。頭くらい洗ってもいいよな」

「どうだい、石鹸あるんだぜ。昔のいい奴が」

「こいつ、考えやがったな」

「どうだい、洗わねえか。服なんか着たまんまでよ。頭だけ」

「よし、やるか」

「石鹸、半分に切っといた」

「なんでえ、はじめからそのつもりでやがる」

「ほら」

「よし。乾くまで上にいるんだぞ。タオルはお母さんの売り物だからよ」

二人はいい匂《にお》いのする化粧石鹸を半分ずつポケットに入れて地下道から出て行った。

外はまっ暗で雨が勢いよく降っている。

「うへ、こりゃすげえや」

「もうちょっと向こうへ行こう」

二人の浮浪児が、どしゃ降りの中を上野駅正面の道路のほうへ出て行った。

「わあ、いい気分だ」

級長と飴屋は石鹸で頭を洗いはじめた。

「目に入っちゃった。痛《いて》えよ」

「よし、俺が洗ってやる」

「よせよ」

「洗ってやるって」

「畜生、そんじゃ俺も洗っちゃうぞ」

二人は向き合ってお互いの頭を洗いっこしはじめた。

いい匂いだった。二人ともその優しい匂いに酔ったようになった。

激しい雨の中で、しかも暗かったから判らなかったが、二人ともいつの間にか涙を流していた。

そしてしばらくすると、二人とも相手が泣いていることに気がついた。

母子を助けたということが強い誇りと満足を生みだすと同時に、甘い感傷をも呼びおこしたのだ。

それが母への思慕につながって行く。

「かあちゃん」

どちらからともなくそう呟《つぶや》きはじめ、それは競い合うような叫びになった。

「かあちゃぁん……」

「かあちゃぁん……」

二人はもう洗うのをやめ、石鹸をとり落としていた。

「かあちゃぁん……」

二人は髪を洗うことも忘れていた。嵐の夜空に向けて両手を口にあてがい、母よ帰れと夢中で叫んだ。彼らの手からすべり落ちた石鹸は、上野駅前の雨水の渦に巻きこまれ、排水孔へ流れ去った。

その夜の嵐は豆台風という呼び方で記録されている。

唸《うな》る風と激しい雨音の中で、二人は声がかすれるほど、思う存分母を呼び合い、声も願いも一つになると、ほとんど無意識に暗い嵐の中でしっかりと抱き合っていた。

彼らのアイドル

戦争が終った十五日が水曜日で、次の水曜日の晩には東京を豆台風が通過した。半径約百キロの小型台風だったが、それでも瞬間最大風速三十五メートルを記録し、荒廃した町々に手ひどい追いうちをかける形となった。

都内の被害は床上浸水百四十六戸、床下浸水が三千百九十戸。もっとも都内の戸数は開戦時の三割になってしまっており、床上だの床下だのというのは、床のある焼け残った家々の被害である。

そのほかに、全壊二百九十一戸、半壊七百八十戸という別な被害報告がある。これは風で吹きとばされたのではなく、水で潰《つぶ》れた防空壕《ぼうくうごう》の被害数なのだ。焼跡の人々はまだ家を再建する力もなく、防空壕に住んでいた。壕舎という言葉が定着しかけ、その豆台風による全半壊の被害は、ほとんどが壕舎の被害だったのである。

家を焼かれ、その火に追われて防空壕から飛びだした人々が、敗戦一週間目に今度は家がわりにしていた防空壕から、水のために追いだされたのだ。

爆弾、焼夷弾《しょういだん》、機銃掃射、そして味方の高射砲の破片などから身を守ってくれた土の壁も、水には脆《もろ》かった。

どろどろに融けゆるんで壕を泥沼に変えたのだ。被害を調べた当局がいったいどの程度を全壊とし、また半壊と判定したのかさだかではないが、推測すれば再度居住不能を全壊、修復可能を半壊としたのではあるまいか。

ともあれ壕舎ははじめから家ではない。仮の屋根を持ったただの穴なのだ。それをなお戸数の中に入れるなら、東京都民の一部は竪穴《たてあな》式穴居民と化していたわけだ。

ちなみに、真珠湾攻撃で沸きたつ開戦当時、東京旧三十五区の人口は約六百五十万人で、敗戦時の海外在留邦人の数にほぼ等しい。

それが疎開で減り、空襲で焼死し、焼け出されて地方へ脱出して減り、結局敗戦寸前の五月末の調査では、二百四十万人に激減していた。

残存戸数は三割で、二百四十万人の九割近くがその焼け残った家にいる。もちろんその戸数には、雨で簡単に潰れてしまう壕舎も含まれている。

そして約二十四万人が行き場もなくて焼跡に張りついていた。

焼けた町々がいかに人影まばらであったか、開戦時との比較がある。

本所区。四パーセント。

城東区、深川区。六パーセント。

四谷区、小石川区、浅草区。十パーセント。

そして麴町《こうじまち》、神田、日本橋、赤坂、牛込《うしごめ》、淀橋などの各区が二十パーセント。

住宅難はそのあとますますひどくなるが、この時期すでに一戸平均七、八人以上。中には一軒の家に五家族も抱え込んで、悲惨ないがみ合いの日を送る人々もいた。

その住宅難と食糧難が浮浪児を増加させることになるのだが、この時期上野駅周辺で生活する、いわゆる上野《ノガミ》の浮浪児の人数はまだ二百名くらいなもので、悲惨な毎日ながらその行動については割合い制約が少なく、自由に走りまわっていた。

それというのも、戦災孤児の救護対策など皆無に等しかったからだ。

人が多く集まり、食べ物がありそうなところへ行くことさえ思いつけず、家と親を失って焼跡をさまよっていた子供たちを保護した人々もたしかにいる。

しかしそれは民間の篤志家たちなのだ。もちろん主力は僧侶。……当時キリスト教徒は白眼視されており、人目にたつ活動をするわけには行かなかったから、教会のその種の活動が活発になるのは連合軍の進駐後である。

だが苦しんだのは篤志家たちだ。なぜなら国はその篤志家たちを援助してやらなかったからだ。

配給通帳に記載がないということで、子供たちに対する主食の配給は拒否された。仮に特別の措置があって配給を受けられたとしても、配給される食糧は、生存を保障するカロリー値をはるかに下回っていた。

たまたまこの八月、都が配給を予告した野菜の量は、おとな一人当たり三日分、約八十グラムであった。

三日分というのは、三日目ごとにまとめて配給されることではない。突然、ただ三日分なのだ。次にいつどれだけ配給されるかは不明である。行政の力はそこまで細っていた。

その八十グラムをネギだとすれば、太さ約一センチ五ミリ、長さ約四十センチのただ一本のネギにすぎない。

それにさえ目の色が変る世相だ。

預った子供から次々に餓死する者がでた。善行に励む僧侶は、子供が餓死するたび、本堂の仏像に向かって、なんとか救い給えと泣き叫んだという。

四人目が死んだとき、とうとう僧侶は仏を罵《ののし》った。そして五人目が死ぬと、残った子供たちを集めて、今日からは地獄で生きよと解散を命じ、自分もどこかへ行ってしまった。

その寺はしばらく無住になったままだったという。

そうした子供たちにくらべれば、焼けだされてすぐ上野駅へ集まった子供たちは、ずっと機敏で逞《たくま》しく、生きのびる知恵を持っていたと言えよう。

ノガミの初期に級長、飴屋、バアちゃん、ゲソ、ニコ、マンジュー、アカチンなど、何かの事情で例外的に東京にいた、小学五年、六年の上級生がかたまったのも、そういう背景があったからだ。

そして彼ら戦災孤児に対し、都と警視庁は九月四日になってようやく救護対策を打ち出すが、本気でやるつもりだったかどうか、かなり疑わしい。

なぜなら、当局が動きだすのは二十年もおしつまった、暮れの十五日からなのだ。

連合軍先遣部隊の到着に間に合わせようと、八月二十三日から二十四日までには、少なくとも東京周辺の陸海軍将兵の多くが復員をおえている。ということは、町が復員兵で溢《あふ》れたということである。正式な復員開始は八月二十三日で、連合国とは二カ月で復員を完了する約束になっていた。復員とは結局、軍の武装解除と解散のことで、その人員は二百二十五万三千名。

その上、縁故疎開をしていた児童やその家族が、居辛い疎開先から追い出されるようにして戻ってくる。

そして九月二十一日には集団疎開児童帰校指令が出る。これもまた東京の人口をおしあげ、住宅難と食糧難をいっそう激化させた。

そして年末に近づくと、家庭から溢れだした戦災孤児ではない子供たちが、どんどん上野へ流れこんだ。ノガミなら食える、というわけだ。

だからそうした第二波の浮浪児の実態は、家出少年というべきであった。

避難すべき土地もなく、焦土にへばりついて息も絶えだえの人々の中へ、体力を温存していた復員兵が割りこんで、物資を調達し、町へ運びこんで、盛り場の焼跡でそれを売りはじめた。

町は物資を得てようやく活気づき、その中で浮浪児たちの非行は目にあまるほどになって行った。

彼らの多くはチャリンコと称して掏摸《すり》を専業とし、少女は十二歳でもう売春をしている。五、六歳の子もタバコをふかしており、復員兵が持ち帰った覚醒剤の一種ヒロポンが、彼らのあいだに蔓延《まんえん》する可能性がある。ヒロポン中毒者は凶暴性を発揮する。

こうした報告が積み重なって、ノガミの浮浪児たちにも、九月初旬に発表した〈戦災孤児等保護対策要項〉の適用に踏み切るのだが、その目的はあくまで管内の治安維持であったから、実際には駅の浮浪者の一斉収容で、その中に雑魚《ざこ》の浮浪児がまじっているというわけだ。つかまえた浮浪児を尋問すれば、戦災孤児もおのずから発見できようというものである。

そして二十年十二月十五日、上野駅地下道最初の一斉収容。

戦災孤児等保護対策要項は、たしかに問題の解決へ一歩も二歩も前進したものではあったが、級長たちのような存在については重大な欠陥があった。

それは要項の結びの部分にあらわれている。

「これ（孤児）を知得した者から居住地の市町村長に届出づれば直ちに保護の手続きをとられる」

彼らは親と家と家族を失ったから孤児になってさまよっている。恐らくみな向こう三軒両隣、町内まるごと焼かれているはずだ。そして辛《かろ》うじて生きのびられる場所である上野駅へ住みつき、ボロボロのまっ黒けになってしまっている。

いったい誰が、「これを知得する」のか。味噌も糞《くそ》もいっしょくたの狩込《かりこ》みをするもっと前に、地下道へ行って、戦災孤児にはコレコレの保護が与えられるから出てこいと、なぜ納得の行く説明がしてやれなかったのだ。

そばに市町村長へ届出てやる者がいないのが、戦災孤児なのだ。

それを「知得する者」の出現にまかせ切ってしまっている。

もちろん都の戦災孤児寮はあった。都の教育局福利課学徒福利係がそれを管理していた。学徒福利係の窓口は、神田区東松下町《ひがしまつしたちょう》の千桜《ちざくら》国民学校内にあった。幕末有名になった神田お玉ケ池《たまがいけ》の跡である。

十二月二十三日、都教育局は戦災孤児寮に収容中の学齢児童全員百二十八名の氏名を発表して、親探し肉親探しをしている。

たしかによくやってくれてはいた。しかしその大半は疎開中に家を焼かれ、親を失った子供たちで、疎開先からそのまま管理が引き続いた。

ヤミ行為を取締る側にいた都が、その子たちの中から餓死者を出さなかったのはふしぎなくらいだ。ヤミ行為をしなければ必ず餓死してしまうという実例があるのだ。

その十二月の五日から九日までの五日間、仏教系中学の生徒たちが街頭に出て、戦災孤児のための募金活動を行ない、約五万円を集めている。

焼跡の孤児を集めて個人的な救済活動を行なった僧侶が、子供たちを次々に餓死させ、

「今日からは地獄で生きのびよ」

と、盗んでも生き抜くことを教えて姿を消したことと、その募金活動がどこかでつながっていたのではなかろうか。

とにかく、この戦災孤児に対する年末の街頭募金は、戦後の赤い羽根共同募金や歳末助け合い運動の嚆矢《こうし》だったのかも知れない。

その朝、いつものように駅へやってきた御徒町の和菓子屋の子は、ガード下でばったりアカチンに出くわして公園口のほうへ連れて行かれた。

「きょうは駅へ行ったってしょうがねえよ」

アカチンがそう言うのだ。

「どうして……」

「制服を着た学生がいっぱい来てて、駅の掃除をはじめてやがんの。あれ、鉄道学校の連

中じゃねえかな」

「なんで掃除なんかはじめたんだろう。勤労奉仕かな」

「そりゃ汚ねえよ。臭《くさ》いもんな。でも、勤め人がそれを見て喋《しゃべ》ってんのを聞いちゃったんだ。とうとうアメリカ軍が東京へ来るんだってさ。新聞にそう書いてあったって」

「とうとう来ちゃうのか……」

和菓子屋の子は不安そうにアカチンの顔を見た。

「だから急いで掃除してんだよ」

「なんでさ……」

「天皇陛下とか宮様とか、大臣や大将なんかが来るってことになると、どこだってみんな一生懸命奇麗に見せようとするじゃねえか。それとおんなじだよ」

「へえ、そうかな。だって来るのは敵じゃないか」

「天皇陛下がバンザイしちゃったんだぜ」

その言い方がおかしくて、和菓子屋の子はふきだしている。

「天皇陛下を降参させちゃった相手だもん、せいぜい奇麗に見せなきゃいけねえだろう。汚れたとこを見せちゃ、天皇陛下の恥になるんだってよ」

「ふうん……そんなもんかなあ」

和菓子屋の子は納得しかねる表情だ。

二人が学生たちによる駅の清掃を避けて公園口から更に奥のほうへ行こうとすると、改札から切符もなしに堂々と出て来た飴屋が、

「よう、ルスバン」

と、二人を大声で呼びとめた。

「あ、飴屋だ」

アカチンが先に気づいて足をとめた。

「ルスバン……」

「お前のことだよ」

飴屋は和菓子屋の子を指さして、悪戯《いたずら》っぽく笑っている。

「ゆうべ級長ときめたんだ。お前にはまだ綽名《あだな》がないだろ」

「バアちゃんにこないだオカチマチって言われたぜ」

「あいつが勝手にそんな綽名をつけようとしたんだろ。でも今日からお前はルスバンだ」

留守番。和菓子屋の子はそう聞いてちょっと切なそうな目になった。彼の本名は中野好《よし》伸《のぶ》。埼玉の疎開先から焼けてしまった仲御徒町の生家へ夢中で帰って来た。自分の家が焼けてしまったのは疎開先で先生から聞かされていたが、家族からなんの連絡もないので、心配で仕方がなかったのだ。

来て見るとたいていの家の焼跡にある避難先を記した立札《たてふだ》もない。

もしや全滅……という不吉な推理がないでもなかったが、彼はそれを精一杯自分の心から遠ざけ、ひたすら家族との再会を信じた。

彼は他の子供たちと違って、いわば地元の子だった。そこで自宅の焼跡に犬小屋程度のねぐらをこしらえ、細い溝を掘って地所の境界線をはっきりさせ、親たちが来るまでその土地を他人の侵入から守ることにした。

小屋を作り、溝を掘ったとき、彼は自分が生きる当面の目的を作ったと言えよう。母親たちの死を拒否し、再会を信じるためには、そうすることが必要だったのだろう。そして食うために浮浪児たちの仲間入りをして、昼間はノガミをうろついた。

留守番。だからその綽名は現在の中野好伸をよく言い当てていた。

「いいや、俺。ルスバンで」

彼は気弱な微笑を泛《うか》べて言った。

「なあルスバン」

飴屋はニコニコしながら言う。三人は科学博物館のほうへ向かって歩きはじめていた。

その裏手は彼らだけの場所になっていて、今日のような日は、そこへ行けば誰かしらいるはずだった。

「なんだい」

「来るとき、あの変電所の原っぱんとこ通ったか……」

「あそこはね、以前家《うち》がゴミゴミいっぱい建ってて、しょんべん横丁って言ってた場所なんだ」

「しょんべん横丁……きったねえの」

「酔っぱらいがしょんべんしたからだよ。うす暗くてしやすかったんだろ」

「そんなことよりよ、あそこ通って来たんだろ」

「うん」

「お母さんたち、商売《バイ》してたか……」

「ああ」

冴《さ》えなかった好伸……いや、ルスバンの顔が急に明るくなった。

「してたよ。お母さん、あの子をクリクリ坊主にしちゃったね。可愛《かわい》いんだ、目がでっかいし、男の子みたいで」

「掃除が終ったらまた仕事しようぜ。お母さんの売物《ブツ》をせっせとこしらえなきゃ」

「うん。俺、あんまりうまくないけど、見張《シキテン》りや偽装行為《キッカケ》ならやれるからさ」

「ほんとはマシな服《ビラ》を着てる奴が一人欲しいんだよな。俺たちの仲間《レツ》じゃないって感じの」

「それ、俺がやってもいいけどさ、あんなとこに寝てるんだもん、すぐまっ黒けになっちゃうぜ」

「出てくるとき着がえりゃいいじゃねえか。ルスバンがその気なら、床屋代も出すし、いい服《ビラ》を盗《ギッ》んでやる」

アカチンも相槌《あいづち》をうつ。

「そうだよ。煙幕係《マクヤ》がいればもっといい仕事《ヤマ》が踏めるぜ」

彼らはいっぱしおとなぶってそんなことを言っていた。

だが今のところ彼らにできるのは、せいぜい掻《か》っ払いか引ったくりである。そしてこのところ、せっせと盗みを働いては、その獲物を母子のところへ運んでいるのである。はっきり言えば、彼らは自分たちだけの故買屋《こばいや》を持ったことになり、母子はそれで糊口《ここう》をしのいでいる。

「飴屋」

「なんだい」

「それ、級長も承知してるのかい」

「いや、まだだよ。さっき考えついたホヤホヤさ。でもきっといいって言うぜ」

「級長がそう言えば、俺やるよ」

ルスバンは大決心をしたような気負いかたで強く頷《うなず》いた。

もう九月だ。ルスバンの家が焼けてから、間もなく半年が経過しようとしている。だがルスバンが守る地所へ、家族は誰一人現われようとはしない。彼も徐々に母親たちの死を覚悟しはじめている。

そのころ、バアちゃんとニコとゲソの三人も駅から逃げだして、しょんべん横丁跡の空地のそばにいた。

「級長と飴屋が惚《ほ》れた人ってのはあれか……」

バアちゃんが母子を見てそう言う。その空地はこのところ青空市場といった様相を示している。地面にじかに品物を並べて買手を待つのだ。

汽車を待つ者や仕事がなくて時間を持て余している連中がそこへ集まり、毎日だんだんにぎやかになってくる。

豆台風のあとも何日か天気はグズついたが、きのうもきょうもいい天気だ。お母さんはクリクリ坊主になった四つか五つくらいの女の子をそばに坐《すわ》らせて、客を見あげては品のいい笑顔で何か言っている。

地下道ぐらしだというのにきちんと髪に櫛《くし》をいれ、清潔そうにひっつめてうしろで小さな髷《まげ》に束ねている。

客は圧倒的に男が多い。これから汽車に乗るらしいリュックを背負った者、戦闘帽をかぶった手ぶらの復員兵。よれよれの国民服を着た失業者……。

そんな男たちが、お母さんと目を合わすと、一瞬ドギマギした表情に変るのが、バアちゃんとニコとゲソには面白くて仕方がない。少年ながら、大の男たちがはにかんだ表情を泛《うか》べる理由がもうはっきり判っている。

お母さんが奇麗すぎるのだ。彼らだって奇麗な女の子と出会ったら、もう顔が赤くなるくらいの生理は持っている。

だからそんな反応を示すおとなが面白く、そしてお母さんの奇麗さがうれしいのだ。得意になっているとも言える。

ただし彼らも生活の知恵で、人前であからさまにお母さんと接触はしない。お母さんは女神のように目立つ存在だし、彼らがなにをして飢えをしのいでいるかは、地下道の住人なら誰でも知っている。

そしてお母さんの前に並べてある物をみれば、一目で彼らとお母さんとのつながりが判ってしまう。

お母さんとの品物《ブツ》の受渡しは級長が一人で仕切っていて、どこでどうやるのか誰も知らない。

もし誰かがうっかり喋ったら、それこそおおごとだ。浮浪児の盗品を扱っていた故買屋が彼らをいびりにかかるだろうし、へたをすればお母さんにまでとばっちりが行く。

だいいち、お母さんはそれを彼ら自身が盗んだ物とはまだ知らないでいる。もしかするとうすうす盗品であることくらいは気づいているかも知れないが、それもまわりまわって級長が持って来てくれているので、自分は善意の第三者だと思って安心しているのだろう。もしそうでないことが判ったら、彼らはお母さんを失うことになりかねない。今の彼らにとって、それがいちばんこわいことになっていた。若くて奇麗なお母さんの役に立ちながら、自分たちも食って行けるのだから、こんないいことはないし、今までよりずっと張り合いがあった。

「俺、ルスバン」

中野好伸は科学博物館の裏手で級長と顔を合わすなり、自分の鼻先へ人差指を押し当ててそうおどけた。

陰湿な表情でおし黙っていることが多い浮浪児の群れの中では、彼らは二番目によくふざけるグループだった。

いちばん勢力があり、傍若無人にふるまうのは掏摸グループで、彼らはおとなから粗雑な技術を教わっただけで、すでに実戦配置についている。

その手口は複数で偽装行為《キッカケ》や煙幕《マク》を使い、安全かみそりの刃を用いるという幼稚なものだが、インフレの進行で人々が持ち歩く財布は厚くなる一方だから、見当《アタリ》をつける年季などあまり必要なかった。

かみそりの刃の落下音からの連想だろうか。彼らはチャリンコと呼ばれ、その隠語はすぐ一般化して浮浪児や非行少年の代名詞になって行く。

ちなみに、この時期チャリンコなど一部の非行少年の間で用いられていた符牒《ふちょう》に3《さん》の字《じ》というのがある。

これは刑事のことである。

3は閉じられていない手錠をあらわす。その状態の手錠をたびたびまぢかに見る機会を持つ少年は、かなりみじめな者だと言わざるを得ない。しかし3が手錠をあらわすというのはかなり難解で、そのせいかチャリンコほど一般化はしなかった。

しかし、3の字の意味を級長たちはよく知っていた。かなりきわどいところに彼らは立たされているわけだ。

「お母さん、元気らしいじゃないか」

ゲソがそう言うと、級長は明るい笑顔になった。この生きにくい時代に、しかも無法地帯とも言えるノガミの地下道で七人の仲間を率い、その上いまあの母子の世話まではじめた級長は、いっそうおとなびた顔つきになっていたが、陽気に笑えばやはりもろに稚《おさな》さがでる。むしろほかの子より可愛らしいくらいだ。

「おふくろは大事にしてやんなきゃよ」

その言い方は、自分たち全部のお母さんであるというような口ぶりであった。

アカチンもルスバンも飴屋も、満足そうな笑顔になった。好きな相手の面倒を見るというのが楽しくてうれしいのだ。そこにはもう立派に男が芽生えている。いずれ彼らもみな、惚《ほ》れたはれたの騒ぎを繰り返すことになるのだろう。

「お前、ルスバン」

「あ、俺……」

「そうだよ」

級長はボスの顔に戻っていた。

「なんだい」

「ちょっとした品物《ブツ》とか、ひょっとしたら現ナマとか、そういうのをきちんと隠しておける場所《ショバ》はねえか。駅や公園《ヤマ》じゃそんな場所《ショバ》はありっこねえからな」

ルスバンは視線を宙に浮かせた。

「そうだな。ないこともないけど、あってもちょっと遠くなるぜ」

「少しくらいなら遠いほうがいい。お母さんにまわす品物《ブツ》を少し冷やしとかなきゃならないこともあるだろうしな。それにいつまでもその日ぐらしじゃしょうがねえだろ。ずっとこんな恰好《かっこう》でいるわけには行かねえよ」

級長はルスバンやアカチンにとって意外なことを言いだした。

「だってこの恰好は稼ぎのもとじゃねえか」

アカチンが口をとがらし、ルスバンはポカンとした顔で級長を見ている。飴屋は左手を右の肩に当てがって、揉《も》むようなしぐさをしながらうつむいて草の上に坐っていた。

「そりゃそうだ。でもこのまんまおとなの浮浪者になるのか……」

そう言われると、アカチンもどこかでこの暮らしにけりをつけなければいけないような気がしてくる。

「ほんとなら、俺たちはもう六年生だぜ。ことしいっぱいはいいとして、来年になったら中学じゃねえか。親がいたって働きに出るかも知れねえ歳だ。これからもっとうんと仕事をして、金を貯めるだけ貯めて、みんな普通の家《うち》で暮らすようにならなきゃいけねえと思わねえか」

「普通の家って、どんなのよ」

アカチンが訊《き》く。

「一軒家。それが無理なら長屋かアパート」

「買うの……」

「借りたっていい。俺んちは長屋だった。大家《おおや》に家賃を払ってな」

「おとなみてえなことをすんのかい」

「おとなにならなきゃダメだろうがよ。どうせおとなになるなら、早くなったほうが勝ちだ」

「でもどうやって稼ぐ」

アカチンが稼ぐと言ったのは、地下道隠語の食べるという意味だったようだ。

「ノガミだからいいようなものの、普通の家に住んで盗みなんかやってたら、すぐ3の字に嗅《か》ぎつけられてパクられちゃう。ちゃんとした商売で稼ぐんだよ」

級長が言う稼ぐ、は、世間一般で通用する言葉だった。

「でも、俺たちに長屋なんかを貸してくれるかな。一軒で俺たち八人が住むのか。おかしいよ、そりゃ。いくらなんでも怪しまれるさ」

「みんなバリっとした服を着るんだよ。それにちゃんとしたおとなを中へ立てればいい。理屈くらいなんとでもつくだろうよ。それより金だ。ルスバンが俺たちの貯金を大丈夫なとこへしまっといてくれればいい」

飴屋が突然大声で笑った。

「ルスバンが金庫番か」

級長も苦笑している。

「やらなきゃしょうがねえだろうよ。どうせもう俺たちは掻っ払いをしちまってるんだ。3の字につかまって感化院へ送られるより、早いとこ一気に稼いで足を洗ったほうがいい。その先もまた危《ヤバ》いことをしなきゃならねえかもしれねえけど、そんときはそんときだ。やってみなきゃ判らねえ」

「俺もルスバンにそう言ってたとこさ。こいつにいい服《ビラ》を着せて、もっと割のいい仕事をしようじゃねえかってな」

「ルスバンさえよけりゃ、悪くねえ考えだ。当たり前の恰好をして見せかけの荷物を持って、改札の行列に並んでれば、キッカケを作るのはわけもねえ。ルスバンが見当《アタリ》をつけた奴にくっついて並べばあとは簡単さ。実はおととい罹災《りさい》証明を買った奴の話を聞いたんだ。それを手に入れてルスバンに持たしとけば、親と一緒だとかなんとか、警察《サツ》や駅員には言いわけができるから安全だろ」

「罹災証明ってなんだい」

ルスバンが尋ねた。

「空襲で焼け出されたっていう証明書だよ」

「俺、そんなのもらわなかった」

「当たり前だい。おとなじゃなきゃもらえねえ」

「それ持ってれば浮浪児じゃないってことになるわけか」

「ちゃんとした恰好をしてりゃあな」

「あのお母さん、持ってるのかな」

「持ってんだろうよ。ちゃんとした家《うち》の奥さんだったんだから」

「それとも旦那さんが持ってんのかな」

「ばか。旦那さんが生きてたらあんなことするかい」

級長にかわって、飴屋が呆《あき》れたようにルスバンをたしなめた。

「あの……俺……」

アカチンがおずおずという。

「どうした」

級長が優しい目でアカチンを見た。

「あのお母さん、なんて名前なの……。俺、ちょっと知りたくて」

「知らねえ」

級長はあっさりそう答えた。

「どうして……」

「知らねえもの」

「じゃあのクリクリ坊主になった女の子の名前は……」

「啓子ちゃん。お母さんがそう呼んでた」

「俺も訊いたよ、啓子ちゃんに。としは、名前は、って。そしたらこうやってた」

級長はニコッと笑って手をひろげ、拇指《おやゆび》だけを折ってみせる。

「四つか……ませてんな」

「どうして」

アカチンはちょっとうろたえた。

「なんとなくさ。だって四つにしちゃ女っぽいじゃ」

「ばか」

級長は失笑して飴屋のほうを向いた。飴屋も苦笑して、

「もしかするとアカチンが俺たちの中でいちばんばかかも知れねえな」

と言った。なぜかアカチンはうれしそうな顔で頭を掻いている。

「啓子ちゃんがクリクリ坊主になったわけを教えてやろうか」

それを見て級長がふと思いついたように言う。とたんにアカチンもルスバンも、飴屋までもが身を乗りだしてきた。あの母子に関する情報はなんでも知りたいのだ。

「毛ジラミがわかねえようにしてやったんだよ。お母さんが」

「ああそうか。そう言えば毛ジラミがわくなあ、髪の毛が長いと」

「お前だって随分長いぞ。いるんだろ」

「うん」

「たまには頭を洗え。……俺たちは洗ったもんな、このあいだ」

級長が意味ありげに飴屋を見てそう言う。

「そうさ。嵐の晩にあのザーザー降りの中へ出て洗っちゃった」

「あ、いいんだ。呼んでくれればいいのに」

「東京中降ってたぜ。どこでだって洗えらあ。風が強くてよ。雨が顔に当たると痛《いて》えんでやんの」

アカチンとルスバンは羨《うらや》ましそうな顔になった。

「またすぐ台風来るよ」

飴屋はわざとらしく、ごく軽い調子で言った。

「そう言えばさ、お母さんたち、お風呂どうしてんだろう」

アカチンはそう言うルスバンに軽蔑《けいべつ》したような目を向ける。

「お風呂だって」

風呂におをつけたのが気に入らないらしい。そういう言い方は家庭内のものだった。恐らくアカチンも以前はお風呂とかお湯とか言っていたのだろう。地下道にまっ黒な体を横たえる身にとって、それは古傷に触れられたような感じらしかった。

「知らねえな、そんなことは。上手にやってんだろ」

級長にとって、ルスバンが発したその質問は、たったいまアカチンが感じた痛みと同じものを生じさせた。

あの奇麗なお母さんが、何カ月も風呂に入らないでいるなどということは、想像しただけで身震いがする。級長にとってお母さんはそんな垢《あか》じみた世界にいる人ではないのだ。だからルスバンに現実的な問いをつきつけられると、晴れた空へ目をそらし、当然その青空の色と同じように、清潔に日常を捌《さば》いていてくれと、祈るように思わずにはいられないのだ。

「あのさあ」

「なんだよ、まだなんかあんのか」

級長はつい不機嫌になった。

「竹町《たけちょう》のほうにさ、焼けなかった銭湯があんだよね」

「ばか。飴屋じゃねえけどほんとにお前はばかだな。早く言え、それを」

ばか、と級長にもろに言われて、ルスバンもうれしそうな顔になる。彼にとって級長や飴屋にばかと言われるのは、存在を認められたあかしなのであろう。

「銭湯も焼けちゃったから少なくなってさ。そこはがんばってやってるんだ。はじまる前なんか行列だぜ」

「場所を教えろ」

飴屋がポケットをゴソゴソやって、十センチかそこらの長さの赤鉛筆と頼信紙をとり出した。

「あ、駅の電報扱所のとこから掻っ払って来やがったな」

アカチンがのぞきこんで言う。

「お前もばかだ。俺たちは毎日もっと凄《すげ》えものを掻っ払ってら」

「あ、そうか」

アカチンは飴屋にそう言われ、首をすくめて引っこんだ。

「地図を描け」

級長が命令すると、ルスバンはすらすらと器用に線を描いて行き、要所要所の目じるしを字で書き込む。

「なんだこいつ。おとなみてえな字を書きやがんの」

アカチンがまたのぞきこんで、今度は胡散《うさん》臭そうな顔になった。

「俺の通信簿、優ばっかりだもんね」

「嘘《うそ》……そんじゃお前、級長かよ」

「そうじゃないけどさ。体操と唱歌が良」

ルスバンは級長に地図を渡し、飴屋に赤鉛筆を返した。

「それどうすんの……行くんなら俺も一緒に行くよ。置いてっちゃ嫌《や》だよ」

「俺たちが銭湯へ行くときは、どっかで風呂へ入ってからでなきゃ入れてくんねえよ。小ざっぱりしたのに着がえてさ。そんな面倒《めんど》臭いことするか、お前」

飴屋がにべもなくそう言い、級長が地図を大事そうにポケットへおさめてから答えた。

「お母さんに教えてやるんだ」

「わ……じゃあ俺、お母さんの役に立ったんだ」

ルスバンがもろによろこぶ。だがその脇腹をアカチンが小突いていた。

「そんなに成績がいいのに、お前なんで級長になんなかったんだよ」

ルスバンはうるさそうに答える。

「もっと成績のいい奴がいたもん」

「じゃ副級長……」

ルスバンは首を横に振る。

「この野郎、嘘《トン》こきやがって」

アカチンは安心したような微笑を泛べた。空は青く晴れ、彼らははじめて持ったアイドルに酔っていた。


世間は大混乱で、級長がお母さんにそっと竹町の銭湯への地図を渡した翌々日には、遂にマッカーサーが厚木に到着し、占領軍は神奈川の学生を動員して事前に清掃された、横浜税関ビルその他の施設へ入った。

その日から日本は、連合国最高司令官兼アメリカ太平洋陸軍司令官ダグラス・マッカーサー元帥の支配下に入ったが、上野駅地下道にたてこもる八人の戦災孤児には、痛くも痒《かゆ》くもなかった。

むしろこれまで、八紘一宇《はっこういちう》とか聖戦遂行とか言って、鼠《ねずみ》のように穴の中をチョロチョロと駆けまわる彼らを居丈高に追い散らしていた警官たちが、かなり萎縮《いしゅく》気味なので、かえって過しやすかった。

彼らはまだ、進駐してきたマッカーサーがおし進めようとする支配、教化の半径の外にいる。また、一方の神である天皇の慈悲や救済が及ぶ範囲の中にもいない。二つの天の中間にあって、どちらの支配も及ばない、いわば化外《けがい》の民である。将来そのどちらかが彼らを捉えるとすれば、日本側からは捕吏が出向くであろうし、アメリカ側からはチョコレートやジャズや映画が押し寄せるはずだ。

保護という名目の支配、管理よりは、ひとかけらのチョコレートに向かって彼らが走りだすのは目に見えていた。

マッカーサーの到着は、元しょんべん横丁の空地に、まだなんの変化ももたらしてはいない。

ただそこには、今日を生きねばならない人々が集まり、彼ら自身の力で、日一日と賑《にぎ》わいを増している。

母子はその空地の南側のまん中あたりに坐っていた。

ルスバンたちが言った通り、啓子という女の子は頭をクリクリ坊主にしてしまい、おまけに並んで物を売っている男がお母さんに割安でゆずってくれた、空色の子供用長ズボンをはかされていた。

もちろん古着で生地は冬物。前あきの男児用で丈もだいぶ長いようだが、お母さんはその子の背が伸びるのを計算して裾《すそ》を切らずに折り返してはかせている。胴まわりも太くて全体にダブダブだが、お母さんは無理にベルトなど締めさせず、自転車用のロープを切ってズボン吊りと同じようなものをこしらえて、その四つの端をズボンの胴に縫いつけてしまっている。

ちょっとサーカスのピエロのズボンのようだが、本来女の子で目がクリクリッとして可愛いから、そんなおどけた男の子の恰好がひどくしゃれてみえる。

ただ履物はおとなの女下駄だ。

「いらっしゃいませ。なんでもお安くしてありますよ」

前に立った男をみあげてお母さんが言う。地面には唐草の風呂敷をきちんとひろげ、四隅に石ころがのせてある。

ニコがその風呂敷包みを七番線ホームで盗《や》ってきた。ちょっと追いかけられたが、中身がやけに軽いので、放りださずにすんだ。入っていたのはザラザラな便所の落し紙の束と、十字のマークを印刷した紙の袋に入った衛生脱脂綿だった。

その脱脂綿は並べるとすぐまとめて売れてしまったが、ニコも級長もお母さんがそれを全部は売らなかったことに気づいていない。

そう言えば、ときどき警官といっしょに地下道を見まわりに来る区役所の職員でも、浮浪者が便所の中でどうしているのか、想像したこともないだろう。ことに孤児たちがちり紙を持ち歩いていることなどあり得ない。古新聞だってそうやたら路上で風に舞っているような時代ではないのだ。

ひょっとすると飴屋が持っていた頼信紙はトイレ用なのかもしれない。

とにかく、厚さ約十五センチの落し紙十束も、あっという間に売り切れて、それを包んだ唐草の風呂敷は、お母さんの商品を並べる台がわりにされている。

また売れて、お母さんが、

「ありがとうございます」

と頭をさげると、そばにちょこんと坐っている啓子もそっくりのしぐさで、

「ありがとうございます」

と頭をさげる。品物を持って帰りかけた男は、お……というような顔で足をとめ、

「可愛い坊やだね」

と相好を崩した。

「みろみろ、あれじゃなんにもなくたって売れちゃうよ」

また彼らがお母さんたちの様子を見にきている。そばへは寄らずに、少し離れたところからそれとなく眺めているのだ。

「なんにもなくて売れるわけねえだろ」

背の高いゲソが、チビのマンジューに言う。

「売る物がなくても、あの子だけで人が寄って行くってことだよ」

「まるで坊やだな」

　母子が心配で見にきているというよりは、自分たちが楽しいから見物にきているのだ。汚れ切った浮浪児の身で、そんな母子とかかわりを持っているのが誇らしく、できればそばへ行って、人々にこれ見よがしになれなれしくして見せたいくらいだ。

　だが仲間の掟《おきて》として、それは絶対許されない。お母さんが彼らの盗品を捌いていることが知れたら、彼らはその母子と別れなければならなくなる。

　みんなもう、母を失うことは絶対にしたくない。その人を呼ぶお母さんという言葉はもうただの呼び名ではなく、彼らのイメージでは本当の母親を呼ぶ言葉に近くなっていた。

　マンジューがゲソに言う。

「ああ」

　ゲソはうっとりとお母さんたちのほうを見ていた。母子がまた客にお辞儀をしている。大声で荒っぽいやりとりをする客や売り手の中で、その母子のところだけがしっとりとして品がいい。低い位置から客をみあげて、母子揃ってお辞儀をするのが少しも卑屈ではなく、それを見ていると、喚《わめ》き散らすあたりのたけだけしさが、他人《ひと》ごとながら恥ずかしくなるくらいだ。

「あの子にも綽名をつけないか」

「啓子ちゃんでいいじゃねえか」

「坊や」

ゲソはウフッと笑った。

「坊やか……悪くねえな」

「な、いいだろ。みんなに相談しようっと」

「お前ものんきだなぁ」

たしかにのん気なものだった。

マッカーサーは英雄らしいゆとりを示し、ヘルメットもかぶらぬシャツ姿でコーンパイプなどくわえていたが、外務省から徴発したリンカーンで厚木から横浜に向かうとき、日本側が予定したルートを避け、機銃をつけた完全武装のジープを先導に突っ走った。待ち伏せを恐れたらしい。宿舎に選ばれたニューグランド・ホテルへ入ったあとは、先遣部隊である第十一空挺《くうてい》師団の兵士に周辺をがっちり固めさせ、その兵士たちにはまだ冗談を言うゆとりもない。それがマッカーサーに同行した第八軍の兵士と入れかわれば、もっと強固な警備態勢になるはずだ。

その兵士たちは、日本側の復員の進捗状況など知らされていない。予備知識にあるのは東京周辺の大平野部に、三十二個師団が配備されているということである。

彼らの先遣部隊は将校を含め百五十、第八軍の第一波が千二百、ハルゼー麾下《きか》の第三艦隊が乗せている海兵隊でも一万三千にすぎない。

その一万五千足らずの兵士たちが、推定三十万以上の敵を意識している。マッカーサーはとにかく、個々の兵士に怯えがないと言ったら嘘になる。

一方、はやばやと特殊慰安施設協会《RAA》の設置に踏み切ったことでも判る通り、日本側の恐怖感もひと通りではない。ことに憲兵ははやばやと制服を脱ぎすて、蜘蛛《くも》の子を散らすように逃げ出している。彼らにとってこわいのは、上陸した連合軍だけではなく、彼らの顔や名を知っている日本人たちなのだ。

その点ノガミの浮浪児たちは気が軽い。自分たちを疎開で家族から引きはなしたのは国の命令があったからだった。彼らの家や学校を町ごと燃やしてしまい、家族を焼き殺したのは国が戦争をはじめたからだ。敵はアメリカで、B29の姿は見ても、なま身のアメリカ人はまだ彼らの視界には入っていない。だが国は警官の姿をしてまだ彼らを追いまわす。

ほんのかすかだが、彼らには自分たちに災厄をもたらし、圧迫を加え続ける国から、その力をとりあげてくれそうなアメリカ軍に対する期待があったようだ。

だから、

「とうとうこれで日本もおしまいだな」

「天皇だってどうなるものやら」

などというおとなのささやきを耳にすると、なんとなく自分たちの天下になったような気がして、今までよりいっそう俊敏に盗みまわるのだった。

戦後すぐ、第三国人と呼ばれるようになった人々は、孤児たちの百倍も大日本帝国の没落を意識した。

その人々は自分たちの国を持っていたのに、無理やり日本人にされ、強引に家族から引きはなされて日本へ連れてこられた中国の台湾省民や、朝鮮半島の人々だった。

彼らは他人の国で苛酷な強制労働に追いやられ、下層民の生活を味わわされた。

だが戦争の結着がつき、彼らをそんな境遇に突きおとした大日本帝国が破滅を迎えようとしている。日本の兵士が軍務から解放されたように、彼らも強制労働から解放された。

彼らはもう日本人ではなく、元の国籍に戻ったのだ。日本の法律に縛られることはなく、彼らは大日本帝国に対して戦勝国の立場にある。失意と絶望の日々をとり戻すのは今だ。威勢よくやろう。自分たちに差別の目を向けていた日本人をひざまずかせてやろう……。


国内陸海軍将兵の復員が完了し、国外からの引揚げが進行するころの調査によると、全国の失業者は千三百二十四万人という厖大《ぼうだい》な数にのぼっている。

国民への主食配給は、芋《いも》や芋のツル、芋のクズ、大豆、豆カス、小麦粉、澱粉《でんぷん》などの代用食品も含め、千二百カロリーそこそこ。通常成人一人当たり一日に二千から二千四百カロリーが必要だとされ、千カロリーを継続的に割ると命が危ないと言われている。

だから人々は必死で闇《やみ》の食糧を求めた。それでも東京の平均は千七百カロリー程度だ。

解放されたとは言え、いわゆる第三国人も事実上失業者に等しい。生存に必要なカロリーの摂取量も同じレベルに落ちている。

日本で彼らが生きのびる場所は、闇市《やみいち》しかなかったと言える。闇市にはそれなりに日本の法の規制があったが、彼らは当初その法の範囲外にいたのだ。

敗戦の年の秋、ＧＨＱは彼ら第三国人を、可能な限り解放国民として扱う、と発表している。侵略された諸国民を解放したという立場では、当面それ以外の扱いようがあるはずもない。

上野駅周辺にも、そうした日本の法律に縛られない人々の勢力が強まっている。やがてそれが輪郭を明らかにした闇市の主導権を争って、日本人との抗争にもつれ込むのだが、その国家的痛みを引受けたのは名もない庶民である闇市の人たちであり、皇居の人々が千二百プラス五百カロリーで過したかどうかは定かではなく、誰かの罵声《ばせい》を浴びたという記録もない。そのかわり天皇はモーニングを着てマッカーサーに会いに行った。

だがそれは間もなく起こる雲の上の出来事。お母さんや孤児たちは晴れた空の下で生きるのに懸命だ。

「今日は売れ脚が特別早かった」

このところ毎日お母さんの右どなりに陣どる復員兵が、そう言って店じまいをはじめた。

「吉野さんのそのキセル、いつまでも残ってますねえ」

男は級長たちもまだ知らないお母さんの名を口にしている。きっととなり同士で名乗り合ったのだろう。

「これですか……」

お母さんは銀のキセルにちょっと目をやって微笑する。

「最初の日から売れ残っているんですの。毎日見ているとなんだか自分の物のように思えて困りますわ。愛着が湧くんでしょうか」

「なんだ、それはもともとあなたの物ではなかったんですか。こりゃ損したな」

復員兵は伸びはじめた髪が突っ立っている頭に手をやって笑う。

「あら、なぜですの……」

お母さんは小首を傾《かし》げた。

「お父さんとかご主人の……その……形見か何かではないかと思って、ちょっと気にしてたんですよ」

そういう大切な品を手ばなすために、ここへやってくる者も多いのだ。親や夫の思い出の品を食糧に換えてしまう痛々しさが、その青空市場のどこかにいつものぞいている。

「あらごめんなさい。そうじゃないんです」

「よかった。でもよく磨いていらっしゃったから」

「はじめはよごれていたんですけど、これは本物の銀のようですわ。磨いてやるとこんなに奇麗に光って……でも失敗でしたわ」

「どうしてです」

「どう見てもこれは銀のキセルでしょう。だからどなたも買おうとしないんです。真鍮《しんちゅう》でできた短くて安いキセルがたくさん出まわっていますから」

「あれは砲金です。することがなくなった軍需工場あたりが、あんな物を作りはじめているんでしょうね。それより吉野さんが羨ましいですよ。売るそばから次々に品物が湧きだしてくるみたいだ。その鉛筆、戦前のものじゃありませんか……。ちゃんと一ダース入りの箱に入って。それによく地下足袋《じかたび》が出てくる。地下足袋なんていいですよ」

「でも、みんな履き古しですわ」

ゲソが聞いたら逃げだすかもしれない。ゲソは履物泥棒の名人なのだ。

「どこかにそういうのを卸《おろ》してくれるようなところがあるんですね」

「ええ、まあ」

「よかったら紹介して欲しいなあ。自分はもう売る物がなくなったです」

お母さんがあいまいな微笑を泛べたとき、

「鉛筆、バラ売りしてくれないの……」

と、うす汚れたワイシャツの袖《そで》をまくりあげた男が言った。

「いらっしゃいませ。はいお売りします」

お母さんがそう言って軽くお辞儀をすると、そばの啓子も、

「いらっしゃいませ」

と頭をさげた。

「お……お利口さんだね。坊やいくつ」

啓子は指を四本出してみせる。

「そう、もう四つか。お母さん大変なんだから、おとなしくいい子にしてなきゃね。坊やも早く大きくなってお母さんを助けてあげるんだぞ。……うちのはもっと大きいんだ。国民学校の四年と三年。勉強しろって言ったところで、鉛筆もろくにない有様じゃね。……いや、だから一本じゃないの。二本。……あるところにはあるんだなあ。箱入りでありやがる。うん、これはいい匂いだ。懐かしいね」

となりの復員兵はしゃがみこんでそれを見ていた。


夕方。マンジューが人通りのない道ばたにしゃがんでいる。科学博物館の裏手の道だ。

その道の向こうには仲間が集まっていた。

「これは大戦果だよ。戦艦四隻轟沈《ごうちん》」

バアちゃんが珍しくはしゃいでいる。

「警察《サツ》の自動車だって……」

　級長は信じられないといったように飴屋の顔をまじまじと見た。

「うん。ちょいと足をのばしたら、大黒天のわきの、ちょっと下る道のとこにその自動車がとまってたんだよ。屋根に防水シートみたいのをつけた奴だよ。片っぽの前の扉があけっぱなしでさ、窓もみんなあいてた。珍しいから通りすがりにひょいと中をのぞいたんだよ。だって道を塞《ふさ》いでやがんだもんな。そしたら運転手のとこにお巡りの帽子がちょこんと置いてあってよ、助手台のほうに紐《ひも》で縛った紙包みが置いてあったから、こん畜生と思って中身がなんだか判らないけど持ってきちゃった。あれは運転してたお巡りが、しょんべんかなんかしに行ったんだな」

「大戦果、轟沈」

　バアちゃんがまた言う。自転車につける四角い懐中電灯をひとつ持っていて、そのスイッチをつけたり消したりしていた。クロームメッキでピカピカ光る同じものを、級長とアカチンとニコがひとつずつ手にしている。

「大黒天って言えばお前、谷中《やなか》署のすぐそばじゃねえか」

「うん。自動車の鼻づらはあっち向いてたな。チビりそうだったんだろ、そのお巡り」

　みんな笑い、その向こうでマンジューがこっちを見た。

「バアちゃんよせよ。電池がなくならあ」

級長が注意する。

「電池つきだもんな、こりゃ凄《すげ》えよ」

ニコは感じ入ったようにしげしげとその四角い懐中電灯を見た。

東京の町は送電もままならず、焼跡は夜になったらどこもまっ暗だし、焼け残ったところも停電はしょっ中だ。そんな時期、懐中電灯は自衛のための武器であるとさえ言えた。

「でも警察《サツ》の自動車から盗《や》って来ちゃうなんて、やっぱり飴屋じゃなきゃできないよ」

ルスバンが憧れるような目で飴屋を見た。

「これ、いったい幾らで売ったらいいんだ……お母さんにまかせといたら、きっと安く売っちゃうぜ」

ゲソは心配そうだ。

「いや、これはお母さんには渡せねえ」

級長はキッパリと言う。

「なぜ……」

みんないっせいに級長を見た。

「危《ヤバ》いよ。これを盗《や》られたお巡りは、悪くするとクビになるかもしれねえぜ。懐中電灯がなかったら、お巡りたちは夜中の警戒ができねえだろうよ。それが四個もだぜ。おおごとだよ。こんな物捌いてみろ。警察《サツ》がすぐ目をつけらあ。新品の懐中電灯をみたらすぐ知らせろって、触れまわるかもしれねえんだぞ。それを四個一遍《いっぺん》に並べたらお母さんはどうなると思うんだ」

みんなはシュンとなったが、飴屋は潔く言う。

「そうだな。こいつはお母さんには捌かせないほうがいい」

「じゃあ誰に捌かせる。そういうことなら持ってるだけでも危《ヤバ》いぜ」

ニコが言い、拾ったタバコに火をつけた。タバコ用の針金を持っていて、器用に二センチくらいの奴をそれではさんで喫《す》っている。

「タバコは拾えるけど、お前よくマッチを切らさねえで持ってるな」

アカチンが言った。

「そのうちライターを盗《や》らなきゃ。復員した奴らがいいのを持ってるのを見たぜ」

「そう言えば、ライターの石ってのがあんだってな。高《たけ》えんだってさ」

そんなお喋りの中でバアちゃんが言った。

「級長よぉ、その懐中電灯のことだけどな」

「なんかいい考えがあるのか」

「うん。復員兵がこのごろ集団で、あっちこっちの倉庫なんかに乗りこんでるってはなし、聞いたことねえかい」

バアちゃんのゆっくりした喋りかたを、じれったそうに聞いていた飴屋がすぐに答えた。

「聞いてる聞いてる。そいつら、自分たちの部隊にまだいろんな物が残ってて、それを隠した場所を知ってるんだってさ。だからそれは兵隊仲間の奪《と》りっこで、警察《サツ》なんかには関係ねえんだそうだ」

バアちゃんはゆっくり言う。

「そんなことはどうでもいいんだけど、そいつらは懐中電灯が要るんじゃねえかな」

級長はパチッと膝《ひざ》を叩いた。

「上出来。そいつら夜中に倉庫へ押し入るんだ」

「奴ら金ならうんと持ってるよ」

「あれ、バアちゃんそいつらのこと、よく知ってるのか」

「俺、注射してもらってるんだ。金払ってさ。俺、まだときどき倒れるし、あの注射うつと元気になる」

「どんな薬よ、それ」

さすがにアカチンは薬局の子だ。

「ヒロポン」

「ふうん……。聞いたことねえな」

「じゃあその兵隊は軍医か衛生兵だな」

級長が尋ねる。

「違う。みんなごつい連中だ」

「バアちゃんは持病があるからしようがねえよな。そいつらの家《ヤサ》は……」

「ダメだ、言えねえ。級長でもな。だってそいつら、隠れてなきゃ仲間に仕返しされる。俺は注射してもらいたい。だから言えねえ」

「そうか、じゃあ仕方ねえな。そんならバアちゃんがやってくれるか……。先に一個だけ持ってって、そいつらが欲しがったら、もっとあるって言うんだ」

「いいよ。俺、そいつらと仲よくなったから」

「はじめの一個は金でもいい。でも欲しいのはお母さんが安心して捌ける品物《ブツ》だ。そうだろ、みんな」

全員頷いた。

「その復員兵たちが持ってる品物《ブツ》で、嵩《かさ》ばらなくてできるだけ値の張るのと、こいつを取っ換えてもらえるとうまいんだけどよ」

「やってみる。話の判る奴らだ」

「よし、じゃあ手はじめに今持っているのを預けるぞ。あんまりパチパチやって電池を切らすなよ。なんにもならなくなるからな」

「うん」

意外なことにバアちゃんはすぐ立ちあがった。

「あれ、どこ行くんだ」

「あいつらんとこ。ついでに注射してもらう」

飴屋が急いで立ちあがり、盗んだとき包んであった紙を破いて、バアちゃんがむき出しで持っていた懐中電灯を包んでやった。

「危なくてしようがねえ」

立ち去るバアちゃんを、飴屋は苦笑で見送っている。

「ルスバン」

「なに……」

「おととい頼んだ隠し場所のこと、どうなった」

「級長も見に行ってくれないかな。鉄筋の建物にはさまれた隙間《すきま》に、ちっちゃなお稲荷さんがあるんだよ。両側の建物も焼けちゃって、お稲荷さんもなくなっちゃった。でもコンクリの土台が残ってる。中はがらん洞《どう》で、裏っかわが毀《こわ》れてる。その裏っかわから物をいれて、毀れた穴をなんかで目立たないように塞いどけば大丈夫みたいなんだ。でも金庫は別だよ。うちのちっちゃな金魚池に、下水まで水を抜く長っぽそい溝があるんだ。うちの父ちゃんがセメントでこしらえるの見たから……上に土をかぶせてあるから絶対誰にも判んない。金魚池の水抜き穴は栓がしてあって、そこに泥が溜《たま》っちゃったからよく見たって判りゃしない。安全だよ、絶対に」

「そうか。じゃああしたでも両方見に行こう。とにかくみんな聞けよ。あの空地に店を出す奴がどんどん増えてる。みんなと同じ物を並べてたら売れ残っちゃうぜ。そしたらお母さんは品物《ブツ》を持って地下道を行ったり来たりしなきゃならないし、だいいちそうなったら安心して眠れねえだろ。人が寝てるあいだに履物まで盗《ギ》っちゃう奴がいるもの」

ゲソがまっ先に笑い、みんなも笑った。またマンジューがこっちを見ている。獲物を持ち寄るときはいつもマンジューが見張り役になるのだ。

「だからみんなお母さんの都合をよく考えて、嵩ばらなくてすぐ売れちゃう物をやるように」

みんなすぐには返事をしなかったが、しばらくして飴屋がその雰囲気をほぐすようにボソボソと言った。

「贅沢《ぜいたく》な注文だぜ」

するとニコが口をとがらせて思いがけない激しさで一気に言った。

「俺はやるぜ。お母さんたちをしあわせにするんだったらなんでもやってやる。俺はそのために生きてんだ」

飴屋はポカンとしてニコをみつめた。

「俺も」

アカチンが言った。

「そうだよ」

ゲソも言う。

「俺だって……みんなが帰ってきて家《うち》を建て直したりしたら、いそがしくなっちゃうけどね」

ルスバンはそう言って、おずおずと木の箱を前へ出した。

「なんだ、それは」

級長が厳しい声で尋ねた。ルスバンは叱られたようにビクッと体をすくめたが、級長は妙な顔で目をしばたたいている。仲間に弱い声を聞かれたくなかっただけなのだ。

「畜生、泣かせるぜ」

飴屋ははっきりと鼻をすすって声をくぐもらせていた。

「なんだかよく判んないんだけど、いろんな物が入ってるよ」

「どれ、見せろ」

級長はその箱へ手をのばした。

「何だこれ……」

箱の蓋《ふた》をあけて首をひねっている。

「軽石じゃねえか。それに鋏《はさみ》か……これ、なんかの道具箱だな」

雑巾《ぞうきん》らしい古タオルにちびた石鹸《せっけん》がひとかけら、それに小さなワイヤーブラシとスパナやペンチ、ドライバー。直径十センチくらいで高さが十五センチくらいの缶がひとつ。それに赤っぽくて短い小さなゴム管が両手に一杯以上。

「あ、こいつは虫だよ」

　ニコが言った。

「俺、自転車持ってたからよく知ってる。これはタイヤの虫だ。チューブの空気孔《くうきあな》のさ」

「そう言えばこいつはゴム糊《のり》だ」

　級長は缶の蓋を取っていた。

「うん、ガソリン入れて丁度いいくらいに溶かして使うんだ。そうだ、これはきっと自転車のパンク直しの道具だぜ」

「そうらしいな」

　級長は油臭い缶の蓋をしっかりしめた。

「売れる……」

　ルスバンは心配そうだ。

「判んねえなあ、こういう物は」

「お願いだよ、売ってみて」

「懐中電灯みたいに危《ヤバ》くはねえだろう。いいよ、お母さんに渡しとく。でも、パンク直し道具とかなんとか札つけとかねえと、客だってなんだか判んねえものな」

級長はルスバンの努力を買って、顔を立ててやったようだ。

風の裏側

昼間、なぜか飴屋《あめや》が地下道へ入って行く。その足は迷わずお母さんたちがいつも寝る場所へ向かっていた。

まっ昼間でも、一応腹に食い物がつめこんでさえあれば、地下道でゴロゴロしている連中が増えてきている。

焼け出されてやむを得ずその地下道へころがりこんだ人々も、そこから抜け出せる者はどんどん抜け出して、それなりになんとか正常な生活に戻っているらしい。

だが逆に人数は増えているのだ。

復員はしたものの、落着く先がなかった者や、縁故疎開からはやばやと帰っても食糧難に住宅難で上野をぶらついて過すうち、だんだん浮浪児化して気ままに暮らすようになった子供とかが、這《は》いあがった者にかわって地下道に棲《す》みついている。

また、職を探しながら地下道を仮のねぐらにする男たちや、買出し専門のいわゆるかつぎ屋になって、地方の農家と上野のあいだを、毎日のように汽車で往復する連中など、上野駅に棲むのは単純な罹災者《りさいしゃ》ではなく、その種類が雑多になっているのだ。

中にはそこの生活に慣れ切って、すっかり怠惰になってしまう者もいた。昼間からゴロゴロしているのはそういう連中だ。腹がくちければ物乞いをするのも億劫《おっくう》らしい。

で、そんなのが二、三人、お母さんのねぐらの付近にもいた。

飴屋がひょっこり顔を出すと、その中の爺さんが気づいて、むっくり上体を起こし、ニヤッと汚ない歯を剝《む》いて笑うと、そばの壁ぎわにあるボール箱の畳んだのを太い指先で示した。

飴屋もそれを見ると大きく頷《うなず》いて笑顔を返し、爺さんのほうへ近づくあいだにポケットから一円札を三枚出して一枚ずつ小さく丸め、そばにいる二人へはっきり視線を動かしてみせると、丸めた札《さつ》を三つ爺さんの顔の下へ放り出して行ってしまった。

「することがもう子供じゃねえや」

爺さんはそう呟《つぶや》きながらほかの二人を揺り起こし、

「ほら、どっかのお兄さんがボール箱の番をしてくれた礼だとよ」

と言って、小さく丸めたのを一つずつ分けてやった。

真夜中、級長がむっくり起きあがり、小便でもするのか、暗い中を勝手知った足どりで、寝ている連中の体をまたぎ越えて姿を消した。

だが級長は小便をするのではなく、やはり母子のいるほうへ足を向けている。お母さんと啓子がすやすやと寝ているのが、闇をすかしてぼんやり見えている。むっとするその臭《にお》いにも慣れてしまえば、地下道の夜は案外静かだ。遠くから、カンカラカンカンカン……と何か金属製のものをとり落としたような音が響いてきた。

その音で目を覚ましたお母さんに見られては、と思ったのだろうか。級長は満足そうな顔ですぐ引っ返して行った。

元の場所では飴屋が薄目をあけて、級長が戻ってきたのを見ている。級長は無言で横になり目をとじたようだ。

飴屋はくるっと寝返りをうち、級長に背を向けてニヤリとしている。が、飴屋は背中を突つかれてすぐあおむけになった。

「なんだい」

低い声だ。

「冬だ」

「…………」

「寒いぞ」

「そうだな」

彼らがそこへころがり込んだときは三月中旬だったが、寒さにガタガタと体の震えがとまらず、両腕を交差させて手を肩にまわし、自分の体を自分でしっかり抱いていなければならなかったくらいだ。

「その前になんとかしようぜ」

お母さんと啓子のことを言っているのだ。

「ああ。でも、要るぜ」

金のことだ。

「玉砕してもいいさ」

でかいことをしようと言うのだ。たとえ死んでもいいから。

「あるかな」

そういう仕事が、だ。

「寝よう」

考えても仕方がないという意味だろう。級長はもぞもぞと体を動かして、本格的に眠ろうとしているようだ。

飴屋は目をとじて、お母さんをどんな家に住まわせたらいいか考えはじめた。空想にひたりはじめたと言っていい。だがその空想はすぐ中断してしまった。飴屋には、焼ける前住んでいた浅草芝崎町あたりの家々しか、具体的に思い泛《うか》べることができなかったのだ。

お母さんには、もっとしゃれた立派な家でなければふさわしくないように思えたのだ。

次の日は昼前からショボショボ降りだして、お母さんと啓子は青空市場へ行かなかった。そうしたらその次の日は本降りになった。ラジオはアメリカの軍艦が東京湾へ姿を現わしたと言っていたそうだ。

「そう言えば今日は日曜日なのね」

畳んだボール箱の上に坐って、お母さんが櫛《くし》を手にそう言った。啓子は地下道の壁を背に、膝《ひざ》の上にあごをのせて、足の指を退屈そうにいじっている。

そのころ級長と飴屋は、バアちゃんを相手に東出口の隅っこでひそひそばなしだ。

「俺、はじめから物で払ってくれって言った」

「そいつら値をつけなかったのかよ」

飴屋は手順が違ったのにちょっと腹を立てているようだ。相手に値をつけさせ、その反応次第で足もとを見ようと思っていたらしい。

「もっと欲しがってる。秘密兵器だってよろこんでる」

「あと三個あるって言っちゃったのか……」

「ああ。駆け引きは面倒臭《めんどくさ》い。張り込むってさ」

「何を寄越す」

「一個に醤油《しょうゆ》三本。キッコーマンだ」

「一升瓶でか」

「うん」

「五本にしろ」

「じゃあ言ってみる」

「あの品物《ブツ》は……」

「見せて、持って帰った。アカチンに預けてある」

　級長がそのやりとりに割って入った。

「醬油は悪くない。すぐに捌《さば》けるだろう。でも嵩《かさ》ばって重いぞ。へたをすれば瓶が割れるしな。それに一升まるごと一人に捌けるものかな……お前どう思う」

「醬油なんて苦手だよ。小口で捌くしかないんだと、いれ物なんかどうすりゃいいんだ」

「そいつらが五本でウンと言ったら、五・四の二十で二十升か」

「級長、二十升はねえだろう」

　飴屋は級長の意外な弱点をみつけて笑いこける。

「そんなに扱ったらお母さんが酒屋になっちゃう」

　級長は憮然《ぶぜん》として呟いた。

「だったらいっそのこと、醬油を酒にしてもらうか」

　飴屋がまだ笑いながら言う。

「ダメ」

「どうしてだよ、バアちゃん」

「醤油ならちっとずつたらして旨《うめ》えけど、酒は飲めねえ」

「てめえのこと言うんじゃねえよ」

飴屋がまた笑う。

「飲んだことある、俺」

「へえ……」

「吐いた。酒は気持悪くなる」

「じゃあなぜおとなは飲むんだ」

「酒でも飲まなきゃやってらんねえって、あいつらそう言ってた」

級長がたしなめる。

「嫌なことを忘れていい気持になれるからだよ」

「なら注射のがいいや」

「ヒロポンか」

「うん」

「そいつらいつも何やってるんだい」

「チンチロリン」

「なんだそれ」

「どんぶりの中へサイコロを三個入れるのさ」

「バクチか」

「うん、俺もやらされた。一度だけさ。はじめてだったから、1が三つ出ちゃってみんなに笑われた。こりゃひどいもんだって。はじめてだから勘弁してもらって、それっきりやらねえ。全部足しても3だもんな。ほんとならすってんてんにされてるとこだ」

「どうだ飴屋。お母さんとこへ行ってみないか。雨だもんな」

飴屋はうれしそうな顔をした。

「うん、あそこにいるはずだな」

「醤油のこと聞いてみよう。小口じゃなきゃ売れねえんなら、今から瓶を掻《か》き集めなきゃならねえだろ」

「よし行こう。バアちゃん、今日はずっとアカチンと一緒だな」

「うん。でも、俺も行きてえ」

「今日は我慢しろ。これは仕事だ」

「ちえっ」

バアちゃんはさっさと駅の中へ消え、級長と飴屋はすぐ横の地下道入口へ走った。

お母さんの膝に啓子がよりかかり、その右に級長、そのとなりに飴屋と三人並んでいる。

「醬油が捌けるのは判ってんだけど、瓶まるごと捌けるかなあ」

級長はできるだけまわりに聞こえないように喋《しゃべ》っているが、素知らぬ顔で聞き耳をたてている奴もたくさんいる。

「どういうお醬油……」

お母さんも気を配って、級長のほうへさりげなく体を傾けてささやく。顔は前へ向けたままだ。

「キッコーマン」

「売れるわ」

「一升瓶だよ。ちゃんとした」

「まかせてちょうだい。でも瓶を包むものが要るわね。新聞紙でもいいけれど、持って帰るのにむきだしじゃ困るでしょ。紙の袋かなんかのほうがいいわね。でも買って帰る人が羨《うらや》ましいわ」

「どうして……」

「お家へ持って帰ってお炊事をするんでしょう。あたくしもお料理をするような身になりたいわ。上等なお醬油の匂いって、どんなだったかしら」

級長は鼻に指を当ててゴシゴシやった。

「よかった。小口にしなきゃ捌けないのかと思った」

「あなたたちはお台所のことなんか知るはずないんですものね。でもそれ本当にいいお醤油なんでしょ」

「うん、上物だって。栓を抜いたりした痕《あと》もないらしい」

「じゃあなおさらだわ。そういうのはきちんとした瓶だから値打ちがあるのよ。お料理が少しでも判っていれば無理してでも買いますよ。あたくしだってそうするわ、きっと。でも小口にしてサイダーの瓶なんかに分けて入れちゃったら、なんだかにせ物みたいになっちゃうでしょ。闇のお醤油ならこんなもんかって。だから瓶ごと売らせて頂戴。あっという間よ」

お母さんは級長と飴屋へちらっと顔を向けて微笑した。すっかり度胸が据《す》わっているようだ。

「全部で一ダース。もしかすると二十本くらいになるかも」

お母さんの顔色が変った。

「え、一本きりじゃないの……」

「まとめて入る予定だよ」

「あら、どうしてそんなに……」

「とにかく入るあてができたんだ」

「あそこでそんなに一遍に並べたら、大変な騒ぎになってしまうわよ」

「でも入るときはいちどきになんだ。チョロチョロ引取ってたら、途中で約束を破られるかもしれない。こっちにはそれだけのものをしまっとく場所がない」

「騒ぎになったときのことを考えると、あたくしじゃとても無理よ。こわいわ」

「むずかしいもんだなあ」

級長は肩を落として溜息《ためいき》をつく。

「もしかすると、手伝ってくれる男の人がいるかも知れないわ。その人に少しお金をあげてもいい……」

「あんまりお母さんの取り分が減っちゃうんじゃ困るけど」

「大丈夫よ、それは。じゃあお天気になったらその人に相談してみるわ。きっとまた来るはずだから」

「どんな人……」

「いつもあたくしのおとなりで物を売ってた人。復員して来た人よ。でももう売る物がなくなっちゃったんですって」

「よし、俺たちもその時は近くにいよう。何か起こったら俺たちも加勢するって、その人に言っといて」

「いいわ。作戦たてといて」

「紙袋、どうしよう」

「そういうことなら別よ。要らないわ。買った人が工夫してお家《うち》へ持ち帰ればいいのよ。だってキッコーマンのレッテルがついた瓶を並べたとたん、人がワッと集まってくるにきまっているんですもの」

「じゃ手間が省けた。値段ははんぱが出ないようにきめよう。お釣りなんか渡してらんないかも知れない」

「そうだわね」

お母さんはドキリとするような、謎めいた微笑をした。もう少し級長たちがおとなだったら、それを妖艶《ようえん》という言葉で理解したに違いない。


快晴というわけには行かなかったが、次の日は薄日がさしていた。

東京湾横浜沖では、ちょうどそのころアメリカの戦艦ミズーリ号の上で、二人の日本側代表が、マッカーサーたちを相手にして、降伏文書に署名をしていた。

だがその瞬間の歴史的意味も、まだ青空市場へは届きもしない。

「やっぱりおいでになりましたわね」

すでに唐草の風呂敷を地面にひろげたお母さんが、いつもの復員兵に言った。

「やあ、参りましたよ。売る物がなくなって、それに雨が降ったでしょう。市川の家にゴロゴロしてたんだけど、することがないってのは辛《つら》いです。読む本もないし、やっぱり出て来ちゃいました。軍隊にいたときは、もし家へ帰れたら毎日毎日本ばかり読んで暮らそうと思っていたんですがね」

その男はじろじろと唐草の風呂敷の上を見た。

「また地下足袋……それに鉛筆とサラの手拭《てぬぐ》い、肥後守《ひごのかみ》にノート。それはフィルムですか」

「ええ」

「そっちの箱はなんですか」

お母さんは笑顔になって男に木の箱を手渡した。

「こんな物、売れるでしょうか」

男は蓋をあける。

「パンク直し道具が一式だ。吉野さん、これ自分に売ってください」

男は目の色を変えている。

「ええ、どうぞ」

「これがあればなんとかなる。こいつはいい物が手に入った」

「あら、そんなに……」

「ええ。近ごろは誰の自転車もみんなくたびれて、ことにタイヤがいっせいにダメになる時期へ来てるんですよ。だからパンク直しは結構稼ぎになるんです。大きな橋のたもとに坐って待ってれば、日に何台かはきっとパンクした自転車を引っぱってやってくるんです。ことに近ごろはみんな重い荷をうしろに積みますからね。売り食いのタネも尽きたし、これでなんとかやって行けるでしょう」

「ほかの人に売ってしまわなくてよかったですわ」

「これ、幾らですか」

「値段なんか判りませんわ。差しあげますよ。どうぞお持ちください」

「いや、それじゃ悪い。いくらなんでもお子さんを抱えたあなたから……」

「ほんとに結構ですのよ。そのかわりと言っては大変失礼なんですけれど、ある物をここで売るのにお力を貸して頂けませんか」

「え、何を売るんです」

「お醤油です」

「それはまた……で、自分はどんな手伝いをすればいいんでしょう」

「そのお醤油は高級品で、きちんとした一升瓶なんです。銘柄はキッコーマン」

「そいつはすごい。すぐ売れますよ。自分なんかの出る幕はないでしょう」

「ところが事情があって、一遍に十本か二十本手早く売らなきゃならないんです」

「それはきっと大騒ぎになりますね。そこへ並べて売ろうとしたら、吉野さんあんた危ないですよ。へたをすると押し倒されたり瓶が割れたり盗まれたり……」

お母さんは深く頷いてみせる。

「だから売って頂けませんか。あたくしのほうが手伝いますから。お金はお支払いします」

男はゴクリと音をさせて喉仏《のどぼとけ》を動かした。

「やりましょう。こう見えても柔道は自信があります。ほかの連中みたいに、大声で客を呼びましょう。さあ買った買った。本物の醤油だよ、なんてね」

男はそう言ってから照れ臭そうに笑った。

「でもそんなたくさん一度に並べちゃまずい。一本か二本ずつ小出しにしましょうよ。それにはここへ台が要るな。押して来られても大丈夫なようにね。どこかでその日借りて来ませんか。損料を払えばいいでしょう」

「それはいい考えですね。あたくしでは考えつけないことですわ」

その復員兵はお母さんに頼られて、有頂天になったようである。

しかしお母さんは、さっきから少し離れたところで、戦闘帽をかぶった復員兵姿のがっしりした体格の男が、しげしげと顔を見ていることに気がつかなかった。

バアちゃんは案外しっかりしていたのか、それともよほどその倉庫破りの連中に可愛《かわい》がられていたのか、トントン拍子に話を運ばせて、あしたの昼ごろ懐中電灯四個と引換えに醬油瓶十五本を受取る手筈《てはず》をきめてきた。

さあそうなるといそがしい。お母さんと復員兵が相談した結果を聞くと、飴屋の発案で醬油瓶を十本だか一ダースだか入れるための、一本ごとの仕切りのある木の箱を、どこかの酒屋から掻っ払うことになった。

みんなが手分けして探しにでかけ、結局それはマンジューが南稲荷町《みなみいなりちょう》の酒屋の裏でみつけたが、持ち帰ったときは撲《なぐ》られて頭から血をだしていた。

相手はどうやら坂本のほうに巣食っているらしいが、バアちゃんはその点ひどく義理堅くて、場所を絶対打明けようとしない。だから彼らの隠れ家からバアちゃんが持てるだけ持って一定地点まで来て、そこから先は仲間がお母さんのところまで運ぶような手順になった。

そうなると、運搬中の偽装が必要になる。まっ黒けの浮浪児が、サラの一升瓶をかかえて歩くわけにも行かない。結局紙袋や新聞紙や布きれなどを調達することになり、それを指揮した級長が、やっと車坂町の偏屈おやじの店の裏でスイトンにありついたのは、もうまっ暗になってからだった。

空腹に慣れると胃が縮まって、そう無駄食いをしなくなる。おやじもこのごろは級長が食べる量を心得て、大きいどんぶりに一杯だけやればすむようにしていた。いちいち裏の戸をあけて、外食券一食分ずつのおかわりをしてやるのでは、たてこんでいるときなど面倒でかなわないのだろう。

食べおわって裏の戸をそっとあけ、そのどんぶりを店の中へ戻して帰ろうとすると、グエッと苦しそうな喉音《こうおん》が、店々の裏口が並んだその暗く湿った路地のどこかでしたようだった。

おや、と思って立ちどまった級長が、腰をかがめて暗がりをすかして見ると、スイトン屋の二階へ誰かがあがったらしく、二階の灯りがポッとついた。

革の半長靴《はんちょうか》に飛行服を着た、一目で元航空隊と判る男がうずくまって、どぶろくの入った一升瓶を支えにして上体を起こし、苦しそうに息をついていた。

「どうしたの……大丈夫……」

級長は思わずその男に近寄って行った。

「苦しそうだね。背中叩いてやろうか」

そう言って級長は返事も待たずにその男の背中をさすりはじめた。上はカーキ色のシャツだ。

「いい、放《ほ》っとけ」

男は邪険に級長の手を振り払う。よく見るとその男は、ごつい金具をたくさん打ちつけた、がっしりしたトランクを置いて、その上に腰をおろしていた。

「飛行機乗りだね、兵隊さん」

「もう兵隊じゃねえ。あんなもん」

「戦闘機……爆撃機」

「うるせえな」

男は顔をあげた。

「死に損なったんだ。死にたかったのによ」

べろべろに酔っているようだが、その酔い以上に男からは鋭い殺気のようなものが漂い出している。級長は男の前にまわり込んでしゃがんだ。

「坊主、お前思いっきりきたねえぞ」

「うん」

「うんだってやがる。平気か、それで。臭ってるぞ」

男はどぶろくをラッパ飲みした。

「飲みすぎだぜ、いまゲロ吐いたんだろ」

「生意気言いやがる。お前浮浪児か」

「うん」

「上野の山のか」

「違うよ。地下道さ」

「駅の地下道か」

「そう」

「なんでそんなところにいる」

「だって行くとこないもん」

「いつからだ」

「三月十一日の夕方から」

「いやに詳しく憶えてやがるな。……え、三月十一日……それじゃ十日の空襲でやられた口か」

「そう」

「どこで焼け出された」

「亀戸」

「みんなといっしょにか」

「ううん。かあちゃんと」

「おふくろと地下道ぐらしか。そいつは気の毒だったたな。でもまあ仕方ねえな。……スルメでも食いな」

男は太めに裂いた身の厚いスルメをひとつかみくれた。

「ありがとう」

「じゃあ坊主のおふくろもそんな風にまっ黒けか」

「死んだ」

「いつ……」

「あの空襲のとき、家《うち》のまん前で」

「まずいこと訊《き》いちゃったな、坊主。かんべんしろよ。で、おふくろは逃げ遅れたわけか」

「体中から一遍《いっぺん》に火を噴いて燃えちゃった」

「まさか」

「ほんとさ。最初家《うち》がはじけたみたいになって、かあちゃんが外へ放り出されちゃった」

「早く逃げ出せばよかったのにな。なぜいつまでも家の中にいたんだ」

「父ちゃんのお骨《こつ》を取りに戻ったんだ」

「………」

「最初ころがってるかあちゃんが白く光ったんだよ。そいですぐボッて火達磨《ひだるま》になっちゃった。でもかあちゃんは燃えながら起きあがって、俺に逃げろと言ったんだ」

「火達磨になってても口がきけるもんなのか」

「声は出なかったかも知れないけど、俺にはかあちゃんの言ってることがちゃんと判ったんだもん」

「お骨、って言ったな。おやじはその前に死んじゃったのか」

「ちょうどその日がお葬式でさ。俺、疎開してたとこから急いで帰ったんだけど、途中で何度も空襲警報が出たから汽車が遅れて、葬式には間に合わなかったんだよ」

「で、その晩あの大空襲か」

「そう」

「ほかに兄弟は……」

「一人っ子」

「親戚《しんせき》は……」

「近所に叔父さんがいたけど、叔父さん家《ち》もみんなダメだった」

「恐ろしいな、天涯孤独か。母親が焼け死ぬのを目の前で見せられて」

「別れたとき、かあちゃんはまだ死んじゃいなかったよ。あおむけになって動いてたもん」

男は呶鳴《どな》った。

「やめろ、坊主」

級長は口をつぐんだ。男はどぶろくをゴクゴクと飲み、ひと息ついてから優しい声になった。

「俺は特攻隊の死に損ないよ。もう日本はダメになりかけてた。飛行機がみんなガタガタで、一度は基地から飛びたったとたん、エンジンがとまって海へ落ちた。二度目のときは離陸もできなかった。滑走路をちょっと走っておしまいだ。でも二回とも戦友は飛んで行って帰らなかった。そうなるともう乗せてもらえない。判るか坊主……俺は縁起が悪い奴になったんだ。これから死にに行こうってのに、縁起がいいも悪いもあるもんか。でも俺はダメになった。下の連中がどんどん飛んで行き、みんな死んでった。だが俺はそいつらの教官にされて、死に方を教えて生き残った。ろくなもんじゃない。坊主のおふくろを死なせたのも、俺みたいな奴がいたせいさ」

「おじさんのせいじゃないさ」

級長は慰めた。

「まあいい。それより坊主のことを聞かせてくれ。地下道にいるのはそういう奴らばかりか」

「ううん、そうでもないけど、俺みたいなのもいる。戦災孤児って言うんだってさ」

「坊主幾つだ」

「焼けたとき五年生。今は六年のはず」

なぜか級長はその男に甘える気分だった。級長も予科練に憧れた口だったからである。

翌日の醤油特売は大成功だった。

「特売だよ。早く並んでおくれ」

復員兵が何度かそう叫んだだけで、さっと行列ができた。何を売るのかよく判らなくても、特売という言葉を聞いたとたん、みんなそこへ駆けつけるのだ。

みるまに行列が伸びた。男はそこでやっと醤油の瓶を出して、たかだかとかかげて見せた。行列からオーッという嘆声があがる。そのレッテルとつやつやした瓶がなつかしく、空《す》きっ腹にいっそう食欲がつのるのだろう。

「本物だぞ。これさえあれば芋のツルでも旨く食える。ただしちょっと高いから、金のない者買う気のない者は列から外れてくれ」

「幾らだ」

「一升三十円」

「暴利だ」

「高すぎる」

「嫌なら買うな。本数に限りがある。たったの十五本だ。よそにあると思うなら探しに行ってくれ。あるわけはないんだ。最高級のキッコーマン」

一番前の客が財布をゴソゴソやって三十円と引換えに醤油瓶をかかえて列から外れた。

それを見るともうほかの者も高いと抗議する気を失って、金を手にしはじめた。買えるとき買わないと、次はいつ手に入るか判らないということが、身にしみて判っている人々だ。

一歩、また一歩と行列が動き、お母さんがそのたび借りて来た台の下から一升瓶を男に手渡す。

級長たちはそのうしろにかたまって、拍子抜けしたような顔で立っていた。

行列は十五歩動いてぴたりととまった。お母さんはその寸前いつものように唐草の風呂敷のところへ坐り、

「もうないよ」

と男は最後の一本を客に渡して、借りた台をかかえると素早くそれを返しに立ち去ってしまった。

「一升三十円だってさ」

その時期醬油一升の公定価格は一円三十銭。気合とタイミングの勝ちだった。


今どき糊《のり》のきいた浴衣《ゆかた》を着て、瑕《きず》ひとつない黒漆《くろうるし》の座卓を前に、厚い紫の座蒲団《ざぶとん》に坐って、有田焼の銚子《ちょうし》から、盃《さかずき》に酒を注《つ》いで飲んでいる人間など、まったく珍しい。

新鮮な白身の刺身に煮物、焼魚、酢の物……。きちんと形通り揃《そろ》った料理も珍しい。

そこへこれもパリッとした浴衣を着た、がっしりした体つきの男が襖《ふすま》をあけて入って

くる。

「やあ、いい湯でした」

あとから来た男はそう言って床の間に顔を向ける位置に坐った。

「いろいろご苦労だった。酒は言ってある。まあ一杯やれ」

床の間を背にした男は痩《や》せていて目がきつい。

「重藤《しげとう》さんのおっしゃる通り、GHQの指令第一号はやはり軍の解体と軍需工場の閉鎖でしたな」

あとから来た男はそう言いながら、床の間を背にした男から酌《しゃく》を受けた。

「あれはもう判っていることだった。しかしあの詔書に国民はどう反応するかな。わたしでもちょっと淋しくなった」

「降伏文書、というお言葉が出ましたからな。ポツダム宣言の受諾、というような遠まわしの言い方をした終戦のご詔勅《しょうちょく》より、降伏というナマの言葉が陛下おんみずからの文書に現われるのは、やはりガクッと来ますからな」

男は手をのばして銚子をとり、今度は前の男に注ぎ返す。

「次は日本の管理方式というのを打ち出すらしい」

「ほう……」

「いわば施政方針のようなものだ。その中に必ず財閥解体という一項があるはずだ」

「本当にやるでしょうか。もしやればわが国の産業は何十年か前の水準に戻ってしまいますがね」

「アメリカ人の中には、日本の悪の根源は憲兵と財閥であると思いこんでいる奴がいるそうだ」

がっしりしたほうの男は軽く笑った。

「お待たせいたしました」

仲居らしい和服の女が襖をあけ、銚子を二本盆にのせて入って来た。

二人の男はそこで本題から離れ、女が去るのを待つ様子である。

「そうそう」

その間を持たせるようにがっしりしたほうの男が言った。

「珍しい人物を上野で発見しました」

「ほう、誰かね」

「海軍情報部の吉野中佐をご存知でしょう」

「知っているとも。あれは逸材だった。彼の死にはわたしもいささか責任があるんだ」

「その吉野中佐の奥さんを見たんです」

重藤と呼ばれた男の表情がきつくなった。

「たしかか」

「はい。若葉のお宅へ何度か使いに行ったことがありますから」

「そうだったな。で、どんな暮らしぶりだ」

仲居は出て行ったが、重藤は本題に戻る気配もなく、熱心に訊いた。

「それが、地下道ぐらしなのです」

「ばかな」

重藤は盃をおいた。

「駅前の青空市場で、地面にじかに物を並べて売っております」

「大磯《おおいそ》の実家へ入ったはずだぞ。吉野の実家だ。子供もいることだし、あそこにいればそう困るわけはない。わたしはあの家へ米や砂糖などを運ばせているのだ」

「しかし地下道ぐらしは事実です。いくら自分でも、あの地下道までは入れませんでしたので、人を使ってたしかめさせたのです」

「困ったことになったものだ。至急大磯の吉野家に何があったのか探り出してくれ。それと同時に未亡人を守ってやってくれないか。もちろんそれとなくだがな。早くいい機会を捉《とら》えてあの人をそんなところから脱出できるようにはからってやらねばならない。わたしは吉野に借りがあるのだ」

「承知しました」

男は頭をさげた。

「しかしなかなか面白いことになっているようです」

「面白い……」

重藤は咎《とが》めるような顔になった。

「はい。吉野未亡人には妙な味方がいるのです」

「どんな……」

「上野駅地下道に巣食う浮浪児たちです。どういうことでそんな連中とつながりができたのかは判りませんが、どうもその連中が盗んだ物を、あの奥さんが青空市場で売っているようなのです」

「いかんいかん。それは犯罪じゃないか」

「ところが奥さんは無邪気なもので、それが中古品業者か何かから卸して来るものだと信じているようです。案外逞《たくま》しいところがおありのようですな。今日も醬油を何十本か、あっというまに売り捌いたようです」

「どういうように助け出そう。あの件さえなかったら、今すぐ車をとばして地下道から連れ出しに行くものを」

重藤はどうやら大物らしい。それも影の大物といった感じだ。終戦の詔勅がでる直前の八月十四日、宮中の会議の結果を五分後に電話で知らされたくらいなのだから。

俯《ふ》瞰《かん》

一九四五年（昭和二十年）九月八日。アメリカ軍の東京進駐がはじまった。

それ以前、連合国最高司令官兼アメリカ太平洋陸軍司令官ダグラス・マッカーサー元帥は、横浜税関ビルに総司令部を置いてそこに入っている。

海軍のハルゼー提督は第三艦隊を率いて横須賀《よこすか》に進駐し、厚木《あつぎ》には連日後続の部隊が到着している。

木更津《きさらづ》にも空挺師団の一部が入り、館山《たてやま》にもカニンガム准将麾下《きか》の部隊が上陸した。

昭和二十年の九月は、このようにして占領軍が日本全土に展開しはじめた時期である。

もちろんこれは太平洋戦争最後の軍事行動であり、ブラックリスト作戦と呼ばれていた。

結果的には日本本土の無血占領となったが、ブラックリスト作戦は当然日本軍の抵抗があることを想定したもので、首都東京の占領は周辺部に充分な兵力を配置してから、慎重に行なわれたわけである。

無条件降伏を受入れた日本側に抵抗の意志はなかったが、アメリカ軍は抵抗がないことを見きわめることがまだできないでいる。

「静かすぎる」

と、西部劇の科白《せりふ》で警戒心を強めた指揮官も多かったという。

　連合国側はすでに占領後の統治方式を間接統治とするむね、日本政府に通告していたが、この間接統治の基本方針は、かえって占領軍側に徹底しきらなかったうらみがある。

　その原因は、マッカーサーが占領軍の司令官であると同時に、連合国最高司令官という行政官でもあり、GHQはその二つの機能を重ね持っていたからだった。

　たとえば、厚木、横浜、横須賀などの部隊と呼応して東京を挟撃すべく館山に上陸したカニンガム准将は、そうした軍事行動の当然の帰結として、館山市を直接軍政下に置こうとした。

　そうなると日本側は、裁判所、銀行、学校などを占領軍に支配され、配給や民間給与までがその管理下に置かれてしまう。

　これはすでに指示されていた間接統治の方針に反する。政府はあわててGHQに抗議し、館山市の直接軍政を撤回させた。

　このような場合の日本側の窓口は、終戦連絡中央事務局であった。

　逆に、被占領国の身でありながら、あわよくばという甘い期待をこめてこの窓口が使われたケースもある。

　日本政府には、なんとかして東京進駐を阻止しようという動きがあったのだ。

しかし、開戦以来敗退に敗退を重ね、メルボルンまで逃げてようやく反攻のチャンスをつかみ、いま横浜にいるマッカーサーにしてみれば、タッチダウンの地点は東京以外にあり得なかったのだ。

東京進駐回避を打診した終戦連絡横浜事務局は、アメリカ軍に軍票使用の準備があることを知らされて青くなった。

軍票を日本銀行券と同じ基本通貨として使われては、日本経済は破滅するしかない。政府は大蔵大臣を横浜に急派し、必死にマッカーサーを説得した。

結局この説得工作は成功するのだが、軍票の一部はすでに支給されはじめており、赤みをおびたB円と呼ばれる軍票が、かなりあとまで流通することになる。

危機はそればかりではなかった。

終戦の八月十五日から九月にかけての短い期間、アメリカの統合参謀本部内では、日本の分割占領案が浮上していたのだ。

その分割占領案によれば、北海道と東北地方はソ連の管理下に入る。

関東、甲信越、東海、北陸、近畿の各地域はアメリカ。四国は中国が管理。中国地方と九州はイギリスの管理下に置かれてしまう。

そして東京は、米、英、中、ソの四カ国共同管理、大阪は米、中の管理という恐るべきものだった。

これは明らかにドイツの分割占領をモデルとしたものだが、このような分割占領案が出されたのは、主として占領費の負担という経済的見地からだったという。

もちろん、トルーマン大統領はじめ国務省やマッカーサー自身も、政治的理由からこの案を一蹴《いっしゅう》したので事なきを得たが、それは日本側にとっても負担の増大に耐える名目となった。

また、占領軍の展開はそれほど整斉《せいせい》と行なわれたわけではない。進駐開始後一週間の犯罪発生件数はほぼ一千件にのぼり、その大部分はレイプ、強奪等の暴力事件であった。

このため神奈川県下では、九月四日から女生徒の登校を禁止する措置がとられ、教員の巡回指導が行なわれた。

こうした背景の中で、マッカーサーは実質的な東京進駐第一陣として、第一騎兵師団八千名を都内へ送りこんだ。

九月八日である。

アメリカ太平洋陸軍第八軍、第十一軍団所属のこの部隊は、マッカーサーの反攻作戦で常に尖兵《せんぺい》をつとめた歴戦の精鋭であるばかりではなく、規律も非常に正しかったという。

したがって、第一陣に第一騎兵師団が選ばれたのは、ＧＨＱが多発するアメリカ兵の非行問題に配慮した結果らしい。

都内に入ったその部隊は代々木練兵場を占拠してテントを張った。原宿から代々木八幡へかけての一帯である。

GHQはその将兵に対し、公務以外の外出を昼夜の別なく厳禁した。

それを迎えた都民たちは、馬を一頭も持たず、えんえんと車輛《しゃりょう》をつらねてやって来た騎兵師団を見て驚き呆《あき》れるばかりだった。その上兵士たちは軍服から靴、ヘルメットに至るまで新品を支給されており、ボロをまとった敗戦国民の目には、彼我《ひが》の優劣の差を思い知らされる美々しい軍装であった。

日本側ではミズーリ艦上での降伏文書調印の直後に出されたGHQの指令第一号に従い、軍の解体と軍需工場の閉鎖が進んでいた。

そのため東京には日本各地から復員兵が押し寄せている。すべてを戦争継続という目的に絞りこんでいた工業施設が活動を停止し、工場からは一挙に失業者が吐きだされた。下請の町工場も納入先を失い、その一部が辛うじて鍋《なべ》、釜《かま》、煙管《きせる》など日用雑貨の製造に転換したところだ。

旧台湾省、朝鮮半島などから日本へ連行されて強制労働にあえいでいた人々が解放され、勝利者としての立場を獲得したが、第三国人と呼ばれたこの人々もまた、解放当初は一種の失業者だった。

衣も食も住も極度に不足し、それに対処すべき行政の力はゼロに等しかった。不幸にもその年の日本列島はたびたび台風に見舞われ、終戦の夏から秋にかけて食糧の供給は絶望的なまでに細り、餓死者が続出する食糧危機に陥った。

　個人的に食糧を運搬することは、コメなら一人二升を限度に禁止され、それ以上は法律違反として没収された。

　ほとんどの物価は統制を受け、マル公と称する公定価格が設定されていたが、コメの場合そのマル公は敗戦時一升五十銭である。

　当時一般市民の平均月収は三百円前後であるから、一升五十銭の米価は妥当であったはずだが、供給がなければ価格はあがらざるを得ない。

　第一騎兵師団が代々木にテントを張った時点で、ヤミ米はすでに百円以上で売買されていた。しかもそうしたヤミ相場は、情報の伝達速度が遅かったため、地域によってかなりの差を生じ、おおむね上野、浅草方面が安く、新橋、渋谷方面が高いという現象を引き起こした。

　つまり、東京のような大都市では、外部からの物資流入地点がそのものの産地であるかのような状態になり、その地点から遠のくにつれヤミ値が上昇するわけである。

　たとえば房総方面から京成電車などで毎日運び込まれる鮮魚類を上野駅で買いつけ、そのまま新橋に運んだだけで、一尾三円から五円程度の利益が得られたという。

　こうなると、なりふりかまわず機敏に立ちまわる者の勝ちである。また、どんな正直者も法律にそむかなければ生きて行けなくなった。正規の配給量では生存が不可能だったのである。

コメよりはだいぶ供給の多かった馬鈴薯《ばれいしょ》のマル公は貫当たり五十七銭で、ヤミ値は九月中旬六十五円、甘薯《かんしょ》は五十五円前後だった。つまり月収三百円のサラリーマンはイモ五貫目でその収入を使いはたすわけだ。妻と子供二人の四人家族の場合、彼らは一日百六十グラム程度のイモしか食えないことになる。

法律に違反してなおそれである。そこで人々は家の中にある物を片はしからヤミ市場へ持ち出して売ることになる。妻の結婚衣裳《いしょう》などがまっ先に持ち出された。夫たちが会社を休み、それを持って直接農家を訪れ、物々交換を申し出ることも多くなった。夫を稼ぎに出し、自分で買出しにでかける逞《たくま》しい妻たちも珍しくはなくなった。

だがそういう絶体絶命の境地に立たされた買出し客を乗せた列車を待ち構えて、警官隊が襲いかかる。晴れ着などと交換した食糧は没収され、どこかへ消えた。

それでも生き抜くため、庶民は法律を破り続けなければならなかった。生存は法律違反を前提にしてのみ可能であり、裁判官ですらその例外であり得なかった。

都民の窮状をみかね、千葉県が大量のイモを特別に供給しようとしたことがあった。その価格は貫当たりたったの一円であった。

人々がこの朗報に沸《わ》きたったとき、都の課長の一人がそれに反対をとなえた。その値段は公定価格を上まわり、法律違反になるというのだ。

千葉県側は怒った。集荷費を加算すると、現実には一円を上まわってしまうのだ。しかも好意でなければ供出する農家などありはしない。そういう特別な動きでなければ、イモは貫当たり六十円もするヤミ市場に流れてしまうのだ。

結局一円のイモは東京には来なかった。それでいて法律遵守《じゅんしゅ》を主張したその人物も、餓死などしていない。飢えた庶民には、なぜそんな役人がいるのか理解できなかった。

一般企業でははやばやと社員たちの違法行為の必要性を認め、月に一週間程度の特別有給休暇を与えはじめていた。

食糧の自力調達は都の職員にとっても必要である。そのため都庁では毎日二割近い職員が欠勤していたし、食糧管理の総元締《もとじめ》である農林省でさえ、終戦の一年後には月に十日の有給食糧休暇を出すことになった。

警視庁も農林省の決定を見てよろこび、警官たちに食糧休暇を与えた。

これはみな、ヤミ米、ヤミ薯など食糧買出しのためである。

ところが一方では、閉鎖された軍需工場や軍の施設に大量の物資が残されており、戦時中爆撃による被害を避けるため、分散して貯蔵されたものも多かった。

その総量は当時の日本経済を一年半支え得るほどであったという。

これが一般人や米軍の目を忍んで隠された、いわゆる隠退蔵物資であり、鈴木貫太郎《すずきかんたろう》内閣は終戦直前の八月十四日、閣議でその物資の放出命令を出していた。

払い下げは有償であるが、その支払いは即時払い込みを要せず、というきわめていいかげんな命令で、一部の政府要人や高官、軍人、資本家の側に立った最後っ屁《べ》のようなものである。

そのため物資の七割がみごとに姿を消した。戦後すぐ東久邇宮《ひがしくにのみや》内閣があわてて放出中止命令を発したが、三割程度しか回収できなかったようだ。

アメリカ側はこの消えた軍需物資の量を更に高く見積り、平時経済の四ヵ年分を支え得る量としている。

それが町にチョロチョロと流れ出してくる。一流デパートの衣料品売場でさえ、中古服の再生、修理を目玉にしてお茶を濁している時期、突然パラシュート用の絹地が闇市《やみいち》へ大量に現われるといった具合なのだ。

同時に集団強盗事件も多発する。公表されることは少なかったが、その多くは隠退蔵物資の集積地点を知る復員兵たちの襲撃だった。当時の警察に、そうした襲撃強奪を事前に探知したり阻止したりする力はなかった。

焼跡の秋

「早いとこなんとかしなくちゃ」

もう太陽が昇り切った上野駅の朝。正面玄関に向かって左側あたりで、ずっしりとしたコンクリートの塀の上の丸っこくなった部分に両手をあてがい、まっ黒けの浮浪児がみかけによらず分別臭《ふんべつくさ》い声でそう言った。

綽名《あだな》は級長。左の頬骨のあたりにまだなまなましい傷痕《きずあと》がある。きのうの午後、山下口で年嵩《としかさ》のチャリンコグループに恐喝《カツアゲ》されそうになり、それに抵抗してひと暴れしたときの傷だ。

「もう十月だぜ」

級長は左のほうの空を眩しそうに見て言う。飴屋がその傷痕にギョロリとした目を向けて薄笑いを泛《うか》べた。

「ブルッてるみてえだ」

「そうさ、俺はブルッてる」

級長は塀の下をのぞいて言った。

「見ろよ、これ」

その下には、汽車の切符を買う順番を待つ人々が、じかにコンクリートの上に体を横たえて並んでいる。

なぜかみな駅舎に頭を向け、その頭の位置が気味悪いほど整然と横一列に並んでいた。

それが二列。ゆうべからそうやって寝ているのだ。同じ列が二人の背後にもある。切符を買う人々の列は、とうに駅の本屋《ほんおく》からはみ出し、地下道は二千人もの浮浪者に占拠されている。

この時期本物の戦災孤児は二百人足らず。食糧難や住宅難が原因で家出してきた少年たちのほうが、ずっと数が多くなっていた。

地下道における相身互いの助け合いは急速に薄れ、力ずくの生存競争が露骨になりはじめ、級長のきのうの喧嘩相手も、上野駅では新参のグループだった。

「どんどん人が増えてくる。この中にはショバ屋や切符売り《ブーバイ》がだいぶまじっているんだ。寒くなったら地下道はえれえことになるぞ」

「うん、冬はこわい」

飴屋も級長もこの三月半ばに地下道入りをし、そのときの寒さには懲りている。

「お母さんとボーヤだけでも、冬が来る前にここから出してやらなきゃ」

級長は焦っているのだ。

だが彼らにそんな夢を実現する方法はない。相かわらずの置引き、掻《か》っぱらいの稼ぎではたかが知れている。

「特攻に加勢してもらったらなんとかならねえかな」

飴屋が重い口調で言う。

「加勢って……」

「特攻は鉄砲持ってる。拳銃だよ。貸してくれれば俺にだって撃てる」

「強盗をやるのかい」

級長は驚いた様子もなく言った。

「ほかにいい手があるかよ」

「ない」

「いい狙《ねら》い目があったら、俺はいつでもやるぜ。死んだってかまやしねえ。つかまったってへっちゃらでえ。どうせおんなじことさ」

飴屋の顔には厭世観《えんせいかん》が滲《にじ》み出ていた。死んでも嘆く家族がいるわけではない。毎日をドブ鼠《ねずみ》さながらに過して、死や前科を記録する戸籍すらない身なのだ。

「いい狙い目があればな」

級長も平然とそれに同意する。黒焦げになった焼死体の中を歩き、今は夜ごと餓死寸前の者と隣合わせに寝る彼らの心の奥底には、死に場所を探すような濃い影が宿っているのだ。

ボーヤという綽名をつけられた啓子とそのお母さんは、彼らにとってそういう影を打消させ、生きる目あてとすがりつく、貴重な存在だったのである。

「あ、特攻だ」

飴屋は目ざとくそう言って、整然と並んで寝ている人々の向こうを指さした。

都電の線路を横切って、飛行服に半長靴《はんちょうか》をはいた特攻くずれの前田英治が駅へ向かってくるところだった。

「特攻にしちゃずいぶん早く起きたもんだな」

飴屋がそう言い、二人は東出口のほうから駆けおりて行った。

「おはよう……」

級長が大声でそう呼びかけると、前田英治は渋い顔になって顎《あご》をしゃくり、上車坂町《かみくるまざかまち》のほうへそれて行く。

「かなわんな、その恰好《かっこう》は」

人前でまっ黒けの浮浪児となれなれしくするのが気になるのだろう。

「朝っぱらからどこ行くのさ」

級長が訊《き》いた。

「こんな時間に行くあてなんかあるか。いい話があるから、お前たちを探しに来たんだ」

「え、どんな……いい話ってどんな……」

級長は前田のそばにいると急に子供らしくなる。予科練に憧れていた級長は、特攻くずれの前田を尊敬し、甘えてもいるのだ。

「変な奴と知り合いになった。復員兵だがばかに金まわりがよくて、このところたて続けに俺は奢《おご》ってもらっている」

「酒臭《くせ》えや」

飴屋が前田に近づいて、クンクンとにおいを嗅《か》いで言う。そこは小さな外食券食堂の裏の、ドブ臭い路地だった。

「二日酔いだ。そいつは俺が気に入ったらしくて、ちっとくらいの品《ブツ》ならまわしてやれると言いやがる。でも俺には地べたに物を並べて売る才覚なんぞありゃしない。だからはじめは断わったんだが……」

「もったいない」

「そうだよ。そいつもしつっこくすすめやがる。売るのは誰かにまかせればいいってな。それでお前らのお母さんのことを思い出した。あんまり自慢するから二、三度顔を見に行ったんだ。どうだ、あのお母さんにやらせるか……」

「あったりめえだよ。そいで、どんな品《ブツ》なのさ」

飴屋は興奮している。

「角砂糖」

「え……ほんとかい」

「綿布、食用油、バター……そのほかいろいろだそうだ」

級長が顔をあおむけて前田を睨《にら》みつけた。

「前田さん。その話、絶対逃がさないでよ。俺たち、寒くなる前にお母さんたちを地下道から逃がしてやんなきゃならないんだもん」

前田は意表をつかれたような表情になった。

「そうか、寒くなったらあんなところにはいられんな」

「病気になる」

飴屋が言い、ほとんど同時に級長も言った。

「死んじゃう」

前田は腕を組んでそばの電柱によりかかった。

「たしかにあの母子《おやこ》は地下道にはふさわしくない」

「そうだろ」

「あの二人に加勢するお前らの気持は判るよ。奇麗な人だ」

そこで前田はニヤッと笑う。

「まっ黒けのお前たちにはふさわしくない」

「ばか言うない。俺たち、お母さんの味方だぞ」

「きたない味方だ」

「味方に奇麗もきたないもあるかい」

飴屋はムキになっている。

「ボーヤを捨て子にして自分は死んじゃうとこだったんだぞ。俺たちが飯食わして売る物を集めて……」

　二人をからかっていた前田の顔が、急に悲しげになった。

「そうだったのか」

「俺たちがお母さんに甘えてつきまとってると思ってたんだろう」

「そう見えた」

「違わい。売れ残った品《ブツ》を毎晩大丈夫なところへしまいに行ってやったりしてるんだぜ。みんなでかわりばんこに」

「そりゃいい」

　前田は胸のポケットから金鵄《きんし》の袋をだして一本抜きとった。それをくわえてマッチを擦《す》るが二本、三本と擦ってもまだ発火しない。

「ちぇっ」

　前田が三本目の軸を投げすてると、飴屋が銀色の四角いものを掌《てのひら》の上にのせてさしだした。

「お、ライターだな」

　前田は受取って、慣れた手つきで蓋《ふた》をはねあげた。一発で火がつく。

「あげるよ」

「ほう」

「そのかわりその仕入先、がっちり握ってよ」

前田は煙を吐きながら目を細めて手の中のライターを見た。

「盗品か」

「隠しゃしねえよ。盗まねえで手に入るものなんか、俺たちには何ひとつありゃしねえもん」

飴屋は昂然《こうぜん》としている。

「そう言われると、俺たちおとなにはひとこともないな」

前田は気弱な目になり、一瞬視線を空へ向けた。だが敗戦の責任を気の鬱《うっ》するほど背負いこんでいる彼自身、まだはたちを三つ四つ過ぎたばかりの若さなのだ。

「よし、怪しげな奴だが、きょうまた会うことになっている。こっちもまけずに悪《ワル》になって、あいつから取れるだけ取ってやろう」

級長と飴屋は手をうってよろこぶ。

「そうこなくっちゃ」

「いい隠し場所があると言ったな」

「ああ、焼けたお稲荷さんの土台の下さ」

「焼けたお稲荷さんか……」

前田は苦笑する。

「仕入れた品をしまう安全な場所が要る。焼けたお稲荷さんの縁の下じゃ用心が悪い」

「そうかなぁ」

級長は首を傾《かし》げた。

「盗品をしまうくらいならいいが」

「ちぇっ。俺たち、金庫だって持ってるんだぞ」

飴屋が胸を張った。

「金庫……」

「ちゃんとした暮らしをするための資金を貯めてるんだ。大金を持ち歩くわけには行かねえだろ」

「大きく出やがったな。だがえらいよ、お前たちは。浮浪児のくせにそこまで考えてたのか」

「ねえ、俺たちの用心棒になってくんないかな。きのうも級長がチャリンコたちに撲《なぐ》られたんだ」

飴屋が言い、級長は左の頬に指をあててみせる。

「毎日お前らのケツについてまわるのか」

前田は憮然《ぶぜん》としたようだ。

「あそこの旅館に泊まってて、売り食いしてるそうじゃないか」

飴屋はずけずけと言った。駅の近くに焼け残った木造の旅館がある。地下道暮らしの浮浪児には一泊幾らか見当もつかないが、とにかくそこにずっと寝泊りしているというのは、えらく高級な生活に思えるのだ。

「狭い部屋に六、七人の雑魚寝《ざこね》さ」

だが前田はそれがどん底の暮らしであるかのような顔で答えた。

「拳銃を売る特攻くずれがいるってさ」

飴屋に言われて前田の顔色が変る。

「誰が言った」

「愚連隊の奴らが言ってた。気をつけな、評判になっちゃってるぜ」

「二挺《ちょう》売っただけなのに……」

「何も護衛してくれって言うわけじゃないんだよ。もしものとき、拳銃を貸してくんないかな。損料は払うからさ」

「お前ら、拳銃で何をやらかすつもりだ」

「強盗」

「…………」

前田は啞然《あぜん》としている。

「やるってきめたわけじゃないけどさ。いい狙い目があったらやってもいいと思ってるんだ」

　前田が何か言いかけ、級長があわてて割りこんだ。

「お母さんたちを早く地下道から出してやりたいんだ。冬になる前にさ。でも、憎たらしい奴でうんと金持ってなきゃやらないよ」

「ばかだな、お前ら。そんなこと考えてたのか」

「ばかじゃねえよ。俺たちみんな、お母さんとボーヤが好きだもん。だから特攻やるんだ。前田さんがやろうとしたこととおんなじだい」

　飴屋はそう言って頬をふくらます。前田はしばらく黙ってタバコをふかしていたが、それをそばの水溜《みずたま》りに投げすてると電柱から背中をはなした。

「よし、その焼けたお稲荷さんのところへ連れて行ってくれ」

「品《ブツ》の倉庫にするからかい」

　三人は歩きだす。

「俺のトランクをそこへ預ける。仕入れた品のしまい場所は別に考えよう」

　空は青く晴れ、駅からちょっと離れると、焼跡にはまだ人影もまばらだった。

闇取引

不忍池《しのばずのいけ》の南側の道を、上野駅のほうから子供が一人、本郷のほうへ歩いて行く。その子の右側は田んぼだ。蓮田《はすだ》が稲田に変ったが、それも今は闇《やみ》の中に沈んでいる。左側の池之端仲町《いけのはたなかちょう》には、点々と焼け残った家が並んでいて、その窓の灯《あか》りがばかに赤っぽい。停電で石油ランプか何かを使っているのだろう。

その子供が通りすぎるとすぐ、また子供が来た。人通りはなく、もちろん車など通りもしない。さっきから子供がよく通るが、気にする者はどこにもいなかった。

闇の中で、チッ、チッと舌を鳴らす音がした。

「ここだ」

低い声でそう言ったのは級長だ。飴屋、ゲソ、アカチン、マンジュー、ルスバンの六人がかたまっている。

「とうとうバアちゃんはこなかったぜ」

最後に来たニコが答えた。飴屋が腕時計を右手に持って、

「もうすぐ八時だ、行こう」

と言うと、時計を大事そうにズボンのポケットへ入れた。闇の中でその時計の針につい

ている蛍光塗料が、淡い線を引いたようだった。

七人は静かに歩きだす。そのあたりにも焼け残った家がいくらかあるが、鬱蒼《うっそう》と樹木の生え繁った場所があって、闇は一層濃くなってくる。

「ここんとこ、バアちゃんはいそがしそうだぜ」

マンジューがニコにささやく。

「兵隊やくざたちのとこへ行ってんだろ」

「そう」

マンジューはバアちゃんと仲がいい。のっぽとチビでいい組合せだ。

「マンジューは行くな。あいつらヤバいから」

「俺なんか仲間に入れてくんないよ。バアちゃんは度胸がいいし、口がかたいからつき合ってられるけど」

「あいつはやけっぱちなだけさ」

ニコとマンジューのひそひそばなしの少し前で、アカチンがルスバンに訊《き》いている。

「ここ、どこいらだい」

「湯島切通町《きりどおしちょう》。すぐ龍岡町《たつおかちょう》だよ」

「特攻って、本物の特攻隊かな」

「そうだってさ。特攻隊の教官をやってたんだって」

「戦犯でつかまりゃしないかな」

「知らないよ、そんなこと」

「でもさすがだな、級長は。そんな大物を仲間にしちゃうんだから」

そのもうひとかたまり先では、級長と飴屋とゲソが肩を並べて歩いている。もっともゲソは級長と飴屋より頭ひとつ分背が高い。

「向こうはやけに暗いな」

ゲソが言い、飴屋が答える。

「帝大さ」

「ああ、帝大ってこんなとこにあったのか」

「級長、場所は間違いねえのか」

「ああ」

「すぐそこは警察だぜ。本富士《もとふじ》署だ」

彼らの背後の高みには、湯島天神がある。

「ここだ」

焼跡に厚い石塀が三間《さんげん》ほど残っている。

「みんな静かにしてろ」

級長は仲間をその石塀の裏側へ入れた。それで七人の姿は道路から見えなくなる。

「タバコ喫《す》いてえ」

　ニコが言った。

「ダメだ」

　飴屋が厳しく言い渡す。それっきり、七人はささやきもせずじっと石塀のかげにしゃがみこんでいた。

　しばらくすると意外な方角から靴音が響いてきた。通りとは反対側だ。ヒューッと犬を呼ぶような口笛が一回。級長が立ちあがって石塀のかげから出た。前田が石塀の少し先にのっそり立っている。

「いい具合だ」

　前田が言った。

「何が……」

　級長は緊張を隠さず、低い声で訊く。

「暗闇の中のまっ黒け。闇夜の鴉《からす》だぞ、まるで」

「ちぇっ、酒飲んでる」

「品物は向こうだ。ついてこい」

「え、品《ブツ》はもう来てるの……」

　級長はトラックか何かと落合うのだと思いこんでいたようだ。

「おい、品《ブツ》はもう来てるんだってよ」

塀の陰へ声をかけると、飴屋を先頭に一人また一人と姿を現わす。

七人の浮浪児が前田のあとについて、暗い焼跡の中を一列になって歩く。もっともその中で、ルスバンだけは頭を坊主刈りにして、まともな家の子供らしい恰好だ。

一人だけ地下道に寝泊りせず、家族が全滅した家の焼跡に犬小屋同然のねぐらを作って暮らしていて、家族が戻ってきた時のために地所を守っているのだと言い張っているのがその子だ。本名は中野好伸で綽名《あだな》がルスバン。まともな姿をしている仲間が一人くらいたほうがいいから、みんなで金を出しあってルスバンに服を買ってやったのだ。

焼け残った家があり、前田はそのほうへ曲がって行く。小さな平屋《ひらや》だが、級長たちが気づかなかったのも道理で、ガラスが割れた窓や入口の戸に板を打ちつけてあるから、雨戸をたて切ったのと同じだ。

前田が戸をあけると赤みを帯びた灯りが外へこぼれる。石油ランプの灯りだ。

「ほら、ここに積んである」

一坪の玄関。上がり框《かまち》に沓《くつ》脱ぎの踏石《ふみいし》、下駄箱。さすがに壁はひび割れ、下のほうは欠け崩れて木舞《こまい》が覗《のぞ》いたりしているが、木口《きぐち》はよさそうでなかなかしっかりした造りの家らしい。

その玄関にみかん箱くらいの木箱や、それよりずっと大きめのボール箱が積みあげてある。

「わ……こんなに」

級長はそう言い、家の奥を見た。玄関をあがってすぐ三畳の部屋が見え、灯りはその右側の部屋から洩《も》れてきている。

久しぶりで目にする畳だ。しかし奥はひっそりとして、一度年寄りくさい咳《せき》ばらいが聞こえたほかは、しいんとしている。

「売人《バイニン》さんは……」

「帰った。早いとこ、これを引取らなきゃならない。この家《うち》の人はもう寝てしまうそうだ」

級長は遠慮がちに玄関の中へ入った。奥からまた咳ばらいが聞こえる。気がつくと玄関の床には小豆《あずき》ほどの黒い石がびっしりと埋めこまれている。洗い出しという奴だ。荒れて見えるが、もともとはだいぶ凝《こ》った建築だ。

級長が一番上のボール箱に手をかけた。すぐ前田が手をかしたが、思いがけない重さだった。

「重てえ、重てえぞ」

級長はそう言いながらあとずさり、玄関の敷居をまたいでやっと外へ出た。

たまりかねたようにそのボール箱を下へおろしてから、級長は前田を見あげる。

「こんな重いの、どうやって運ぶんだい」

前田の顔にも当惑の色が泛《うか》んでいた。

「とりあえず塀のとこへ持ってけ」

「よしきた」

飴屋とニコがその箱を引きつぎ、二人で持ちあげると、ヨタヨタと闇の中へ運び去る。

そのあいだに級長と前田はまたボール箱を外へ出した。

今度はゲソとルスバンがそれを持ちあげる。

「ダメ。重いよ」

ルスバンが音《ね》をあげた。

「そっち側が高すぎるんだ」

「しっかりしろ」

ゲソが少し腰をかがめて運んで行った。

「次は木箱だ」

残ったのはマンジューとアカチンで、重いボール箱はとても運べそうにない。級長と前田はボール箱の下から現われた木箱に手をかけた。今度は少し軽い。

「ほら、持ってけ」

玄関の外へ出した木箱を、マンジューとアカチンはそれでも重そうに運んで行った。

「上のボール箱が先だ」

床に接している もう一つの木箱に手をかけようとする級長に前田がそう言った。

木箱二つとボール箱二つが二列に積みあげてあったのだ。

その箱八つを前田と子供たちはヨタヨタと塀のところへ運びおえ、最後に前田がさっきの家へ戻って挨拶《あいさつ》し、戸をしめて戻ってきた。

「参ったな。こんな重いんじゃ駅まで運びきれねえぜ」

闇の中でゲソが不安そうに言った。

「さて、どうするかなあ、こいつは」

前田も困っている。

「横尾の奴、なんとも言ってやがらなかったから」

「横尾って、これを売ってくれた人……」

「ああ。実は俺が横尾に連れられてあの家へ案内されたとき、もう玄関に積んであったんだ。重さのことまで気がまわらなかった」

「中身はなんなの……」

「角砂糖にバターにビスケット。それに石鹼《せっけん》だそうだ」

「高級品ばっかりだ」

マンジューがうれしそうに言った。

「高けえんだろうな」

級長はもぞもぞと服をいじっていた。

「俺たちの金、ありったけ持ってきたんだ。足りないだろうな」

「金……いいよ、しまっとけ」

「どうしてさ」

「売ってからでいいそうだ」

「あと金《きん》かい。そりゃありがてえけど、いくらなの……」

「五千円とか言ってた」

「全然足んねえや」

級長は気の抜けた声を出した。

「何がどんだけあるんだか、これじゃ判んねえよ。箱をあけて調べようぜ」

飴屋がボール箱に手をかける。

「待て。きちんと梱包《こんぽう》してあるんだ。バラしたら運びにくくなるぞ」

「あべこべだよ、前田さん」

飴屋が突っかかるように言う。

「こんな重い箱のまんまのほうが運びにくいぜ。縄をみつけて背負《しょ》って行けばいいかも知んねえけど、人に見られたら絶対泥棒と思われる。お巡《まわ》りなんかに見つかったらつかまっちまうよ。つかまるのはいいけど、品《ブツ》はなくせねえ。絶対に、さ」

「そうだな。お前らは手ぶらで歩いてても怪しげだ」

前田は今になってようやくその点に気づいたようだ。

「あけてみよう」

飴屋はそう言い、ボール箱をあけはじめた。ポッと小さな火がともる。前田がライターをつけたのだ。

「角砂糖だ」

赤い箱に白い文字で、テイトー・角砂糖。小粒・120個入、と印刷してある。

「百匁《め》はたっぷりあるな」

飴屋はその箱を掌《てのひら》にのせて重さをはかり、バリッと蓋を破った。

「やめろよ、売り物《もん》だぜ」

ゲソがきつい声で言ったが飴屋はかまわず、箱を傾けて中身をとり出した。

「みろ、セロファンにつつんである」

角々《かどかど》がピンととがった、純白の煉瓦《れんが》のようなかたまりだ。まっ四角な角砂糖が一列八個で五列が三段。

飴屋は無造作にセロファンの包装を破った。

「あ……」

子供たちは息をのんだ。

「買った品《ブツ》はたしかめなきゃよ。偽物《ガセ》をつかまされちゃお母さんが危《ヤバ》いもん」

飴屋はその一粒を指でつまんでみんなの鼻先へぐるっとまわしてみせ、

「丁か半か……」

と言うと、自分の口の中へポイとほうりこんだ。

「………」

「どうだ、本物か……」

アカチンが低い声で訊くと、飴屋は黙って左手に持った角砂糖の包みをアカチンに渡した。

いっせいに手が伸びて、子供たちは一粒ずつ口に入れる。

シーンとなり、飴屋がはなをすすった。

「この角砂糖、変だ。涙が出やがんの」

「ほんとだ」

アカチンが泣声で答える。

「口が痺《しび》れちゃった」

ルスバンも泣声だ。

「酒飲んだときみてえ。なんかが腹のほうへおりて行くよ」

ゲソがそう言う。

「お前、酒飲んだことあんのか」

「あるさ」

「頬っぺたの中が痛えみたいだ」

みんな、だんだんはしゃぎはじめる。

「前田さんも食べてみなよ」

級長が言い、前田まで最後に手をだした。

「うん、甘いな」

「あったりめえだろ、砂糖だもん」

飴屋が言い、みんなが笑った。

「シーッ」

級長があわててその笑いを制止する。

「本物に間違《まちげ》えねえ。でもこれを運ぶのは大変だぞ」

「途中で逃げ出す算段もしとかなきゃな。箱ごとかつぐなんてとんでもねえや」

飴屋が慎重な口ぶりで級長にそう言ったが、みんな久しぶりに砂糖にありついて元気が出たらしい。

「持てるだけ持って、何遍でも行ったり来たりすればいいじゃないか。夜が明けるまでにはかたづくよ」

ルスバンが手にした包みからまた一粒つまんで口の中へ入れてから、モゴモゴと言った。

「ここからだと、俺んちのほうがよくないかな。駅へ持ってくわけには行かないだろ。それに、朝になればお母さんに渡すんだしさ」

「それがいい」

ゲソが賛成した。荷をバラしてマメにルスバンのところまで往復する。きわめて単純だがそれ以外に方法はなさそうだ。

「お母さんに、誰かがあしたの朝早くに出て来るように言ってやらなきゃな。マンジュー、お前すばしっこいから、その役をやれ。お母さんに伝令したら、すぐこっちへ帰ってくるんだぞ」

級長はそう言ってから、みんなに言い渡した。

「一度に運ぶ量は、もしものとき走って逃げられるくらいにしとけ。大通りは避けて焼跡を行くんだ。道筋は判ってるな」

「目あては松坂屋だよ」

ルスバンが言った。

「広小路を突っ切るときだけ気をつければいいんだよ。そんときかたまってるとまずいぞ」

「よしきた。まかしとけ」

　ゲソが答える。

「この角砂糖、どうしよう」

　ルスバンは手にしたセロファン包みを級長にさしだした。

「バラしちゃったんだ。みんなで分けて食っちゃおう」

　許可が出て、一人ずつつかみ取り、ポケットへ入れた。

「じゃあ俺はここに残って、最後にこいつをひとつかついで行こう」

　前田がそう言い、ほかの箱をあけはじめた。木箱ひとつを残して全部口があく。

「ビスケットの箱は軽いけどかさばるな」

「ビスケットだけ箱につめかえればいい」

　そんな工夫も少しはあり、やがて彼らはチョロチョロと闇の中へ走りだして行った。

　根気のいい運搬作業がはじまった。逃げまわるのには慣れている連中だ。まして闇の中。闇取引を絵に描《か》いたような一夜であった。

　うっすらと東の空が白むころ、仲御徒町二丁目のルスバンの家の焼跡に七人が坐《すわ》りこんで、ビスケットをポリポリやっていた。

　運んだ品物は犬小屋めいたルスバンの寝ぐらにぎっしりつめこみ、残りは大きな竈《かまど》の中へ押しこんである。ルスバンの家は和菓子屋だったからそんなものが残っているのだ。

「特攻も大人のくせに案外頼んねえな」

飴屋が気楽に笑っている。

「角砂糖にバターにビスケットに石鹸だなんて、どんなつもりなんだい。あれは商売にはまるで向いてねえな」

たしかにその通りだった。箱の中にはそのほかに一反《いったん》ずつ畳んだ綿布や缶入りの食用油などが入っていた。

「でもよ、これ全部で五千円だってのがほんとなら、だいぶ安いんじゃねえのかな」

ニコが言ったが、正直のところ正確な値ぶみができる者は一人もいないのだ。しかしかなり安い仕入れだったという直感はみんなが持っている。

「前田さんは商売人じゃねえって言うけどよ、払いはあと金《きん》でいいってんだからたいしたもんじゃねえか」

級長がビスケットを手にして言う。

「そりゃそうだけどよ、なんとなく危《ヤバ》そうな勘がしやしねえか……」

飴屋は警戒しているようだ。話がうますぎると思っているらしい。

「とにかく売れるといいな」

マンジューが楽しそうに言った。みんな一晩中チョロチョロと龍岡町からそこまでの間を往復したのだが、疲れた様子など微塵《みじん》もない。宝物運びで気持が昂《たかぶ》り、睡《ねむ》くもないようだった。

空がどんどん明るくなって行く。何しろ焼けてぺったんこになってしまった東京だ。

立って見わたせば、近くは本願寺、浅草松屋、国際劇場から、遠く千住《せんじゅ》大橋まで見える。本所の精工舎もすぐ近くに感じられるし、西を向けば富士山、国会議事堂、ニコライ堂あたりもまる見えだった。

「あ、お母さんだ」

その景色を見まわしていたマンジューが、弾んだ声で叫んだ。上野駅のほうから国電がやってくる。ポーッと機関車の汽笛も聞こえてくる。上野の一日がはじまったのだ。

「お母さん、こっちこっち」

みんな立ちあがって手を振った。啓子が走りだし、

「おはよう」

と元気よく答えている。

「どうしたの、みんな揃《そろ》って。ゆうべはびっくりしたわ」

「ちょっとこっちへ来てよ」

級長が笑顔で言うと、お母さんは大きな信玄袋を手にルスバンの家の敷地の中へ入って

きた。

「ボーヤ、ビスケット食べたことあるか」

飴屋は啓子に封を切ったビスケットの細長い箱を渡した。

「わあ、いいにおい。食べていいの……」

「いっぱい食べな。全部あげるよ」

「ありがとう」

お母さんは目を丸くしている。

「どうしたの、それ」

級長はうしろ手に隠していた角砂糖の箱をさし出した。ニコはバターの二分の一ポンド入りの箱を両手にのせてさし出す。蓋《ふた》をあけてみんなでだいぶ舐《な》めたバターがのぞいている。

「ジャジャーン……これ食用油」

アカチンが台所用の小ぶりな缶を出した。

「まっさらの純綿」

ルスバンだけがそれに触れることになっていた。手が奇麗だからだ。食用油の缶の表面の印刷が、朝の光を受けてキラキラと輝いていた。

「こんなのも」

啓子がビスケットの箱をさしあげてみせ、みんなが声をあげて笑った。

「どうしたの、こんな貴重な物を」

お母さんはたまりかねたようにバターのかたまりへ指をさしのべた。おずおずとバターを指先でほじるようにして、それを口へ持って行く。

「たしかにバターだわ」

「これも本物だよ」

級長が角砂糖をひと粒つまんでお母さんに渡す。お母さんはそれも素直に口へ入れた。みんなお母さんの口もとを凝視する。カリッ、カリッとお母さんが角砂糖を嚙《か》む音がする。

お母さんは目をしばたたいた。アカチンがマンジューを肱《ひじ》で小突いた。お母さんはごくりと唾《つば》を呑《の》みこむと、

「嫌だわ、悲しくなっちゃった」

と泣き笑いの顔になった。

「俺もそこで泣いちゃった」

アカチンがそう言うと全員の笑いがはじけた。お母さんも啓子も笑っていた。

「あなたがたいったい、どんな子たちなの……」

「搔《か》っ払ったんじゃないよ」

級長は真面目な顔になって言う。

「仕入れたんだ」

「どこで……どんな人から……」

お母さんは心配そうだ。

「全部で五千円だってさ」

「そんな大金、どこにあったの」

「ないよ。俺たちが持ってるわけないさ」

「じゃどうして」

「特攻がヤミやってる奴からまわしてもらったんだ」

「特攻って……」

「もと特攻隊だった前田っていう人だよ。前田さんは地べたに物おいて売ったりできる人じゃないんだ。だからお母さんに捌《さば》いてもらおうってさ。俺たちが夜のうちに秘密の基地からここへ運んできたんだ。運び賃に角砂糖ひと箱とビスケットの箱を七本もらっちゃったけどね。あ、このバターにも手をつけちゃった。ビスケットに塗って食べたら、なんとも言えねえんでやがんの」

「じゃあその特攻隊の……」

「前田さんだよ」

「そう、前田さんという方が買って、あたくしに売れとおっしゃるのね」

「まあそういうことかな」

級長はそう答え、ルスバンの小屋の中や、竈の中に隠してある品物をお母さんに見せた。

「まあ、驚くことばっかり。でもすてきだわ。きっと飛ぶように売れるでしょうね」

お母さんははしゃいで言ったが、急に真剣な顔になって級長に尋ねた。

「それで、これを幾らで売ったらいいの。あたくしには見当もつきません。そりゃ、以前の値段ならだいたい判るけど、今のヤミ値じゃねえ」

「俺たちそんなこと聞いてないよ」

「でも前田さんに伺えば……」

「ダメダメ。特攻にそんなこと判るもんか。なんと何を仕入れたかさえろくに知らねえんだもん」

飴屋が断言した。

「お母さんがそこらの詳しい奴に訊いて、自分で値をつけて売るしかないよ」

「うん。それでもきっと儲《もう》かると思うな。売り切ってから五千円渡せればいいんだからさ」

「お母さんは商売うまいからさ。まかせたよ。がっちり儲けて」

飴屋にそう言われて、お母さんは当惑したようだった。

「たしかに売れるわよね、これは。でも売るならひとつずつ値段をきめて、在庫数とつき合わせてからにしないと」

「在庫数だって」

飴屋とアカチンが顔を見合わせて擽《くすぐ》ったそうな顔になる。商売でそんな言葉を使っていたのは飴屋とアカチンの家だけらしい。

「もうすぐ売人《バイニン》たちが出て来るから、そしたら現物を見せて教えてもらえばいい」

「そうするわ。あんたたち、すぐ何が幾つあるか数えて頂戴」

「よし、みんなすぐ数えろ」

飴屋はこういうことになるとテキパキしている。ゲソとアカチンは竈の中へ首を突っこみ、ルスバンとニコは小屋へ押しこんだものを引っぱり出す。

さいわいまだ人影は、御徒町の駅近くにチラチラしている程度だ。

「角砂糖は百二十粒入りで四百八十グラムね。お砂糖のヤミ値なら知ってるけれど……」

お母さんは信玄袋から茶色い手帳を出し、しゃがみこんで何か書きはじめた。

級長はその革表紙の手帳を、まるで恐ろしいものでも見るような顔で見ていた。

「砂糖はいま一貫目千円するってさ。うちじゃ砂糖は斤《きん》で量ってたけど、斤はむずかしいんだよ。品物によって同じ斤でも目方が違うからだよ」

ルスバンが小屋のそばで言った。

「ルスバン君のおうちは、ここで和菓子屋さんをやってたのね」

「うん」

「でもこの箱にはグラムで表示してあるわ」

「角砂糖だからだろ」

「あら嫌だ。一貫目千円で計算すると、ひと箱百三十円になっちゃうわ」

級長が訊いた。

「その値段じゃいけないの……」

「百二十粒入りよ。せめて百二十円で売りたいわ」

「そうか、一粒一円か」

「角砂糖は四角くしてあるだけ、普通の砂糖より高級なんだ。遠慮しないで百三十円にしとけばいい」

飴屋はそう口をはさむあいだも、あたりに気を配っている。この状態で誰かに見られたらひと騒動起きかねないからだ。マンジューは啓子のお守《も》りだ。いや、一緒になって遊んでいる。

お母さんは手帳をしまうと立ちあがった。

「困ったわ」

「どうしたの……」

級長が心配そうな顔になる。

「これだけ一度に積みあげて売るわけには行かないわ。売れた順に少しずつ小出しにして行かないと……」

「それなら俺たちがここを陣地にしてがんばってるよ。飴屋か俺のどっちかがそばにいるから、ボーヤに欲しい物を言って、ボーヤが俺たちに伝えてくれればいい。伝令はマンジューで、ルスバンはちゃんとした服装《なり》をしているから運び役だ。そんならいいだろ」

「あたしたち全員総がかりってわけね」

あたしたち全員、と言われて級長はじめみんな耳がカーッと熱くなった。

「お母さん」

ニコが言った。

「なあに」

「俺たち全員仲間だよね」

「そうよ。とっくにそうなってるじゃないの」

お母さんはにっこり笑った。するとゲソが、イヒヒヒ……と妙な笑い方をする。よほどうれしかったのだろう。

「よしっ」

級長が胸を張った。

「守備隊はニコにゲソにアカチン。それに俺と飴屋が交代でこっちへ戻ることにしよう。いいか、ここからお母さんのところへ品《ブツ》が行ってるなんて知られるなよ。知られたら危《ヤバ》いからな」

みんな力強く頷《うなず》いた。

「ルスバンも遠まわりして反対側から行ったりしてな」

「判った。了解」

「あら、バアちゃん君がいないようね」

お母さんが見まわして言う。

「きっとあれだろ」

マンジューが意味ありげにニヤニヤした。

「あれってなあに……」

すると飴屋がずけりと言った。

「倉庫破りの手伝い」

級長は渋い顔になる。

「よせよ」

「いいじゃねえか。お母さんだってもう仲間だもん」

そのお母さんはびっくりしている。

「本当なの、それ」

「危《ヤバ》いことはしないと思うよ。せいぜい見張りがいいとこさ」

飴屋はケロリと言ってのけた。

「そろそろ人が出てきたようだから、あたくし行ってお値段を調べてくるわね。啓子をお願いするわ、おマンジュー君」

お母さんはいそいそと駅のほうへ去る。

「マンジューにおをつけやがんの」

マンジューがそのうしろ姿を見送ってつぶやくと、みんなまたどっと笑う。

「お母さんも張り切ったみてえだぞ、おマンジュー君」

級長がそうからかってみんなの笑いを大きくした。

「数えおわったら早くしまっちゃえ」

飴屋はそう言って自分からルスバンの小屋へもぐり込む。

「出しいいように整理しとかねえとな。あれ、薬缶があるじゃねえか」

「俺だって水くらい飲むよ」

ルスバンが答える。

「近所に水あるのか。駅まで行くのかい……」

「すぐそこの切れた水道管から出っぱなしになってるよ」

飴屋は狭い小屋の中に四つん這《ば》いになって体の向きを変えた。

「あとでお湯沸かそうじゃねえか。前祝いにお握りとお茶なんてどうだい。百匁《め》二十円でお茶売ってんの見たぜ。お握りはいつもんとこだ」

「いいな」

級長はゆうべから、みんなで貯めた金を残らず持っている。

「前祝い、やるか」

全員が声を揃えて、やるっ、と答えた。

「ルスバン、お握り買ってきてくれ」

まっ黒けの浮浪児にはお握りなど売ってくれない。そんなこともあってルスバンがきちんとした服を着ているのだ。

「火を燃やせるようにしよう」

みんな素早いしコツを呑みこんでいる。ゲソとマンジューとボーヤとアカチンは燃える物を探しに散り、ニコは薬缶を持って水を汲《く》みに行った。

「おい飴屋」

「なんだい」

「お茶はいいけど、どうやって飲むんだ」

「いけね」

飴屋は小屋から這い出そうとして、ゴツンと板に頭をぶつけた。

「じゃあ俺、今のうち茶碗か何か掻っ払ってくる」

飴屋はいとも簡単にそう言って走り去ってしまう。級長は一人で品物をしまいはじめた。

唐草《からくさ》一家

売れたのなんの。飛ぶように売れ、三日後のお昼ごろには品切れになってしまった。

実を言うと、お母さんはただ唐草の風呂敷の金に品物を並べて坐っていればよかった。品物ごとに紙に値段を書いて、風に飛ばされぬようその上に石ころをのせておき、買手が渡す札《さつ》を数えて品物と交換していただけだ。

だが品物の減り具合に応じて、チョロチョロと少しずつ補給してやる級長たちのほうは、気を抜く隙もあまりなかった。

級長と飴屋は絶えずお母さんの身辺に気を配っていた。お母さんが並べている品物は、みな戦前の包装のままの高級品ばかりで、まわりに店を並べる連中もよだれが出そうな顔で見ている。

買いたくても手が出せないからっけつの連中が、いつまでも前に群らがってうっとりとしたような顔で、角砂糖や食用油の包装にみとれている。

あまり人だかりがするので、やくざ風の男も入れかわり立ちかわりのぞきに来る。

その隙を縫って、ルスバンが人垣の中へ入りこみ、少しずつ品物を補給してやるのだが、タイミングをみてそれを指示するのが、級長と飴屋の仕事だった。

同時に警察の接近や、愚連隊の動きにも気を配らなければならない。品物を没収されたり、強奪されたりしては元も子もないからだ。客に掻《か》っ払われることも考えに入れておかねばならない。何しろ売り手は子連れの女一人なのだ。相手を甘く見て乱暴なことをする奴が出たら、すっ飛んで行ってお母さんを守ってやらなければならない。そのために級長と飴屋は棒きれを持っている。

また二人は、交代で自分たちの陣地も見に行かねばならなかった。少し青空市場から離れているとは言え、そこは四方を敵に囲まれた補給基地で、品物が隠してあることを知られたら、飢えた狼の群れが襲いかかってくるにきまっている。

だから彼らは途中からルスバンを陣地へは帰さないことにきめ、ニコが小出しにした品物を京成上野駅で目だたぬように手渡す作戦をとった。

それが有効だったことは、一度怪しげな男にルスバンが尾行されたことで証明された。そのときは飴屋が敏感に感づいて先まわりし、ニコに品物の受渡しを中止させている。

お母さんは安穏に品物を並べて売っていたわけではないのだ。

しかしなんと言っても品物を無事捌《さば》きおえたのは、お母さんの品のよさだった。相手に無法な手出しをためらわさせる気品があり、尋常ではないルートから流れ出した高級品であるとは思っても、お母さんの気品が商品とみごとに釣り合っていて、なんとなく背後にある力を感じさせてしまうのだった。

付近に店を並べる連中が、品物を分けてくれないかと言ってきたりもした。大部分はお母さんの売値が安すぎると思っていたらしい。値上げするようにしつっこくすすめる者もいた。

また、自分に少し売らせてくれと言う者も現われた。手持の品と抱き合わせで売ろうというのだ。そうすれば売りにくい品も捌けてしまうわけだ。

だがお母さんは、品のいい態度でそれをみな断わっていた。自分が売るだけで品物はどんどん減って行き、他人に分けてやるゆとりなどなかったからだ。

たった三日間でお母さんはそのあたりの人々にすっかり知られてしまった。それまでひっそりとやって来たのが、急に突拍子もない高級品を売りはじめたからだ。

だが誰も名を知らない。かげで噂をするのに不便だから、みんな唐草のお母さんと呼んでいるらしい。

三日目の午後三時ごろ、お母さんと啓子は店をたたんで上野の山へ入って行った。唐草の風呂敷を敷いただけの店だから、店をたたむという言い方がぴったりだ。

つかず離れず級長たちが母子の周囲をとり巻いて護衛している。まっ黒けの浮浪児たちだから、誰も彼らとお母さんを結びつけて考えようとはしない。

彼らは岩かげをチョロチョロするトカゲかヤモリの子のようなもので、いやらしいが本気で相手にするほどのこともなく、個体差を識別しようとする者もいない。互いに相手が何者であるかを見分けるのは、同じまっ黒けの浮浪児同士だけだ。

お母さんと啓子は、ルスバンに先導されて科学博物館の裏手についた。いつものようにマンジューが見張りの位置につき、級長たちがお母さんを取りかこんで車座になった。

「合計で一万一千とちょっとよ」

お母さんはさっそく革表紙の手帳を出し、最後の分を書きつけて言った。

「すげえ」

ゲソが手をうってよろこぶ。級長はルスバンの家のあとの排水溝にかくしてあった金を全部持ってきていて、それを慎重な手つきでお母さんに手渡した。

お母さんはあたりを見まわし、

「数えるわよ」

と言った。みんなはさっと立ちあがり、札を数えているお母さんの姿をかくした。

「はい、ぴったりです。じゃあこれから仕入れの五千円を別にします」

「三日で六千ちょっとか」

「一日二千円だぜ」

「特攻の奴、どんな顔をするかな」

みんないきいきした顔でそう言い合った。お母さんは汚れた厚紙に百円札ばかりを五十枚きちんと包み、細い紐《ひも》でそれをしばった。

「級長君。これをできるだけ早く前田さんに渡してあげてください」

お母さんに背中を向けていた級長は、振り向いてそれを受取り、内ポケットに入れるとそのまま坐った。

みんなも警戒態勢を解いてまた車座に戻る。

「さあ、このあとどうしましょう……」

お母さんは残りの金をしまった信玄袋に手をあて、二、三度叩くようにしてそう言った。お母さんもちょぼちょぼと草の生えた地面の上に、じかに横坐りしている。

「お母さん、その金でどこかにちゃんとした住む所をみつけられないかな」

級長が言うと、お母さんは意外そうにみんなの顔を見まわした。

「あたくしたちが住むのに……」

「うん」

「バアちゃん君がいないけど、それだと全部で十人になるわね。ふた間……いいえ、三部屋は要るわよ」

「違うよ。お母さんとボーヤだけでいいんだ」

「じゃああなたたちはどうするのよ。これからどんどん寒くなるわ。地下道にいたら病気になっちゃうわよ」

「だからお母さんとボーヤだけでもちゃんとした家《うち》に住まなきゃいけないんだよ。俺たちだって自分たちで金貯めはじめてんだ。俺たちのことはいいからさ」

「…………」

お母さんは黙って目を伏せ、そばにちょこなんと坐った啓子の頭を撫《な》でている。

「どう……お金、足りない……」

「まだ冬には間があるわ」

お母さんは顔をあげ、またみんなを見まわした。目が潤んでいた。

「お金を貯めてるって、いくら……」

級長は飴屋と顔を見合わせた。飴屋はすぐ目をそらせてしまう。

「まだ三百円くらいだけど」

級長は照れ臭そうに答えた。

「最初にあなたがたに助けてもらったとき、九百円いただいてます。それにこのお金もあたくし一人で稼ぎ出したんじゃありません。売上から仕入れを引いた残りの六千二百十円を九で割ると、ちょうど一人あたま六百九十円です。共同作業だとして、あなたがた八人の取り分は五千五百二十円です」

「さすがぁ。計算が早いや」

アカチンが褒《ほ》めた。

「俺たち、いま家を買ったり借りたりする相場がどれくらいか、全然判んないよ。でもさ、金がいくらあったって、こんな汚ねえのを相手にしてくれる奴はどこにもいやしないよ。でもお母さんとボーヤだけならどっかへもぐりこめるはずだ」

級長はそこで突然陽気な声になった。

「バン、とした蒲団《ふとん》や毛布買ってさ、炬燵《こたつ》なんかも」

するとみんなは一気に勢いづいた。

「そうだよ、俺、炭売ってる奴知ってるぜ」

「電球も売ってる」

「うちにあったのとそっくりの鏡台を売りに出してる奴がいるんだよ」

「鍋も釜も米も買える。家《うち》さえあればいつだってあったかい飯が食えるよ。毛糸だって売ってんだよ、お母さん。炬燵に入ってさ、ボーヤのセーター編んでやんなよ」

「そうだ、俺電気の笠探そう。裸電球じゃかっこ悪いもん」

「俺たちがついてんだ。なんだって手に入るぜ」

お母さんは啓子を引き寄せてその肩をしっかりと抱きしめ、大きな瞳でそう言う一人一人をみつめていた。涙が溢《あふ》れだして頬が濡れている。

「あたくしを本当のお母さんのかわりにしようとしているのね」

「迷惑かい……」

飴屋が不安そうな声で訊《き》くと、みんなギョッとしたように黙りこんだ。

「迷惑だなんて、とんでもないわ」

お母さんはハンカチを出して涙を拭った。淡い赤味がかったハンカチで、隅にほんの少しレースの飾りがついているが、全体に少し汚れてしまっているようだ。

「あなたがた、みんないい子だわ。あたくしの自慢の子供たちよ」

お母さんはそう言うと啓子から手をはなしてすらりと立ちあがった。

「子供だってさ、俺たち」

「バンザーイ」

ゲソとアカチンはもろに両手をあげてよろこび、ルスバンは照れ臭そうな顔。飴屋と級長はニッコリ肩を叩き合い、ニコはうしろへ引っくり返って足をバタバタさせている。

「どうしたんだ」

マンジューが我慢しきれずに見張りの位置から走ってきた。

「お母さんが俺たちを子供にしてくれるってさ」

引っくり返っていたニコが、大きな声でそう言うと、あおむけになったままマンジューに足ばらいをかけた。

マンジューがずでんところび、二人は仔犬《こいぬ》のようにとっ組み合ってころげまわる。

「あたくしのほうこそ、あなたがたを地下道なんかから早くぬけ出させてあげたいと思ってたのよ。よし……」

よしっ、と言ってお母さんは男のように両手を腰にあてがい、胸をそらせた。

「あたくしたちは今日から本当の家族。一家全員で力を合わせ、一日も早くこの境遇からぬけ出しましょう」

「ハイッ」

級長が立ちあがって直立不動の姿勢をとった。

ハイッ、ハイッとみな級長にならう。が、すぐアカチンが、

「唐草一家だね」

と言ったので大笑いになった。

「いいこと……こんな世の中ですからね。規則を守っておとなしくしていたらとても生きては行けません。正直に言いますけど、あたくしは自分がどんな品物を売っていたのかよく知っています。あなたがたが盗んできた物をあたくしは売り捌いていたのです。判っていてもそうしなければ生きて行けなかったからです。でも、できるならそういうことはさ

せたくないし、あたくしもしたくありません。あなたがたが本職の贓品《ぞうひん》買いとつながったりすれば、いずれ本物の泥棒にされてしまいます。それにこの上野には、最近浮浪児たちを手下にしたがっている不良がいるそうじゃありませんか。その不良たちは、手下に悪いことを強制的にやらせて、ピンはねをするそうです。そんな連中の手下になってもらいたくもありません。級長君、さっきのお金をあたくしに頂戴」

「どうするの……」

級長はポケットからさっと紙包みを出してお母さんに返した。

「前田さんという方に、もっと品物を流してくださるよう、あたくしがお願いに行きます。今度みたいに品物を少しずつ運ばなくてもすむよう、屋根のついた屋台を作ってもらいます。そして遠慮なく売りまくるんです。みんなで住めるようなお家《うち》を建てましょう」

「賛成」

「大賛成」

みんなお母さんのまわりをはねまわりはじめた。

「前田さんのねぐら、知ってるな」

そんな中で級長がルスバンにささやいた。

「お前がお母さんを案内しろ」

汚れた姿の級長は、また護衛にまわるつもりらしい。

カストリ屋台

夜。

上野、御徒町間の高架線の東側に屋台が並んでいて、まだ人通りが多い。

屋台の中には、葭簀《よしず》でまわりを囲ったのもある。おでん、シチュー、ホルモン焼などと書いた紙が夜風にヒラヒラしている。

その葭簀張りのおでん屋の中。葭簀を支える細い柱が四隅にあって、その柱を補強しがてら、鉋《かんな》もかけていない板が柱から柱へ渡してあり、下に不細工な脚がつけてある。

葭簀張りの奥の二辺にまわしたその板がテーブルがわりだ。これも急ごしらえの木の縁台が板の前に置いてあり、客は入口とおでんの鍋《なべ》に背を向け、葭簀と顔を突き合わせて一杯やることになる。

本物焼酎《しようちゆう》・一人二杯マデ、などと葭簀に貼《は》りつけてあったりするが、ドブロクを飲《や》っている客のほうが多い。おでんの鍋のそばにも細長い台と木の丸椅子《まるいす》が置いてあり、天井はなくて柱と柱のあいだに棒が二本、X型に交差させてある。

その棒にコードを巻きつけるようにして裸電球が二個。だから葭簀と向かい合う位置の客は全員手暗がりだ。

気の強そうな婆《ばあ》さんがいて、中の客の注文に応じておでんの皿や焼酎を配ってまわる。

「おつもりなら長居しないで帰っとくれ。外で待ってる連中がいるんだから」

注文が絶えた客には、婆さんの嗄《しゃが》れ声が容赦なく降りかかる。

「元気だな、婆さん」

奥の角のところがあいて、入れかわりに飛行服に白いマフラーを巻いた前田が現われた。毛糸のセーターから白いシャツの襟《えり》をのぞかせ、古ぼけてはいるが暖かそうなホームスパンの上下を着た男を連れている。

「おでんに焼酎」

ホームスパンを着た男のほうが注文しながら葭簀と向き合う場所へ腰をおろした。前田もそのとなりに並ぶ。

「あれ……」

前田が坐るとき連れの男と体をすり合わせ、男がその感触にびっくりしたようだ。

「物騒な物を持ち歩いてるみてえだな」

「カミカゼの兄さんもおんなじでいいのかい」

婆さんが入口のほうで訊《き》いた。

「ああ、おんなじだ」

前田は体をひねって婆さんのほうを向き、そう答えた。そして、

「今どき物騒じゃねえところなんかあるもんか」

と連れの男に言った。ピューッと夜風がひと薙《な》ぎ。裸電球が揺れ、葭簀がガサガサと音をたてる。

緑色の国民服を着た貧相な男が胴ぶるいして肩をすくめた。

「いい酒を熱燗《あつかん》でやりてえなあ」

「贅沢《ぜいたく》言うな。飲めるだけしあわせだい」

「何がしあわせなもんか」

前田のとなりの男は酔って目が据《す》わっている。

「嫌《や》なら死にゃあいい。でもどうせなら役にたつうち死ぬんだったな」

「役たたずだってのか、俺を」

「知らねえ、そんなこと。てめえできめろ」

婆さんがそう言う前田の肩ごしに、

「あいよ、カミカゼの兄さん」

とおでんの皿を板の上に置いた。

「はい、闇屋の兄さん」

おでんの皿はホームスパンの男の前にも置かれる。

「カミカゼだと……」

酔った中年男は上体を引くようにして前田の姿を眺めた。

「死にぞこないだよ」

前田がその男に顔を向けると、相手は怯《おび》えたように目をそらし、板の前へ両肱《りょうひじ》をついて自分のコップをみつめる。

「おっさん、板を揺らすなよ」

さしずめカウンターがわりと言った板が、その男の重みでゆらゆらと揺れはじめていた。

「特攻隊か。そいでも敗けちゃったんだもんな。どうしょうもねえや」

酔った男はおだやかな口ぶりで言う。

「はいよ、焼酎」

婆さんが戻ってきた。

「すぐかわりを持ってこいよ」

連れの男が低い声でそう言って、婆さんに素早く金を渡した。

「心得てるよ、いつものことだから」

婆さんが去る。前田はコップを持ちあげると顎《あご》をつき出して吸い込むように焼酎をひと口飲み、それから下の受け皿を持ってその中の焼酎をコップへ入れた。連れの男も同じことをしている。

前田は受け皿を置いてから本式にキューッと呷《あお》る。ひと息で残りは三分の一くらい。

「さてと。渡すもんを渡しとかなきゃな」

ポケットから四角い紙包みを出して、連れの男の受け皿のそばへ置き、太い竹串にこんにゃくを突きさして食べた。そう言えば箸《はし》もないし芥子《からし》もない。

その紙包みは昼間お母さんが級長とやったりとったりした物だ。ただし縛った細紐はなくなっている。

「五千だったな」

妙なことに、売ったほうの男がそう言って、無造作にその紙包みをポケットへ入れた。

「数えないのか……」

「信用してるよ。あんたは銭金《ぜにかね》のことじゃ人を欺せない。そういう男さ」

「三日で売り切れちまった」

前田はそう言って焼酎の残りを飲みほす。

「あいよ、おかわり」

婆さんが次のコップを運んできた。

「今日は注《つ》いでくれねえのか」

「こんでるからさ」

すいていればコップを置いてから、婆さんが一升瓶を持って注いでまわるのだ。そのほうが溢《あふ》れて受け皿に入る量が多い。

連れの男もコップを空《から》にし、婆さんが置いて行った新しいのに、背を丸めて口のほうからお迎えだ。

焼酎とは言うが、ドブロクを蒸溜したカストリだ。慣れないと鼻をつままなければ飲めないほど強い異臭を発しているが、前田もその男もごく当たり前のような顔で飲んでいた。

「次が要る。金は持ってきた」

前田はまた紙包みを出した。連れの男はクククッと笑った。

「あの奥さんには、しっかりした味方がついてやがる」

「あれ、知ってたのか」

「大事な商品をまかせてるんだ。それくらいのことは知らなきゃ」

「ふうん」

前田は感心したようだ。

「餅は餅屋か。商売人なんだな、やっぱり」

「品物《ブツ》をどこに隠してるか見てやろうと思ってあとを跟《つ》けてみたが、みごとに撒《ま》かれたよ。子供だと思って甘く見たのが失敗さ。あいつらしっかりしてるぜ。京成の地下道から上野駅の中まで引っぱりまわされた。俺が尾行してるのに勘づいたらしい」

「あいつら一生懸命だ。それにほかの自堕落な連中とも違う。子供たちはあの母子《おやこ》を冬になる前になんとか地下道から出してやろうと思ってる。あの奥さんのほうは子供たちをなんとか救ってやろうと思ってる。そんないじらしいのを放っとけるか。子供はみんな戦災孤児だぜ」

「子供は全部で何人だ。何度数えてもよく判らない」

「八人だよ」

「あんたはあの奥さんのことをどう思う」

「美人だよ。掃溜《はきだ》めに鶴だな。きょう俺を訪ねて来た。なお横尾、頼むよ。商品《ブツ》を流してやってくれ」

「ああ、こっちは最初からそのつもりだ。それよりあの奥さんのことさ。素性を知っているのか……」

「素性……さあ……」

「俺は調べてみた。ご亭主は海軍中佐殿だ」

「戦死か……」

「うん、亡くなってる」

「あの奥さんのご主人で、中佐というと……」

「出世街道まっしぐらって奴さ。海軍で一番若い中佐の一人だったらしい」

「名前は……」

「吉野中佐」

「それがまたどうして地下道なんかへ」

「判らんが事情があったことはたしかだ。だから名前もあの人が言うまでは知らんことにしておけ」

「そうか」

なんとなく二人の喋《しゃべ》りっぷりは軍隊のころの調子をのぞかせている。

「俺は中佐殿の未亡人より、子供たちのほうが気になっている。とにかく地下道から救出してやらなければ」

「この前と同じ場所へ行け。品物《ブツ》はもう置いてある」

「またあと払いでいいのか」

「そうだ」

「品物《ブツ》の受渡し地点をもう少し近くしてやれんか。運ぶのに苦労したぞ」

「それは少し無理だ。だがあの連中ならなんとかするだろう。どう捌《さば》くか、楽しみにしてるよ」

「いつ行ってもいいんだな……」

「できるだけ早く。あす中にでも。一度に運びおえてくれなければ困るぞ。それにあそこへは品物《ブツ》の引取り以外には誰も近づけるな。これは守ってもらわねば困る」

「判った。約束する」

前田はあの龍岡町の家が、ほかのもっと大きな取引の拠点に使われているらしいと悟ったようだ。

「ところでな」

「なんだい」

「この件であんたの取り分は……」

前田は首を横に振った。

「ない」

横尾と呼ばれた男はケタケタと笑う。

「そんなこったろうと思った」

「取れるか、俺が」

「あの奥さんと会ったのなら、あんたのマージンも渡そうとしただろう」

「マージン……利益か……。うん、その通り別に包んで来た」

「でも受取らなかった、か。だがな、タケノコ生活はそう長く続かねえぜ。まして売り食いの財産が南部《なんぶ》式と来ちゃあな」

横尾は前田が拳銃を換金して暮らしていることも知っているらしい。前田は復員するとき、トランクにしこたま軍用拳銃と弾丸をつめこんで持ち出したのだ。ひょっとすると米軍上陸後も一人で戦うつもりだったのかも知れない。

「そういうことなら、さっきはいいと言ったが、前金でもらうことにするかな」

横尾は前田に左手をさし出した。

「いいとも。奥さんからそうしてくれと預って来てる」

前田は二つ目の紙包みを横尾に渡した。それを受取った横尾は、紙包みと前田をみくらべるような目つきになった。

「これで次の品物《ブツ》は奥さんたちの物だ。いいな」

「うん」

「俺は闇屋だ。自慢じゃねえがかなり手広くやってる。濡れ手で粟《あわ》さ。当節、金なんかいくら持ってたってインフレで値打ちはさがる一方だ」

「物価は毎日うなぎのぼりだもんな」

横尾は紙包みを右手に持ちかえて前田に押しつけた。

「判るだろ。こんな金はないも同然さ。今は金よりも物の世の中だ。取っといてくれ」

「そうは行かん」

「貸すんだよ。貸付金だ。いずれ返してもらう」

「拳銃以外に返す当てなどねえよ」

「いずれあんたの手を借りたいときだって来るかも知れねえ。それに考えてみろ。これがないと中尉殿は、分け前を取らねえわけには行かなくなる。それが嫌なら拳銃密売さ。だがそれは危《ヤバ》い橋だ。もしものとき、子供さんや奥さんを誰が守ってやれるんだ。遠慮しねえで借りといたほうがいいと思うがね」

前田はそう言われ、ムスッとした顔で紙包みをポケットへ入れた。

「貴様、何かあるな」

横尾は薄笑いを泛《うか》べてカストリを飲んだ。

「あの奥さんを助けようとしている」

「あんな美人が乞食になったり、春を鬻《ひさ》いだりってことになるのを黙って見ていられるかよ」

「吉野中佐という人を知ってるな……。身もとを調べるのが早すぎるぜ」

「悪いことをしてるわけじゃない」

「貴様、特務機関か」

「みんな何かの負い目をしょって生きている。そうだろ、カミカゼさんよ。昔のことはなしさ。この闇市から人生をやり直しはじめているんだよ、俺たちは、よしんばあんたの言う通りだとしても、憲兵や特高なんかじゃなかったのがせめてものなぐさめさ」

前田は肩の力を抜き、溜息《ためいき》をついた。

「そうすっぱりと割り切れればな。俺のトランクにはまだ戦争がつまってる。今でも敵艦にぶち当たる夢を見るのさ」

高架線を電車が走って行く。その電車の動く灯りと、上野駅周辺の灯火のかたまりを除けば、まだ周辺はまっ暗闇だった。

北風が、その闇の中をどこまでも一気に走り抜けて行く。

バラックの夢

翌朝、級長たちはまた歓声をあげていた。商品の供給継続が決定したからだ。

前田との連絡場所になってしまった下車坂町の外食券食堂の裏で、ゲソとマンジューがはしゃいでいる。

「また前祝いしようか」

「今度はもうちょっと高く売ろうよ、お母さんにそう言ってさ。だってちょっと安すぎたもん」

そばに級長と飴屋がいて、前田を見あげている。

「品物《ブツ》を引取るのはこの前と同じ場所だ。もう少し近くにできないかと言ったんだがだめだった」

「いいよ。この前とおんなじにやればいい」

級長は平然としている。

「だがお前らのその恰好はなあ」

前田がつくづく彼らの風体を見てそう言うと、飴屋が口をとがらせた。

「みっともねえかい。そうさ、俺たちはどうせ浮浪児だよ」

「みっともないなんてのは、もうちょっとマシな姿を言うことだ」

前田は苦笑している。

「そのうち日本中がみんなそういう姿になっちまうんじゃないだろうな」

「つまんねえこと心配してるひまがあったら、品物《ブツ》を楽に運ぶうまい手でも考えなよ」

「お前らの恰好は不便なんだよな。地下道をうろつくにはいいかも知れねえが、一歩上野からハミ出したら目立っていけねえ。真っぴるま、焼け残った場所を歩いてみろ。誰だって何か紛《な》くなってやしねえかと家のまわりを調べるぜ」

「その目をかいくぐってヤマを踏むのが俺たちの腕だい」

「威張るな、そんなこと。そうか、こうやって商品《ブツ》はガッチリ流れてくることになったんだから、お前らはすぐ並みのおとなたちより金持になれる。つまりケチな盗みはしなくてすむわけだ」

「ケチな盗みとは言ってくれるじゃねえか」

「待てよ、飴屋。前田さんは大事なことを言ってるんだぜ。そうだよね、金があれば盗む必要はなくなるんだね」

　級長がおとなびた声で前田に言う。

「そうなれば、この駅や地下道だけで都合がいいような姿でいる必要もなくなる」

「二人とも何言ってんだよ」

「ちゃんとした恰好をしてりゃ、リアカーを借りるだけで、こそこそと品物《ブツ》を運ぶ世話はなくなるってことさ。昼間リアカーを引っぱって歩いたって、誰も見咎《みとが》めはしない。だがその姿で夜中にやろうとするから苦労するんだ」

「今さらそんなこと言ったって遅いよ」

　飴屋はまだ口をとがらしている。

「今度はしようがないさ。でもお母さんがああいう品を売ることはもう評判になってる。俺は今度は二日で売り切れると見てる」

「実は俺もそう思ってたとこさ」

　級長が言う。

「お母さんはきのうのうちに、屋台を作ってもらうよう手配したんだよ」

「屋台……」

「そう。屋根つきの奴さ。変電所の近所にもう並んでいるじゃないか。あれだよ」

国電の高架線下に変電所が入っている。その前あたりがもと小便横丁と呼ばれていた場所だ。今は奇麗さっぱり焼野ガ原で、青空市場になっているが、そこにもボツボツ店らしきものが並びはじめている。

と言っても、可動式の屋台店と同じ構造で、地面にじかに売り物を並べるよりは幾分マシと言った程度のものだ。

「いつできる」

「神吉町《かみよしちょう》のほうで大工が商売をはじめたんだって。兵隊にとられていた大工たちが帰って来て、ボツボツ板や材木なんかも手に入れてるんだってさ。屋台くらいならあっという間にこしらえてくれるんだってよ」

「ほう、そいつは耳よりな話だな。よし、俺もすぐ行ってみよう」

「どうするのさ」

「お前らまた、ルスバンの菓子屋の跡を品物の置場に使うんだろう」

「それっきゃないじゃない」

「バラックでいい。幾らで建つか訊《き》いてみようと思うんだ」

「ルスバンのとこへ家《うち》を建てるのかい」

級長も飴屋も目を輝かした。

「お母さんとボーヤはそれで地下道からぬけ出せるし、品物を入れる倉庫もできる。ルスバンに地代は幾らか訊いとけ」

前田はニヤリと笑って歩きはじめた。方角は入谷《いりや》向き。その足で神吉町へ向かうつもりらしい。

「聞いたか、飴屋」

「すげえことになったな」

二人は両手をしっかり握り合い、強く上下に振った。

「どうしたんだい」

ゲソとマンジューが寄ってくる。

「ゲソはお母さんに品物《ブツ》が来るって知らせろ。マンジューはみんなを集めろ。いつもの場所だ。ルスバンを忘れるな。あそこにいなくても絶対探して連れて来い」

「よしきた」

二人は走り去る。今日もいい天気だった。

「儲《もう》けた金はほとんど仕入れにまわしちゃったぜ」

飴屋は級長とそこから離れ、両大師橋のほうへ向かいながら言った。国鉄の線路をまたいで上野山内へ入る鉄橋だ。

「バラックだって相当かかるだろうによ」

「前田さんが自分から言い出したんだ。おとなにまかせとけばいい」

「それが心配なんだよ。特攻は案外世間知らずだぜ」

「そんなところはあるな」

級長は微笑した。こまかいところにはあまり関心を示さない前田の性格が気に入っているのだ。

「ヤミのことだって、カストリの値段くらいしか知らねえみてえだ。分け前も取らなかったそうだしよ」

「うん、お母さんが困ってたな」

「それでどうやってバラックなんか建てられるんだ」

「この次の儲けから出すつもりなんだろ」

「そんならいいけど、おとなだからって、何から何までまかしちゃおけないぜ。お母さんだってさ」

「お母さんが……どうかしたのか」

級長はとたんに心配そうな顔になる。

「よろこんで屋台の注文に飛びまわってたけどさ。危《ヤバ》くねえか、あれ」

「なんで危《ヤバ》い……」

「南口から国鉄の両側、広小路から御徒町三丁目にかけては、福島組と東尾組の縄張《シマ》りだぜ。ついこないだまでシマの奪《と》り合いで派手に喧嘩してたけど、三舛屋《みますや》ってえらい親分が中へ入って手打ちをさせたんだ。それからってものは、両方がまとまって組合を作ろうとしてる」

「どんな組合……」

「露店商組合さ」

「だって、あそこで物売ってる連中はみんな本職じゃないぜ。自分の家《うち》にある物を売り食いするために集まったんだ。露店商なんかじゃあるもんか」

「あってもなくてもかまわねえんだよ。いつも来てる奴には露店商の鑑札を取らして、自分たちの仲間にしちゃおうと言うのさ。そうすりゃあゴミ代だのショバ代だのと、金をまきあげやすくなるだろう」

「なるほど、無理やりにでも堅気《かたぎ》を商売人《バイニン》にしちゃおうって算段か」

「組もそのほうがでかくなるしよ。売人たちの中には、自分から鑑札をもらってもっと手広くやろうという連中もいるそうだ」

「お母さんもそうさせられるってわけか」

「鑑札を持ってねえと、いいショバをもらえなくなるんだってさ。そのうちに」

「断わったら……」

「おん出されちゃうかも知れねえ。あんだけ毎日人が集まるようになったんだ。今じゃ観音さまや瓢簞池《ひょうたんいけ》そこのけだぜ。組の連中はあそこをまとめるのに必死さ。しっかりしたシマにまとめれば、大勢の乾分《こぶん》をかかえても楽に食って行ける」

「唐草《からくさ》のお母さんって、有名になっちゃったからな」

「品物《ブツ》が来ればまた商売がはじまる。いくらお母さんが品がよくても、放っといてくれるかな」

「鑑札受けりゃいい」

「お母さんが露店商か。気に入らねえな」

「贅沢《ぜいたく》言えねえよ。やっと地下道からぬけ出せるメドがついたんだ。闇市から足を洗うのはその次のことさ」

「俺、鑑札受けるんなら早いうちがいいと思うぜ。鑑札を先に受けた奴がいいショバを占領しちゃう」

「品物《ブツ》がとび切りなんだ。手はあるよ」

「どんな」

「自分ちで商売するのは露店商じゃねえだろう」

「そりゃそうだけど」

「ほんとにバラックが建つんだったら、そこで商売をすればいい。ルスバンの家《うち》はもともと菓子屋だ。看板出して品物を並べりゃいい。ちょっとはずれてるけど、欲しい奴は歩いて行くさ」

た。

「ああ、その手があるか。ルスバンの野郎よろこぶぞ」

「そうだ、ルスバンは地主だもんな。いっしょに住まなくちゃ」

それっきり二人は黙りこんで両大師橋を渡った。二人とも、なんだか淋《さび》しそうな顔だった。


科学博物館裏にみんなが集まった。マンジューも今日は見張りをする必要がない。バアちゃんだけがいなかった。

「そういうわけで、今夜またこないだとおんなじように品物《ブツ》を運ぶ。評判になっちゃったから、こないだより気をつけてやらねえと危《ヤバ》いぞ」

みんな真剣な顔で頷《うなず》いた。

「それから今、前田さんが神吉町の大工のとこへ行ってる。ルスバンの家《うち》のあとにバラックが建てられるかどうか、当たりに行ったんだ」

ヒエーッという素っ頓狂《とんきょう》な声があがった。もちろんルスバンだ。

「あそこへ家《うち》建ててくれんのか……」

「品物《ブツ》をしまうんだ。ついでにお母さんとボーヤが住む。ルスバンもだ」

みんな躍りあがってよろこんだ。

「電気は、水道は……ちゃんと引くんだろうな」

「バラックだって安かねえ。まだ建つともきまっちゃいねえしよ」

級長はその熱狂ぶりに、かえって水をささなくてはならないほどだった。みんなは一応それで鎮まったが、ルスバンがしくしく泣くのは止まらなかった。

「俺んちが建つの……建ったら表札かけていいかい。中野忠雄って表札」

アカチンが訊く。

「それ誰だい」

「父ちゃんだよ。父ちゃんの名前だよ」

アカチンがルスバンをしっかりと抱いた。

「いいよ。表札でも看板でも、もと通りにしていいぜ」

アカチンも泣きだしてしまう。みんなシュンとなり、マンジューとゲソもぐすっと洟《はな》をすする。

「ばか、ルスバン。しらみがうつるぞ」

ニコがやけっぱちのような声で言ったので、みんなようやくもとの笑顔に戻った。ルスバンだけが普通の家の子のような、少しはまともな服を着ているのだ。

「あ、お母さんだ」

眩《まぶ》しいくらいの光の中を、お母さんが啓子を連れてやってくる。

「なんだい、あの大荷物は」

ゲソが背のびをするような姿勢で、お母さんのほうを見てそう言った。

とたんに級長が早口で言う。

「バラックのことはお母さんに知らせるなよ。当てにさせといて、あとでがっかりさせるようなことになったら嫌《や》だからな。それにもし建てられるんだったら、前田さんの口からお母さんに知らせなきゃいけない。こういうのはおとなの話だからな。いいな」

全員がまた頷く。

「やっぱり集まってたのね」

「屋台、どうなったの……」

ニコが尋ねた。

「あしたできるんですって。これであたしも一人前の露店商ね」

飴屋がかすかに眉を寄せて級長の顔を見た。

「ところで、そこの両大師さまの裏までついてきて頂戴」

「どうするの」

「バリカンを買ったの。調子いいわよ。売ってくれた人が床屋さんだったの。油もさしたし、ちゃんと痛くないようにしてくれたから」

「え……頭刈《か》るの……俺たち全部……」

「そのつもりだけど……石鹸《せっけん》もたくさん用意してきたし、古物だけど湯あがりタオルも一人に一枚ずつあるわ」

「嫌《や》だなあ、床屋嫌いなんだよな、俺」

「俺も苦手さ」

　ニコとゲソが顔を見合わせた。

「体も奇麗に洗って、そのしらみの巣みたいな服は燃やしちゃいましょう。着る物も揃えたのよ」

「ええっ……そんないい服着て頭もちゃんとしちゃったら、俺たち浮浪児じゃなくなっちゃうぜ」

「靴も買ったわ、八人分。寸法は合うはずよ。しっかり見ておいたから」

「冗談だろ、お母さん。それじゃ今晩から俺たちどこで寝たらいいんだい」

「残念だけどそんないい服じゃないの。浮浪児がおしゃれをした程度のものよ」

「おしゃれをする浮浪児なんているかい」

「とにかく言う通りにしなさい。両大師さまの人に頼んで、裏の水道を使わせてもらうことにしたんですから。そのかわりおとなしくしててね。物をこわしたりしちゃだめよ」

「でもこの恰好じゃないと地下道じゃ暮らせないんだけどな、お母さん。夜ふけに駅の中を歩いてたら、ただの家出少年と間違えられてつかまっちゃう」

「いいから言う通りにしなさい。お母さんの言うことがきけないの、あなたがたは」

きつい声で言われ、七人は反射的に首をすくめた。

「本物のかあちゃんみてえだ」

　ゲソが言う。

「じゃあたくしは本物じゃないの……」

「いいよ、言う通りにするよ」

　飴屋が閉口したように言い、級長までが舌を鳴らして失笑する。

「さあ、ついてらっしゃい」

　お母さんは唐草の風呂敷をしょって歩きはじめた。

キャッチボール

　そこからは下町方面が一望のもとに見おろせる。鉄道学校や上野駅が右にあった。

「あれが松屋だ」

　飴屋《あめや》がゆびさしてゲソに教えている。ゲソは淀橋の柏木で育ったから、隅田川方面の地理にはうとい。

「蔵前橋《くらまえばし》、厩橋《うまやばし》、駒形橋《こまがた》、吾妻橋《あづま》、言問橋《こととい》」

　隅田川の橋を下流から順に指さしている。

「浅草の観音さまはあそこ。あの辺が六区。その少し手前が俺《おれ》んちのあった芝崎町」

「あのぺったんこな細長いところは……」

「あれは秋葉神社のへんから新坂本町《しんさかもと》、豊住町《とよずみ》へかけて強制疎開をやられた跡だよ。焼けたんじゃなくて、その前から家がこわされてなくなってたんだ」

お母さんは大きなコンクリートの洗い場がついた屋外の水道のそばで、まずアカチンからボサボサの髪を刈りはじめている。最初に鋏《はさみ》でざっと髪を短くしておいて、そのあとバリカンで丸坊主にする。

「さあ、石鹸《せっけん》で体中しっかり洗うのよ。頭や顔だけじゃだめ。級長君に水をかけてもらって」

級長は青いゴムホースを持って蛇口をひねり、そのゴムホースの先を拇指《おやゆび》で潰《つぶ》すようにして水を散らしながら、アカチンの頭からかけてやる。

「まだそんなに寒くないでしょ」

お母さんはマンジューの頭にとりかかりながら、すっ裸になって水を浴び、石鹸を体中にぬりたくっているアカチンに訊《き》いた。

「冷てえよ、やっぱり」

「でも今日をのがしたらもっと寒くなって、二度とこんなことはできなくなるんです」

「さっぱりして気持いいけどさ。石鹸、いいにおいだよ」

「お前、最後に風呂に入ったのは……」

「田舎《いなか》でだよ、きっと。よく憶えてないや」

　アカチンの足もとから黒い水が排水溝へ流れて行く。

「お母さん、こりゃダメだよ。自分一人じゃうまく洗えないみたいだ。二人で洗いっこしたほうがいいな」

　多分級長は、あの豆台風の夜を思い出しているのだろう。嵐の中で彼と飴屋は体を洗いっこしたのだ。

「それもそうね。じゃあおマンジュー君の頭がおわるまでそうやって待っていて」

「お母さん。おマンジューってのやめてくんないかな。そのたんびみんなが笑うんだもん」

「あらそう。じゃあこれからマンジュー君って呼ぶわ」

　そのマンジューの頭がおわって、お母さんは二人分の髪を新聞紙にまるめこみ、

「次はゲソ君」

　と呼んだ。

「俺、坊主にされるの嫌だな。七・三に分けたい」

　景色を眺めていた飴屋が、ニコといっしょに大笑いする。

「だって、ポマードつけたいんだよ。緑色のや青いのや、ポマードをはかり売りしてるん

だ」

「ダメ。しらみ退治よ。どうしてかって言うとね、しらみのせいで病気になるという話を聞いたからなのよ。しらみが伝染病を運ぶんですって。こわいのよ」

「嘘だい。しらみに食われたってもう、痒《かゆ》くもなんともないや。免疫になっちゃったのさ、きっと」

「ほら、動かないでじっとしてなきゃ」

ゲソの髪もバサバサやられ、すぐ鋏がバリカンに代って丸坊主。

「ゲソも服脱いでここへ来いよ。三人いっしょに洗っちゃえ」

コンクリートの洗い場にすっ裸の三人が並んで、水をかけられながら体を洗い合っている。

そこへあたりを見物しに行っていた啓子が小走りに戻ってきたが、急に足をとめてむずかしい顔で裸の三人を睨《にら》んでいる。

「ボーヤ、どうしたい」

級長がホースで三人に水をかけながら訊いた。

「ヤーイ、おちんちん」

啓子は輝くような笑顔になり、甲高《かんだか》い声でそう言うと走り去った。

出口をせばめて勢いよく散らしていたホースの水が、急に勢いをなくしてコンクリートの上へおとなしく落ちた。

　石鹸だらけの三人は反射的に手で前を隠している。

「やな奴」

　マンジューが言った。お母さんは背を丸めてクックッと笑っている。

「気にすんない。ボーヤはまだ子供だ」

　級長がそう言うとお母さんはとうとう声をあげて笑いだす。

「あなたがただってまだ子供じゃないの」

　そこへ作業服を着た坊主頭の老人が現われた。

「先ほどはいろいろとお心遣いを頂きまして」

　お母さんはバリカンを手にして、あわててそのほうへ向く。

「さっそくお世話になっております」

「いえいえ、どういたしまして、ご奇特なことで。当節なかなか出来ることではございません。みな食うに追われて餓鬼同然の有様ですからなあ。どうぞご自由にお使いください」

　老人はどこかへ使いに出て行く様子だった。

「あとはきちんとしておきますので」

「はいはい、どうぞよろしいように」

お母さんはバリカンをまた鋏に持ちかえて、

「次はニコ君よ」

と、ニコを左手でさしまねいた。

「とうとう順番が来ちゃったな。クリクリ坊主でいい服着てたら、アチャコたちに舐《な》められちゃうんだけどな」

それでもニコは素直に、いや、かなりうれしそうに地面へ両膝《りょうひざ》をつく。

「できるだけかっこよくやってよ、お母さん」

「はいはい」

そのやりとりを、ニコのまん前に立った飴屋がまぜっ返す。

「頭の形は生まれつきだぜ。でこぼこ頭がかっこよくなるわけがねえ」

「俺の頭の恰好《かっこう》が判んのかよ」

「はじめて地下鉄で見たときはまだそんなに伸びてなかったぜ。でこぼこだったな」

バサッと長い髪を切られて、その髪がニコの顔にかかる。

「うふっ」

ニコはあわてて両手でその髪を払いのけた。

「服を間違えんなよ。さっきお母さんが分けて置いてくれたの、判ってるな」

「判ってるよ。俺のはこの黄色っぽい奴だ」

一番手だったアカチンが素っ裸で服のそばへ行き、そこに置いてあったタオルで体を拭《ふ》きはじめる。

「その石の上に爪切《つめき》りが置いてありますから、ちゃんと爪も切って頂戴ね」

「はあい」

アカチンは素直だ。タオルで体をよく拭《ぬぐ》ってから、まずパンツをはく。

「このサルマタ、紐で結《ゆわ》くんだね」

「ゴムのなんてなかったのよ」

「いいよ、これで」

ランニングを着て、その上に長袖のシャツを着る。それから子供用の綿のズボンをはき、毛糸のセーターを着た。

「靴下までありやがんの」

しゃがんで白いソックスをはき、ズックの運動靴に足をいれる。

「どう、アカチン君。靴の具合は……」

「ゴム底だね。ぴったりだよ」

アカチンは飴屋のほうに体を向けて両手をひろげ、とびはねてみせる。

「この運動靴、新品だぜ」

飴屋は眩しそうな顔で見ていた。

「上着も着てみろよ」

「うん」

アカチンは開襟《かいきん》風の上着を着た。畳み目がピンと立っている。

「アカチンてそんな顔してやがったのか」

「はじめっからこれだもん。変りゃしないよ」

「もとのほうがもうちょっとしっかりして見えたな」

「そうかな。で、今は……」

陽《ひ》に焼けてはいるが、清潔になった額や頬《ほお》のあたりは艶々《つやつや》として生気に溢《あふ》れている。

「つまんねえ面《つら》だ」

「ちぇっ」

お母さんはバリカンに持ちかえ、ニコの頭をまっぷたつにするような直線を入れて遊んでいる。かなり幸せそうな様子で、それがみんなを陽気にさせるのだった。

縦に一本、横に二本。

「飴屋君、これみて」

飴屋がゲラゲラと笑う。

「キじるしだ」

「そうやってうれしがってろ。この次はお前の番だぞ」

ニコは両目を固くとじて言った。お母さんはそのキじるしをバリカンで消してしまう。

「はいおしまい。手が痛くなっちゃったわ」

「お母さんそりゃ大変だよ。ひどくならないうちにやめといたほうがいい」

するとクリクリ坊主たちが口々に叫ぶ。

「そんなのあるかよ」

「ずるいよ」

「級長と飴屋もやんなきゃダメだ」

ルスバンが彼らのそばへ近寄って両手をあげ、それをなだめるふりをした。

「まあまあまあ、ここはひとつ大家のわたしにまかせなさい。悪いようにはしないから」

「なにが大家だ、てめえ」

「大家じゃなくて地主だろ」

級長が目を剝《む》いて彼らを睨む。口どめされたのを思い出してみんな静かになった。

「お兄ちゃぁん」

啓子の声がした。

「あ、いけねえ。ボーヤが来るぞ」

「あいつ、いま、お兄ちゃんて言わなかったか」

「言ったな」

「誰のことだい」

啓子がその裏庭へ走りこんでくる。

「お兄ちゃん、お兄ちゃん」

ゲソが訊いた。

「どのお兄ちゃんだい、ボーヤ」

「級長のお兄ちゃんよ」

「あ、やっぱりな」

級長がまだホースで水をかけながら言った。

「どうした、ボーヤ」

「前田のおじちゃんが来たわよ」

「え……」

「いつもみんなが集まるところへ行ったらいたの」

そのうしろからのっそり前田が姿を現わした。

「やあ、みんなこんなところにいたのか」

お母さんを意識した言い方だ。

「どうも……」

お母さんは腰をのばし、そう言って頭をさげる。

「散髪してやってるんですか」

「ここの方にお願いして、みんなの体を洗わせているんですの」

「そりゃいい。何しろ汚なかったですからねえ。あれ、お前アカチンか……」

「そうだよ」

「本当はそんな顔か」

「それ、飴屋に言われたばっかりだ」

「奇麗になった。見違えたぜ」

「これじゃ稼ぎになんねえよ」

「もう貰いも掻《か》っ払いもしなくてすむんだ」

「飴屋、ちょっと代ってくれ」

級長は水の出るホースをさし出して言う。

「おいきた」

飴屋はそれを受取りに行こうとする。

「ダメよ、飴屋君。今度はあなたの番なんだから」

「ちえっ」

「ゲソ。服を着る前に水をかけてやってくれ」

サルマタをはいたばかりのゲソが、頷《うなず》いて級長と交替する。飴屋は観念してお母さんの前へ横向きにひざまずいた。

「石鹼なくなった」

ニコが言う。

「アカチン君。そこのちっちゃな松の下に置いてあるでしょ」

「うん」

爪を切っていたアカチンが石鹼を取りに行った。飴屋が鋏でバッサリとやられたところだった。

「どうだった……」

半分目顔で級長が前田に訊く。

「相場が判った。荒川《あらかわ》を渡れば三万ほどで一軒買えるんだとさ」

「あっちは焼けなかったそうだからね」

「バラックで屋根にトタンを張って、一万二千かそこらからだと。ただし戸障子建具のたぐいはあんまり当てにしてくれるなとさ」

「一万二千あれば建つのかい」

「うん、それで四坪だ。坪三千じゃ推《お》して知るべしだがな」

「八畳か。でかい部屋だよ」

「ばか、台所も便所も要るんだぞ。正味四畳半くらいだな、きっと」

「それでも地下道に寝るよりはましさ」

級長はお母さんのほうをちらっと見た。

「今晩運ぶ分でこの前とおんなじに行ければ六千入るだろ。その次ので一万二千になるじゃないの。この前が三日で売り切れたから、今度は二日ですむ。仕入れのあいだを見てもうまくすると来週には金が払えるよ」

「それが、冬を目の前にしてるから、材料がどんどん値上りしてる。一週間もまごまごしてたら、五割がた値上りしかねない勢いだとさ」

「それじゃいくら頑張ったって追いつかねえよ」

級長は泣声になった。

「だから俺が勝手をしてきた」

「勝手を……」

「前金打ったんだよ」

「いくら」

「いくらだっていいじゃねえか。俺だって大工をウンと言わせるくらいの金は持ってる」

「五千……六千……」

級長はいいところをついていた。

「まあそんなとこだ。大工の仕事も順番があるらしい。その金で材料をおさえているうちに、こっちの番がまわってくる。その時に残りを払えばいい。大工が仕事にとりかかるとき半分、完成したとき半分という手もあるんだとさ」

「とにかく建っちまえばいいんだよ」

「その通り。本当は役所に建築申請とか言うのを出さなきゃいけないらしいんだが、そんなもの糞《くそ》くらえだ。お前ら、役所には何の世話にもなってない」

「世話んなってたまるもんか」

「大工のほうも役人にみつかってゴタゴタ言われるのが困るから、できるだけ手早く建てて、さっと逃げる気らしいんだ。そこで俺にも考えがある」

「どんな」

「道路から少し引っこめて建てさせるんだ。あとでそこへ店をつけ足すんだよ」

「そりゃいいや」

「そればっかりじゃないぞ。家のうしろ側にもつけ足す。物置きのようなのだって、みんな揃って住めれば文句ないだろう」

「材木と道具買って、自分たちでおっ建てちゃおうか」

「それも不可能じゃない」

「じゃあ前田さん、バラックのことをお母さんに言ってよ。みんなには口どめしてあるんだからさ」

「どうしてだ。もうとっくによろこばしてると思ってた」

「建つか建たないかきまってなかったし、糠《ぬか》よろこびってのは嫌だからね。それに、こういうことはやっぱりおとな同士の話だろ」

「お前、ほんとに頭の中が老けてやがるな。だったら早く散髪をしてもらえ」

「うん。この次が俺の番さ」

「ところで、こういうの見たことあるか……」

前田は持ってきた紙包みをガサガサとひろげた。脂臭《あぶらくさ》いにおいが漂い出す。

茶色い革製品が二つとボールが一個。

「見たことあるぞ、これ。ずっと前に」

ホースを持っていたサルマタいっちょうのゲソが、素っ頓狂《とんきょう》な声を張りあげた。

「あ、グローブだ」

前田がゲソのほうへ顔を向ける。

「そうだ、グラブが二つとボールだ。キャッチボールができるぞ」

「俺の叔父さん、早稲田へ行ってたんだよ。野球部でさ。補欠らしかったけど」

飴屋が丸坊主になって服を脱ぎはじめた。

「級長君、いらっしゃい」

「頭、やってもらえ。博物館のほうへ来いよ。俺はキャッチボールをしてるから」

「お母さんには……」

「あとでいい。お母さんはいま手がふさがってるから」

「じゃあ急いで行くよ」

級長はお母さんのそばへ行き、飴屋はまっ裸になった。

「ボーヤ、おちんちんだぞぉ」

啓子が陽気に笑った。屈託のない笑い方をする子だ。

級長が髪を切ってクリクリ坊主になり、体を洗っているあいだに、前田はアカチンとマンジューとゲソの三人を連れて、科学博物館の前でキャッチボールをはじめた。

ゲソは少しやれるようだったが、ほかの二人はからきしダメだった。

ボールは硬球だった。ニューボールではない。もうだいぶ薄汚れている。前田は楽しそうに投げ、そして捕《と》る。子供のほうはたいてい前田まで届かない。よくてワンバウンド、へたをすればゴロになる。

だが前田は軽快なステップでそれを捕り、加減して投げ返している。

アカチンは三人の中でも特にダメだ。ボールに対する感覚がまるでなっていない。前田が投げるたびに捕りそこない、ボールはコロコロと後方へころがり去る。

キャッチボールがよほど珍しかったのだろう。上野の山内に棲《す》みついた得体の知れない連中が、前田たちのまわりに一人立ち二人立ち、だんだん人数が増えてきた。

「ゲソ、かわって。俺ダメだ」

アカチンが音《ね》をあげてグラブをゲソに渡した。

「捕りそこなうなよ。ボールが盗まれちゃうぞ」

マンジューが本気で警告を発した。見るとゲソのうしろのほうにも人がたかっている。その中へボールがころがりこんだら、二度と戻ってはこないような雰囲気なのだ。

「盗《と》られてたまるか」

ゲソは必死でボールにグラブをさしのべる。

「うまい。その調子」

前田が明るい声で言うが、ゲソがボールを盗まれまいと必死になっているのには気がついていないようだ。

すると見物の中から、赤いカーディガンを着た男が進み出て前田に頼んだ。

「お願い、あたしにもやらせて」

妙に髭《ひげ》の剃《そ》りあとが青々とした奴だった。

ゲソは気を呑まれたように捕球したまま動作をとめた。

「あたし甲子園行ったことがあるの」

「中等野球のオービーか。よし、かわってやれ」

ゲソはグラブにボールをのせてその妙な男に渡した。

「陸軍か」

「そう。よく判るわね」

そいつは子供の目にもはっきりおかまだった。

赤いカーディガンを着た男の恰好のおかまは、右肩を二、三回上下させてから、ゆっくりと山なりのボールを投げた。前田は動かずにそれを胸のところで受けた。

「うまいらしいな、やはり」

前田はもう肩ならしがすんでいるから、かなりの直球を投げた。おかまがグラブに右手を添え、それを正面でパシンと受取る。

「こっちもやるわよ」

おかまはピッチャーの投球動作を起こし、左足を高くあげてから思い切りよく投げた。ヒューと唸《うな》ったように思えた。ボールは腰をおとした前田の顔の正面へ。

オーッという見物の声があがった。前田も負けずに直球を投げ返す。まるでピッチャー同士が本気で投げ合っている感じだった。

「なかなかやるじゃない……」

自分の投げたボールがショートバウンドになり、それを前田がすくいあげるようにキャッチしたとき、おかまはそう言ってグラブをゲソに返した。

そして前田に向かってしなを作ると、

「ほんとに戦争はもうおわったんだわね」

　と言い残して立ち去った。

　お母さんが飴屋や級長やルスバンやニコを連れてやって来たのは、ちょうどそんな時だった。

「戦争がおわってから、ここで最初に野球をしたのは俺たちらしいですよ」

　前田がそう言って笑ってみせる。

「何かお話があるとか……」

　お母さんは散りはじめた怪しげな見物人たちを見ながら言った。

「ええ」

　前田はゲソが軽くトスしたボールを、グラブに叩き込みながら答える。

「仕入れた品物をしまう倉庫も必要ですし、バラックでも建てたらどうかと思いましてね、この際」

「まあ、どこにですか……」

「ルスバンの家の焼跡ですよ。あなたがたがそこへ住んでくださると、品物の番もできていいんですが」

　お母さんの顔がみるみる紅潮した。

「でも、家を建てるお金なんて」

「バラックですよ、バラック。建ててくれる大工もみつかりました」

「でも、そんなことをして大丈夫でしょうか」

「何がです……」

「建築の許可とか、お金のこととか」

「もちろん無許可無届けの違反建築になるでしょうね。でもあの闇市だって合法的なもんじゃありますまい。売っている品物だってたいがいは統制違反のものですよ。値段もめちゃくちゃな有様ですし」

「そう言えばそうですわね」

「奥さん」

前田は声を低くした。

「級長たちの気持も考えてやってください。奴らはあなたを自分たちが生きて行く上での中心にしようと思っているんです。親兄弟も家も国も、奴らにとってもう何ひとつ大切なものはないんです。奴らは生きるよりどころをなくしてしまったんですよ。時には鬱陶《うっとう》しいこともあるでしょうが、奴らはあなたの役に立ちたくて仕様がないんです。あなたの役に立つことで、自分が生きている値打ちをこしらえようとしているんです。受けてやってください。その上で連中がもっといい生活ができるよう考えましょう。俺も手伝います。買出しに行く連中、闇市にいる連中。……ヤミでしか生きられないからそうするわけですが、めいめい誰かのためにヤミをやっているんです。子供のため、家族のためです。そうでなくて、ただ自分が生きのびるためだけのヤミ行為だったら、これは悲惨ですよ。餓死したほうがましなくらいだとは思いませんか。ところがあいつらには、アカの他人のあたしか、今のところ忠節を尽す相手がいないんです。……いや、こんな言い方は古いのかも知れない。真心を捧げる相手と言ったほうがいいかな。とにかくあなたは連中の芯棒《しんぼう》なんです。連中なりに浮浪児の境遇からぬけ出そうとしてるんです。力になってやってください。お願いします」

お母さんは無言で深々と頭をさげた。

「ふしぎな人だ。何かが外側からあなたを支えようとしているみたいですよ。そういう徳があるんでしょうね、奥さんには」

「あんな子たちに甘えてしまうのは心苦しいんですが、お言葉はよく承りました。あたくしもあの子たちを本当の子供だと思うと誓ったばかりです。無気力な乞食や、冷血な犯罪者になってくれるより、少しはましなことになるのでしたら、その建物に住んでみます。どこまでやれるか判りませんけれど」

「よし、これできまった」

前田は離れて見ている級長たちに手をあげてみせた。

焼跡の空想

その日の夕方、彼らは龍岡町から荷物を引きとってきた。

この前と同じように、ボール箱と木箱だったが、箱の数は前回より多く、闇《やみ》にまぎれてこそこそと運ぶのだったら、だいぶ骨が折れたことだろう。

だが今回は前田が損料を払ってリアカーを借りてきていた。しっかりと梱包《こんぽう》された箱をそのリアカーに山積みにしてロープをかけ、そのまわりに小ざっぱりとした身なりの少年が七人、にぎやかに押したり引いたりしていた。

先頭になってリアカーを引っぱったのは飛行服姿の前田だ。箱の上にはボロぎれが手当たりしだいにややこしい形でかけられ、その上からロープをかけまわしてあるから、ちょっと目には引っ越し荷物に見えなくもない。

いずれにせよ、級長たちがまっ黒けの浮浪児姿だったら、そんなおおっぴらな動きかたはできなかったはずだ。

彼らは都電の通りを避けて秋葉原方向へ向かった。警官に見咎《みとが》められる心配のない身なりだったが、闇市の連中に品物の隠匿場所を知られないための用心だった。

世間は軍や財閥の隠退蔵物資摘発にだんだん熱くなってきていて、そういう隠匿物資を摘発することが、正義の味方として最も輝かしい手柄であるとするような雰囲気だ。

　だからそのリアカーに積んだ程度の品物でも、悪い相手にみつかれば大威張りでとりあげられかねない。

　彼らは焼跡の道をいったん西黒門町《にしくろもんちょう》から五軒町《ごけんちょう》まで行き、そこで左折してから末広町で都電の線路を横切った。

　するとマンジュー、アカチン、ゲソなどがリアカーから離れ、ぶらぶら歩きで上野のほうへ戻って行く。散開して周囲の様子を窺《うかが》っているのだ。

　前田が引っぱるリアカーの本隊は、国電のガードをくぐって、練塀町《ねりべいちょう》のあたりでひと息いれている。いや、ひと息いれるふりをした。

「畜生、こういう時に限って、なかなか暗くなりやがらねえ」

　飴屋がそうぼやいたのは、暗くなるタイミングをみはからってルスバンの家の跡に着きたいからだった。

　そんな用心をしたリアカーは、さっきくぐったガードを逆戻りして右折し、元佐久間町、亀住町《かめずみちょう》を過ぎて仲御徒町《なかおかちまち》へ入った。

「いいよ」

「大丈夫だ」

　そんなマンジューたちのささやきに迎えられたリアカーがルスバンの家の跡に着くと、

子供たちは獲物にとびかかるような勢いで、あっという間にロープを外しボロぎれをとり、素早く積んできた荷物を隠してしまう。

からになったリアカーは、前田が何食わぬ顔ですぐ持主に返しに行った。

ボール箱はぺちゃんこに畳み、木箱はこわしてバラバラにされる。前回で要領は判っているから、級長たちは品物ごとに分けて数をかぞえ、ルスバンの小屋や竈《かまど》の中へしまいこむ。

ルスバンはマメな奴で、この前のことがおわってすぐ、以前小さな庭だったところに穴を掘り、木箱をひとつ埋めてそこへも物を隠せるように用意していた。

どうもこの前よりは量が多いらしく、級長はその穴をもう二カ所掘って、ようやく品物は全部姿をかくした。

お母さんに対する品物の供給は、この前ルスバンが一人でやった。しかし今度はみんな姿が変っている。誰が運んでもいいわけだ。

あす、夜があけるとすぐお母さんがやってくる手筈《てはず》になっていた。品物の数を当たって原価を弾《はじ》きだし、売値をきめて商売にとりかかるのだ。

「新品の屋台のおでましか」

ニコが楽しそうに言う。

「屋根つきだぜ」

マンジューも誇らしげだ。

「家《うち》が建つんだ。みんなが帰ってきたらびっくりするだろうなあ」

「ルスバン。その話はよせ」

飴屋がきつい声で言う。ルスバン自身だってもう、家族は誰一人戻って来ないのだと観念しはじめている。

だが彼は家族たちの遺体も見ていないのだ。疎開先から帰ってみたら、家もろとも肉親は一人残らず消えていた。みんなあの世へ行ったのだと諭《さと》されても、あの世とやらがあることを信じるなら、この世のどこかで生きのびていると信じてもかまわない理屈になる。

あの世へ行ったことも信じられず、この世にも存在しないとすれば、家族を失ったルスバンこそ、両方の中間で迷っている幽霊のようなものである。

その幽霊をなま身の人間として地上にしがみつかせているのが、もと和菓子屋だったその家の焼跡なのだ。ルスバンは家族が戻ってきた時に備え、その敷地に住みついて、根気よく土地を守っている。七十坪かそこらの土地で、まわりも奇麗に焼けてなくなり、町ごと……いや下谷区全部が焼野ガ原なのである。だからどこに住んだっておなじことなのだが、ルスバンはその七十坪そこそこの地所にこそしがみつかねば、生きる目的を失ってしまうのだ。

ちょっと気まずい沈黙のあと、飴屋がのっそりと立ちあがった。クリクリ坊主にされた頭のてっぺんが、月の光で淡く光っている。

「食いもん探してくる。マンジュー、ついてこい」

「金、あるか」

飴屋と級長では、やはり級長のほうがだいぶまともだ。飴屋だってみんなの食う物を買いに行くつもりだったのだろうが、つい探してくるというような、浮浪児の言い方になる。いっぽう級長はそれにこたえて、金あるか……と気を配った。ここは地下道ではなく、身なりも浮浪児とは違ってしまったことを、級長はもう肚《はら》の底に叩きこんでいるのだろう。

「ある。ゲソ、お前何が食いたい……」

「俺、あったけえもんが食いたい」

「じゃあ、おでんと飯か」

「うん。たくあんなんかも食ってみてえな」

「こんにゃろう、急に贅沢《ぜいたく》言い出しやがって」

「俺、あんパンを腹一杯食いてえ」

アカチンが言う。

「それとパイナップル」

「げ……」

飴屋が言った。

「しゃれたこと言うじゃねえか。パイナップルなんて」

「俺、好きだったなあ。缶詰でさ。外っかわにトゲトゲのついた実が描いてあって」

「缶詰ならもしかしてあるかも知れねえ」

「中に黄色いおつゆが入ってたの」

「ジュースだよ」

今度はルスバンが笑う。

「そうそう、ジュースだ」

級長が笑いを嚙《か》み殺して訊《き》いた。

「実は……」

「実……」

「黄色いおつゆの実だよ」

「実なんかねえよ」

級長とルスバンが大笑いする。

「ばか、それはパイナップルのジュースだ」

「ジュースの缶詰だよ」

アカチンは首を傾げ、

「そう言えば、水だけ缶詰にしちゃうのは変だよな」

と、自分も笑った。

「ばかを相手にはしてらんねえよ」

飴屋はマンジューを連れて立ち去った。

「今晩どうしよう」

ニコが真面目な声で級長に言う。

「どしようって……」

「寝るとこだよ。こんな恰好じゃ帰れねえだろ」

帰るとは地下道へということだ。

「今夜はここでみんな一緒に野宿だ」

するとルスバンがとがった声で級長に突っかかる。

「その言いかた、なんだい」

「どうしたんだ。俺、ルスバンを怒らすようなこと言ったか……」

「言ったじゃないかよ」

「なんて……」

「野宿だって。ここ、俺ん家《ち》だぞ。人の家《うち》へ泊まりに来といて野宿はないだろ」

級長は反射的に空をみあげた。月と星々と薄雲の動き。

「奇麗な天井だなあ、今夜は」

ルスバンは沈黙した。膝《ひざ》を曲げて顎《あご》をのせ、黒い編上靴《あみあげぐつ》の紐《ひも》をいじっている。

「あと何日したらバラックが建つかな」

級長はあわててつけ加える。

「どのくらいの大きさ……」

ルスバンの機嫌が治り、ゲソが言う。

「檜《ひのき》造りで総二階、瓦《かわら》ぶき、塀をぐるっとまわして門があって、門は屋根つき、玄関まで御影石《みかげいし》が敷いてある……てなことにはならねえよな」

「冗談言ってる場合じゃないよ」

「じゃどういう場合だい」

「本気で訊いてんだから、黙っててくんないか」

「ルスバンよぉ、俺だって今の、本気だぜ」

「嘘だい」

「嘘なもんか。本気で空想してんだぞ。そんな凄《すげ》え家《うち》に、お母さんと……」

ゲソは指を折りはじめる。

「ボーヤと、級長と、俺と、お前と、ニコと、アカチンと、飴屋と、マンジューと……それからバアちゃんと前田さんと……全部で十一人だ。十一人みんなで暮らせたらいいなって空想してたんだよ」

人数をかぞえているうちに、ゲソの声は柔かくなっていた。

「そしたら俺、門番でも庭掃除でもいいや」

「悪いけどさ、俺ちょっとその家《うち》へは行けそうもないんだ」

「どうしてだ」

「だって、ここに住んでなきゃいけないもん」

「あ、そうか。お前はここに建つバラックの留守番をしなきゃいけないんだったな」

「うん」

「じゃあ十人だ。でも、ときどき遊びに来いよ」

「ああ、行く」

「俺の部屋、二階にしといて。北側でいいからさ」

アカチンが言った。

「どうしてだい。北側は暗いぞ」

「いいんだよ、静かなら」

「じゃあ裏側の静かな部屋はアカチンのだ」

級長がアカチンに尋ねた。

「どうしてそんな部屋がいいんだい」

「勉強しなきゃいけないからさ。だって俺、大学へ行かなきゃなんないもん」

「大学へ……」

「知ってる……薬科大学って」

「知らねえな」

「薬剤師になるんだよ」

「そうか、アカチンの家《うち》は薬局だったっけ」

「うん。薬剤師になれって言われてたんだ。ほんとなら医者にさせたいんだけど、俺の息子じゃ無理だろうなあって……」

父親がそう言っていたにきまっている。彼がじかに言われたのではなく、おとな同士の会話だったかもしれない。だがアカチンは子供心にそれを胆に銘じていたのだ。

「なんとかして中学へ行かせなきゃな。前田さんに相談してみよう」

級長はおやじめいたつぶやきを洩《も》らす。

「ニコはどの部屋がいい……」

ゲソはもう家の前へ立っているような言い方をした。

「そこんち、自動車ねえのか」

「あ、そうだ。自家用車が要るな」

「だったら俺、運転手がいいや」

「門番や運転手から先にきまって行きやがる」

級長が笑った。

「奥さまとお嬢さまをお乗せして、俺が運転してまわる。三越へ横づけさ」

「お嬢さま……」

アカチンが訊き、

「ボーヤのことだよ」

とゲソが教える。

「クリクリ坊主のお嬢さまかい」

アカチンが笑った。

「シーッ」

ゲソがそのばか笑いをたしなめる。

「毛はすぐ伸びる。こんな長い髪をたらして学習院へ通っていらっしゃるんだぞ」

「あれ……女の学習院かい。あるの、そんなの」

「あるさ。白川、気をつけてお送りするんだぞ」

級長がふざける。

「白川って誰さ」

ルスバンが訊く。

「俺。白川継男。おやじ、運送会社でトラック乗りまわしてたんだ。俺、しょっちゅう乗っけてもらってた。運転ならまかせとけってんだ」

「できるのかい」

「ちゃんと習えばだよ」

「なあゲソ。ボーヤにピアノ買ってやんなよ」

「ばか、そんなことを俺やアカチンが心配することはない。お母さんがちゃんとするよ」

「お母さんじゃなくて奥さまだろ、そのころは」

子供たちの空想はとめどもなくひろがって行きそうだったが、そのとき警官が現われた。

「おい」

みんなビクッとした。話に夢中で誰もその警官が近づいたことに気づかなかったのだ。

「お前たち、ここで何している」

懐中電灯の光が、一人一人に向けられる。いつか飴屋が警察の車から搔《か》っ払ってきた、四角い懐中電灯ではなく、円筒型の奴だった。

「はい」

級長がさっと立ちあがって不動の姿勢をとったところはさすがだ。

「ここは中野好伸君の家の焼跡です」

ルスバンが立ちあがり、懐中電灯の光がそのほうへ動く。

「ほう……」

「僕が中野好伸です」

「そうか。でもこんな遅くに何をしているんだ」

警官の光が動き、腕時計を見たようだった。

「もう八時だぞ」

「今日はここへ泊まります」

級長が大胆なことを堂々と言った。

「泊まる。……こんな所へか」

「はい。中野君はここに住んでいるのです」

「ここに住んでるってか……」

その警官には訛りがあった。まだ若いようだ。

「その犬小屋みたいのが中野君の家です」

「そこに一人で寝泊りしてるんか」

「ええ」

ルスバンは小屋の入口をかくすように立ち、おずおずと答えた。

「ちゃんと学校へ行ってます。僕らは同級生です」

「どこの学校だ」

「三河島《みかわしま》です」

級長が声を張りあげた。ルスバンに何か言わせまいとしているのだ。

「遠いな」

「はい。疎開先から帰ってきて、焼けなかった学校へ入れられたからです」

出まかせだが筋は通る。三河島と言ったのは、下谷区内ではないからだ。

「疎開でも一緒だったのか」

「そうです。仲よしでした」

「どこへ疎開した」

「信州です」

「みんな帰って来たんか」

警官は溜息《ためいき》をついたようだ。

「今夜はみんなで中野君を見舞いに来たのです」

「見舞い……」

「はい。ここで、ひとりぼっちで暮らしているからです」

「どうしてだ」

級長の言葉つきが、少し反抗的になる。

「疎開から帰ったら、中野君の家《うち》は全滅していました。親戚もなくて一人ぼっちになってしまったのです」

ルスバンが本当にシクシク泣きはじめる。

「役所もどこも面倒みてくれません」

「戦災孤児なら都の仕事だな」

「両親の死亡が確認できないんです。生きているかも知れない場合は、戦災孤児ではないんだそうです」

「そういうもんかい」

警官は慨嘆している。

「いくら規則がそうだから言ってもなあ」

「だからときどき慰問に来てるんです」

「うん。友だちは大事にせい。でも、そしたら食うもんはどうしとる」

警官の訛りがだんだんきつくなる。気を許しはじめた証拠だ。

「先生たちや僕らが持ち寄ってます」

「そりゃ難儀なこっちゃ」

「警察でなんとかできませんか」

「我々は犯罪を取締るのが本分でな」

「この子が学校で食べているのは、ヤミの食糧ですよ」

「あかん。今どきヤミやらにゃ誰かて生きて行けるもんか。わしらを責めたかてどもならん。どうにもなるこっちゃないわい。それにわしもこの警邏《けいら》が最後で大阪へ帰らならん。復員がようけ来よってからに、警視庁も人をどんどん増やしよる」

警官は懐中電灯を消した。

「きつい世の中になったもんやけど……」

「お上《かみ》はなんにもしてくれないんですか」

「あんじょう助け合うて、しっかりやって行くんやぞ」

警官は足早に駅のほうへ去って行った。

「うふ……」

ニコが忍び笑いをする。

「うめえもんだな」

「半分本気さ」

級長は憮然《ぶぜん》としている。

「行っちゃったよ。いつまで芝居してんだ」

ゲソがルスバンに言う。

「芝居じゃないよ」

「半分本気か」

ゲソも笑った。そこへ道路とは反対のほうから飴屋がそっと姿を現わした。

「台所から失礼」

「あ、西山さんちのほうから来た」

ルスバンがびっくりして言う。

「そうか。裏は西山さんか」

飴屋は笑っている。

「お握りとおでんとたくあん。それだけだった」

「はいおでん」

マンジューがアルミの鍋《なべ》を両手に持って、腰をかがめるような姿勢でやって来た。

「鍋を借りて来たのか」

「ああ、返さなくてもいいみてえだ」

「盗《や》りやがったな」

「へへ……熱いうち食わねえと、こんなおでん、得体が知れねえからな」

みんな鍋のまわりに集まり、ひろげた握り飯の包みに手が伸びる。

「串を分けるぞ。ほら、手を出しな」

マンジューがそう言った。

「あの警官、まるでやる気なかったな」

「あしたにでも大阪へ帰るような口ぶりだった」

「お巡りもみんな復員しちゃえばいい」

「そしたら上野署を闇市にしちゃおう」

「建物がいいから闇デパートだ」

飴屋はこのとき、正確にはデパートをデバートと言っている。

時に少しはセンチメンタルになっても、戦争のおかげでふてぶてしく、そして逞《たくま》しくなった連中なのだ。

お母さんの受難

また売れた。売れる勢いは、前回以上で、時にはお母さんの極新品《まつさら》な屋台の前に行列ができるほどだった。

今度は商品も豊富だ。角砂糖やバターや食用油のきらびやかな包装を並べた中にまじって、針や糸まで置いてある。

木綿糸、絹糸、そして白い毛糸まで。絹糸はひとくくり二十五円で、木綿糸は十七円という値がついていたが、白い毛糸のところには売値が書いてなく、そのかわり、ご相談、という札が置いてあった。毛糸の束は見本のように一桛《ひとかせ》だけだった。

「これだけはあたくしにまかせて頂戴」

珍しくお母さんは頑固にそう言って、一桛だけ客に見せているのだ。

もちろん子供たちにはその毛糸が何桛でどんな衣類に仕上るのか見当もつかない。だが級長には察しがついたようだ。

「毛糸があるって知ったとき、お母さんは泣きそうな顔してた。ボール箱の中に、詰め物みたいにして入れてあったから、そんなに数はないしな。きっとセーターかなんかが編める分だけ、気に入った相手にあとでまとめて安く売ってやっちゃうんだろ」

その観察は当たっていたようだ。第一日目の夕暮れに、お母さんは自分より少し年上の女に、人目に立たぬようちょっと大きめの紙包みを手渡していた。

「もう、角砂糖は少ししか残ってないよ」

ルスバンがその夜お母さんに言った。お母さんはいったん地下道へ戻り、そのあと竹町の銭湯へ行ってきたと言ってルスバンの家の跡へ突然姿を見せたのだ。

「そうでしょうね。どんどん売れちゃったから」

「食用油はもうひと缶もないや」

「級長君、きょうの売上を預って」

「はい」

　級長はお母さんから札束を受取った。

「毛糸の分は入っていないわよ」

「はい」

「雲がないわね」

　お母さんは畳んだボール箱の上へ横坐りになって夜空をみあげた。

「訊《き》いていい」

「なあに、級長君」

「あの毛糸、何束あったらセーターが編めるの……」

「あれは中細《ちゅうぼそ》で一枠五十グラムだから、大きい人のだと十枠。女物だと八枠ね」

「今ごろどこかで編みはじめてるんだね」

「あたくしだって編みたいわ」

　ルスバンがお母さんのそばへすり寄って、啓子が脱いだ靴を手に取って眺める。

「こんなちっちゃい運動靴、よくみつけたね」

「新品よ」

　啓子が得意そうに答えた。

「級長君。あしたの朝、これを預ってくれないかしら」

お母さんは信玄袋を指さしてみせる。

「いいよ、安心して。絶対なくさないから」

級長は声を低くした。

「どうしたの……元気ないみたいだ」

「くたびれたのよ。あんまり売れたから。今夜はあたくしもここへ泊まっちゃおうかしら」

七人同時に歓声をあげる。

「泊まってってよ」

「すげえや」

「天気は大丈夫だよ」

級長と飴屋がひそひそばなしをはじめ、すぐ飴屋が立ちあがる。

「まだいるかな」

飴屋は自信なさそうに言い、ポケットから腕時計を出して時間をたしかめた。

「飴屋君、どこへ行くの……」

お母さんが疲れた声で訊く。

「毛布」

飴屋はそう答えて級長のほうを見た。

「ボロ毛布を売ってる奴がいるんだ。ボロでもよく洗って奇麗にしてあるんだって、泊まるんなら毛布くらいあったほうがいいもんね」

「そうね、お願いするわ。あたくしが払いますから」

「じゃあ行ってくる」

「飴屋君、待って」

行きかけた飴屋が振り返る。

「前田さん、今ごろだとどこにいるか判らない……」

「たいていカストリ飲んでるよ、いまごろだと」

「探してみてくれないかしら」

「いいよ」

「いたら、あたくしが会いたいからと言って頂戴」

「ここへ連れてくるんだね」

「ええ、お願いするわ」

飴屋は走り去った。

だがその夜、前田は横尾という奴といつもの屋台で一杯やったあと、新橋へ出かけたらしかった。出がけに横尾が新橋へ行って盛大にやろうと言ったのを、おでん屋の婆さんが憶えていたのだ。

「それじゃしかたがないわね」

お母さんは失望したようだったが、やがて啓子を抱いてボロ毛布にくるまり、畳んだボール箱を敷いた上で眠ってしまった。

翌朝、お母さんははやばやと起き、白いご飯に味噌汁に鯵《あじ》の干物の朝食を子供たちに振舞ったあと、商売にとりかかった。

「きょうもうんといそがしいでしょう。きのうみたいだとこの子の手伝いじゃちょっと無理だから、マンジュー君に夕方まで預ってもらうわ」

マンジューは大よろこびで引受ける。

「よしボーヤ。きょうは俺と遊ぼうぜ」

「何して遊ぶの……」

「いろんなことさ。何かしたいことあるかい」

級長がお母さんに申し出る。

「俺がそばについて手伝うよ。そうさせて」

「そうね。台の下からどんどん品物を出していかなきゃならないし、あたしはいつもお客さまの相手をし通しだから……でも、みんなとのつながりが知られてしまうんじゃないかしら」

「仕方ないよ」

ニコとゲソが不服そうな顔になる。

「級長ばっかりいい役やるんだな。俺たちも手伝わしてよ」

飴屋はそういう気持がよく判って、

「そんならお前らは級長を手伝ってやれ」

と折衷案を出す。

「ちえっ、手伝いの手伝いかよ」

二人はふくれてみせたが一応それで納得した。

「俺たちは運び屋だ。ルスバンのところが基地だってことを知られるなよ」

アカチンとルスバンが頷《うなず》く。マンジューはもう啓子を連れてどこかへ行ってしまっていた。

お母さんの売り場にまた人がたかりはじめてすぐ、若いやくざ風の男が二人、集まった人々を乱暴にかきわけて、お母さんの前へ顔をつき出した。

「お母さんよ、きのうの返事を聞かしてもれえてえんだけどな」

「無理ですよ。もうあたくしのところにも手持は残り少ないし」

やくざの一人が屋台の前側の柱に手をかけてゆさぶった。

「どうしたの、お母さん」

裏側にしゃがんでいた級長が立ちあがって訊いた。

「いい返事を持ってけえらねえと、俺たち困るんだよな。もっとも、困るのは俺たちだけとは限んねえかも知れねえけどさ」

「この分ですと夕方までには品切れですわ、きっと」

「でもまた入《へ》えるんだろ。一人で甘い汁を吸うことはねえじゃねえか。みんな困ってんだ。一人占めはまずいよ」

「品物《ブツ》を寄越せって言うのかい……」

「餓鬼はひっこんでろ」

やくざは大声で言った。

「喚《わめ》かないでくださいません……お客さまがびっくりしてるじゃありませんか」

「どうあってもダメかい」

「ない物はお分けできません」

お母さんは、キッパリと言った。すると二人のやくざのうしろにいる人々の中から、いらだたしげな声があがった。

「横車押すんじゃないよ」

「どいてくれ。そんな交渉はあとでやればいいんだ」

やくざ二人が振り向いた。

「素人《しろうと》が余分なことに口出すんじゃねえっ」

「戦争に負けて、やくざも堅気《かたぎ》もあるもんか。こっちは軍隊でしごかれて筋金が入ってる。文句あんならやってもいいぞ」

客は自分の買う分がなくなると思うから殺気だっている。

「どけどけチンピラ」

「お母さんがんばれ。俺たちがついてるぞ」

二人のやくざは精一杯凄《すご》んでお母さんを睨《にら》みつけ、

「また来《く》っからよ。よく考えとけ」

と言い残して帰って行った。

「はいお待たせしました。角砂糖でしたね」

お母さんは愛想よく商売に戻る。

「ゆうべっから心配してたのはあいつらのことだね」

級長はお母さんが啓子をそれとなく避難させたことを悟った。

「大丈夫よ、あんなの」

お母さんは級長に笑ってみせた。

「ニコ」

級長はお母さんのそばを離れてニコに言った。

「急いで前田さんを探してこい」

「判った」

ニコは血相変えて飛んで行った。

「ゲソ。飴屋に品物《ブツ》を持ってくるなと言え」

ゲソは黙って静かにあとずさり、その場を離れたが、すぐ飴屋を連れて戻ってくる。

「どういうわけだい」

飴屋が級長にささやいた。

「ちょっと代ってくれ」

級長はお母さんの手伝いをゲソにまかせ、人ごみから外れたところで飴屋に説明する。

「危《ヤバ》いことになりやがった。ゆうべっからどうもお母さんが元気ないと思ったら、組の連中に品物《ブツ》を寄越せとおどされてたらしい」

「福島組か、東尾組か……」

「判んねえ。あんまり見たことねえ奴らだった」

「福島や東尾のほかにも、ここへ割り込もうとしてる奴らがいるんだ。そいつらは戦争前からの組じゃねえ。愚連隊の集まりなんだ。荒っぽいだけで仁義も何もありゃしねえって、古い連中からも嫌われてるらしいぜ」

「とにかくいまニコに前田さんを呼びにやらせといた」

飴屋はお母さんのうしろ姿を見た。その前にひしめいた客に、テキパキと品物を渡している。売れ行きは早い。すさまじいほどだった。

「いま置いてある分がなくなったら店じまいさせるんだな」

「うん。でも今日はしこたま運んじゃったからな」

「見張ってよう。何かあるといけねえから」

「相手はおとなだ。素手じゃかなわねえぞ」

「よし、棒っきれ探してくる」

飴屋は獲物を探しに行き、十分ほどすると直径五センチほどの汚れた棒を二本持ってきた。長さは六、七十センチ。

「こんなのしきゃねえや」

「ないよりましさ。ニコの奴、遅いなあ」

飴屋は舌打ちし、

「前田さんがいりゃあピストル借りるのにな」

と、本気でそう言った。

連中がやってきたのは正午を少しまわったころだった。ゲソが基地の守備強化にまわされた直後だ。

人数は六人。略帽をあみだにかぶった陸軍の復員兵が先頭に立ち、群らがった人々をうしろから引きずり倒したり蹴《け》っとばしたりしながら、大声で喚き散らした。

「どけどけぇ。ヤミ警察の手入れだ」

「買った奴の品物も没収だぞ」

あおむけにひっくり返る男、横へはじきとばされる女。あたりは悲鳴と怒号でたちまち火がついたような騒ぎになった。

「何しようってんだ」

「ヤミ警察だと……勝手なことぬかすな」

客たちもおとなしくはない。前のほうの連中がいっせいに振り向いて喧嘩腰になる。だがその六人は手心なしに飛びかかって行き、手当たりしだいに撲《なぐ》る蹴るの暴力をふるう。抵抗の気配を見せた人々も、殺気だったその勢いにおされて左右に割れ、お母さんの店の前はガラあきになった。

「やいてめえ、隠匿物資を小出しにしてやがんな。日本中が食うや食わずだってえのに、てめえだけ甘い汁吸おうなんて、太《ふて》えアマだ」

お母さんは店の前へまわり、両手をひろげて立ち塞《ふさ》がった。

「何をなさるんです。この品物があなたがたの手に渡ったら、誰も買えないような値段に吊りあがってしまうじゃありませんか」

遠巻きにした人々の間から、そうだそうだという声があがる。

「あいつら結城組《ゆうきぐみ》という新興やくざだぞ」

棒を手にお母さんのそばへ行こうとしている級長と飴屋の耳に、そんな老人の声が聞こえた。ちょうど駆け戻ってきたニコが、息を弾ませながら言う。

「前田さん、どこにもいねえよ」

飴屋が腰をかがめてすっと取り囲んだ人垣の中へ消える。級長もそれにならって左側から前へ出た。

「結城組の横車だぁ」

右の人垣の中から飴屋の叫びが聞こえた。

「結城組か……」

人々のつぶやきが重なり、ちょっとしたどよめきになった。

「ほかの店の品物もみんな取りあげる気だぞぉ」

級長も叫んだ。まわりの店の連中の力を借りようとしている。

「結城組の横車だぁ」

付和雷同。見物の中から大声で言う者が現われた。

「結城組が女をいじめてる」

「結城組の弱い者いじめだ」

人垣が少し前へ動いた。六人は反射的に左右へ体を向ける。

「やる気か」

「怪我《けが》してえか」

六人は恫喝《どうかつ》をはじめた。

「女……品物《ブツ》の出どころを吐いてもらおうか。みんなが助かるんだ」

「嘘おっしゃい。そんなに安く売られては困るとおっしゃったのはあなたがたでしょう」

「うるせえ」

略帽をあみだにかぶった奴がそう怒鳴り、急に声をひそめた。

「体に訊いてもいいんだぜ。可愛《かわい》がってやろうか」

ピシャリッとその男の頰《ほお》が鳴った。

「許しませんよ」

そのとたん、略帽の男はお母さんの手を摑《つか》んで思いきり手前へ引いた。お母さんは前のめりに男たちのほうへ飛び出してしまい、一人の男がその体をもろに抱きとめる。

「いい女だよな」

遠まきにした人々が騒然となる。

「やめろ」

「助けてやれ」

お母さんは体をよじって逃げようとしたが、辛《かろ》うじて向きを変えただけで、うしろから羽交い締めにされてしまう。

左から級長が飛びだすと、手にした棒っきれでそいつの背中を思いきりぶん撲った。

「うっ……」

お母さんが自由になる。だがすぐ別の男に腕を摑まれた。

六人が全員級長のほうを向く。すると右側から飴屋がとび出して、略帽の男の頭めがけて棒をふりおろした。

狙いが僅《わず》かにそれて、棒はその男の右肩に当たった。

「畜生」

略帽の男は左手を打たれた肩に当てて振り返る。

「この餓鬼」

左足一本で立って右膝を高くあげ、まっすぐ踵《かかと》を突き出してくる。飴屋がそれを避けている間に、級長はさっと右へ飛んで、そいつの左足へ棒を打ちこんだ。

「わあっ」

略帽の男が引っくり返り、その頭を級長の二撃目が襲う。

「てめえ、生意気な……」

二人の男が級長をひっつかまえようとし、級長のふりまわす棒の勢いに押されてすぐあとずさった。

お母さんをつかまえた奴は、素早く後退して行く。

「みなさん、助けて下さい」

お母さんは気丈に落着いた声で人々に呼びかけた。

「子供を助けろ」

人垣が動いた。だがそのとき、また三人のやくざ風が駆け寄ってくる。それを見てニコが飛びだし、加勢の一人の足にしがみついて二人ともころがる。

ころがったニコは、別の男に腹を蹴られて相手の足から手を離し、体を丸めて苦しがる。

「ニコ、大丈夫か」

飴屋が叫んだ。級長は棒っきれを振りまわしてニコのほうへ近寄ろうとした。飴屋は引きずられて行くお母さんのほうへ走りかけ、棒を敵の一人に摑まれた。

「がんばれ」

人垣の前のほうからやくざめがけて礫《つぶて》が飛びはじめた。すると二人ほど短刀《ドス》を抜き、それを見て人垣が後退する。

飴屋はつかまれた棒を手ばなして、相手に頭突きをかました。頭突きはその男の鳩尾《みぞおち》へきまって、男は体を二つに折る。横手から、匕首《あいくち》がキラッと光り、飴屋がとびのく。

「餓鬼だからって手加減しねえぞ」

「薄ぎったねえ愚連隊め。女と子供しきゃ相手にできねえ癖しやがって」

飴屋は両手をひろげ、姿勢を低くして悪たれた。

「やるんならやれ。殺人事件にしてえんだな」

飴屋は無謀にも、胸を突きだして相手の短刀《ドス》めがけて飛びかかった。刃物を持ったほうがかえってとびのいてしまう。

その隙《すき》に飴屋は鳩尾を押えて体を折っている男を蹴りあげた。

「いいぞ、坊主」

級長もうまく一人を棒でしたたかに撲りつけ、相手がひるむ隙にころがっている略帽の男の顔面へもう一発見舞った。

が、そこまでだった。

やくざたちは態勢をたてなおし、級長から棒を奪い、飴屋を押えこんだ。

二人ともつかまえられ、いいように撲られた。ニコだけがやっと立ちあがり、よろめきながら人垣の中へ逃げこむことができた。

「おい。品物《ブツ》を持ってけ」

立ちあがった略帽の男がそう命令したときには、級長も飴屋も顔中血だらけにして倒れていた。

やくざたちはもうお母さんの看板になってしまっている唐草の風呂敷をひろげ、手当たりしだい店の品物を包みこみはじめた。

「泥棒」

「強盗だぁ」

「結城組が略奪してるぞぉ」

人々は投石をはじめた。やくざたちは腕をあげて顔をかばい、短刀《ドス》をやみくもに振りまわす三人をしんがりにして、上野駅のほうへ逃げだして行った。

飴屋が顔をあげ、級長のほうへ這《は》い寄る。

「級長、大丈夫か」

飴屋は手をのばして級長の指先を摑んだ。

「お母さんは……」

「判んねえ。連れて行かれたかも」

「畜生」

級長は地面に手をついてあたりを見まわした。

「大変だ。お母さんがいねえ」

級長は懸命に起きあがり、よろめいた。その足に飴屋がつかまり、ようやく両膝《りょうひざ》をついて上体を支える。

「糞《くそ》ったれ。お母さんを取り戻さなくっちゃ」

二人は血まみれだった。飴屋の上着の右肩が裂けていて、右の胸のあたりに赤いしみがひろがりはじめていた。

「大丈夫か、お前ら」

おとなたちが二人のまわりを取り囲んだ。

「よくやったぞ」

だが二人にはそれどころではなかった。

「どうする……」

「とにかくルスバンとこへ。お前、斬られたな。アカチンに手当てしてもらおう」

級長は飴屋の左脇へ肩をいれて持ちあげた。

「いい。歩ける」

「つかまってろ」

「いいって。自分で歩ける」

二人はよろめきながら、御徒町の駅のほうへ歩きはじめた。

「オキシフルとアカチンしかねえよ」

アカチンはべそをかいていた。

「ほら、水」

マンジューが錆《さび》のかたまりのようなバケツをさげて戻ってくる。

「タオル」

級長がそう言い、ゲソが素早く汚れたタオルを手渡した。

級長はそれを濡らして、血が乾きはじめた飴屋の顔を拭《ふ》いてやる。

「よせよ、たいしたことねえんだから」

飴屋は顔を振ってそれを避ける。服を脱いで上半身は裸だ。右胸に赤い筋がついていて、まだ血を流していた。

「短刀《ドス》の先っぽがかすりやがんの」

飴屋はその傷に指をそっと当て、笑ってみせた。

ボーヤは頬をビショビショに濡らしているが、静かにしていた。

「お母さん、きっと助け出すからな」

「どこ……」

ボーヤは左の袖口で涙を拭い、キッとした様子で立ちあがった。右手に錆びた細い鉄棒を握っている。

「ニコが早いとこ消えた。あいつのことだからきっとお母さんの跡をつけてるさ」

「判ったらボク行くからね」

啓子は自分のことをボクと言った。男の子の言い方をすることで決意を示す。お母さんを救出しに行くと宣言したのだ。

飴屋は級長の手からタオルを取り、自分で血を拭きはじめている。

「ほら、級長もタオル」

マンジューがタオルを級長に渡す。

「オキシフル、しみるぜ」

アカチンは飴屋をあおむけにさせ、茶色い瓶からじかに傷口へその液体を流した。

「これでバイキンは死んだな」

「うん」

級長はそっと濡れたタオルで顔の傷を拭きはじめた。

「前田さんにピストルを借りなきゃな」

飴屋は空に顔を向けて言った。

「ボクも」

電車が走ってきて、御徒町の駅でとまった。

「どこへ行っちゃったんだろう」

級長はそのほうを見ながら、心細そうに言った。

ニコは案の定、連れ去られたお母さんのあとをつけていた。

「南稲荷町の下谷神社の近くだ。焼け残った二階だての雑貨屋へ連れてかれた。表に結城組って新しい看板がかけてありやがんの」

ニコの報告でお母さんの居場所は判ったが、組の事務所では迂闊《うかつ》には手が出せない。級長たちは手わけして必死に前田を探しまわった。

その前田を上野駅でゲソがつかまえた。きのうからずっと新橋にいたのだという。

前田は凄い勢いでルスバンの家の跡へ走ってきた。

「やられたって……」

「やっと来た」

みんな総立ちになって前田を迎えた。

「連れて行かれた場所は判ってる。いまマンジューとルスバンが張りこんでる」

「結城組の事務所だな」

「うん。乾分《こぶん》がいっぱいいるぜ」

「かまわん。ちょっと待ってろ。すぐ戻る」

前田はすぐ走り去った。

「どこへ行ったんだい」

「きまってるじゃねえか、ピストルを取りに行ったんだよ」

前田は焼けたお稲荷さんの土台の下へかくしたトランクから拳銃を出して弾丸をつめ、すぐに戻ってきた。

ズボンの腿《もも》のところのポケットに二挺《ちょう》、上着のポケットに二挺。

「俺に一挺貸してよ」

飴屋が手を出した。

「いかん。これはおとなの仕事だ」

「奴らは短刀《ドス》持ってるぜ」

飴屋はシャツを着ながら言った。傷は浅くてもう血もとまっているが、シャツは裂けて血まみれだった。

「俺にもしものことがあったら、そのあとは好きなようにやれ」

前田はトランクの鍵を飴屋に投げた。

「でもついていくよ」

「どうせとめてもきかないだろう。だがボーヤはここにいるんだぞ」

「嫌。ボクも行く」

啓子は鉄棒を握りしめて言い張った。

「ボクのお母さんだもん」

「じゃあゲソがついてやれ。近寄るんじゃないぞ。ああいう奴らは平気で卑怯《ひきょう》なことをするんだ。ボーヤを人質にでもされたら手が出せなくなる」

ゲソは啓子の手から鉄棒をとりあげ、膝をついて顔をのぞきこんだ。

「いいかい、前田さんがいま言ったこと判るだろ。お母さんを取り戻す邪魔をしちゃいけないんだよ」

啓子は唇を嚙《か》んで頷いた。また涙を流しはじめたが、決して声をあげては泣かない。

「そうだ、泣くんじゃないぞ」

啓子はまた頷く。

前田は歩きだした。竹町《たけちょう》方向へ向かっている。

「離れてついて来い」

竹町から西町……南稲荷町《みなみいなりちょう》は遠くない。午後の三時半ころだった。

「上野署が近いな」

「かまうもんか」

級長と飴屋がそんなことをささやき合った。

下谷神社の真裏辺りだった。

その家は正面の軒の上に、荒物・雑貨、しんどう商店、と白地に黒い文字で書いた大きな看板をあげていたが、焼け残ったとは言え左の路地に沿ったガラス戸には板を打ちつけ、正面の四枚の戸にもところどころ板がはってあった。

左角は下がタイルばりのタバコ屋になっているが、その窓口にも板がはってあって、さむざむとした感じだ。そのタバコ屋の右端に、まあたらしい木の札がさげてある。

墨の楷書《かいしょ》で結城組。

荒物雑貨の店だったのが、今は商売をしていなくて、そこに新興のやくざが巣食っているのだ。

飴屋と級長はその四つ角のところで、コンクリート製の防火用水のかげに身をひそめた。ゲソは見張りをしていたルスバンと合流してその家の前を通りすぎ、下谷神社のほうへ啓子を連れて行った。

ニコはその家の裏手にへばりついたようだ。マンジューとアカチンは近所の子のふりをして、雑貨屋の戸袋のあたりでしゃがみこみ、地面に何か描いたりしている。

前田はその家の正面に突っ立っていたが、腿のポケットからおもむろに拳銃を引きだすと、両手に持って足でガタガタと戸をあけた。

昔はそこに商品が並べてあったのだろうが、今はなんにも置いていない畳二畳敷きくらいの横長の台をテーブルがわりに、五、六人の男がそのまわりに丸椅子を置いて、茶を飲んだり花札をいじったりしていた。

「なんだてめえ」

手前にいた三人が腰を浮かすのへ、前田の二挺拳銃が向けられる。

「お母さんはどこだ」

「畜生、連れ戻しに来やがったな」

一人が言い、もう一人がそれとは理屈に合わないとぼけかたをした。

「いねえよ、そんなもん」

「ここはサツが近い。手早くすませるぜ」

前田の銃が呆気《あっけ》なく鳴った。

バン。

手前の奴が台の上へひっくり返った。

「二階か……」

バン。もう一人倒れる。ほかの奴らは驚いて廊下のようなところへ飛びあがった。店は土間で、その突き当たりが横に細長い板廊下になっている。その奥左が六畳の部屋。障子があいて男が一人顔をだした。

バン。

その障子の中へまた一発撃ち込む。

「わあっ」

顔を出した男が叫んだ。当たったらしい。残りは右奥の台所へかたまって逃げこみ、一人が台所からはみ出して右隅の土間へころげ落ちた。

ドタドタっと足音が乱れ、二階から男たちがおりてくる。

「どうしたっ」

前田は板廊下の左端にある階段のほうへ移動した。

「邪魔だ」

バン。階段から大きな音をたてて一人ころげ落ちてくる。

そいつの体をまたいで、前田はゆっくり階段を登りはじめた。

「殴り込みだぞっ」

階段をおりようとしていた連中が背中を向けて二階へ逃げ戻る。

そのあとについて前田は素早く階段を登り切った。登った真正面は四畳半で、あけ放した窓の外に物干し場が見えていた。

左の襖《ふすま》もあいている。そこには男が三人。

バン。

三人の中の一人があおむけに倒れ、すぐくるりと体を転がして左手を脇腹に当てている。するとと残りの二人は窓をあけて飛びおりてしまった。

ガシャン、ガシャンと下で大きな音がした。階下に残っていた連中は、こわごわ階段の上をのぞきこんでいたが突然外でそんな音がしたものだから、裏口から加勢が来たと思ったらしく、みんな表へ逃げ出してしまった。

六畳の向かいがまた四畳半。そこには誰もいない。

前田は顔を正面に向けた。廊下の突き当たりの広い座敷に、短刀《ドス》を構えて怯《おび》えた顔が重なっている。

「返してもらおうか」

「誰だ、てめえ」

「前田英治。もと特攻の死に損ないよ」

前田が進むと男たちがあとずさる。

「結城って出来損ないはどいつだ」

八人の男に囲まれて、床の間へ押しつめられた恰好で三つ揃いを着た男がいた。お母さんの姿がないので、前田は少し焦ったようだ。

「その気どったなりの野郎か。そいつが結城か」

前田は両手の拳銃を急に動かして相手をひるませ、はずみをつけて突き当たりの広い座敷へ入ると、左側へすり足で寄って行った。

「今度はそいつを撃つ」

前田は静かに言った。

「そいつの前にいると当たるぜ」

八人がドドッと右へ動いた。その一人が次の間との境の襖を背中でおし倒した。両腕を背中にまわして縛られたお母さんが、どてら姿の男に短刀《ドス》をつきつけられて立っていた。

「そこの三つ揃い」

前田はお母さんをちらっと見ただけで、床の間に突っ立っている男にそう言った。

「上着のボタンをはめな」

男は後頭部を背後の壁につけて顎《あご》をあげたまま、手さぐりでボタンをはめた。

「折角の三つ揃いだ。チョッキと上着の両方に穴をあけてやる」

バン。

前田は無造作に引金をひく。三つ揃いの男がへなへなとくずおれた。

「そいつは九四式だ。六発しか入ってねえ」

どてらを着た奴が、お母さんの喉《のど》もとに短刀《ドス》を擬しながら言った。

「そう、二・六の十二だな。もう六発撃った」

「弾の数より人数のほうが多いぞ」

男の声が震えている。床の間の男は重く呻《うめ》いてころげまわっている。

「じゃあみんな撃つとするか」

バン、バン、バン、バン、と前田はかたまっている男たちの足もとや壁へ、つづけざまにぶっ放した。

男たちは押し合うように座敷の外へのがれた。

「どうする。あと二発だ」

「この女、死ぬぞ」

「判ってるよ」

前田は残りの二発を座敷から逃げ出した男たちのほうへ撃ち込んだ。

今度は脅しでなく、誰かに当たったようだ。わっという叫びがした。

「しめた、全部撃ちやがった」

外の男たちが動いたときには、前田は持っていた二挺を腿のポケットへ戻し、上着のポケットから新しい拳銃を出して持ちなおしていた。

「こっちは陸式拳銃だ。大型乙《おつ》だぜ。八発入ってるから二・八の十六さ。どうする？」

「危《ヤバ》い……」

外の男たちがあとずさり、下へおりて行く者もいる様子だ。

前田はのそり、のそりとどてらの男に近寄った。

そのとき外から短刀《ドス》を投げつけた奴がいる。その白刃がくるっと回転して振り向いた前田の右頬をかすめて畳の上に落ちた。

前田の頬からさっと血がふき出すが、前田はその顔を正面に向けて言った。

「名前くらい言ってから死ねよ」

「よせ。女が死ぬぞ」

「どこの奥さんだい。なんでさらったんだ」

「し……知らねえのか」

「ただ助けに来ただけさ。アカの他人だよ」

「知らねえでこんな無茶しやがるのか」

「無茶してるのはおめえのほうだ」

「俺は結城だ。話し合おうじゃねえか」

男は力をぬき、お母さんの喉から短刀《ドス》を離した。

バン。

どてらを着た結城がうしろへ吹っとんで窓ガラスを割った。

前田は左の拳銃をポケットへ入れ、畳に落ちている短刀《ドス》を拾いあげると、それでお母さんを縛っていた細紐を切った。

「帰りましょう」

「随分撃ちましたわね」

「人数が多いもんだから」

前田は短刀《ドス》を捨ててまた二挺拳銃に戻ると、二階に残っていた連中に銃口を向けて階段のほうへ追いやり、

「みんなおりろ。親分は撃たれたぜ」

と言った。

「これでお前らの組はおしまいだ。すぐ東尾や福島の連中がふっとんでくる。あいつらに痛めつけられても知らねえよ」

それを聞くと、戦意をまったく失っていた男たちは、先を争うようにしてその家から逃げて行ってしまった。

「少し走れますか」

「ええ」

「こっちも早く逃げ出さなくては」

前田はポケットへ拳銃をしまうと、頰に手をあてながら級長と飴屋がいるほうへと走り出た。

「早く、早く」

級長が手招きし、一団となって車坂町のほうへ走って行った。

前田の傷は浅かった。

「傷あとが残るかも知れませんね」

ルスバンの家の跡へ戻って、お母さんが甲斐甲斐《かいがい》しくみんなの手当てをしていた。

顔は級長が一番ひどくやられ、飴屋の胸の傷は前田の顔の傷よりちょっと深い程度だった。

「品物《ブツ》、あいつらにだいぶ盗まれちゃった」

ルスバンが在庫を調べている。

「でもお母さんはなんでもなかったし、あしたっからまた商売やれるよ」

飴屋はみんなを励ますように言った。

「お母さん」

前田が言った。

「はい、なんですか」

「いま考えたんですけど、お母さんは卸《おろし》になったらどうですか」

「卸っていいますと……」

「今までの売値で誰かに分けてやれば、きっと買う奴がいますよ」

「それじゃ結城組が言ってたのと同じことになってしまうじゃありませんか」

「インフレで物の値段は毎日あがって行きますからね。今までの値段だって、そのうち変えなきゃならなくなるでしょう」

「それはそうでしょうけれど」

「品物は思ったよりずっと大量に流してくれるようです。お母さん一人で売るより、そのほうがずっと効率よく捌《さば》けますよ。だったらそれを卸して、売り手の利幅を少し大きくしてやることだってできるでしょう」

「もっと大がかりにするということですの」

「お母さんはやはり、こんなところに姿をさらしていないほうがいいですよ」

「折角屋台を作ってもらったばかりなのに」

「あれは直営店にするんです。この子たちがあの店で物を売ればいい。お母さんは吉野商店の社長になって、裏でデンと構えていてくれればいいんです」

「そんなこと、できるかしら……」

お母さんは前田に名を言われたので、ふしぎそうな顔をした。

重藤という男

日比谷のビルの中。

うす暗い廊下を歩いて来た男が、日本再建同盟という六文字が書かれたドアの前で立ちどまり、ノックをした。

「はい」

　という女の声がして、ドアがあけられた。

「多和田《たわだ》と言いますが」

「ああ、お待ち申しあげておりました。どうぞ奥へ」

　中年の女は洋装で、ほかに背広姿の男が三人机を並べて坐っている。

　奥にまたドアがあり、女は多和田と名乗った男を案内してそのドアをあけ、中へ入れるとそっとしめた。

「どうしたんです、重藤さん」

　多和田は声をひそめて言う。

「ここでは会わないことになっていたじゃありませんか」

「緊急事態だ」

　重藤は眉を寄せてデスクを離れ、革ばりのソファーへ移る。多和田もその前へ腰をおろした。

「けさ御前《ごぜん》が倒れた」

　多和田が目を剝《む》く。

「御前さまが、とうとう……」

「選《よ》りに選って悪い時に倒れたもんだ。間もなく財閥の資産凍結と解体指令が出るというのにな」

「どんな具合ですか」

「まず再起は無理だろう……と言うより、多分絶望だな」

「そりゃ困る。今あのお方に亡くなられたらどうにもなりませんよ」

「仕方ないじゃないか。それより善後策だ。御前抜きでやって行くことを考えねば」

「うまく行くでしょうか……」

「ご一族の何人かには、この際隠居してもらわねばならんだろう。こっちのやり方に反対する者には、強引に手を打たんと」

「隠居と言いますと……」

「場合によってはお亡くなり頂くことになるかな」

「…………」

「それは儂《わし》のほうでやる。多和田に来てもらったのは別なことだ」

「はい」

「主要な帳簿や記録は焼失したことにした」

「はい、たしかに」

「だが、ご一族のうち、例の満州からの船の記録をおさえてしまいそうな人物がいるんだ」

「あ……」

「御前の健康状態が悪化したのを見て、こっちの動きを封じる切札にしようと思うかも知れん」

「そのお方の見当はつきます。しかしどこにあるのでしょう」

「板橋だ」

「あ……あんなところに」

「そうだ。あのお方は欲が深い。物資を自分用にしようと、あの倉庫をまるごとおさえた。船の記録があるのを知らずにだ」

「すぐ取り戻しましょう」

「いや、多和田の線で今動くのはまずい。御前が倒れたことは誰にも知らせず隠してある。あの記録を奪いに来たと判ったら、御前のことを怪しまれる。それにあの記録がそれほど重要だとも気付かせてはいけない」

「どうすればいいのですか」

「倉庫荒らしがはやっているだろう」

「はい」

「隠匿物資の摘発だとか、正義の味方ぶりおってな。……そういう連中の仕業にみせかけられんか。物資をトラックか何かで奪い去ったという形にして」

「しかし、そんな連中にこれこれの書類をみつけて持ち出せとは言えんでしょう。危険ですよ」

「そこをうまく考えろ。倉庫破りと同時に、別の一隊が書類をみつけ出してしまうのだ」

「やってやれないことはありません。いい手があるかも知れません」

「どんな連中を使う気だ」

「ひょっとすると、吉野未亡人の用心棒たちが適任かも知れません」

「浮浪児たちか」

「はい。彼らは別な線で、復員兵の倉庫破りグループと接触があります。そいつらは本職です。物資は彼らが持ち出し、子供たちがそれに便乗すれば……」

「子供で大丈夫か」

「まかせてください。復員兵のグループは、そのあとで警察に逮捕させます。倉庫破りの常習犯たちですから、先方も船の記録が目的だったとは思わないでしょう」

「未亡人に累《るい》が及ぶようなことはなかろうな」

「はい、決してそのようなことにはなりません。しかしそれがうまく行ったあと、あの子らの世話をしてやらねばなりませんが」

「結構なことだ。戦災孤児たちなのだろう。多和田もたまには慈悲を施すことだ」

重藤という男はようやく笑顔になった。

そのころ、ボサボサの頭でまっ黒けな姿のバアちゃんが、四角い箱をかついでのそのそとルスバンの家の跡へやってきた。

「どっこいしょと。あれ、みんなどうした。いい服着て」

「あ、バアちゃん、どこへ行ってたんだよ」

「俺……倉庫破りの手伝い」

バアちゃんはケロリとして言う。

「あ、これ洋モクだ」

たしかに、バアちゃんがかついで来た箱には、まっ赤な丸じるしがついていて、英語がでかでかと印刷してあった。

「ラッキーストライク……」

前田がその文字を読んで、お母さんと顔を見合わせる。

「アメリカ軍の倉庫をやったのか」

前田が訊《き》いた。

「違う。日本人のみたいだった」

「これ、どうしたんだ」

「俺の取り分。土産《みやげ》さ」

「ムキ出しでかついで来やがったぜ」

飴屋が背のびをしてあたりを見まわす。

「図々しい奴だな」

「ニコ。お前タバコ好きだろ。箱あけて喫《す》っていいぞ」

ニコは箱にとびついて手をかけ、さすがにためらう。

「いいかなあ」

「あけてみろ」

前田が言い、ニコが慎重に箱をあけにかかる。

「飴屋、その顔どうした……。あれ、級長もか」

「ひと暴れしたのさ」

級長が笑って答えた。

「誰と……」

「お母さんがやくざに連れてかれちゃったんだよ」

「へえ……それを助けようとして喧嘩になったのか……」

「誰か来るぞ。やくざみてえだ」

飴屋が言い、前田がさっと立ちあがる。

「あれは東尾の組長たちだ」

前田は緊張を解き、道路へ出た。

「やあ、前田さんよ。結城んとこへ一人で殴り込みかけたそうじゃねえか」

「あの奥さんをさらって行きやがったからさ」

「鉄砲をブッ放したんだってな」

「ああ、ちょっとな」

「あいつら、いずれ俺たちでカタをつけちまおうと思ってたとこだ。手が省けて助かった」

「怪我人はどうだ。一人も殺しちゃいねえと思うけど」

「その顔の傷……やられたな」

「かすっただけさ」

「結城と朴《ボク》って奴が重傷だそうだ。あいつらは頭《あたま》を二人なくして散りぢりだろう」

「サツへ行かなきゃなるまいな」

「おっと、それには及ばねえ。サツとはこっちが話《ナシ》をつけた。ただ、ピストルを二挺出してくれねえか。そいつを差し出さなきゃ話になんねえんでな」

「いいよ。弾はカラだ。みんな撃っちまった」

前田は腿のポケットから二挺出して無造作に渡した。

「あんたのこと、カミカゼ英治だって、みんなが騒いでる」

「好きに言うさ。それより……」

前田はバアちゃんに向かって言った。

「折角の土産だけど、それを箱ごと俺にくれないか」

「いいよ。俺、モク喫《す》わねえから」

「東尾さん。お礼には足りないかも知れないが、これを持ってってくれないか」

ニコが箱をかかえてくる。

「洋モクか。有難くもらっとこう。それにしても、ここからは次から次、いろんな珍しいもんが出てくるじゃねえか。俺たちは楽しみにして見てたんだぜ」

組長たちはその秘密基地のことを、とうに知っていたようだ。

「坊やたち、もう心配しなくてもいいぜ。あいつらのほかに、ここへ手を出す奴なんていないからな。お母さんを大事にするんだぞ」

級長たちは揃ってペコリと頭をさげた。晴れた空の西のほうが、夕焼けでまっ赤になっていた。

世相

養う親も住む家も失って、上野駅地下道に住みついた戦災孤児たちが、近づく冬に怯《おび》えて顔を曇らせていた昭和二十年末の世相は、おおむね次のようなものだった。

まず物価。カッコ内は公定基準価格で、調査したのは警視庁経済第三課である。

白米　一升七〇円（五三銭）
塩　一貫四〇円（二円）
砂糖　一貫一千円（三円七九銭）
醤油《しょうゆ》　二ℓ《リットル》六〇円（一円三二銭）
牛肉　百匁二二円（三円）
甘藷《かんしょ》　一貫五〇円（一円二〇銭）
握り飯　一個八円（一〇銭）
清酒二級　一升三五〇円（八円）
ビール大瓶《おおびん》　一本二〇円（二円八五銭）
浴用石鹸《せっけん》　一個二〇円（一〇銭）
リアカータイヤ　一本一五〇円（二〇円）
電球　百W《ワット》一個二〇円（一円一八銭）
下駄　一足二〇円（三円）

当時一個八円のおにぎりを買わねばならなかった老人がこう嘆いたという。

「飯が八十倍足りない」

その老人の計算はごく単純だ。八十倍の値上りは、供給が八十分の一しかないからだというわけだ。

だとすれば、正確には本来五十三銭であることが望ましい白米の闇値が七十円なのだから、コメの供給は百三十分の一以下に落ちこんでしまっていたことになる。

清酒は約四十四倍、砂糖は二百六十七倍。

この倍率が生理的にどんな感覚をもたらすか、物資食糧のあり余る時代から考えることはむずかしかろう。久しぶりに砂糖の塊りを口に入れたとき、口中に痺《しび》れがはしり、涙を流す者さえいたというのは、単なる伝説ではない。それはまったく生理的な衝撃によるものなのだ。人はまずその甘さをよろこび、次にすぐ、そんな衝撃を受けてしまった自分や社会のありさまを、なさけなく思うのだった。

心がではなく、肉体が常に食糧に憧れていた。拾い食いを恥じるプライドが心にあっても、肉体がそれを許さない場合があった。

かりに買手がただ一人のとき、コメは一升五十三銭で手に入ったとしよう。ところが急に百二十九人の買手が現われて、その一升のコメを百三十人で奪い合えば、これはもう地獄というべきだろう。そしてそのあさましい奪い合いに参加しなければ、生き残ることはできなかったのだ。

どんなしとやかな主婦も、どんな善良なサラリーマンも、ヤミという法律違反なしには生きて行けなかった。

　いやしくも教育者たる者が法にそむいてはならないと、政府の食糧統制配給政策に従い、いっさいのヤミ食糧を口にしなかった旧制高校教授が、この年の十月に栄養失調で死亡してしまったし、少しのちには裁判官も一人、同じ理由と原因で死亡している。法律を守れば必然的に命を失う時代だったのである。

　それから半世紀も経過してなお、駅などで自分の手荷物から決して離れられない人々がいる。それはコメ一升を百三十人で奪い合った時代を経験した者の習性なのだ。その時代、手荷物から少しでも遠のけば必ず盗み去られた。食糧の奪い合いに参加する資金を、盗みで稼ぎださねばならない者がたくさんいた。

　今では食糧を奪い合う時代に生きた人々の子孫が、いとも気軽に手荷物を置いて遠くまで行ってしまう。しかしそういう若者の顔が、高倍率の入試に備えた受験勉強で蒼白《あおじろ》い。いつの時代にも、手に入れがたいものがあるということだ。

　物価を列挙したついでに、この年の十月二十八日の新聞に掲載された広告を転記してみよう。

〈早稲田農園住宅地。都電早稲田車庫前下車。神田川べリ。坪七十七円より〉

　砂糖七貫七百匁《もんめ》……つまり二十八キロほどで、芭蕉庵《ばしょうあん》の近くに百坪の土地が買えたわけである。

いまはゴルフ場のごく小さなバンカーの中に、七千七百円をはるかにこえる金額の砂が投げこまれている。食糧を高倍率で奪い合う時代が過ぎて、土地を奪い合う時代に変ったのだろう。

　すべての物資が不足し、百ワットの電球一個を手に入れるのにさえ、二十倍近い競争があったこの時期、誰もが一様に不快感を持って嗅《か》ぎとっていたのは、

「あるところにはある」

　という事実だった。

　それがいわゆる隠退蔵物資であり、軍需品の不正処理である。

　この問題は敗戦後急に生じたのではなく、戦争の準備段階からすでに発生していた。戦争にはあらゆる物資の厖大《ぼうだい》な集積が必要なのだ。したがって、開戦必至という状態になれば、物資をがむしゃらにかき集めなければならない。そのため、金に糸目はつけないという状態が生じ、相場を無視した予算の投入が行なわれる。インフレはその時すでにはじまっていた。

　開戦後、その物資はどんどん消費されたが、勝利に向かって集積の手を休めるわけにはいかない。無条件降伏をした時点でも、日本はまだかなりの戦争継続力を残していた。

　つまり相当な兵力と、武器弾薬を含む大量の物資が温存されていたのだ。

　そして、降伏しても米軍は沿岸各地に上陸作戦を展開し、それらの物資を根こそぎ没収

してしまうだろうという見方が強かった。

そのため軍はいち早く部隊を解散し、兵士を復員させる一方で、食糧を含む軍需物資を、かなり場当たり的なやり方で処分してしまったのである。

十月末、陸軍主計課長がこう説明している。

「軍は無条件降伏など予想しておらず、あくまでも本土決戦の決意でいた。したがって徹底抗戦の一般命令が全部隊に下され、二百二十五万の将兵が戦闘配置についていた。それに伴い、すべての軍需品も配置につくか、配置途中にあった。終戦の聖断は軍にとってまことに意外であり、そのため全軍は混沌状態に陥ってしまい、あまつさえ米軍の強行上陸が予測されていたため、かなりの部隊が終戦処理を個々の判断で行なわねばならなかった」

その結果、大量の軍需物資が行方不明になってしまったというのである。

この主計課長が用いた終戦処理という言葉の内容には、実は軍人に対する退職金の支払いと、復員帰郷のための被服、日用品、食糧などの支給が含まれている。

退職金は、大将から一兵卒にいたるまで一律一年分の俸給に、戦時手当というべき戦時増俸一年分を加えたものが支給され、その退職賞与金は大将で九千五百四十円、中将八千五百円、少将七千六百六十円……以下、上等兵百八十円、二等兵乙百十円、となっているが、かなりの部隊がこの処理を個々の判断で行なった結果か、巷《ちまた》には将校一人の退職金が十万、二十万という相場だったという噂《うわさ》が流れていた。

復員軍人はその金のほか、おおむね五日分の食糧と被服、毛布、日用品若干を手にして各地へ散ったのだが、部隊や立場によってその支給に厚薄があったのはたしかである。

いずれにせよ、戦闘配置についていた二百二十五万の将兵が、軍需物資から引き離された。敵弾に斃《たお》れる危険性はあっても、当分食うには困らなかったはずの二百二十五万の男たちが、である。

彼らの多くはまだ気分として戦闘状態にあり、物資の隠匿場所を知る者は同志を集めてやすやすとそこを襲撃した。だが被害者はそれを公表せず、集団強盗などという呼び方で新聞記事になるケースは、ごくまれであったという。

似たようなことは米軍側でも起こっている。十一月一日付けのスターズ・アンド・ストライプス紙には、前夜MPの一隊が丸ノ内ホテルを急襲し、イタリア人マリノ・ボッカを主犯とする米軍物資窃盗団を逮捕した記事が載っている。

彼らが盗んだ物資は食糧と衣服が主で、被害額は三十七万六千ドルに及び、他にイタリア人一名、米兵四名および、盗品の売り捌《さば》き役をした日本人二名の八名がつかまっている。主犯のマリノ・ボッカは元イタリア大使館の書記官で、その手入れがあったとき、宴会場では盛大にルーレットやバカラが行なわれていたという噂が流れたことなどから、一部ではマフィアの極東進出がとり沙汰《ざた》された。

そのような、日米双方の本格的闇ルートから流れだす物資が上野や新橋の闇市へ現われ、法外な値段ながら人々の飢えをいささかなりと癒《い》やしてはいたが、国内穀倉地帯の収穫はいたって貧弱で、早場米の供出は前年の半分という発表だった。

しかしこれにも幾分裏がある。前年の供出時期は、国民すべてが必死で戦っていた。ところが今年は敗けてしまい、戦争は終った。闇値と公定基準価格に百三十倍もの差がある以上、供出への熱意がおとろえるのは当然すぎることだ。のちにサラリーマンが味わいはじめる重税感よりもっと苦いものを、このころの農民は嚙《か》みしめていたようだ。

コオロギやバッタをつかまえて粉食にすれば、栄養失調の解消に役立つと真剣に提案する科学者もいた。

軍国主義者を教壇から一掃せよというGHQの指令が出る一方で、中学校を早くもとの五年制に戻せという声があがる。戦時措置として中学は四年で切りあげられていたのだ。また、早くも教育制度の改革論議がはじまり、六・三・三制への移行を示すような論説が新聞に現われている。

町角には米兵の階級章をカラー印刷したパンフレットを売る者が立ち、NHKは実用英会話講座の番組を企画し、それは翌年二月のカムカム英会話登場につながって行く。

十月十一日封切られた邦画〈そよかぜ〉の主題歌は〈リンゴの歌〉で、一枚十円の第一回宝くじは一等が十万円だった。

そして国鉄の貯炭量はたったの四日分。ガスの供給には時間制限がつけられ、人々は塀や羽目板をむしり取り、ドブ板まではがして燃料にする、厳しい冬に立ち向かうところだった。

バラック

「来たぞ来たぞ」

アカチンやゲソたちが歓声をあげている。場所は仲御徒町二丁目。ルスバンこと中野好伸の家の焼跡だ。

オート三輪がバタバタと音をたててその焼跡の前の道にとまり、二人の若い衆がすでに切りこみの終った材木を、荒縄で十ばかりに縛り分け、手早くそれを荷台からおろして、ルスバンの家の敷地内へ積みあげた。そしてその上へ筵《むしろ》を二枚かけると、さっさとオート三輪で引きあげて行った。

「俺はここで材木の番をしている。お前、みんなに知らせてこい」

ゲソにそう言われ、アカチンはすっとんで行く。

愚連隊の結城組が前田英治の単独殴《なぐ》り込みで壊滅してから、御徒町あたりは東尾、福島両組の協力態勢で、治安も一応小康状態を示し、お母さんは毎日級長と飴屋を使って、焼け煙突のそばの屋台で活発に商売をしている。

　ニコとマンジューは東尾組からようやく出まわりはじめた洋モクの密売をまかされ、上野駅構内から青空市場や車坂町あたりに焼け残った旅館、それに屋台の食べ物屋などをチョコマカと動きまわって、キャメルやラッキーストライクを売り捌《さば》いている。

　ニコとマンジューが洋モクの売人に選ばれたのは、その二人がずば抜けて敏捷《びんしょう》だったことと、警戒心が強くて警官やMPの動きの先を読むことにたけていたからである。

　アカチンが息を切らして戻ってくると、積んだ材木に抱きつくようにして、ルスバンがその上にかけた筵に顔を押し当てていた。

　そばにニコが突っ立って、茫然《ぼうぜん》とその姿を見おろしている。

「どうしたんだ」

　アカチンがニコに尋ねた。

「泣いてんだよ」

　ニコは湿った声で答える。

「父ちゃん、かあちゃん……」

　かきくどくように言うルスバンの低い声が、アカチンにも聞こえた。

「家《うち》がさ、建つんだよ、ここに。先《せん》のみたいに、ちゃんとした家じゃないけどさ。……バラックなんだけどさ、みんなが住んでたこの場所に、また家が建つんだよ。だからさ、早く帰ってきてよ。父ちゃんもかあちゃんも知らない子たちといっしょだけどさ、みんないい奴なんだよ……」

アカチンとニコは顔を見合わせると、足音を忍ばせ、ゆっくり静かにその場から遠ざかった。

マンジューがズックの学生カバンを肩にかけて走ってくる。中身は洋モクだ。

「材木、着いたんだって……」

アカチンとニコが同時に、

「シーッ」

と言って唇に人差指をあてた。

「どうしたの……」

「でかい声出すな」

「何があったんだよ」

マンジューはそうささやき、筵をかけた材木のほうを見た。

「ルスバンだな、あれは」

「ここに建つのはあいつの家だもんな。いま報告してるとこだよ」

ニコがそう教える。

「あいつ、まだ家の人たちが全滅しちゃったってことを信じてないんだな」

マンジューがそう言うと、ニコが叱るような言い方になる。

「いいじゃねえか、信じなくたって。ルスバンの勝手だろ」

それを聞くと、マンジューはカバンを肩から外し、両手で持ちあげて地面へ叩《たた》きつけた。

「俺だって信じたかねえや」

大きな声だった。

「コソコソと洋モク売りなんかしてたかねえや。横山町へ行ってみたよ、俺だって。何度も何度も行ってみたよ。よその焼跡にはよ、立退先《たちのきさき》だの連絡先だのって書いた札がちゃんと立ててあるんだぜ。でも俺ん家《ち》のとこにはなんにも立っちゃいねえじゃねえか」

マンジューは筵に顔を押し当てているルスバンのところへ、つかつかと歩み寄った。

「てめえ、こんにゃろう」

襟首《えりくび》をつかんでマンジューはルスバンを荒々しく引き起こした。

「じぶん家《ち》だけ建てなおると思っていい気になりやがんなよ。家《うち》が建ったってもう誰も帰ってきやしねえんだぞ」

「嘘だぁ」

ルスバンは襟首をつかんだマンジューの手をふりほどき、嘘だ、嘘だと喚《わめ》きながらマンジューに摑《つか》みかかった。

「みんな死んじゃったんだ……」

その現実を直視するためには、他人の逃避すら許せない気持のマンジューが叫ぶ。

「嘘だ。父ちゃんは帰ってくる……」

南方戦線で戦っていたはずのルスバンの父親は生死不明のままだ。その父親の生還を期待して生きるルスバンには、父の生還がすでに信念になっているのだ。

ニコとアカチンは呆然《ほうぜん》とそのとっくみあいを見ている。

「お前ん家《ち》だけ建つのは嫌だぁ」

不意にそのとっくみあいがやみ、マンジューは地べたに大の字になると、空に向かって叫んだ。

錠をかけ、しっかりと閉じていた心の中の一番奥の扉が開いてしまい、本音がほとばしったのだ。

ルスバンはギクッとしたように上体を起こして、そんなマンジューのかたわらに正座した。

「そうだよ。やきもちだよ。お前だけ、帰ってくるかも知れない父ちゃんがいて、じぶんちの地所に家《うち》が建つんだ。どうしてなんだよぉ。俺、やきもち焼くの嫌いなのに。なんでこんなにくやしいんだよ。ルスバンの家《うち》が建つの、よろこんでるのにさぁ」

マンジューは自分の胸の肉を両手で掴み、心の中で生じたどうしようもない葛藤《かっとう》に、絞りだすような悲鳴をあげていた。

「かあちゃぁん……助けてぇ」

ルスバンがおずおずと言う。

「ごめんな、マンジュー。俺だってさ、父ちゃんはダメだったかも知れないとは思ってるんだ。それにさ、ここに建つのはみんなの家じゃないか。お母さんやボーヤが寝る家だよ。なあ……あした横山町へ行ってこよう。マンジューの家のとこへ札を立てよう。ここの住所を書いてさ。俺、頑丈な札をこしらえるよ。杭《くい》をふかく打ちこんでさ。絶対倒れない奴を立てるよ」

ニコはマンジューが叩きつけたカバンを拾いあげ、中身をたしかめている。

「マンジューはルスバンを怒ったんじゃないぞ」

アカチンは沈んだ声で言った。

「判ってらあ、そんなこと。お前だって、自分だけがなぜ一人ぼっちになっちゃったのかって、腹立ててるんだろ、本当は」

「うん」

「俺こないだ駅の階段で、ちゃんとした詰襟着てる奴をうしろから蹴っとばしちゃった。なんだか判んないけど、くやしかったんだよな。マンジューの気持、俺、判るぜ」

ルスバンはマンジューの上体を起こし、子供をあやすように肩をだいてやっている。

「どうしたんだ」

飴屋と級長がやってきた。

「材木が着いたんで、みんな興奮しちゃったのさ」

アカチンが妙に分別臭《ふんべつくさ》い顔で言った。

「喧嘩か……」

「ちょっとね。マンジューがヒステリーをおこしたの」

級長は青空市場のほうを見ながら言った。

「これでひと安心だな。お母さんとボーヤは寒い目にあわなくてすむ」

「品物《ブツ》は調子良く入ってくるし、組の奴らも特別扱いしてくれるもん」

飴屋も満足そうだ。

「ゲソは……」

「お母さんとこにいる。あの野郎、デン助なんかに首突っこんでやがんだもの」

「まさか……自分ではじめたの……」

「あいつにできるわけねえだろ。ここんとこ、ちょいちょい首突っこんで張ってやがんの。さっきもやってるとこ見つけたから、俺たちにはそんな楽な金はねえんだって説教して、お母さんのとこへ店番に置いてきた」

「飴屋に説教されちゃったのか。かわいそうに、あいつ」

ニコが笑った。

「何がかわいそうだよ」

飴屋がニコを睨《にら》んだ。そのあいだに級長がルスバンとマンジューのほうへ行く。

「喧嘩はすんだか」

「喧嘩なんかしてないもん」

「とうとう材木が来たな。あとは建つだけだ」

級長は勢いよく筵をひっぺがした。

「マンジュー、この木のにおいを嗅《か》いでみろよ」

「うん」

マンジューは這《は》い寄って、束ねた板に顔を押し当てた。

「ルスバン、ごめんな」

その板に言うようにささやく。級長はポケットから短い板切れをとりだして、その材木の上にそっと置いた。

「これ、お母さんからだ。ルスバン君に、だってさ」

ルスバンはその板切れを見るなり、ウッと喉《のど》がつまったような声を出し、左手を口にあてがうと、うしろを向いてしまった。

中野忠雄。

表札だ。墨痕《ぼっこん》あざやかに堂々とした書体で書いてある。

「字はこれで間違いないかってよ」

飴屋が尋ねるが、ルスバンはこまかく頷《うなず》いてみせるだけだ。

「ルスバンの父ちゃんて、こういう名前なのか」

マンジューが飽きる様子もなく、その表札を見つめ続けていた。


ところがそれから五日たっても、大工らしい者はいっこうに姿を見せなかった。

「なんでぇ、まだ建ってねえのか」

久しぶりに姿を現わしたバアちゃんが、ルスバンの家の焼跡でふかしイモを食べている
ゲソやアカチンたちに言った。

「わ、すげえ服装《なり》してきやがった」

みんなびっくりしていっせいに立ちあがる。茶のズボンに茶の短靴。それにゴワゴワした感じの灰色の革ジャンパーを着て、髪はポマードこってりのリーゼント・スタイル。

眉《まゆ》がないから得体の知れない気味悪さを漂わせている。

「金まわりがいいんだな、その調子じゃ」

ゲソが言うと、

「金なんて……」

どうでもいいという感じだ。

「それより、なんでまだ建たねえのよ」

以前と少し喋《しゃべ》りかたが変っている。もともとほかの七人より一歳年上の子だったが、ずっと下の者に言うような、ひどく兄貴ぶった喋りかたをした。

「この通り材木は来てる」

「それは判ってる。でももう幾日《いくんち》たつんだよ。たかがバラックじゃねえか。その気になれば一日でカタがつくってのに」

「大工が来ねえんだ」

「前田さんはどうした」

「前田さんだって、このところ毎日催促に行ってるさ。でもダメなんだ」

「そんなわけ、ねえのになあ」

バアちゃんは気の毒そうな顔になる。

「相かわらず、兵隊やくざたちのとこにいるのかい」

「ああ」

「倉庫破り……」

「うん」

「危《ヤバ》くないのかい」

「危《ヤバ》いときもある」

「気をつけろよ」

「うん」

「お母さんも心配してるんだからな。いつでも帰っておいでって」

「ほんと……」

バアちゃんはようやく笑顔になった。

「ああ、ほんとさ」

「俺たちのとこからも、そろそろ品物《ブツ》をまわしてもいいってさ。唐草《からくさ》のお母さんなら信用できるから」

バアちゃんは何か素っとばしたような言い方をする癖がある。

「あれ、もう行っちゃうのかい」

「うん」

バアちゃんは現われたときと同じように、ただの通行人のような態度で去って行った。

「あいつ、だんだん変な風になるな」

ゲソが首をすくめて言った。

「ヒロポンなんて注射のせいだ」

アカチンが医者のような態度で言い、ふかしイモを口に入れた。ルスバンは積んだ材木を見つめて物想いにふけっている。

「ルスバン、食わねえのか……。お前このごろあんまり食わねえみてえだぞ」

「食うよ」

冷えてしまったふかしイモを、ルスバンはほんの少し口に入れた。

「安心しろよ、どうせ建つんだから」

「うん」

「でもおかしいよな」

アカチンが旺盛《おうせい》な食欲を示しながら言う。

「焼けるときはいっぺんでさ、建てる段になったらバラバラでやんの。それに見なよ、ここらにはまだバラックでさえろくに建ってやしないぜ。大変なんだよな、建てるってのはさ。大工の数だって少ないし。材木を要るだけ仕込んだだけでもたいしたもんだよ。どうしてもダメなら、俺たちで寄ってたかっておったててちゃえばいいんだ。そうだろ、ルスバン」

「そうだよね。前田さんと俺たちで力を合わせれば建てられるよね」

「だから元気を出して食えってえの」

「うん」

ルスバンは、いくらか気が晴れたようだった。

だがその夕方、まだお母さんたちが店じまいする前に、前田が肩を落として大工のところから戻ってきた。

その時間になっても、あたりの雑踏は戦前の縁日、夜店見物の比ではない。国電高架線路の壁にへばりつくようにしてずらりと雑多な出店が並び、都電通り側へも似たような店々が並んで、幅四メートルそこそこのその通路を、みすぼらしい身なりの人々が押しあいへしあい往き来しているのだ。

人々の全体の色調は茶と黒。戦時中日常の着衣に許された色彩はその程度のものだったのだ。男で無帽は珍しく、女のほとんどはまだもんぺ姿だった。

男の半分くらいはリュックサックを背負っている。それもほとんどがぺったんこで、イモでも買えたらそれにつめこんで家へ帰ろうというわけだ。

このころには、売り手の側にも一時の弱々しさが消えはじめ、ことに食べ物を売る店では、いかにももと兵隊といった屈強な男たちが、復員してきたときのままの服装でがんばっている。

何しろテキ屋、博徒が入り乱れる中、愚連隊と称する新興やくざもいる。

それがおのおの生きるために利権を争い、客の側にもスリ、かっぱらいから、生きる目あてを失って自暴自棄になった命知らずがごまんといる。

一応東尾組と福島組という戦前派がそこをなんとか取りしきって、今のところ小康状態にあるとは言え、ここは形と場所を変えた戦場になりつつある。

お母さんには東尾や福島の連中がうしろだてになってくれているからまだいいが、中にはショバ代、ゴミ代のことで因縁をつけられ、屋台を叩きこわされる売り手だって珍しくない。

「どうでした……」

お母さんは前田が来たのに気づくと、客の相手をしながら威勢のいい声で訊《き》く。この雑踏の中では、品よく喋っても無駄なのだ。

「さっぱりわけが判らんです」

「飴屋君。前田さんに一杯買ってきてあげて」

「おいきた」

飴屋は心得てすぐそばの店へコップ酒をもらいに走る。並んだ店の背後は空地同然で、飴屋が走ると土埃《つちぼこ》りが舞いあがる。

「唐草のお母さんて、あんたかね」

客が訊いている。

「はい、そうですけれど……」

「本物のバターがあるって聞いて来たんだけどね」

客は小声になる。

「あったら分けてもらいたいんだ」

級長がいつの間にか外側へまわって、その客の横に立っていた。

「え……」

客は級長に値段を言われ、びっくりしたように横を向いた。級長はバターの箱を上着の裾《すそ》からちらっと見せる。

「あ、そうか」

客は照れたような笑いかたをして金を級長に渡し、バターの箱を受取った。

「警察なんかじゃないんだよ」

警戒する必要はないのに、という顔でその客は言い、あらためてお母さんの顔をまじまじと見た。お母さんは無言で軽く頭をさげた。

「二度目からはおなじみさんだよ」

級長が客のそばを離れるときそう言った。

「そういうわけか。しっかりしてるな」

「おじさん、お医者さんだね」

「ほう、どうして判る……」

「だって病院臭いもの」

「そうなんだ。小さな病院をやってる。さいわい焼け残ったんだが、入院患者を栄養失調にさせそうで参ってるのさ」

「大変ですねえ。よろしかったらこれをお持ちください」

お母さんは角砂糖の箱を台の上へそっと乗せた。善良そうなその男は、反射的にキョロキョロと左右を見まわした。

「欲しいけど、幾らなの……」

「特別におまけしておきます」

級長は内側へ戻ってお母さんの横から顔を出し、

「またはじまったよ。お母さんはね、今みたいな話に弱いんだよ。おじさん、早くそれをしまっちゃいな」

「焼け石に水でしょうけど、どうぞ患者さんたちに」

「いいんですか……」

男は角砂糖の箱を雑嚢《ざつのう》の中へ入れると、ポケットを探ってしわくちゃの札《さつ》を摑みだした。

「いいんです。どうぞお持ち帰りください」

「いやあ、闇市にこんな人がいるなんて……じゃあ今日のところは遠慮なくいただいておきます」

男が何度も頭をさげてから立ち去ると、ヒューと強い風が吹いて、あたりの屋台の葭簀《よしず》がいっせいにガサガサと音をたてた。

もっとあとなら、そんな屋台にも電線が引かれ、裸電球がともるのだが、今はまだカーバイドさえろくに出まわってはいない。

前田は小さな木箱に腰をおろし、飴屋が持ってきたコップ酒をひと口飲むと、コップの底をのぞくような姿勢でじっとしている。

そこへアカチンに連れられて啓子が戻ってきた。

「寒いよお」

啓子は両手を胸の前で交差させ、肩をすぼめながら、無邪気にそう言った。

「あ、お酒飲んでる」

「寒くなったなあ」

「あっちでリンゴ売ってたわよ」

「ボーヤ、もうちょっと辛抱しろよな。俺がきっと何とかするから」

啓子の寒いというひとことが、前田にはこたえたようだ。

「バラックのこと……」

「うん」

「啓子ちゃん。こっちへ来て糸をいつものようにしまってちょうだい」

「はーい」

飴屋と級長がそう聞いてさっさと店じまいをしはじめる。アカチンもそれを手伝う。

「前田さんが一人でそんなに責任をお感じになることはありませんのよ」

お母さんは前田のそばにしゃがみこんでそう言った。

「おかしいんですよ。はじめは是非やらせてくれというような態度で、ずいぶん乗り気だったような気がするんだけど、材木が着いたんですぐ次の金を払いに行ったら、なんだかんだと逃げ口上ばかり言って、金を受取ろうとしないんです」

「こんなことなら、思いきってはじめに全部払ってしまえばよかったですわね」

「そうなんです。それだったらこっちにも出方があったんですよ」

「でもあのときはそんなにお金もたまっていなかったし」

「すみません。俺がちょっと甘かったようです。これじゃ材木だけ売りつけられたのとおなじだ」

「でも、それも少しおかしいと思いません……」

「と言うと……」

「材木だって凄《すご》い勢いで値上りしてるそうじゃありませんか。自分たちで持っていれば、もっと高く売れるわけでしょう」

「そうなんですよねえ」

「どういうことを言っているんですの……逃げ口上って」

「はじめは、職人たちがよその仕事へまわっちゃったって言ってたんです」

「でもあたくしたちは順番を待っていたわけでしょう。材木だってほとんど切りこみは終ってるそうじゃありませんか」

「どうしても断われない相手のところへ、順番を飛ばして職人たちを振り向けちゃったというのが、最初の逃げ口上だったんです。だったら何日か待つから、その次には必ず俺たちのほうをやってくれと言って、それから毎日顔を出して催促してたんですけど、だんだん言うことが違ってきやがった」

「どういう風にですの……」

「このへんは闇市でさかりはじめたから、建築規制がうんと厳しくなったって言うんですよ。つまり違法建築に対する監視が厳重になったってわけです」

「それは警察ですか……」

「いいえ、都です。それとも区なのかな。ま、とにかく俺たちが建てようとしたのは、たしかに違法建築には違いないんです。ところが連中はちゃんとした工務店とか建設会社なんかじゃなくて、昔ながらの大工、左官の集まりなんです。監視の厳しいところへ下手に手を出したら、役所に睨《にら》まれてやって行けなくなる、て言うんです」

「じゃあ、ちゃんと規則通りにやればいいわけでしょう。役所に届けを出して」

「そりゃそうですけど、それじゃ間に合わないんです」

前田は冷たい風の吹き抜ける、暗い夜空を見あげた。

「でもあっちこっちに、急ごしらえのバラックがどんどん建ちはじめてますよ」

「ちょっと聞いてまわったんですけど、みんなほとんど違法なんだそうです。中には他人の地所にどんどん建てちゃう奴だっているそうです。何しろ住宅難ですからねえ。違法でもなんでも、家族を屋根の下で寝かしてやりたいと思うのは人情ですよ」

「ほかの大工さんに頼んだらどうかしら」

「どこも手不足で順番待ちです。それに、どういうわけか、こんなご時勢だというのにばかげた成金がいやがって、職人てのはどうしてもいい仕事をしたがりますからね。安普請《やすぶしん》はあとまわし。ましてバラックですから」

「仕事がなくて困ってる人もたくさんいますよ。そういう人の中に、もしかしたらもと工兵隊にいた人とか……」

前田は笑い、コップの酒を一気に飲みほした。

「最悪の場合には俺たちで建てましょう。ちょっと大きめの木箱をこしらえると思えばいいんですから」

今度はお母さんが笑った。

「でも、そこまで行かなくてもなんとかなるでしょう。ちょっと心当たりがあるから、これから会いに行ってきます」

お母さんは心配そうな顔になる。

「どこへ……」

「新橋です」

「やっぱり。気をつけてくださいよ。結城組の朴《ボク》さんという人の仲間が新橋に集まっているそうですから」

前田はコップを木箱の上に置いて立ちあがった。

「あいつらのことなら判っています。新橋には自分の味方も大勢いますから、心配ありません」

店じまいをすませ、商品を幾つかの箱につめた級長たちが、御徒町の駅へ向かう前田に声を揃《そろ》えて言った。

「がんばってよ、前田さん」

「ああ、まかせとけ」

前田は振り返り、頼もしげに手をあげてみせたが、そのうしろ姿には、心なしかいつもの勢いがないようだった。

百鬼夜行

暗くなった新橋駅周辺でも、まだ人々が歩きまわっていた。

前田英治は横尾に会うつもりだったので、電車から出ると階段をおりて、ためらわず表玄関の改札口へ向かった。

だがなんとなく妙な気配を感じ、思わず上着の内ポケットに手を当てたりした。二、三人の男が自分にくっつきすぎているような具合なのだ。一人は中年の貧相な国民服姿の男。もう一人はまだはたち前のチンピラで、厚手の半コートに白いマフラーをしている。もう一人は薄汚れたレインコートを着て、肩に雑嚢《ざつのう》をかけ、勤め帰りと見れば見れなくもない。

改札口に近づいて前を見ると、電報扱所のうしろに、制帽のあごひもをかけ、いかにも事ありげな厳しい表情をした警官と、ボタンをはめずにレインコートを着てソフトをかぶり、わざとらしくうつむいている男の姿が目に入った。

まわりに妙にひっついている奴らが、近ごろはやりの暴力スリなら、すぐそこに警官と刑事が並んでいるのだから心配ないが、前田は警官が腕に巻いている、ＰＯＬＩＣＥと書いた腕章が気になった。

用心のため、前田は右手をポケットに突っこみ、ラッキーストライクの袋をつまみ出して、駅員に切符を渡すときそっと手をはなして袋を捨てた。

人の間隔がつまって押し合うように改札口を通り抜けたとき、すぐうしろにいた男が手をあげる気配を感じた。

前田はすっと右へ足を出して人の列から外れた。うしろから殴られでもしたらつまらないと思ったのだ。

その動きに合わせるように、電報扱所のうしろから警官とソフトをかぶった男が出てきて、前田の進路を塞《ふさ》いだ。

「おい」

レインコートの男は、ズボンのポケットに両手を突っこんだまま言った。

「ノガミのカミカゼ英治だな」

前田もポケットに両手を入れたままその男を無表情で見つめる。

「用か」

レインコートの男は、こっちへこいというように顎《あご》をしゃくってみせる。背後からはどんどん人が吐きだされてくるし、いつまでもそこに立ちどまっているわけにはいかない。

前田はその男と肩を並べる形で、新橋駅表玄関から駅の外へ出た。

駅を出ても、上野駅地下道にこもったのと同じような、饐《す》えたようなにおいは消えない。人の脂《あぶら》と食べ物と排泄物と……嘆きと怒りが入りまじった敗戦の臭気だ。

近くでカーバイドがシューシューと音をたて、アセチレンの青白い光や、石油ランプの赤い光、蠟燭《ろうそく》の揺れてとまらぬ光などが点々と闇の中に息づいている。

そういう光源を、動きまわる人々が絶え間なくさえぎり、まるで亡者の群れがそこにあるようだ。

「そこに立て」

レインコートの男は、駅長室の窓のそばで足をとめると、そう言ってまた顎をしゃくった。帽子のあごひもをおろして物々しく顎にかけた警官が、前田の右側へ来てちょっと腰をおとす構えになった。

「刑事《デカ》さんよ……」

前田が言いかけるとその男が大声を出した。

「口きくんじゃねえッ」

前田は肩をすくめた。

「両手をまっすぐ横へ伸ばして」

前田は素直に言われた通りにする。

「足をもうちょっと開け」

刑事は警官に護衛させた形で、前田の体を上から下へ、二度も丹念に手を当てて調べた。もちろん背中もだ。

「お前、カミカゼ英治だろ」

刑事は普通の声になって尋ね直す。

「前田英治。見た通り、飛行機乗りのなれのはてさ」

「いつでも拳銃を手ばなさない奴だって聞いたもんでな」

「あったか……」

「うるせえ、この野郎」

刑事はまた大声になる。

「いいか。ノガミじゃどうしてるか知らねえが、ここへ来たら生意気なことはさせねえからな」

「なにもしやしねえ。それよりさっきの犬たちに言っとけよ。いいかげんなネタを流してお上《かみ》の手をわずらわすんじゃねえってな」

刑事がそれに対してまた何か怒鳴《どな》ろうとしたとき、その背後にパーマをかけた大女が立った。

進駐軍の女兵士、と前田が思ったのも無理はない。米軍の女性兵士とまったく同じスーツを着ているのだ。

ただし上着の袖《そで》にあるべき階級章がない。

「そろそろ家《うち》へ帰ったらどうだい、横ちゃん」

刑事はギクッとしたような顔で振り向いた。

「あたいらの商売がはじまってるんだよ。そんな交通巡査くらいならいいけど、私服の刑《デ》事《カ》にうろつかれたんじゃ、みんながやりにくがるじゃないか」

「遠山か。こいつはカミカゼ英治っていうノガミの暴れ者《もん》でな」

「二挺《ちょう》拳銃で結城組をノガミから追ん出したって人だろ。なんだい、それくらい。そんなのが大目に見れないくらいなら、GI《ジーアイ》たち相手にもう一度戦争はじめたらどうなんだい。あんたら、あたいたちのおかげで生きのびてんだよ」

「判ったよ。遠山のその理屈はもう耳に胼胝《たこ》ができてる」

刑事は前田へちらっと視線を送ると、

「行こう」

と警官に言って駅の構内へ戻って行く。

「警察《サツ》がちっとくらい何かやったって、どうにもなりゃしないのに、てんで判っちゃいないんだから」

「遠山さん、とか言ったね」

「それ、綽名《あだな》だよ」

「まあいいや。タバコ、持ってないか……」

「あるよ」

遠山という大女は、革のハンドバッグの口金をパチンとあけて、キャメルの袋をさしだす。

「ありがとう。ラッキーを持ってたんだけど、あいつらを見たんで捨てちゃったんだ」

遠山がキャメルをくわえた前田に、ジッポで火をつけてくれ、ついでに自分も喫《す》いはじめる。

「お姐《ねえ》さん、こんばんは」

派手なスカーフを髪に巻いた女が通りすぎる。二人は駅舎の壁によりかかって、しばらく無言でタバコをふかしていた。

「闇の女」

ポツリ、と遠山が言う。自分やいま挨拶《あいさつ》して通りすぎた女のことを言っているのだ。

「アメ公たちはね、あたいたちのことをパンパンだなんて呼びやがんのさ」

「そんな服を着て歩いてて平気なのか」

「MPだって文句言いやしないよ。アメ公って、案外物判りがいいんだ。でもあんたはこの新橋《バシン》じゃ気をつけたほうがいい。今のだって密告《サシ》た奴がいるんだよ」

「見当はつく」

「いまここらはまっ双《ぷた》つさ。戦争に勝った側と敗けた側が、縄張《シマ》りの取りっこで大変な騒ぎだもの。笑っちゃうよ。こないだまでのにくらべたら、ちっぽけな戦争さ。でもあたいたちの戦争は違うよ。体張って進駐軍を受けとめてんだからね」

「すまない」

前田は誰にともなく頭をさげた。

「あんた、いい奴らしいね。面と向かって詫びてくれたのはあんただけだよ。本物の特攻くずれなんだね」

「死に損ないさ」

「戦争に敗けたからこうなったのに、みずてん芸者といっしょにしやがる。GIと歩いてたら爺《じじ》いに立ち塞がられてさ、国辱だ売国奴だってがなられた子がいるんだよ。あたいらが戦争はじめたんじゃないよ。そんな爺いたちがはじめたんじゃないか。だったら敗けたときついでに自分も死んじまえってえの。そうすりゃあ、あたいらのこんなザマも見ずにすんだんだ。そうだろ……」

前田は右手の指に短くなった洋モクをはさみ、左の拇指《おやゆび》を口に入れて噛《か》んだ。

「俺は生きてる」

「あ、ごめん。ごめんよ、あんた。そんなつもりで言ったんじゃないんだからね」

「判ってる。でもな、生きてりゃ人の役に立つこともある。ノガミで戦災孤児たちと会ったんだ。そいつらの住む家《うち》をこしらえたくて……」

「金策かい。そうだよねえ。もう冬だもんねえ」

「そうだ、横尾って奴を知ってるかい」

「さっきの刑事《デカ》も横尾だよ」

「違う。復員兵で闇成金みたいな奴さ。汐留《しおどめ》の貨物駅の中に巣があるらしいんだが」

「ああ、あのごつい顔した金まわりのいい奴のことかい。あいつなら、このごろよく上等兵とつるんでるみたいだ」

「上等兵……」

「バシンの上等兵って訊《き》いてごらん。ちょっとしたワルならたいてい居場所を知ってる。名前は山田。上等兵の山田でも判ると思うよ」

「今ごろだと、どこにいるかな」

「烏森《からすもり》の山茶花《さざんか》」

「あの店なら知ってる」

「じゃあ行ってごらん。……さあ、あたしもそろそろひとまわりしてこなくちゃ」

大女の遠山はそう言うとタバコを器用に爪で弾《はじ》きとばし、

「またね」

と、柄にもない優しい声で言うと、大股《おおまた》に歩み去った。

前田もチビた煙草をけむそうに唇にはさんで、その山茶花という店をめざした。

烏森口の浜松町寄り。山茶花は、空襲で焼けたガード下をやくざたちが不法に占拠して作った店だそうだ。

それが今では闇屋たちの溜《たま》り場になっていて、酒も食い物も極上の本物だが、素人には寄りつけない店になっている。

入口は厚い木のドアで、そのドアにはごつい鉄帯が縦横十文字に打ちつけてある。

そばへ寄って行くと、食欲をそそるいいにおいが漂ってくるのは、その入口の横に、〈もつ煮、やき鳥〉と書いた札を貼《は》った屋台が出ているせいだ。そこらで見かける屋台店《みせ》より長さが倍以上もあり、造りもしっかりしていて、縁台が三つも並べてある。

前田は一度横尾に連れられて来たことがあるから、何気なく鉄帯を打ちつけたドアへ近づいて行った。すると黒のズボンに七分袖のダボシャツを着て、その上に白っぽい上着を羽織った奴が、横の屋台からすっと現われて、ドアの前に立ち塞がる。

「見かけないね。どちらさん……」

前田は仕方なくそいつの前で足をとめた。

「上等兵を探してる」

「上等兵なら掃いて捨てるほどいるぜ」

「山田だ。上等兵の山田。ここへははじめてじゃない。横尾って闇屋のダチだ」

相手はふてぶてしさを消さないまま、ほんの少し態度を改めた。

「取りついでもいいけど、どこのどなたさん……」

「ノガミの前田だ。通り名はカミカゼ」

「どうぞ」

ダボシャツの男はペコリと頭をさげ、屋台にいる仲間へちょっと合図をする。

その屋台は山茶花という店の窓を背にしていて、焼鳥の火のそばにいる痩《や》せた奴が、山茶花の窓をのぞいて何か言った。

すぐ内側からドアがあいた。

「上等兵に面会だ」

ダボシャツの男は顔を出した男にそう言って、前田を店内へ送りこんだ。

浜松町のほうから電車が来て、ガード下のその店は騒音で埋め尽される。

柱は松で板は杉。……前田にもそのくらいのことは判る。この前来たときはベロベロでよく見なかったが、今どきそれだけの内装をするというだけでもたいしたものだが、さりとて立派というわけにも行かない。コンクリートの壁らしい部分には、ケバケバしいバラの壁紙を貼ってごまかしている。

テーブルは松材にニスを塗った正方形の奴で、椅子《いす》はてんでんばらばら。学校の教室にあるような木製あり、三脚背なしの丸椅子あり、ソファーありで、どうやら坐《すわ》る椅子のよしあしに地位の上下が出ているようだ。

おまけに照明の半分は赤電球を使っている。タバコの煙がその空間を雲のように動いていた。

ただし、思い思いにテーブルの上におっ立てた酒瓶の種類は贅沢《ぜいたく》なものだ。武運、栄冠などというラベルの清酒から、ビールにジン、ウイスキーまで、みんな本物ばかりだ。

隅のほうに模擬店のような、小ぢんまりとしてばかに小粋な感じの調理場が出っぱっていて、そこに豆絞りの手拭いを首にかけ、かた通りに白衣を来た板前風の男が二人、皿に刺身を盛りつけたりしている。

電車の騒音が遠のくと、アコーディオンの音が大きくなる。

それに合わせて、貴様と俺とは……などという合唱もはじまっていた。

上等兵の山田は、出っぱった調理場のすぐそばにある緑色のソファーに陣取っていた。

「横尾……二時間も前に出てったぞ」

前田を案内してその席へ連れて行った若い男に耳打ちされ、上等兵は野太い声で言った。

「え……ノガミ……カミカゼ英治……」

山田上等兵殿は異様な風体をしていた。

陸軍の略帽をあみだにかぶり、襟《えり》のつまった、俗に言う兵隊シャツにラクダの腹巻をして紺絣《こんがすり》のチャンチャンコを着ている。ソファーの肱《ひじ》にどんと足をのせ、保革油をこってり塗った軍靴《ぐんか》を見せていた。

くわえた短い真鍮《しんちゅう》のキセルに、半分に折ったタバコを垂直に立て、でかすぎるような鼻の穴を前田に向けている。

「本物のカミカゼ英治が来たんなら大歓迎だぜ。ウエルカム、サンキューだ。でも俺は顔を知らねえもんな」

いかにも横着な態度だ。ソファーに横になって体を起こそうともしない。したたかな古参兵の見本みたいな奴だ。

しかも体がばかでかい。このまま相撲《すもう》とりになっても、かなりいいところまで行くのではないかと思えるほどだ。

「横尾に会いたいんだ。どこにいるか教えてくれないか」

「うっかり教えられねえな。あいつもかなりヤバいことをしてるようだから」

するとそのとき、もう一人素っ頓狂《とんきょう》なのが出てきた。

「え……カミカゼ英治だって。どこよ、どこにいるのさ」

その声で前田が振り返ると、白地に青い縞《しま》の、粋すぎて閉口しそうな和服に銀糸の入った博多《はかた》献上の角帯、素足に雪駄《せった》ばきというういでたちの、髪を七・三にびしっときめた細《ほそ》面《おもて》の男が、ブランデーグラスを片手に立っていた。

「あーら、カミカゼの兄さんじゃない」

しなを作って高い声など出しているが、兵隊くずれのおかまが多い上野で、そういう連中をきっちり取りしきっている有名な男だ。

一説には、その男には実は男色趣味などないとも言う。いつもふところにドスを呑《の》んでいて、得意業は相手の顔を斬《き》ることだそうだ。

上野での通り名はカマ重。本名は重吉とかいうらしい。

「なんだカマ重《じゅう》。顔見知りか」

「うん」

カマ重は男の答え方になった。

「正真正銘のカミカゼ英治だよ」

上等兵の山田はようやく体を起こし、ソファーに坐りなおして頭をさげてみせる。

「よろしく。そのうち兄さんの手も借りなきゃならねえことがありそうだ。そんときは頼んますぜ」

「俺で役に立つことがあったら、なんでも言ってくれ。でも俺は今すぐ横尾に会わなきゃならないんだ」

「あの野郎、どこへ行きやがったかな。なに探すのはわけねえんだ。……おい、誰か外へ行って、女たちに横尾をみつけろって言ってこい。遠山がグズグズ言いやがったら、上等兵の命令だって言え」

「遠山って、進駐軍の服を着た背の高い……」

「なんだ、遠山も知ってんのか。隅に置けねえな」

「さっき駅の向こう側で会ったら、あんたのことを教えてくれたんだ」

「まあここへかけなよ。おいカマ重。コップを持ってこいよ。せっかくノガミから来てくれたんだ。お前、ちっとこの人に惚《ほ》れてやしねえか」

「あたしゃ男は嫌いなの」

「それでよくおかまがつとまるな」

「自分が女なのは、好きなの」

そう言いながらカマ重が調理場の男からコップを受取って、前田の前のテーブルへ置いた。

「こいつにはレッテルがついてねえが、中身は伏見《ふしみ》の酒だぜ」

上等兵はそう言って前田のコップに一升瓶から酒をついでくれた。

前田はためらわず飲む。二度ほど喉《のど》が鳴ってコップが空《から》になる。

「本物だ」

「旨《うめ》えだろう」

「旨い」

「じゃあもう一杯」

見るからに物騒な感じの男だが、山田上等兵も案外人の好いところがありそうだ。

「特攻くずれってのは恰好《かっこ》がいいよな。そのせいか、近ごろはやたらに特攻くずれを売りもんにして歩いてる奴がいる。兄さんは本物だから別だけどよ」

「仲間が死んで俺だけ生きのびた。つまり役たたずさ」

「ここらに巣食ってる復員兵の半分は、生きのびてよかったと思ってる。でも残りの半分はまだ死に場所を探してるみてえだぜ」

「気持は判らないでもないな」

「俺は特攻くずれだなんて凄《すご》んでみせてる奴は大嫌《でえきれ》えさ。正体はせいぜい整備兵くれえのもんだのによ」

「耳が痛いな」

前田は苦笑した。アコーディオンの曲がかわって、いまはやりの〈リンゴの歌〉になっている。

「兄さんは別だよ。あんな連中は、にせ者の中でも一番タチが悪い。死んじゃった連中を踏み台にして自分を飾ろうとしてやがる。だいたい俺に言わせりゃあ、特攻と俺たち塹壕《ざんごう》掘りと、どこが違うって言うんだ。カミカゼなんて言やあ聞こえはいいが、死んで行くのに飛行機一機、余分にぶっこわしただけじゃねえか。壕の中にちぢこまって、直撃弾でおっ死《ち》ぬのも、兵隊の死に方としちゃあ五分と五分だ。まして死なずに帰《けえ》れば同じ敗残兵じゃねえか。それを悲愴な顔なんぞ売り物《もん》にしやがって、いい恰好《かっこ》するのもてえげえにしろって言うのさ。ついこないだも、はたちそこそこの生っ白《ちろ》いのでそんなのがいやがったから、片腕へし折ってやったよ」

「可哀そうなことするなよ」

「いいんだよ。そいつはにせ者なんだから」

「じゃあ、あんたはなんでいまだに上等兵なんて呼ばれてるんだい」

「上等兵だったからさ。面白えぜ。みんながでけえ声で俺を上等兵って呼ぶと、尉官佐官がビクッとした顔をしやがんだ。奴らが死なせようとした兵隊のとっ先《さき》にいたのが俺みてえな奴だもんな。軍が消えちまったんだ。上等兵の俺に口ごたえするような将校がいやがったら、こってり精神棒を叩きこんでやる」

前田は失笑した。

「面白い上等兵だな、あんたは」

「遠山って奴も変な女だぜ」

上等兵の山田はかなり酔っている。

「でかい女だな」

「あんなでかいのに惚れるアメ公がいるんだぜ」

「スタイルがいいものな」

「英語知ってんのか」

「少しはな」

「あの女、背中いちめん、二の腕まで彫り物をしてる」

「ほう……見たのかい」

「一度だけ拝見した。指もさわらしちゃくんなかったけどよ」

「あ、もしかして、それは桜の刺青《いれずみ》……」

「そう桜吹雪」

「それで綽名が遠山か」

「体がでかすぎて売れねえもんだから、そんなものを彫っちまったんだとさ。思い切りのいい女だよ」

「というと……」

「以前洲崎《すさき》だかどこだかにいたらしい。あいつと博奕《ばくち》はするなよ。べら棒に強《つえ》えからな。今は闇の女の元締ってとこだ。進駐軍はみんなでけえからな。それに刺青をした女をこわがらねえらしい。でかくて刺青をした女がお職を張るご時勢さ」

そこへさっきの若い男がやってきて、

「見つかりましたぜ」

と言った。

「どこにいた」

上等兵はねむそうな声で尋ねた。

「千疋屋《せんびきや》」

上等兵は舌打ちした。

「キャバレーか。アメ公たちの巣じゃねえか。あん畜生はまったく得体が知れねえ」

「来てくれって言ってます」

その男は口ごもるように言った。

「敵兵のまん中へ俺がのこのこ出て行くと思ってんのか」

上等兵が地金を出して喚《わめ》くと、カマ重が甲高《かんだか》い声で笑った。

「なによ、敵兵だなんて。お客さんじゃないの」

「アメ公がお客さんだ……」

「だってあのキャバレーには百五十人からのダンサーがいるのよ。みんな日本の子じゃない」

「俺は行かねえぞ」

上等兵は上体をぐらつかせていた。

「いい酒を飲ませてもらった。あとで礼はする」

前田が立ちあがると、上等兵はまたソファーにごろんと横になってしまう。

「いいのよ、気にしないで。それより今度、ノガミでじっくり飲みましょうよ」

カマ重がしなを作って言い、前田はあいまいに微笑してドアへ向かった。

「この人だよ」

外へ出ると若い男が中学生くらいの女の子に向かって言った。その子はおかっぱ頭を奇麗に撫《な》でつけ、赤いコートを着て口紅をつけていた。

「ついて来て」

つん、と澄ました顔で少女は言い、さっさと都電通りのほうへ歩きはじめた。前田はその子のそばに近寄るのがうしろめたく、少し距離をおいてついて行ったが、それでもその少女の売春の相手だと見られはすまいかと、身のすくむ思いだった。

上野、御徒町周辺の乱れようも相当なものだが、新橋あたりはもっと凄いことになっている……。そう感じながら都電通りへ出ると、

「はいこの車よ」

と少女が言って右手をつき出した。車が待っていようとは思いがけないことだったが、なんとその車はアメリカ製だった。

前田はうろたえてポケットから札《さつ》を出し、口紅をつけた少女に二百円も渡してしまっ

た。

「サンキュー」

「これでどこへ行けばいいんだ」

「知らない。運転手が知ってるんじゃない……」

案内賃を弾んだせいだろうか。少女は車のドアをあけてくれた。

「これ、パッカードの42年型って言うんだって」

通行人がみんな見ていた。前田は逃げこむようにリア・シートへ体を沈め、少女がバタンとドアをしめて手を振った。

「前田という者です。横尾君に呼ばれたんですが」

前田はまだドギマギしていた。運転手は学習院の制服に似た黒い詰襟を着た三十くらいの男で、

「はい、お待ちしておりました」

と答えながら車をスタートさせた。

通行人の注視からのがれて前田はほっとしたが、飛行服姿の自分とその高級車がいかにもそぐわない感じなので、なるべく外から見えないよう、座席の隅でシートに深くもたれこんでいた。

車は田村町一丁目で右折し、帝国ホテルの前を通って、日比谷でまた右折すると、その

まま勝鬨橋《かちどきばし》方向へ向かう。

米兵がポーカー・ストリートなどと呼びはじめた道路だ。

築地《つきじ》で左折。焼け残った新富町《しんとみちょう》の町並へちょっと入りこんでとまる。

運転手がおりてうしろへまわり、ドアをあけてくれる。前田はそれまで、どうしていいか判らずじっとしていた。

「こちらです」

「あ、そうか」

前田は車から出た。ごく小さな看板に平仮名で、しんとみ、と書いてあるだけで、見たところちょっと凝《こ》った造りの民家のように思えた。

なかば枯れかけたような植込みと短い石だたみ。すりガラスのはまった格子戸の中から、赤っぽい光が淡く見えているが、何か商売をしている家にしてはひどく薄暗い。

前田は一度うしろを振り返って見てから、その戸を引きあけた。

とたんによく知っている煮汁のにおいが鼻をついた。

おでんだ、と前田は感じる。

「今晩は……」

玄関に履物が五、六足、きちんと並べてある。

「いらっしゃいませ」

和服の老女が現われて、小さな顔を前田に向けた。

「前田と言う者ですが」

「横尾さんのお連れさまですね」

「ええ」

「どうぞおあがりください」

前田はうしろ手でそっと戸をしめながら、自分がもう一カ月も同じ靴下をはきっぱなしだったことを思い出していた。

裏通りの男

前田が半長靴《はんちょうか》を脱いであがると、普通より幅の広い畳敷きの廊下があって、左側のガラス戸の外に、枯れ山水の庭が薄ぼんやりと見えている。

やはりただの民家ではなく、小ぶりの料亭らしく思えた。

案内に出た老女は物静かな態度でその廊下をちょっと進み、右側の障子をかた通り廊下に膝《ひざ》をついてあけた。

「どうぞ」

床の間に違い棚つきの八畳間。座卓に脇息《きょうそく》と座蒲団《ざぶとん》。座卓のまん中に平べったい電熱器が置いてあって、その上に銅《アカ》のおでん鍋がのせてあった。

「よう」

緑がかったホームスパンの上着に茶のズボン。ウールのぼてっとしたシャツに派手なネクタイをした横尾が、床の間を右にした位置に坐って手酌《てじゃく》でやっていた。卓の上には細身の燗《かん》徳利が五本ばかりきちんと並べてある。おでん鍋の隅に銅壺《どうこ》風の燗をつける場所があいていた。

「ごゆっくり」

老女は前田を座敷へ入れて障子をしめる。あとはご勝手に、という感じだった。

「変な店だろう」

横尾は自分の前に坐ろうとする前田を見ながら言った。

「もともと料亭なんだが、今はおでんしか出さない。偏屈な爺さんがいて、半端な料理を出すくらいなら下宿屋にしちまうと言ったんだが、それじゃ建物がいたむし、だいいち勿体ない。さっきの婆《ばあ》さんが亭主を説き伏せて、自前のおでん種《だね》を作らせて、こんな商売でどうにかひと息入れているというわけさ」

前田は並べてある燗徳利の一本をつまんだ。二合入りだ。

「ここへ入れるんだな」

「うん。ほかに女中もいないしな。自分で燗をつけて自分でおでんを皿に取る。芥子《からし》はそこにある」

酌をし合うには、間に四角いおでんの鍋がある。前田はしばらく横尾がちびちびやるのを見ていた。

「もうついただろう」

横尾が言い、前田は徳利をつまみあげて自分の前に置いてあった袴《はかま》へ置くと、伏せてあった盃を上向きにした。

「山茶花《さざんか》へ行ったよ」

「そうだってな」

前田は手酌ではじめた。

「化け物の巣窟《そうくつ》だな」

横尾はフフ……と笑う。

「上等兵の山田というのに会った。山賊みたいな奴だ」

「下をかばって上に楯をつき通した奴だそうだ。あんなのをかかえた上官はさぞ苦労しただろう」

「その前に遠山という女にも会った」

「妙に人気のある奴だよ」

「刑事《デカ》に身体検査をされたぜ」

「無事にここへ来てるということは、丸腰だな」

「うん」

「旧台湾省民なんかと揉めはじめてる。あっちの連中は一応戦勝国の人間だからな。何をやっても日本の法律じゃ裁けない。おまけに警察も無力だしな。上等兵みたいな奴らがいないと町の秩序が保てないのさ」

「秩序なんてあそこにあるのか。俺でさえ薄気味悪くなった」

「それなりの秩序はある」

横尾は語気を強めて前田を見つめた。

「無法者たちの秩序だが、それでもないよりはましだろう。奴らは自分たちの力で秩序を作り出しているんだ。弱い者いじめをしてるわけじゃないぞ。たとえその力が暴力だろうとな」

「暴力が作った秩序は、別な暴力にとってかわられるぞ」

「もちろんそうさ。だから旧台湾省民なんかと揉めたりするんだ。だが国が秩序を生みだせないときは、庶民が自分の力でそれをこしらえなきゃならない。あんた、外食券食堂の行列に割り込めるか」

「…………」

「できないはずだ。だがその行列の順番を、警官が守ってやってるわけじゃない。庶民の力が行列の順番を守らせているんだ。女も年寄りも、その秩序の中で飯にありつける」

「でも、山茶花やここには行列なんかないぞ」

「抜け道はいつの時代にだってある。あんたが敵艦に体当たりして死のうと焦っていたころ、ゴルフをしていた連中がいるのを知ってるか」

「ゴルフ……まさか」

「表向きゴルフとは言わなかった。野球用語と同じように、ゴルフは芝球と言いかえられていて、キャディは草童《そうどう》さ。でも特権階級はゴルフを楽しんでた。あんた、ゴルフのルールを知ってるか」

「いや、全然」

「知らなきゃ知らないでもいい。特別ローカル・ルールというのがあってな。警戒警報のサイレンが鳴ったら、ボールはそのままの位置で避難できる、というんだ。笑っちゃうぜ。それは平和なときの雷に対する措置と同じルールなんだ。それでも食糧増産の一翼をになって、フェアウェーの両側のラフは芋畑にされていた。その芋畑へボールが入ったら、フェアウェー以外の芋畑の外へ、罰打なしでドロップすることができるんだ」

「なんでそんなにゴルフのことをよく知っているんだ」

「育った家が名門ゴルフ場のそばでな。キャディまがいのことをして小遣い稼ぎをしてたんだ。ボールボーイとか球先《たまさき》とか言って、客が打つボールの落下地点あたりに立って、ボールを見失わないようにする役さ。そのころボールはばか高くて、一個二円もしてた」

「フェアウェーってなんだい」

「表通りさ。本来ボールが通るべき道だよ」

「今はフェアウェーじゃないな。横尾は裏通りを歩いてる」

「今の日本には、表通りなんかないのさ。裏通りじゃなきゃ生きて行けないね」

「その裏通りの男に頼みがあって来た」

「バラックのことだな」

前田は驚いて顔をあげ、まじまじと横尾を見つめた。

「知ってたのか」

「あそこは都が重点的に建築規制を強化した地域の一つだ。不法建築を見のがせば、あそこらいちめんに我も我もとバラックを建てはじめるだろう。しかもそれがほとんど住居に使われる可能性はない。役所は役所で、それなりに復興計画を練っている。深川、城東、本所、向島あたりなら大目に見てもさしつかえないが、新橋から銀座、日本橋、神田、上野にかけては、都電の1番系統が走る東京の中心線だ。バラックはまず無理な地域だな」

「でも材木は来た」

「大工の身にもなれよ。警察《サツ》が張り込んでるのが判ってるのに忍び込む泥棒はいるまい。それとおんなじことが起こったのさ」

「だがそれじゃ、あいつらが凍え死ぬ」

「唐草のお母さんも、だろ」

横尾は同情する目になり、

「そうだ」

と前田が頷《うなず》きながら、燗徳利を銅壺に沈めた。まだぬるかったのだ。

「助けてやれる道がある」

「ほんとか。だったら是非頼む」

あぐらをかいていた前田が坐りなおし、深々と頭を下げた。

「バラックはやめるんだな」

「じゃ、どんなのを建てれば……」

「本建築さ。瓦《かわら》ぶき。壁はモルタルの防火建築。二階建てで道に面した側は店舗。役人たちが夢に描いているような、理想的な家を建ててやればいい」

「そりゃ無理だ。夢物語だよ」

「いつの時代にも抜け道はあると言ったろう。建築資金を融資してやってもいい」

「でもルスバンは……いや、中野好伸って子はまだ小学生だ」

「だがあの土地の相続人だ。きちんと手続きをすませればその子の物になる。あんたが後見人とか保護者とか、そういう立場になればいいんだろう」

「だったらお母さんじゃダメか」

「それもいいだろう。だがそこまであの子供たちのことに深入りしたのなら、あんたはもっと先のことを考えなきゃな」

「先のこと……」

「そうさ。子供たちの戸籍はどうなってるんだ。奴らの本籍地は……。焼けた区役所は多いぞ。戸籍の復活手続きをしてやらなくていいのか。学校はどうする。奴らはいま何年生なんだ」

「みんな三月十日にやられた口だ。五年生の終りにみなし児になって……今は六年生だよ」

「でも誰一人学校へは行ってないようじゃないか。来年の四月には中学生になるんだぜ」

前田は座卓に両肱《りょうひじ》をつき、両手で頭をかかえてうつむいた。

「つかず離れずに守ってやるのが精一杯だ。俺には荷が重すぎる」

「重くはないよ」

横尾はなだめるように優しく言う。

「あんた、あの子たちのために、お母さんを助けたんじゃないか。体を張って、たった一人で結城組へ殴《なぐ》り込んだ」

「あれとこれとは全然違う」

前田は頭から手をはなし、今度は両手を組んでその上へ顎をのせた。

「そりゃ、戸籍のことぐらいは駆けずりまわってもいい。俺にでもなんとかやれるだろう。だが学校まではどうにもなるもんか。学校へ通わせたら、あいつらどうやって食って行くんだい。だいいち住むとこがない」

「なあ前田さん」

横尾は沈んだ声で言った。

「こっちもできるだけのことはするから、力になって欲しいんだ」

「………」

前田は警戒するような表情で横尾を見つめる。

「さっきあんたが言ったように、俺だって裏道を歩きはじめてる。いつ世の中がちゃんとした形になるのか……それともこのまま日本という国はグズグズに腐っちまうのか、誰にだって見当はつきやしない。ひょっとしたら一生裏道を歩くのかもしれない。でもしかたないじゃないか。あんたももう、拳銃をブッ放《ぱな》して何人か病院へ送りこんだんだ。こういう混乱した世の中だからこそ、逮捕もされずにうやむやですんでいるが、それこそ抜け道だ。テキ屋の身内になれの、やくざになれのと言うんじゃないが、中途半端はやめて、思い切って裏道を行ってみないかい。中途半端じゃバラックも思うようには建てられないじゃないか。裏道を歩けばすぐ、本建築に行きつける世の中なんだ。そうやって建てた家は、建築法にのっとった、まったく正規の建物で、誰にも文句のつけようがない。だがちまちまと稼いで、せめてバラックでもと思ったが最後、役所ってのは寄ってたかってそれを潰しにかかる。あの上等兵はやくざだが、生きるために精一杯でちっちゃな闇《やみ》をやってる奴の息の根をとめるようなことはしやしない。だが反対に、子供が履いてた新品のゴム長を、闇市で買った品だときめつけて、その場で没収した警官がいるんだぞ。弱い者いじめをするのはそんな奴らだ。国や法律の味方をして食ってる奴だけが、そんな非情なことを平気でやれるのさ」

「俺に何をしろというんだ。犯罪か……」

「はっきり言おう。報酬は二階建ての本建築。してもらうのは倉庫破り」

「………」

前田は下唇を嚙《か》んで横尾を睨《にら》んでいる。

「ある場所に、隠退蔵物資をつめこんだ倉庫がある。そこを手なれた復員兵集団が襲撃する。あんたは別働隊としてその騒ぎに便乗し、ある品物を一個だけかっ攫《さら》って来て欲しい」

「どんな品物か、ここで言えるのか……」

「満鉄の郵便行囊《こうのう》だ」

「倉庫襲撃は見せかけで、本当の狙いはその郵便行囊なんだな」

「その通りだが、倉庫からも本当に大量の物資が持ち去られるだろう」

「その一味と鉢合わせしたらどうなる」

「しないよう手配する。時間もずらすし侵入口も別だ」

「行嚢の中身は……金目《かねめ》の物か」

「関係者以外には無価値な書類だ」

「重さは……」

「四貫目ほど」

前田は薄笑いを泛《うか》べた。

「横尾の正体が見えて来たぜ」

「見えてもかまわん。やってくれ。非常に重要なことなんだ」

「家はたしかに建つか」

「建つ」

「戸籍の復活は……。学校のことは……」

「まかせろ。必ずやる」

「品物《ブツ》の流れは今まで通りか……」

「足もとを見やがる」

横尾は緊張を解き、陽気に笑った。

「内容は少し変ると思うが、今後は新築の家へ運んでってやる。トラックで横づけだ」

「融資、と言ったが、返済方法はどうなる」

「ばか言うなよ。このインフレの世の中で、貸すのは余程の間抜けだと思え。いま借りた十万は来月の五万だ。仕入れた十万の商品は、来月二十万になっているかも知れない」

「なるほど、借り得の世の中か。でももう季節は冬になっている。本建築はありがたいが、彼らを地下道へはやれんぞ」

「建築中のことも手配するよ。心配するな。そのかわり、満鉄の郵便行嚢のことは、仕事がすんだら奇麗さっぱり忘れてくれ。何が起こっても中身を見るな」

「了解。これでどうやらあの子たちも、まともな生活に戻れそうだ」

前田はようやく得心がいったように、熱燗になった徳利を銅壺から抜いて盃につぎ、旨そうに飲んだ。

集団強盗

板橋区はあまり空襲の被害を受けていない。板橋町や志村《しむら》清水町《しみずちょう》などは下町方面なみに丸焼けにされたが、その他では幹線道路や鉄道ぞいに点々と焼夷弾《しょういだん》を落とされた程度ですんでいる。

都電18番系統はのちに少し延長されて志村橋まで通じるが、このころの終点は志村だ。延長後の志村坂上に当たる。

停電でまっ暗な道を、陸軍の外套《がいとう》に略帽をかぶった復員兵姿の男が歩いて行く。最終の都電で志村へやってきた前田英治だ。いつもと違う恰好をしているのは横尾の助言があったからだ。どうやら倉庫を襲撃するのが、そんな姿の連中らしい。

曲がりくねった道を行くと志村城址《じようし》や熊野神社のあたりへ出る。その界隈《かいわい》も戦災を蒙っていて、焼跡にトタン囲いの小屋が建っていたりする。

その先は志村中台だが、地形に起伏があり、停電の夜の闇がいっそう濃く感じられた。

前田がめざしているのは、そのあたりでもかなり広い敷地を持った木工所である。

ところどころの家の窓からは、石油ランプや蠟燭《ろうそく》の赤い灯が、辛抱し抜いて生きている家族の象徴のように、いかにも頼りなげに薄ぼんやりと外へ洩《も》れだしていた。

それも一軒の家で灯が見える窓は一つか二つだ。大半の家はもう寝てしまったらしく、窓がまっ暗だ。

もちろん街灯もないし、ペットを飼うゆとりもないから、野良犬さえ見かけない。

前田はそんな中を、蛍光塗料を塗った腕時計の針をしょっちゅうたしかめながら、慎重に道を選んで進んで行った。

大きな長い屋根が闇の中にうずくまっていた。すぐうしろが高台で、木工所はその崖《がけ》にへばりつくように建っていた。敷地のまわりには鉄道の枕木《まくらぎ》らしいものを柱にバラ線を張りめぐらし、六メートルほどの幅の道路に面した側には木の枠にトタンばりの大きな扉があり、その扉が風に揺られてギシギシと鳴っていた。

前田はその前を通りすぎてから、となりの町工場のコンクリート塀の前で足をとめ、立小便をするふりをした。

道の左右に人の気配はなく、家々は静かだ。それをたしかめてから、前田はその塀の横へ入りこんで、バラ線とコンクリート塀の間の狭い隙間《すきま》を、横歩きで突き当たりの崖まで進んだ。

バラ線の柵《さく》は崖で終っている。横尾が言っていた通りだ。

前田はバラ線の内側へ入りこんでしゃがんだ。しばらく動かずに様子を見ている。

道路に面した扉から中へ入ったすぐ右には、二階建ての事務所らしい建物がある。もちろん木造で、その建物のどの窓にも灯りが見えないことは、通りすぎるときたしかめてあるが、無人だとは思えない。大量の物資が隠してあるそうだから、何人も屈強な男たちを番人として住み込ませていこそすれ、無人であるはずがない。

木工所本体はその事務所よりもう一階分ほど高い建物で、高台を背に道路と平行して長さは三十メートルほど、幅は十メートルに近い大きさだ。そして道路に面した側には四枚の縦長な引き戸がつけてあるようだ。長丈の原木《げんぼく》を入れるには、そんな開口部が必要なのだろう。

しかし、敷地内には原木らしいものはまったく見当たらない。そのかわり錆びたドラム缶が十何本か積んであり、建物のほうからはコールタールのにおいが漂ってくる。

崖の一部は竹藪《たけやぶ》で、そのほかに椎の木らしいかなりの巨木が三、四本、崖の上に並んでザワザワと葉ずれの音をさせていた。

前田はやがて崖ぞいに、建物の裏側へ一気に走りこんだ。

裏のどこかに鉄梯子《てつばしご》が置いてあるはずだ、と横尾が言っていた。前田は軍手をはめると懐中電灯を出してふかふかした地面を照らしはじめる。おがくずと崖上の木の落葉がつもって、軍靴の爪先《つまさき》をその中に突っこんでみないと、鉄梯子などどこにあるのか見当もつかなかった。

その鉄梯子は建物の反対側のはずれあたりに埋もれていた。前田は懐中電灯を消して外套のポケットへ入れ、鉄梯子の端を両手で持って起こしはじめる。かなり長い梯子で、音を立てずに建物の壁へ立てかけるのは大仕事だった。

前田はその作業に十分近くもかけ、梯子を無事に立てかけ終えると、息を切らせてまた腕時計を見た。梯子でふかふかの地面を掘り返す形になったから、闇の中に堆肥《たいひ》と同じ湿ったにおいが漂い出している。

前田は残り時間をたしかめると、梯子に両手をかけ、一番下の段に片足をかけてもう一方の足を宙に浮かせ、はずみをつけて思いきり体重をかけてみる。

上のほうでズリッと梯子の先がずれる音がしたが、なんとかしっかり立ってくれたようだ。

前田は登りはじめる。登るほどコールタールのにおいが強くなってくるのは、最近建物のトタン屋根を補修した証拠だろう。

目の前の壁に、幅十五センチほどの白っぽい筋が斜めについていた。以前そこに非常階段がつけてあったのだという。それも横尾の情報だ。

とにかく横尾はこの木工所のことを少し知りすぎている。まるで以前自分が住んでいた家のような知りようだ。

彼は自分の味方か、味方だった者から何かを取りあげようとしている。前田はそう確信していた。

その何かはこの木工所の二階にある満鉄の郵便行嚢《こうのう》の中に詰めこまれているのだ。

以前前田は、横尾に向かってお前はもと特務機関員ではないかと尋ねたことがある。満州鉄道が使っていた郵便行嚢を盗んでこいというのは、ますますその疑いを強めるわけだ。

しかし今、前田は級長をはじめとする戦災孤児たちのために、鉄梯子をよじ登っていた。二階建ての本建築……。それを彼らに贈るために、是非この仕事をやりとげなければならない。

細長い非常階段の出口のドアの高さへ辿《たど》りついた。モンキー・レンチをとりだして、ドアのノブのつけ根をねじると、ねじ切るつもりだったそのノブが、意外に抵抗なくくるりとまわって、ドアがあいてしまった。

前田ははずみでモンキー・レンチをとり落とした。プスッ、というような微かな音が下でした。腐蝕土なみに柔かい地面のおかげだ。

内部は暗くて埃《ほこ》り臭かった。鉄梯子から外へ開いたドアの中に入るのは軽業《かるわざ》じみた芸当だったが、前田ははずみをつけてなんとかそこへころがりこんだ。

そこは廊下の突き当たりで、左右は引き戸のついた戸棚になっている……。横尾の言うことには少しの誤りもなかった。

前田は懐中電灯をつけ、静かにその廊下を進んだ。

「三方に素通しのガラス窓がついた小部屋がある。製図などに使っていた部屋で、二階部分はそこでおわりだ。そこからは天井まで吹き抜けで、作業場がひと目で見渡せるようになっている」

またしても横尾の説明は正確だった。

「今はそこにガラクタがつめこんである。右の窓の下に茶箱が三つ四つ並んでいて、郵便行嚢はその茶箱の間に置いてあるはずだ」

前田は横尾の言葉を思い出しながら、用心深く懐中電灯を床に向けて動かした。

口に革のベルト通しが六つついていて、そこに赤く塗った鎖が通してあった。赤い鎖にはごつい南京錠がとりつけてあり、袋の口を鎖と錠がしっかりととざしていた。

前田はそっとそれを持ちあげ、そろそろと後退した。ガラスばりの小部屋を出ると向きを変え、廊下を素早く非常口へ向かった。

非常口のドアは外側でゆらゆらと風に揺れている。

前田はその袋をやや右寄りに投げ落とした。ドスッという音がして、あとは木のざわめきだけだ。

前田は両手を前へ肩の高さにあげ、ゆっくり膝を曲げると外へ飛びだした。着地と同時に軽く左へころがる。もと航空兵の前田には、その程度のことはたやすいことだった。

すぐ立って袋を持ちあげ、左肩にかつぐと右手で鎖を摑み、立ち去ろうとしたとき、建物の端からひょいと顔をのぞかせた者がいる。

一瞬睨《にら》み合いになった。前田は左手をゆっくりあげて袋の口を縛った鎖に指をかけた。同時に右手は外套の下へもぐりこむ。

「誰なんだい」

相手は意外に冷静な声で言った。

「顔、見るぜ」

そいつも懐中電灯を持っていて、灯りをつけた。その光が、前田の足もとからゆっくり上へ這《は》い登ってくる。前田の右手は拳銃を握っており、光が顔を照らしたときには、右手がまっすぐ伸びて相手の胸を狙っていた。

「あれ……」

相手は妙な声を出した。

「なんだ。前田さんも来てたのか」

その声はバアちゃんだった。

「お前、どうして……」

前田はほっとして銃口を下に向けた。

「俺はこのごろいつも先乗り」

「今夜ここを襲うのはお前たちだったのか」

「あれ、知らないでここへ来たの……」

「頼みがある」

「なんだい」

「このことは誰にも言わないでくれ。お前の仲間たちにもだ」

「いいよ。だったら早く行ったほうがいい。もうすぐ来るぜ」

「頼んだぞ。絶対に秘密は守ってくれ」

「判ってるよ。でも、前田さんまで倉庫破りで稼いでいるなんて、知らなかったなあ」

前田がもと来たほうへ戻ろうとすると、バアちゃんも珍しく早口で言った。

「ダメダメ、そっちじゃない、こっちだよ。あっちの家《うち》の裏に、崖を斜めに登って行けるとこがあるんだ。子供しか通らない遊びの道なんだ」

「ありがとう」

前田はバアちゃんを信じた。


十数分後、前田は戸田橋へ向かう道路へ出た。途中トラックが二台、木工所のほうへ向かうのを見たが、成り行きを見物するほどのゆとりはなく、前田は警官に出会うのを恐れて冷汗をかきながらその道路に出たのだ。

約束の場所は都電の終点より少し荒川寄りだった。

郵便行嚢を電柱のわきにおろしてタバコをくわえ、ジッポで火をつけて喫《す》いはじめるとすぐ、乗用車が一台近づいて来た。

パッカードの42年型。

前田が火のついたタバコを車道に投げすてると、その小さな光の弧に気がついたらしく、車はスピードを落として前田のほうへ寄って来た。ナンバーは85＝84。前田はそのナンバーを頭に叩《たた》きこんだ。

うしろのドアが唐突にあき、後部座席の右側から、体を斜めにして前田に顔を向けている男の姿が見えた。

前田はためらわず、郵便行嚢をドアの中へ放りこんだ。

「ご苦労。約束は守る」

運転手はこの間の詰襟《つめえり》の男で、前田に会釈するとすぐギアを入れかえた。うしろの男があけた窓に手をのばしてドアをバタンとしめると、車は呆気《あっけ》なく走り出る。

「歩いて帰れ、か」

前田はそう呟《つぶや》いて少しその場にたたずんでいたが、やがて本来鉄格子の蓋《ふた》がしてあるはずの側溝の四角い穴に気がつくと、まず懐中電灯をその穴へ投げこみ、その次ちょっと惜しそうな様子で拳銃も捨ててしまった。

志村から上野まで徒歩。前田はその途中で不審尋問を受けることに備えたのだ。


築地新富町。

「こんな物しかございませんが」

そう言って和服の老女が目刺しをあぶったのを皿に並べて座卓の上へ置くと、お辞儀をして座敷を出て行った。

その座卓に向き合っているのは重藤と多和田。このあいだ前田と横尾がいたのと同じ座敷だ。

　横尾がいた上座《かみざ》に今は重藤が端然と坐《すわ》っている。その背後、床の間と並んだ違い棚の下に赤い鎖がついた満鉄の郵便行嚢が置いてあった。

「ご普請《ふしん》の進み具合はどうです」

　受け皿つきのショット・グラスにジョニー・ウオーカーの黒をついで、それを一気に呷《あお》ってから多和田が言った。

「馬込《まごめ》とは我ながら意外なところへ住むものだと思ってな」

　重藤もウイスキーをちびりとやる。

「三食銀シャリに肉料理つきでやらせるんですから、大工たちも大張切りでしょう」

「しかしあの別邸まで接収されるとはな」

「馬込を田舎とおっしゃいますが、もともと軍人たちの家が多かったわけですから、高級住宅地ですよ」

「この書類のおかげで家を建てることになってしまったな。考えていたよりだいぶ早い」

「あの連中のバラックが簡単に建ってしまっていたら、前田英治という男だってそう気安く動いてはくれなかったでしょう。一挙両得というものですよ」

「しかし、職人たちを押えてしまうという策は儂《わし》にも思いつけなかった」

「下司《げす》な策です。本来なら重藤さんにも知らせたくなかったんですが、ちょうど別邸が米軍に接収されたところでしたから、おすまいをお造りになってもいいころだと思いまして。ま、重藤さんを利用させていただいたことになって恐縮しております」

「それはかまわんが、子供たちは本当に参加しなかったのだな」

「はい。臨機の策で、横尾が前田の飛びつくような条件を出したのです」

「仲御徒町の家と、戸籍の復活と学校の問題だな」

「はい。そういう条件に飛びついてくる前田英治が、子供たちを巻き添えにするはずがありません。彼は得意の拳銃も使わず、うまくやってくれました」

「ところで、ちょっと思いついたことがあるのだがな」

「はあ、なんでしょう」

「今は金や物さえ出せばどんなことでもやってくれる人間がたくさんいる」

「その通りです」

「しかし特殊な任務につける者となると、かえって数が少なくなってしまった。国家に対する国民の忠誠心がなくなってしまったからな。というより、国家の信用が失墜したせいだ。何かをまかせても、その者が儂らを裏切らないという保証はないに等しい。そうじゃないか……」

「みんなこすからくなっていますからね。うまい話を嗅《か》ぎつければ、すぐに自分で一人じめしようとするでしょう」

「長い目で見れば、いまこの時点で子飼いの部下を作りはじめたほうがいいのではあるまいか」

「…………」

「少年時代から特殊工作などに使えるよう訓練するのだ」

「あの戦災孤児たちのことですか」

「そうだ。考えてもみろ。彼らには身寄りがないだろう。係累《けいるい》がないということがまず第一の利点だ。それにはやばやと社会の暗黒面を見ている。その世界に身を置いて、犯罪の味も知っている」

「なるほど、そういう考え方は一度もしてみませんでした」

「多和田は彼らを助けてやりたがっている」

「はい、そうです」

「助けてやれ。この混乱した社会で、孤児たちがおとなそこのけの金儲けをするところを見るのは、痛快なことじゃないか。それはとりもなおさず、彼らから親兄弟を奪い、住む家を焼き、着のみ着のままで地下道へ追い込んだ者に対する批判になる。しかも新日本再建のために有益な特殊工作員も養成できるのだ」

「しかし彼らは吉野末亡人を崇拝しています。あの末亡人から彼らを引き離すことは
……」

「引き離す必要はない。吉野未亡人をいつまでも儂が露店商のままでいさせると思うのか」

「するともう何か手を打っていらっしゃるわけですか……」

「あの人には華やかな人生を送らせたい。もちろん本人には気付かれぬよう、一定の段階をへてだがな」

「さて……いったい未亡人にどんな人生を送らせようというお考えなのですか」

「ちかぢかあの人には有楽町あたりに出てきてもらうつもりでいる」

「有楽町……何かの店でも持たせるおつもりですか」

「まあそういうことだな」

「それは偶然ですな。私も実は、仲御徒町に彼らの家が建つまで、銀座の焼けビルのひとつをあてがってやるつもりだったのです」

「ほう……」

「銀座の露店もなかなかの繁昌です。上野よりは子供たちにとっても安全でしょうし」

「その家が建つのはいつごろだ」

「馬込のお宅が完成したら、すぐそっちへ職人をまわします。しかし完成はやはり春ごろでしょう」

「吉野未亡人もそのビルへ入れるつもりだったのか」

「はい」

「それは好都合だ。ただし銀座あたりは米兵でいっぱいだ。あの人の身辺にはくれぐれも気を使うのだぞ」

「判っております」

「実は、手はじめは……」

重藤は自分の計画を多和田に打ちあけはじめた。

そのころ、前田英治はまだとぼとぼと白山《はくさん》あたりを歩いていた。

冬ごもり

一九四五年（昭和二十年）十一月二十四日土曜日の午前四時三十分ごろ。

まだうす暗い御徒町駅そばの青空市場に、もうヤミ商人たちの姿が動きはじめている。

「おお寒《さ》ぶ……」

「ほんとに寒くなるのはこれからだ。今から寒がってたら春まで生きらんねえぞ」

白みかけた空の下で子供の声がしている。級長、飴屋、ニコ、ルスバン、ゲソ、マンジュー、アカチンの七人が、おとなたちにまじって、お母さんの屋台へ、今日売る品物を運んで行くところだ。

お母さんの屋台は焼け煙突のそばにあって、場所《ショバ》としては上等な位置にある。

「おす」

「おはよう」

彼らを見ておとなたちが声をかけ、彼らも一人前の顔で朝の挨拶《あいさつ》を返している。

唐草のお母さんの手伝いの子供たち……。青空市場のおとなたちは、彼ら七人をそんな風に呼びはじめ、自分たちの仲間として認めてしまったようだ。

お母さんがボサボサの髪を刈って坊主頭にしてやり、小ざっぱりした服に着がえさせてからもう一ヵ月以上たつ。

ルスバンはあいかわらず仲御徒町の自分の家の焼跡で寝起きしているし、ほかの六人は以前通り地下道をねぐらにしているから、小ざっぱりとしたのもつかの間のことで、またそろ浮浪児風に戻ってしまっている。

「栄養失調になると、寒さでやられちゃうんだってよ」

マンジューがそんなことを言った。栄養失調という流行語を使ってみたかったのかもしれない。

「栄養失調ってのは病気じゃないんだってさ」

アカチンがそれに答える。

「へえ、それじゃなんなんだい」

「毎日すきっ腹でいると、それになっちゃうんだ。飢え死にのちょっと手前のことを、かっこつけて言うと栄養失調なんだって」

「うん」

「なんだ。それじゃ、栄養失調で死ぬのは、餓死するってことかよ」

「なんだかばかばかしいな。腹がへりすぎれば誰だって動けなくなっちゃうぜ。そいで、しまいには死ぬんじゃねえか。食う物も食えねえで、俺は栄養失調だなんてスカしてる奴がいるんだな」

屋台の埃《ほこ》りを払っていた飴屋が、突然大声で言った。

「俺たちは栄養失調なんかにならねえぞ。ヤミで稼いで、うまいもん食えるだけ食ってやるんだ」

すると、となりに店を張っている復員兵姿の男が、子供たちのほうへ笑顔を向けた。

「その意気だ。ええぞ、お前たち」

四時三十分に御徒町駅を山手線内廻りの一番電車が通ったばかりで、彼らはその前の京浜東北線の一番電車の音で目ざめ、ねぐらをぬけだしてきたのだ。そろそろ外廻りの一番電車が通るころである。

今はただ今日を食いつなぐだけの生活だが、青空市場でがんばる彼らは、おとなも子供も働き者ぞろいだ。

五時ちょうどになれば、上野駅から高崎行き317号列車が発車する汽笛の音が聞こえてくるはずだ。そのころにはもう、今日の食糧を求めて、客がこの市場へぞろぞろと集まってくるだろう。

ピポーッと、その始発列車の汽笛が聞こえたころ、啓子の手を引いてお母さんが現われる。

「おはよう、ボーヤ」

ニコとアカチンが啓子に向かって同時に言う。その啓子は茶色い格子縞《こうしじま》のオーバーを着ている。古毛布を買って、お母さんが仕立てさせたのだ。ついでに自分のハーフコートも作ったから、母子《おやこ》がお揃いのを着ている。市場でイワシ汁を売っている男のかみさんが洋裁ができるそうなので、その女性に仕立てを頼んだのだ。

「おはよう」

ボーヤは元気よくみんなのところへ走って行く。

「けさはなに食べた……」

マンジューが尋ねる。お母さんとボーヤも、毎日上野発四時十二分の京浜東北線の始発と同時に起き、地下道を出るのだが、朝食をとってから自分の売り場へ来るから、子供たちより少しあとになるわけだ。

「おイモのおかゆ」

「なんだ、朝っぱらからイモ雑炊《ぞうすい》か。栄養失調になっちゃうぞ」

「ならないもん」

ボーヤはそう答え、ちょっと不安そうに、振り返ってお母さんの顔を見た。

「なりゃしねえよなあ。ボーヤ、こいつはただ栄養失調って言ってみたいだけなんだよ。はやり言葉だから」

「おはよう、みんな」

お母さんがにこやかに言う。

「おはよう」

子供たちは声を揃えて答える。

「みんな、顔を洗った……」

「俺、洗ったよ」

アカチンが教室でするように、手をあげて答えた。

「俺も」

ニコも手をあげ、マンジューも同時に手をあげた。

「あら、ルスバン君。早くご飯を食べていらっしゃい」

全員が顔を揃えているということは、ルスバンの家の焼跡で、置いてある品物の番をする者がいなくなっているということだ。

「ゲソ君とマンジュー君は早く番をしに帰って頂戴」

「はい」

ゲソとマンジューがすぐ走り去り、ルスバンは反対方向へ。上野駅寄りに、食べ物を売る屋台が並んでいるからだ。

「あなたがたも食べてらっしゃい。ここはあたくしと啓子がやりますから」

すると級長が言った。

「お前ら行ってこいよ。俺はあとでいい」

飴屋が頷《うなず》く。

「じゃ、イモ雑炊でも食ってくるか」

「飴屋君」

「なあに、お母さん」

「その前に顔を洗うんですよ」

「はぁい」

飴屋は肩をすくめ、ニコを見て舌を出した。

「ニコ君」

お母さんはニコにも目を向ける。

「俺、ちゃんと洗ったぜ」

「そうじゃないの。ゆうべ、タバコを喫《す》わなかったでしょうね」

「もう喫わねえよ」

ニコは口をとがらせた。

「お母さんの言いつけだもん、俺、ちゃんと禁煙してるよ」

お母さんはふき出す。

「なにがおかしいのさ」

「あなたみたいな可愛らしい子が禁煙だなんて、おかしいわよ」

アカチンがふしぎそうな顔でニコを見つめた。

「ニコが可愛らしいの……」

飴屋がゲタゲタと品の悪い笑いかたをした。

「子供のうちからタバコなんか喫ったら、背が伸びなくなっちゃうんですからね」

お母さんは屋台に商品を並べながら言う。

「判ってるよ。もう喫わない」

「それならあたくしも安心だわ」

「じゃあ行ってくる」

飴屋はボーヤにウインクしてみせ、上野駅のほうへ歩きはじめる。アカチンとニコがそのあとに続いた。

「ほんとにタバコ喫うと背が伸びなくなっちゃうのか……」

ニコがアカチンに訊《き》いている。

「きまってんだろ、そんなこと」

アカチンは薬局の子だったから、アカチンにそう断言されると、ニコも納得せざるを得ない。

「ねえお母さん」

級長が屋台のうしろの木箱に腰をおろして言う。

「なあに」

「ゆうべ店じまいのちょっと前に、前田さんとなにか話をしてたろ」

「ええ」

「前田さん、えらく機嫌がいいみたいだったけど、きのうどこへ行ってたのかなあ」

お母さんは振り向いて微笑を泛《うか》べる。

「外苑《がいえん》よ」

「外苑って……」

「明治神宮外苑」

「ああ、青山のほうだね。あんなとこまで、なにしに行ったのかな」

「野球の試合を見てきたんですって」

「野球……」

「ええ、そう。職業野球の東西対抗試合があったんですって」

「へえ……前田さんは本当に野球が好きなんだなあ」

ときどき例のグラブとボールを持ち出して、おとな同士でキャッチボールをしている前田の姿を思い出したのか、級長はそう言って何度も頷いている。

「でもさ、お母さん。ちょっとのんき気すぎるんじゃないかな」

「前田さんが……」

「うん。だってさ、バラックのほうはどうなってんのさ。大工なんか全然来やしないじゃないか。材木は来てるんだから、前田さんが音頭をとってくれれば、俺たちだけだって建てられるかもしれないのに」

「級長君」

お母さんは真面目な顔になった。

「そのことなら、今日これからみんなに言おうと思ってたところなのよ。バラックは建てないでもすみそうなの」

「え……」

級長の顔色が変った。

「どうして……それじゃ、ルスバン家《ち》はあのまま……」

「そうじゃないの」

級長の驚きようがあまり激しかったので、お母さんはあわてて早口になる。

「安心してよ、悪いことじゃないんだから。バラックを建てたって、結局一時しのぎじゃないの。商品の倉庫と兼用じゃ、それでなくても狭いんだし、とてもみんな揃って寝たりはできないわ」

「そりゃ判ってるよ。でも、せめてお母さんとボーヤだけでも……」

「ありがとう。あなたたちがそう思ってくれるのは、あたくしもとてもうれしいんです。でも、あたくしはあなたがたのお母さんですよ。みんなを地下道で震えさせておいて、自分だけぬくぬくと屋根の下で過すわけには行きません」

「じゃあどうするのさ」

級長は大声で言い、立ちあがった。珍しくお母さんにつっかかろうとしている。

その肩にお母さんが優しく手を置いた。

「いいこと、よく聞いて頂戴ね。あたくしたちは一時この上野を引き払います」

「ノガミを離れたら食えなくなっちゃうよ」

級長は今にも泣きだしそうだ。

「大丈夫なの。みんなで地下道からぬけ出すだけだから。お商売はここで続けるのよ。この冬はみんなでかたまって過しましょう」

「でも、どこで……」

「前田さんが、焼けたビルの中で暮らせるように手配してくれたんです。窓を塞《ふさ》いで出入口をちゃんとすれば、冷たい風だって入ってこないでしょう。ストーブもみつけてくださるんですって」

級長は太く息を吐き、肩をおとした。

「どこ、その焼けたビルがあるところは」

「銀座よ。あたくしたちが住むのは三階」

「銀座……遠いな」

「毎朝そのビルからここへ出勤するのよ、商品を持ってね」

「有楽町から省線で……」

「前田さんは歩いたほうがいいだろうって」

「どうして……」

「あたくしたちはヤミ屋でしょ。だから駅で警察の取締りなんかにあわないように、注意したほうがいいの」

「みんなでかたまって、行ったり来たりするわけか」

「そうよ。お仕事がおわったらビルへ帰って、ストーブを焚《た》いて、あたくしがみんなのご飯を作ってあげるの」

級長の顔にやっと明るさが戻った。

「お母さんの飯を食えるのか」

「そうよ。だから手伝って頂戴。三階だから、水だってどこかから、汲《く》んでこなくちゃいけないでしょ」

「そんなことはみんなでやるけどさ……それじゃルスバンはどうなっちゃうの……。あいつ、家《うち》が建ってうれしがってるのに」

「建つわ。バラックじゃなくて本建築でね」

「本建築……」

「そう。屋根は瓦ぶきで、ちゃんとした二階建てのお家《うち》が建つのよ」

「それ本当なの……」

「本当よ。でも本建築だから時間がかかるの。完成は暖かくなってからだそうよ」

「わあ、凄《すげ》え。それまで銀座のビルの三階で、みんな一緒に暮らすんだね」

「そうよ」

級長は夢見るような目つきで、お母さんと啓子を交互に見た。

「やっぱりおとなは凄えや。やることがでっかいもんな」

「凄《すご》いのは前田さんよ。あたくしもあの人の顔の広いのにはびっくりしているんです。でもおかげで、冬ごもりの仕度ができたわね。それに……」

お母さんは少し声を低くした。

「あなたたちを地下道へ置いておけないわけが別にあるんです」

「なに、それは」

級長も釣られて小声になった。

「地下道はもう満員よ。どのくらいの人があそこで寝てると思う……」

「ざっと三千だな。きっとそんなとこだよ、京成のほうまで入れると」

「警察はあそこをなんとかしようとしてるんですって」

「なんとかするって、どうするのさ」

「いっせいに出入口を塞いで、浮浪者を施設へ収容してしまう計画があるんですって」

「誰がそんなこと言ってたの」

「東尾組の人よ」

級長は声をあげて笑った。

「組の連中が言うんならたしかだろうな。警察《サツ》のやることは、みんな組に筒抜けなんだから。でもさ、地下道の浮浪者の寝込みを襲って、全部施設へ入れちまうなんて、そんな有難いことを本気でやってくれるのかな。屋根のあるとこへ寝かして、飯食わしてくれて……そんなことを警察ができるのかな。してくれるんなら、みんなよろこんで行くよ」

「甘く見ないほうがいいわよ。マッカーサー司令部から、そういう命令が出てるらしいんですからね」

「へえ……進駐軍の命令か」

級長の顔から笑いが消えた。

「その取締りに引っかかったら、あたくしたちは離ればなれになっちゃうわよ」

「そうだね。そりゃまずいや」

級長は焼けビルへの移動を納得したようだった。


その日の昼ごろ、ルスバンが血相変えてお母さんの屋台へ走ってきた。

「大変だよ、大変だよ」

お母さんの護衛役を兼ねて、屋台のうしろ側で商売を手伝っていた級長と飴屋は、その切迫した声に驚いてルスバンに駆け寄る。

「どうしたんだ」

焼跡に隠してある品物を強奪されたのかと思って、級長と飴屋も緊張したのだ。

「材木を持ってかれちゃう」

「材木を……」

「オート三輪で強そうな奴が二人来たんだ。材木を持ってくぜ、って。だから俺、どうしてだって訊いたんだよ。でもそいつら、大工に頼まれたってだけで、なんにもわけを教えてくれないの」

飴屋は級長の顔を見た。

「そいつらどうしてる」

飴屋がルスバンに訊く。

「材木をオート三輪に積みはじめたから飛んで来たんだ。早く来てなんとかしてよ」

「よしっ」

飴屋はすぐルスバンの家のほうへ走りはじめたが、級長は落着いた様子でそれを見送った。

「前田さん、材木のことを知っているんだよね」

級長はお母さんのそばへ行き、うしろからそう尋ねる。

「え……材木……」

お母さんは客の相手をしていて、今のやりとりには気づいていない。

「大工に頼まれたとか言って、材木を引きとりに来た奴がいるんだ」

「さあ、聞いてないわ。でも、それならきっと前田さんも承知のことだと思いますよ」

「そうだよね。飴屋の奴、血相変えてとんでっちまいやがんの」

「まあ、それはいけないわ。あの子、喧嘩しかねないから」

「いけねえ。俺、ちょっと見てくらあ」

級長は急にうろたえ、飴屋同様屋台のそばを離れて走りだす。

級長が仲御徒町のルスバンの家の焼跡へ近づくと、まだオート三輪がとまっているのが見えた。だがそのオート三輪のまん前に飴屋が立ち塞がって、ばかでかい丸太ン棒をふりあげている。

「待て、飴屋」

級長は走りながらそう叫んだ。材木はすでに荷台に積んであり、そばにおとなが二人、呆れ顔で突っ立っている。

「やめろ、飴屋」

級長は息を弾ませてそう言った。

「材木持ってくなら、この車叩っこわす」

飴屋は丸太ン棒をふりあげ、子供ながらドスのきいた声で、ヘッドランプのあたりに狙《ねら》いをつけていた。

「なんでだよ、坊主。俺たちは大工の田所さんに頼まれて取りに来ただけなのに」

「それはここへバラックを建てるための材木だ。田所っておやじが、すぐ建ててくれるはずだったんだぞ」

級長は飴屋の前へまわってその体を押し、うしろへさがらせた。

「バラックのことはもういいんだ。判ってるんだよ」

「どうして。バラックが建たなきゃ、お母さんやボーヤはこの冬どうするんだい」

飴屋は級長に食ってかかる。

「材木の金はもう払っちゃってんだぞ。今さら取りあげられてたまるかい」

「いいから丸太ン棒をおろせ」

「なぜだ。嘘つき大工の味方すんのかよ、級長」

「わけがあるらしいんだよ。お前が材木取りに来た人と喧嘩するんじゃないかって、お母さんが心配してた」

飴屋はそう聞いて、拍子抜けしたようにふりあげた丸太ン棒を下へおろした。

「お母さん、知ってんのか」

「そうらしい」

級長は戸惑っているオート三輪の二人のほうへ振り向き、ペコリと頭をさげた。

「どうもすいません。行き違いなんです」

「俺たちはこいつを運ぶように頼まれただけなんだ。判りゃいいんだが、それにしてもこらは物騒なとこでやがんなあ。物凄い餓鬼がいやがる」

よほど飴屋の意気ごみが激しかったのだろう。二人の男は気を呑《の》まれてしまったらしく、相手は子供でも、触らぬ神に祟《たた》りなしといった様子で、あたふたとオート三輪にまたがり、もう一人が荷台にあがると、すぐエンジンをかけて走り去った。

「材木、どうすんだよぉ」

よたよたと走り去るオート三輪に向かって、ルスバンが怒りとも嘆きともつかない叫びを投げつけた。

「級長、いったいどういうことなんだ。わけを知ってるのか」

そのとき、オート三輪と入れちがいに、前田が自転車に乗ってやって来た。

「あ、前田さんだ」

ルスバンが気づいて指さす。

「前田さんが全部知ってるよ。前田さんに聞けば判る」

級長はほっとしてそう言った。前田は自転車に乗ったまま、ルスバンの家の敷地に入りこみ、そこで自転車をとめて、ガシャンとスタンドを立てた。

「材木、運んでってくれたようだな」

前田は気楽な調子でそう言った。

「たった今、行っちゃったよ。バラック、どうすんのさ」

ルスバンは前田の右手を摑《つか》んで、その手を上下にゆするようにして言った。ベソをかいている。

「あの材木は板なんかととりかえたんだ」

前田は怪訝《けげん》な面持ちでルスバンを見ながらそう言い、ルスバンの泣き顔に気づくと声をあげて笑いだした。

「そうか、お前らにはまだ詳しいことをなんにも教えてなかったな。こりゃ悪かった。かんべんしろ」

「どうして材木を持ってっちゃったのさ。わけを教えてよ」

「よしきた。ちゃんと説明してやろう。だけどこれは全員にかかわることだ。何度もおなじことを言わされるのはかなわないからな。おい、ルスバン。飴屋と手分けして、みんなすぐここへ集めてくれ。非常呼集だ」

飴屋とルスバンは顔を見合わせる。それだけでどう手分けして仲間を呼ぶのか判るらしい。仲間同士、ツーと言えばカー。察しがよくてすばしっこくないと、この辺りでは一人前に生きては行けない。

「お母さんとボーヤは来なくていいんだよね」

級長が念を押す。

「ああ、お母さんたちはいい」

飴屋とルスバンが走りだす。何かよく判らないが、事態が変ったことはのみこめたようだ。しかもその変化がいいほうへ向かっているらしいことも感じたのだろう。駆け去る二人の足どりが、どことなく陽気に躍っているようだった。

「きのう、明治神宮の外苑で、野球の試合を見てきたんだって……」

級長が尋ねた。事情の説明はみんなが揃ってからになるはずだ。級長はまず野球のことを知りたかったらしい。

「ああ、見てきた。職業野球の連中が、ちゃんとした試合をやってみせてくれたよ。信濃《しなの》町《まち》の駅は焼け落ちたまんまだし、神宮球場はグラウンドのあちこちがぬかっていて、プロが試合をするような場所には見えなかった」

前田は晴れた空を見あげながら言った。級長はその、胸を張って青空を仰ぐ前田の姿勢から、なぜかよく判らないが、新鮮な精気が溢《あふ》れ出してくるように思った。

「先攻は西軍だった。東軍の先発ピッチャーはあの藤本英雄《ふじもとひでお》だった」

級長はそんな名前を言われても、どんな人物なのかさっぱり判らなかったが、それよりも新鮮な精気を発する前田に魅せられて、じっとその言葉に聞き入っていた。

「13対9で東軍が勝った。フェアな試合だった。強くて運のいいほうが勝ち、弱くて運の悪いほうが敗けさ。審判も公平だった。世の中、あんな風なら言うことはないんだ」

「野球って面白いらしいね」

「ああ、面白いぞ。面白い以上に、あれはいいもんだ。戦争に敗けても野球は残った。おい、野球は残ったんだぞ」

青空をふり仰いでいた前田が、視線を地上に戻して級長を見つめた。

「お前らに特攻なんかやらせるもんか。級長、お前野球をやれ。俺が教えてやるぞ」

級長は黙って頷いた。

「実を言うとな、きのうの試合を詳しく喋《しゃべ》ってやりたいんだが、俺にもどれがどの選手なんだかさっぱり判らん。背番号もなけりゃ、選手の名簿もないんだものな。でも俺は野球を見たんだ。日本人が、この東京で、また野球をやりはじめたんだ。アメリカ兵たちも見に来てた。奴らはおとなしく観戦してた。邪魔する奴なんかいなかったんだぞ」

級長は、前田が何かに感動し、自分にその感動を語っていることだけを理解した。そして、それだけで充分級長も感動した。

特攻隊で死に損なった前田が、そんな清潔で若々しい表情を見せたのははじめてだった。何かまったく新しいものが前田の内部に生まれたのだ。

「がんばろうぜ」

級長はなかば無意識にそう言った。前田の目をみつめているうち、そんな言葉が泛《うか》んできたからだ。

「ああ、がんばるぞ」

前田の目が潤み、彼は右手で級長の肩に手をまわすと、また青空に顔を向けた。

焼けビル

お母さんと啓子を中心に、子供たちがそれを取りかこんで、ぞろぞろと秋葉原のほうへ歩いて行ったのは、十一月の二十六日で、彼らはその前日までに、手持の品を全部売り切っていた。

だからその日は上野にいてもすることがなく、ちょうど休日を利用した引っ越しのような具合だった。

が、それにしても、上野から銀座へ移住する彼らの身軽さは、サバサバしすぎていっそ頼りないほどである。

荷物らしい荷物を持っているのは、木製の把手《とって》に布袋をとりつけた買物袋をぶらさげているお母さんだけで、その買物袋はお母さんが地下道へころがりこむ前から持っていた、ハンドバッグに相当するものだ。

お母さんの持物はもうひとつあって、焦茶《こげちゃ》と赤茶の入りまじった大型の信玄袋だ。級長がその袋の紐を左肩にかけてしょっている。

九人で荷物はそれだけだ。

「見ろ、羽黒山が優勝だ、やっぱり」

ゲソがタブロイド版の新聞を手にして言う。彼らは左側の車道を歩いて行くのだが、車は滅多に来ないし、追い越して行く自転車の数もまだそう多くなく、気楽なものだ。

「双葉山が休んじゃったからさ。双葉山がいなけりゃ、誰だって優勝できる」

飴屋が不機嫌な声でそう言う。

「でも、双葉山は引退するんだってさ」

「なんでやめちゃうんだろうなあ」

飴屋は溜息をつく。双葉山は彼らのヒーローだったのだ。

「でも、千代ノ山って奴が出てきたぜ。幕内全勝だ」

「俺《おれ》も前田さんに野球教わろうかな」

前田はこのところ、彼らに会うたび野球熱を吹きこもうとしている。

お母さんは彼らの先頭に立って歩いていたが、ふと足をとめて上野のほうを振り返った。そのため全員の動きがとまる。

「どうしたの、お母さん」

ルスバンが心配そうな顔で訊《き》く。

「ずいぶんお世話になりましたからね、上野駅には」

「そうだなあ」

信玄袋を肩にかけた級長が、しんみりした様子で言った。それでみんな、しゅんとなったようだ。

「四月、五月、六月、七月、八月、九月、十月、十一月……」

ゲソが指折り数えている。

「八カ月だ」

家を焼かれ、親兄弟に死に別れた東京大空襲以来、彼らはそこに住みついていたのだ。悲しみと飢えしかなかったその地下道で、よくも今日まで生きのびたものだという感慨が子供心にもひしひしと迫ってくる。

「ばっきゃろう」

しばらくの沈黙があって、それを破ったのは自嘲とも聞こえる飴屋の声だった。

「疎開のときよりずっと面白かったぜ」

「ほんと、面白かったな」

アカチンも気をとり直したのか、弾んだ声で言う。だが、それに同調する者が出るのを制止するように、級長が厳しく言った。

「おい、これでおしまいってわけじゃねえんだぞ。あしたっからも、俺たちはあそこで稼いで食って行かなきゃならない」

「そうよ」

お母さんが微笑した。

「みんな、がんばりましょうね」

はーい、という声が揃った。

「とにかくこれで地下道ぐらしからはぬけ出せたんです。でも、長いあいだあたくしたちを守ってくれた地下道にお礼を言いましょう。これでお別れというわけじゃありませんけど」

「どうやってお礼するのさ」

アカチンが甘ったれた声を出す。

「級長君、号令をかけて。皇居遥拝《ようはい》のときのように」

級長は信玄袋を下におろした。

「気をつけっ」

みんなは上野駅に向かって直立不動の姿勢をとる。

「上野駅地下道に対し奉り……最敬礼っ」

自転車に乗って通りすぎる連中が、びっくりしたような顔で、最敬礼をする子供たちを見ていた。

その最敬礼がおわる。

「いいのかな」

マンジューが言う。

「俺、皇居にケツ向けて最敬礼したのはじめてだ」

級長も飴屋も、お母さんまでが、それには笑いこけた。

その笑いの中で、何かが弾けとんだ。軍国主義や神国思想のしめつけも外れ、地下道の陰惨さからも少し遠のいた。彼らを過去へ引き戻す力はほとんど消えてしまい、明日へ進むことしか残っていないのだ。

これからはもっと自由に生きられる。……地下道に向かって最敬礼したあと、彼らは一様にそう感じたのだ。

彼らはお母さんや前田を含めた仲間に対する以外、恩義を感ずべき相手がなくなっていた。

「さあ、行こう」

級長は威勢よく信玄袋をひっかついだ。

「銀座にはアメ公がいっぱいいやがるからよ、奴らと喧嘩しねえように気をつけろよ」

ゲソは好奇心が強く、しょっちゅう都内を歩きまわっていたから、銀座方面のことには詳しかった。

「あんなでっけえ連中と誰がやるよ」

飴屋がゲソの注意を笑った。総武線のガードはすぐそこだ。

「ねえ、お母さん」

級長がお母さんのそばへ寄って言う。

「なあに」

「その焼けビルへ行ったら、ご飯作ってくれるって言ったよね」

「ええ、そうするつもりよ」

「金が要るよ。だって俺たち、そこへ行ったって茶碗も箸《はし》も、なんにもありゃしないんだもん。煮炊きする鍋や釜だってないんだろ」

「そうね。着いたらすぐに買い集めなくてはいけないわね」

「何と何が要るのか言ってみてよ」

「そうね。まず火を燃やせる道具が要るわね。かまどとか七輪とか」

「じゃあ燃やす物も要るね。薪《まき》とか炭とか」

「ええ。でもビルの中だから工夫しないといけないわね。煙を外へ逃がすように」

「煙突か……大ごとだね」

「それからお茶碗やお皿。薬缶も要るわ」

「ルスバンのとこへひとつ置きっ放しにしてきちゃった」

「お茶も飲みたいし、おみおつけも作りたいわ」

「あ、包丁にまな板だ。汲《く》んできた水を入れとく物も要るし、柄杓《ひしゃく》も要るね。数えだすときりがないよ、これじゃ」

「とにかく行ってみないと判らないわね。あたくしもまだそこを見たわけじゃないし、どうやって寝たらいいのか、まだ見当もつかないんですから」

「でも楽しいね。遠足に行くみたいだ」

「そうね、これからキャンプに行くみたい気分」

総武線のガードをくぐって岩本町から東松下町の焼跡を突っ切り、新常磐橋《しんときわばし》を渡らずに呉服橋、東京駅八重洲口から鍛冶橋《かじ》と抜け、お母さんと啓子と七人の子供たちが銀座へ入ったのは、まだ朝の九時か九時半ごろだった。

「ここ、何丁目だ……」

アカチンがキョロキョロとあたりを見まわしてマンジューに訊く。

「三丁目かな。よく判んねえや」

「あれが松屋だからこのへんは二丁目のはずだ」

ゲソが残骸のような大きな焼けビルを指さした。

「俺、電車通りへ行って停留所を見てくる」

ニコはそう言い残して走り出そうとした。

「おおい、こっちだこっちだ」

焼跡だから見通しがよく、ちょっと先の道の角で、自転車にまたがった前田が呼んでいるのが見えた。

「おはよう」

アカチンがまっ先にそのほうへ駆け出し、啓子がそのあとに続く。

「どのビル……ねえ、どのビルよ」

アカチンがまるで物をねだるような訊きかたをし、前田は自転車にまたがったまま、すぐそばのビルを指さした。

鉄筋四階建て。小ぢんまりとしたビルで、一階と二階には既に人が入っているらしく、窓がベニヤ板で塞《ふさ》いであり、ところどころに明りとりのためか、ガラスのはまった窓もある。

一階の道路に面した開口部には、四辺に角材をはめこみ、その角材にやはりベニヤ板を打ちつけて、左隅が出入りのためのドアになっていた。

「本多商事」

級長はそのビルに近寄りながら、開口部を塞いだベニヤ板に、右から左へ横書きにされた、大きな黒い字を読んだ。

「おはようございます」

お母さんが前田に挨拶《あいさつ》する。

「どうでした、歩いた感じは」

「そう遠いとは思いません。これなら御徒町まで歩いて通えますわ」

「天気の悪い日は都電を使ったほうがいいでしょうが、都電もすしづめですからね。それにしょっちゅう断線しやがるし」

架線も火をかぶったせいだ。走行中の都電はパンタグラフがのべつ大きな音を発してショートする。架線が切れてしまうことも珍しくない。

「このビルですのね」

「ええ。終戦前は服地の問屋だったそうですが、戦争がおわって、これからまた国民は背広を着るようになるんだと言って、ここの社長は張り切っているんですよ」

「お知り合い……」

「ええ、ちょっと」

「本当にお顔が広いんですのね」

「一階は倉庫とオフィスに使っていて、二階に復員してきた昔からの社員が寝とまりしてます。三階と四階は焼けっぱなしで、まだそのまんまなんですが、三階だけ一応整理しときました。大工の田所が板や角材をもう運びあげてくれました。昼すぎに若いのを寄越してくれるそうです」

「上へあがるのはあそこからですか」

お母さんはビルの向かって右隅を指さした。

「ええ、あがってみましょう」

前田は自転車を幅一メートル半ほどの入口へ引きずりこみ、前輪に錠をかけた上、後輪のスポークに荷台の荷縄を縫うようにして縛った。

「こうしとかないと持ってかれちゃうんですよ。銀座にもこんな連中がいましてね」

前田はアカチンやマンジューを見ながら言った。

「そいつらの巣はどこか知ってる……」

マンジューが訊いた。

「泰明《たいめい》小学校の地下室にいるって話だ」

「わたりつけてこようか」

ゲソが言う。その間にお母さんは階段を登りはじめた。

窓をベニヤ板で塞いだ一階と二階は薄暗かったが、三階へ出るとパッと明るくなった。コンクリートの地肌をむき出しにした壁がのぺっとした感じで四方にひろがり、一メートル半に二メートルといった大きさの縦長の四角い穴が、東と西の壁に三つずつ、南側に四つ、ポッカリと口をあけている。

「思ったよりずっと広いわ。これ、全部あたくしたちだけで使ってよろしいんですか」

「ええ。ただし社長はじきに自分の商売がいそがしくなるはずだと思っています。だからそう長くは使わせてもらえません。春になったら立ちのくつもりでいてください。もっとも、そのころにはルスバンの家《うち》が完成するでしょうから」

その会話をルスバンが擽《くすぐ》ったそうな顔で聞いていて、飴屋がそんなルスバンの背中を、通りすぎながら肱で強めにつついた。

「痛《い》て」

「おめでと、ルスバン」

飴屋は笑いながら道路に面した四角い穴のふちに両手をついて外を眺めはじめる。

「簀《す》の子《こ》がこんなにある。何に使うの……」

ゲソが西側の壁に立てかけてあるま新しい簀の子を見てそう言った。

「田所のおやじに、床をどうにかしてくれと頼んだら、その簀の子を作ってくれたんだ。そいつを並べれば床の代用になるだろう。やっぱり餅は餅屋さ」

「餅が食いてえ」

マンジューが言った。

「餅をそばに入れると旨いんだ」

「力《ちから》そばだろ」

ゲソがそう答えてから、生唾《なまつば》をゴクリと嚥《の》んだ。

「そう言えば、ざるそばなんかちっとも見かけないな。ヤミ市で売りはじめてもよさそうなのに」

「おそばは水をうんと使わなきゃならないからでしょう。でも、ざるそばなんか売り出したら、さぞ長い行列ができるでしょうね」

「お母さん、それいいよ。どこかでそば粉なんか手に入らないかな」

信玄袋を入口の横へ置いた級長が、目の色を変えてそう言う。

「このビルの裏っかわに水道管が首を出してる。社長がとっくに蛇口をとりつけて使っているから、水はそこから汲んでくればいい」

「メーターはどうなっていますか。使わせていただくのなら、お代を払わせてもらわなければ」

「メーターなんてありゃしませんよ」

前田は笑った。そのあいだに、ゲソとニコが簀の子を床に置きはじめた。

「敷蒲団《しきぶとん》は六枚だけ調達できました」

「六枚あれば充分ですわ」

「毛布は夕方までに取ってきます」

「まあ、何から何まで……ありがとうございます」

「俺たちが手伝うことは……」

「今後かっぱらいなんかはしないことだ。お前らはもう、浮浪児じゃないんだから。お母さんの顔をよごすようなことはしちゃいけないぞ」

「はぁい」

全員声を揃えて前田に答えた。

「それから、GIには充分気をつけろ」

「GIって……」

級長が尋ねる。

「アメリカの兵隊のことだ。中にはもう、アメ公という日本語を憶えてしまった奴もいるし、面と向かってバカとかマヌケとか言っても判る奴がいるぞ」

「仲よくするのはかまわないんだよね」

アカチンが言うと、前田はあいまいな返事になる。

「うん、まあそうだが、仲よくなれればの話だな」

「俺、英語習いたいんだ」

みんな目を丸くしてアカチンを見た。

「そうか、アカチンは大学へ行かなきゃなんないんだっけ」

飴屋がパチンと指を鳴らして言った。

「そうか、それじゃこれをアカチンにやろう」

前田はジャンパーの胸ポケットをまさぐりながら苦笑を泛《うか》べる。

「この服もなんとかしなくてはいけないんです。銀座でこれを着てると、ヤンキーどもに目のかたきにされるんでね」

「そうかも知れませんねえ」

「奴らはカミカゼ攻撃に相当怯《おび》えたらしいんですよ」

前田はガリ版刷りのワラ半紙を畳んだ、パンフレットのようなものをとり出してアカチンに渡した。

「なんだ」

なんだ、なんだとみんなアカチンのそばへ集まる。

「米会話集」

「ぎぶみいちよこれいと」

前田が言ってみせる。

「ギヴ・ミー・チョコレート」

「チョコレート……」

「チョコレートをください、という意味よ」

「へえ、お母さんも英語ができるんだね」

「おしりに、プリーズ、という言葉をつけると、もっと叮嚀《ていねい》な言葉になります。ギヴ・ミー・チョコレート・プリーズ。あるいは、プリーズ・ギヴ・ミー・チョコレート」

ギヴのヴの音と、チョコレートの発音の調子が、お母さんの場合にはとてもかっこよく聞こえた。子供たちは、うっとりとした顔でお母さんをみつめている。

「その次に出てるのが、俺は大嫌いなんだ。なんでそんな会話を印刷して教えたがりやがんのかな」

前田がそう言い、すぐアカチンが読んでみる。

「ぎぶ・みい・さむすいんぐ・とう・いーと」

「まあ」

お母さんは顔をあからめたようだ。

「何か食べる物をください」

片仮名で書いた発音の下に、括弧《かっこ》つきでその意味が書いてあり、アカチンはそれを読んだ。

「乞食の科白《せりふ》じゃねえか」

級長が呆《あき》れたように言う。

「ぷりーず……お願い、と言って相手を呼びとめるときに用いる、だってさ」

「ギヴ・ミー・サムシング・トゥ・イート……まさに敗戦国民のためのテキストですわね」

「前田さん、どうもありがとう。俺、これで勉強するよ」

アカチンが礼を言うと、飴屋がふくれつらになった。

「乞食の勉強か、ばかやろ」

「英語は英語だよ。とにかく喋《しゃべ》れるようにならなきゃ」

アカチンは平然としていた。


工務店から職人らしいのが二人きて、四角い穴に角材をはめこみ、そこへベニヤ板を張りつけて塞いでしまったが、東と南に二カ所だけ溝を彫った角材が使われ、やはりベニヤの板ばりながら、なんとかあけしめのできる引き戸がつけられた。

ちょうど一坪分ある正方形の簀の子を敷き並べると、出入口から西側の壁まで、床ができたような感じになり、出入口にも角材をはめて、そこには厚めの杉板を使ったドアがとりつけられた。

リアカーに蒲団を積んだ見知らぬ男がやってきて、子供たちを下へ呼び、六枚の敷蒲団を三階へ運ばせて帰って行く。

そのあとから、今度は自転車にリアカーをつけた前田がきた。毛布とボロのタオル、アルミの薬缶、新品のブリキのバケツ、それに坊主枕《ぼうずまくら》などが、リアカーに積んであった。

マンジューに自転車とリアカーの番をさせ、そんな荷物を三階へ運びおえた前田は、窓を塞いで薄暗くなってしまったビルの中を見まわした。

「隙間風《すきまかぜ》がひどいようなら、もっとボロぎれを持ってきますから、それを窓枠の角材の間につめこんでください。ストーブが手に入るのはあさってごろです。石炭も多少手に入れられますが、燃やす物をできるだけ集めはじめてください」

「炊事の道具や食器などは、あたくしのほうでとり揃えますから」

前田は頷《うなず》き、子供たちに向かって命令するように言った。

「焼けビルだから、便所はあっても使えん。みんな外で適当に用を足すように。銀座の公衆便所はおおむね使用可能だ。ただしお母さんがそこへ行くときは、二人以上で護衛すること。銀座の公衆便所が使用可能なのは、米兵に対する都の配慮だそうだ。つまりそれだけGIが多い。充分に注意すること」

「はいっ」

全員気をつけの姿勢で元気よく答えた。

「お母さんも、不注意な行動のないようご留意願いたい」

「はい」

お母さんも上官から命令を受ける部下のような返事をした。

「ではこれから全員で新橋駅烏森《からすもり》口方面へ出発する。目的は夕食」

わあ、と子供たちが歓声をあげた。

「献立はモツ焼、トン汁、銀シャリ」

沸きたった連中がシーンとなってしまう。

「だいじょぶ……前田さん」

「まかしとけ。じゃあこれから出発する。全員整然と行動すること。いいな」

「はいっ」

入口のドアには南京錠をつけられるようになっている。そんなもの、こわそうと思えば簡単だが、ないよりはマシだろう。

お母さんがその南京錠をかけているあいだに、子供たちは階段をおり、背の順番に二列に並んだ。

マンジューとルスバンが最前列、その次がアカチンとニコ、級長と飴屋、しんがりがゲソ。彼らの先頭に自転車を引っぱる前田。その自転車につけたリアカーに啓子が乗り、すぐうしろにお母さんが歩く。

お母さんの手提袋……つまり木の柄がついた買物袋には、彼らの全財産が入っている。青空市場で稼いだ金だ。

「しゅっぱぁつ」

前田が大声で言い、銀座通りを背に、有楽町のほうへ歩きはじめた。

彼もいくらかはしゃいでいるようだ。

「毛布が十枚、枕も十《とお》ありましたよ」

「必要な分ギリギリでした。毛布はもっと欲しかったんですがね」

そのやりとりを聞いて、最前列のマンジューとルスバンがささやき合う。

「俺たち七人にボーヤとお母さんだぞ。全部で九人じゃないか」

「どうして十人分なんだろう」

「そうだ、バアちゃんの分を入れてるんだな」

「バアちゃん、来るかな」

「あいつのことだから、そのうちひょこっと現われるぜ、きっと」

彼らはもともと八人のグループなのだ。

銀座の雨

窓もドアも閉め切った部屋の中は、ほとんどまっ暗だ。

もっとも、ベニヤ板で塞《ふさ》いだ窓は、もう窓というより板の壁と言うべきだろうし、ビルの三階の、仕切りのないワンフロアーを部屋と呼ぶのも少し妙だ。

が、その夜から、そこが彼らのすまいになったのである。地下道のような公共の場所を不法占拠しているわけではなく、コンクリートの上にじかに寝るわけでもない。

簀《す》の子を並べ、敷蒲団を六枚くっつけて敷き、そば殻をつめた枕に頭をのせて、子供たちは眠りこけている。

熟睡できる状態になれたのは本当に久しぶりなのだ。

蒲団《ふとん》の上で眠ることは贅沢なことなのだ。おまけに一人一枚ずつ毛布までかけていられる。体をまたいで行く奴もいないし、忍び寄って所持品や脱いだ履物まで持って行ってしまう敵もいない。

お母さんも啓子と並んで、子供たち同様、深い眠りにおちている。そのように安眠できることは、快楽の一種だった。

やがてそのまっ暗だった部屋に、塞いだ窓の角材の隙間から、うっすらと外の明るさが洩《も》れ込んでくる。もっと寒さが厳しくなれば、いずれその隙間にボロきれをつめこんで塞がなければならないだろう。

だがようやく安眠できるねぐらを得た最初の日、彼らはそうやって九時すぎまで目覚めなかった。

最初に起きたのはルスバンだった。彼は目がさめると同時に、いきなり毛布をはねのけて上体をおこし、キョロキョロ暗い中を見まわした。

銀座の焼けビルの三階で眠ったことをすぐには思い出せず、いったい自分はどこにいるのだろうかと怪しんでいる様子だった。

となりに寝ていたアカチンも、その動きで目をさましたようだ。

「朝だな」

アカチンは状況を把握していて、窓の隙間から洩れ入る光に目をやってそう言った。

「そうか。俺たちは自分ちで寝たんだな」

「ルスバン、窓をちょっとあけようぜ」

ルスバンは引き戸のついた窓のすぐそばに寝ていたから、そう言われると立ちあがって、そっと引き戸をあけた。

冷たく湿った空気が、かなりぬくもった部屋の中へ流れこむ。

「雨だよ。雨が降ってる」

「どれどれ」

アカチンも立ちあがり、窓から首をつきだすようにして外を眺めた。

風はないが、かなり激しい降りかただ。鉛色の空から、似たような色の焼跡の町へ、雨がまっすぐに落ちてくる。

町には人通りが絶え、雨音のほかには車の音さえ聞こえてこない。

「銀座って、静かなんだなあ」

アカチンがそう言ったとたん、都電が走る音が聞こえ、その音に雨の日特有の、水を蹴《け》散らす車の走行音が幾つも重なった。

「自動車も電車も動いてる。でも静かだよな」

窓をあけたので目がさめたのだろう。ゲソもニコも級長も起きてきて、窓のところに集まった。

みんなじっと外を見ている。感慨深げだ。

「俺たちだけで寝たんだなあ」

「雨が降っても関係ねえみてえだ」

強い雨あしをまるで他人事《ひとごと》のように見ていられる。雨露をしのげる自分たちだけのすまいを持った強味だ。

「いまなん時ごろだろう」

級長がうしろを振り返り、

「飴屋の奴、まだぐっすり寝てやがる」

と舌打ちした。

「飴屋。おい、起きろよ」

部屋の西側の隅に寝たお母さんは、蒲団の上に坐ってみなりを整えている。啓子はまだ寝たままだ。

うーん、と一度寝返りをうった飴屋が、そのままの姿勢で思いきり手足を伸ばしてから首を持ちあげた。

「ああ、よく寝た。こんなにぐっすり寝たのははじめてだ」

「あたくしも久しぶりに熟睡できました」

お母さんは枕もとに置いた手提袋から櫛《くし》をとり出しながらそう言う。

「飴屋、いまなん時だ」

「うん」

飴屋は上着を引き寄せ、そのポケットから腕時計を出して見た。

「いけね。九時半だぜ、もう」

窓のところにかたまっていた連中が、いっせいに振り返って飴屋を見た。

「九時半……もう」

「そうだよ、九時半だ。とまってねえよな」

飴屋は念のため腕時計を耳に当ててみる。

「ちゃんと動いてる。やっぱり九時半だ」

「俺たち、すごく寝坊しちゃったんだなあ」

ゲソが窓ぎわから離れ、簀の子を敷いてないむきだしのコンクリートのところへ行って、徒手体操をはじめた。

「イチ、ニ、サン、シ……俺、元気でたぞ。ゆうべの肉と銀シャリ、旨かったなあ。そいでもって体がとけちゃうくらいにぐっすり眠ってさ。さあ、バリバリ稼ぐからな」

「お母さん、もうひとつの窓もあけていい」

級長が訊《き》いた。

「ええ、お願いするわ」

もうひとつの窓は西側にあり、級長がその窓を引きあけた。

「あら、雨じゃないの」

「うん」

お母さんも、しばらく外の雨にみとれていたが、急に困惑の表情になる。

「嫌だわ……あたくし、雨が降ったときのことを、全然考えていなかった」

「ここにいれば濡れる心配はないよ」

ニコが言う。

「そうか……」

飴屋が立ちあがって素早くズボンをはきながら言った。

「傘とか長靴とかが要るんだ」

今まで、雨が降れば地下道にこもっているだけだった。そんなとき、ふかしイモを売るヤミ屋は、地下道の中へ入りこんできた。

だがこれからは、外へ出て行かねばならない。

「飴屋の奴、ズボン脱いで、パンツいっちょで寝てやがったのか」

マンジューが呆れ顔で言った。

「ばかだな、お前。ここ地下道じゃねえんだぞ。蒲団の上で寝るのにズボンをはいたままのほうがおかしいや」

「そうか……ほんとなら、寝巻きに着がえて寝るんだよな」

ルスバンが笑いだす。

「俺もアカチンも、服着たまま寝ちゃった」

「俺もさ。癖になっちゃってんだよな」

ニコも頭をさげて着ている服を見まわしながら言った。

「イチ、ニ、サン、シ……級長だって服着たまんまだったぜ」

体操を続けながらゲソが言う。

「帰ってきたとき、まっ暗だったもんな」

啓子が起きた。目ざめるやいなや、ピョンとはねるように立ちあがり、

「おはよう」

と、元気よく大声で言った。

「おはよう」

ゲソが体操をやめて答えた。

「おい、みんなこっちへ並べ」

級長が簀の子の外へ出て言うと、みんな怪訝《けげん》な顔で横一列に並んだ。

「気をつけっ。番号っ」

一から六まで、気合の入った声が送られる。

「お母さんに、朝のご挨拶《あいさつ》。おはようございます」

級長がそう言い、みんなが唱和する。

「おはようございますっ」

お母さんはびっくりしたように、蒲団の上で坐りなおし、両手をついて軽く頭をさげた。

「おはようございます」

級長の号令が続く。

「解散。各自蒲団と毛布を畳んであそこへ積んどけ」

六人はガタガタと簀の子を鳴らして夜具を片付けはじめた。

「そんな命令のしかたあるかよ。あそこへ積んどけ、だって」

そんなことを言いながら、あっという間に蒲団と毛布が部屋の隅にきちんと積みあげられる。全員疎開先で集団生活をしてきているのだ。

夜具が片付くと、もうすることがなかった。飼主の様子をうかがう仔犬のように、みんなお母さんをみつめている。

「この降りようじゃ、しようがありませんね。仕入れの連絡もまだだし、御徒町の市場も今日はお休み同然でしょう。今日もお休みということにしましょう」

「はーい」

マンジューが右手をあげた。

「なんですか、マンジュー君」

「おしっこ」

マンジューはそう言うと、ボロ運動靴を突っかけてドアをあけ、部屋を出て行った。

「俺も」

「俺もだ」

ルスバン、アカチン、ゲソ……と、次々に外へ出て行ってしまう。

「お母さん。洋傘《こうもり》をなんとかしなきゃ」

級長が言った。

「困ったわね。市場に傘の修理屋さんはいたけど、傘を売ってる人は一人もいなかったわ」

「そうなんだよね。傘だけは手に入れるのがむずかしいんだ」

「長靴なら売ってるけどな」

飴屋も傘の入手難は認めている。

「兵隊の外套《がいとう》は防水なんだよな。あれを頭からかぶればなんとかなるけどさ……でもここは俺たちの縄張り《シマ》じゃないから、どこへ行っていいか見当つかねえや」

「屋台の様子も見とかなきゃいけないし、俺と飴屋でノガミへ行ってこようか」

「それっきゃないな。有楽町の駅まで突っ走るか」

「省線より地下鉄の方が近いよ」

級長と飴屋はそんなことを言っている。

「お母さん。あんなとこでおしっこしてる」

啓子は裏側の窓から首をつき出して、おかしそうに言った。

「ボーヤ、外へ落ちないように気をつけな」

級長が啓子の姿勢を見て注意する。

「お母さん、お母さん」

階段を駆けあがりながら呼ぶニコの声がした。

「お母さん、トラックの人が呼んでるよ。吉野さんのお宅はここですかって」

ドアのところへ来て、ニコが興奮ぎみにそう告げた。

「吉野さんのお宅だって」

級長と飴屋は顔を見合わせる。

「トラックの人って……」

お母さんは簞の子の外へ出て下駄をはく。

「トラックに乗ってきた人さ」

「下へ行ってみましょう」

と言い、階段をおりはじめる。

「ボクも行く」

啓子があわててそのあとを追った。

「わあ、奇麗なトラック」

ビルの前に黒く塗ったトラックがとまっていた。黒い塗装がつやつやと雨に濡れて光っており、荷台にかけた濃緑色の幌《ほろ》もピンと張ってま新しい感じだ。

「このトラック、新品だぜ」

父親が運送会社でトラックを運転していたというだけあって、ニコが雨に濡れるのもいとわず、黒いトラックのまわりをまわって、丹念に見ている。

型はどうやら陸軍のものと同じだ。ひょっとすると、軍用の新車を手に入れて、ごく最近それを黒く塗りなおしたのかもしれない。

「あのう、わたくしが吉野ですけれども」

お母さんは尋ねてきた男におずおずとそう言った。どんな用件なのか見当もつかず、その上トラックや相手の男の様子が、どことなくものものしいのだ。

黒い革ジャンパーを着た男は三十そこそこの感じで、お母さんがそう言うと、かぶっていたハンチングをぬいで一礼した。

「荷物をお届けにあがりました」

帽子をぬぐと、その男の頭は裾を小ざっぱりと刈りあげてあり、ポマードをつけた髪が黒くつやつやと光っていた。

「どういう荷物でしょうか」

「前田さんというかたから、いつもお受取りになっていたのと同じ荷物です。銀座へお移りになったので、今回からこちらへお届けいたします」

「仕入れだよ、お母さん。仕入れの品だ」

「ああ、それでしたら承知しております。ありがたく引きとらせていただきます」

「三階でしたね」

男は念をおすように言う。何から何まで指示されてきたようだ。

「ええそうです」

トラックの中でそのやりとりをみおろしていた助手席の男が、ドアをあけて手をのばし、ピンと張った幌を握り拳《こぶし》で二、三度叩いた。すると幌の中で人の動く気配がして、うしろの幌がパッと上へはねあげられた。荷台の留め金を外す音が聞こえ、屈強な男が三人、次々に道路へとびおりる。

助手席にいた男がそれに加わって、男たちはボール箱や木箱を荷台からおろし、さっさと階段へ向かうと、三階へ運びはじめた。

二階の踊り場へ荷物を置いて二人が下へ戻り、残りの二人が三階へ持って行く手わけのしかたなど、キビキビしていて隙《すき》がない。

「こっちへ積んでください」

荷物といっしょに三階へ戻った級長が、男たちに場所を指定する。

そのころには、子供たちも作業に参加して、二階まで運ぶ者と、二階から三階へ運ぶ者に分かれている。

お母さんはビルの前で啓子と並び、その素早い荷おろしをみつめているだけだ。

「坊やたち、どいててくれよ」

男の一人がそう言うと、幌の中から鉄のストーブを引きずりだして、二人がかりで重そうに二階へ運びあげた。

「わあ、ストーブだ」

上の連中が、二階の踊り場に現われたストーブを見て歓声をあげる。

「この袋の中身は石炭だ。上へ持って行けるかな」

下では精製小麦粉、と印刷された厚い紙袋が荷台から引きずり出され、

「よしきた」

と、まず飴屋が荷台に背を向けてそれを背中で受けた。上体を折り曲げ、赤ん坊を背負うような形で、飴屋が重そうに一歩一歩階段を登りはじめる。

ゲソとニコがそれをみならってあとに続き、おとな二人が一袋ずつ肩にかついであがっ

て行った。

　その石炭運びがおわると、今度は大きなボール箱が現われる。

「こわれ物だからそっと持って行け」

　運転手が男たちに注意する。どことなく、前田と似た感じのする男だ。軍隊にいれば少尉か中尉といったところだろう。ひょっとすると、もっと上だったのかもしれない。

　その男は誰もいなくなったトラックの後部へまわって、ひょいと幌の中へ入り、外へ顔をのぞかせていた。

「まだ運ぶ物、あるの……」

　ゲソとニコと飴屋がおりてきてその男に訊く。

「あるぞ。今度は坊主たちにも運べる」

　三人はトラックのうしろへ集まった。

　男が荷台の奥から引っぱり出したのは、蓋《ふた》のしていないボール箱だった。

「何だ、これ」

「あ、合羽《カッパ》だ。兵隊の合羽だよ」

「傘もゴム長もある。あ、底のほうに高下駄が入ってる」

　男は幌の中で腰をかがめ、飴屋たちにささやいた。

「さっき運んだボール箱の中に、ひとつだけ赤いマルじるしのついたのがあるんだ。それはあの奥さんじゃなきゃあけてはいけないと言っといてくれ」

「判った。そう言うよ」

飴屋もなんとなく小声で答えた。

革ジャンパーの男は荷台からとびおりると、お母さんに向かって軽く頭をさげ、

「これで全部ですので、自分たちは帰ります」

と言った。

「どうもありがとうございました」

お母さんが礼を言い、上から男たちがおりてきて、一人は助手席、三人はうしろから荷台にとび乗って、幌をおろした。

「ご苦労さまでした」

お母さんが走りはじめるトラックに頭をさげ、飴屋たちも大声で言った。

「どうもありがとう」

トラックが、排気ガスのにおいを残して走り去る。

「お母さん、傘やゴム長をくれたよ。お母さん用の高下駄まで」

箱をゲソと二人で持った飴屋が言い、ニコが、

「早く中へ入んな。濡れちゃってるよ」

と、お母さんをいたわった。

自信と夢

トラックを運転してきた革ジャンパーの男は、お母さんたちがいつも受取っている荷物と同じ物だと言ったが、三階へ運びあげた木箱やボール箱をあけてみると、今までとはだいぶ様子が違っていた。

角砂糖は姿を消し、そのかわりに木箱から現われたのは、ブリキの缶に入った砂糖だった。缶の大きさは石油缶にほぼ等しく、蓋は茶色の帯封でしっかりと閉じてある。

食用油の缶も今までよりずっと数が多い。今まで扱ったことのない、厚い板状のグリコースの塊りも現われた。

「この茶色い缶はなんだろう」

ルスバンがボール箱をあけて茶色い缶を持ちあげ、みんなに見せた。

「食いもんかな」

アカチンもゲソも見当がつきかねるようだった。

だが、飴屋がそれを見て目の色を変える。

「ちょっと見せろ」

ゲソとマンジューが並んだうしろから前へ出て、

「ひゃあ……」

と目を丸くした。

「それ、なんだい」

「これはサッカリンの王様だぞ。ひと缶いくらすると思う……」

みんな答えられず、お母さんまでが飴屋の説明を待ってみつめている。

「モンサントって言うんだ。ひと缶四万も五万もするんだってよ」

「ひと缶五万……」

ニコが素っ頓狂《とんきょう》な声を出す。

「一、二、三、四、五、六、七、八、九……全部で十《とお》あるじゃないか。五十万になっちゃうぜ」

ニコが数をかぞえてそう言うと、みんないっせいに今度はお母さんの顔を見た。

「どうも様子が変ったようですね」

啓子と二人だけ簀《す》の子《こ》の上にいたお母さんは、慎重な口ぶりでそう言った。その足もとには、赤いマルじるしのついたボール箱が口をあけている。

「前田さんにお尋ねしてからでないと、はっきりは言えませんが、今度の仕入れはあたしたちで小売りをするより、卸《おろし》のかたちで売り捌《さば》いたほうがいい品ばかりのような気がするんです。そんな高級なサッカリンを、あの屋台で売るわけには行かないでしょう」

「五万円だと十円札で五千枚だぜ、五千枚。五十万なら五万枚だ」

社会のかたちはまだ戦中、戦前のままだ。青空市場に乱舞する通貨は、ほとんどが一円札、十円札が圧倒的であり、五銭、十銭の小額紙幣さえ流通している。闇《やみ》ブローカーの中には、百円札や十円札をリュックサックにぎっしりつめこんで走りまわっている者もいた。

「小売りより卸のほうが、手がかからないでいいよ」

飴屋はうそぶくように言う。

「じゃあ屋台はどうするんだよ」

アカチンが口をとがらせた。これだけ高額な品物ばかりかかえて卸にまわれば、自分たちのする仕事がなくなってしまう。それを心配しているのだ。

「でも、儲かることはたしかだ。前田さんは、俺たちの為を思って、前より楽に稼げる品を手当てしてくれてるんだろう」

級長がそう言うと、アカチンも沈黙してしまう。そうに違いないからだ。前田の善意を疑う者はもう一人もいない。

「でも、おとなの仕事だよな、こうなっちゃもう」

飴屋はアカチンたちの気持を見すかしたようにそう言った。

「きっと前田さんが来るはずです。すべて前田さんにうかがってから考えることにしましょう」

お母さんはそう言って、ストーブのほうへ顔を向けた。

「とりあえず、煙突をどうするかです。みんなにご飯を炊いて食べさせてあげたいんですけどね」

そのとき、道路に面した東側のベニヤ板に、ドン、と何か当たる音がした。

「なんだ……」

ニコがすぐ南側の窓から首をつきだして外を見た。

「おい、みんないるか……」

外で声がする。

「あ、前田さんだ」

「おりて来て手伝え」

下で前田が呼びかけた。

「自転車で何か運んできたぞ。みんな行こう」

子供たちはいっせいにドアの外へとびだして行った。

ビルの前では、軍用の合羽を着た前田が、リアカーをつけた自転車をとめて待っていた。

「わあ、煙突だ」

「こわさないようにそっと持って行け。それからニコとマンジューはそこでこいつを見張ってろ」

「はい」

ニコとマンジューは、リアカーをつけた自転車の見張り役になる。前田は短いかけ声をかけて、リアカーにかけてあった防水シートを引っぺがすと、

「ゲソ。こいつを持ってけ」

と命令し、自分はその下から現われた麻袋を、ドッコイショとかつぎあげた。

「級長と飴屋。お前たちこれを三階へあげられるか」

「できるさ」

二人は雨の中へとびだし、もうひとつの麻袋の両端を持って、ビルの入口のほうへ横歩きする。

「これ、なんだろう」

飴屋が言い、級長が答える。

「米だよ、多分」

「ルスバン、残りを持ってこい」

前田はそう言うと階段をあがりはじめた。ルスバンはリュックサックを三つと、一升瓶を一本持って、級長と飴屋が重そうに麻袋を運びあげるのを、うしろから見あげていた。

「ルスバン。ハンドルにカンテラがぶらさがってるぜ。あれも持ってくんじゃないのか」

「カンテラ……」

「だってその一升瓶、油臭《くせ》えぜ」

「あ、そうか。持ってきてくれよ」

ニコは自転車のハンドルから、カンテラを外してきてルスバンに渡した。

「今日からストーブも焚《た》けるし、お母さんの作ってくれる飯も食えそうだな」

ニコはうれしそうに言う。

「それに、夜になれば灯りもあるしな」

マンジューはそう言って三階へあがって行くルスバンたちを見送った。

その二人は、誰もいなくなったビルの入口で、雨に濡れる自転車とリアカーを見張るため、しゃがみこんでじっと焼跡の道を眺めはじめた。

「この雨じゃ、銀座の露店も商売をはじめねえみてえだな」

「人がちっとも歩いていねえもん」

二人はその天候を他人事《ひとごと》のように言っている。きのうまでなら、雨が降るたび空に向かってボヤいていたものなのに。

三階はにぎやかだ。

「これ、米だろ、前田さん」

「そうだ。みんなの食いぶちだ。この袋の上へ重ねて置いてくれ」

「米櫃《こめびつ》が要るね、お母さん」

前田は西側の隅へ行って、窓とストーブの距離を見ている。

「これじゃ簀の子の位置が悪いな。ずらして並べなおさなきゃいけない」

前田は簀の子を引き起こしはじめた。

「どうするの、前田さん」

「ストーブを窓のそばへ置くんだよ。それから窓の板に穴をあけて煙突の先を外へ出す」

「それじゃ、窓が開《あ》かなくなっちゃう」

「大丈夫だ。煙突のところまで開けば充分だろう」

前田はブリキで作ったL字型の煙突を持って、位置関係をたしかめはじめた。

「その隅はお手洗いと湯沸室だったようですわ」

「そんなみたいですね。便所も火が入ったから消毒済み同然ですよ。ここへ木箱を置いて燃料置場にしちゃいましょう。大工が便所の窓も塞いでってくれてるな。失敗した……煙突をあの窓から外へ出すようにすればよかった」

「それより、煙突は熱を持ちますわよ。ストーブを焚くと窓の板が燃え出しはしませんか……」

「なに、窓のベニヤが焦げるだけでしょう。そのうち石綿《いしわた》か何かみつけてきますよ。おい、簀の子をどけてここへストーブを運んでくれ」

「よしきた」

級長が威勢よく答えて、みんなでテキパキとストーブを前田が示す位置へ移動させる。

「ルスバン」

「はい」

「カンテラを持ってきてくれただろう」

「ここにあるよ」

「灯油を入れて火をつけてみてくれ。うまくつくかどうかためしてみたい」

「はい」

「簀の子の位置を変えよう。お母さんとボーヤの場所はこっちがいいな。そしてストーブへはドアのほうから簀の子を踏まずに来れるほうがいいから、この線からこっちで簀の子をまとめよう。そうそう、そんな具合だ」

「前田さん」

「なんだ、アカチン」

「さっき外から石を投げたの……」

「そうだ。自転車ごと品物をかっ払われたんじゃ、ことだからな」

「板のとこから下へ紐《ひも》たらしてさ、下からトントンって合図できるようにしようよ」

「そりゃいい。うまい具合に行くかな」

「俺《おれ》にまかして。紐と釘があれば簡単さ」

「お母さん、大工道具があるはずなんですけど」

「ええ、この箱に入ってました。これでしょう……」

「あ、それです。おい、その窓を片一方外してくれ。煙突の穴をあけるから」

「わあ、すぐストーブが焚けるんだね」

「まだだ。今から石炭使っちゃもったいないぞ」

「木箱のあいたのを便所のところへ持って行こう」

「どうするんだ」

「石炭を入れるんだよ。前田さんがそう言ったじゃねえか」

「この袋を置いとけばいいだろ」

「ばか、石炭が便所の穴へ落ちたらどうすんだよ。それこそもってえねえや」

「おい、蒲団《ふとん》をそっちの簀の子へ移さないと、簀の子がうまく並べらんないよ」

三階は急に彼らのすまいらしくなり、子供たちは嬉々《きき》としてそのすまいの形を整えはじめた。

窓に穴があいて、ストーブに煙突がつき、焼けた便所に石炭がしまわれ、湯沸室のあとには木箱が並べられて、いつそこに鍋釜《なべかま》や食器類が置かれてもいいようになった。もちろん米の袋もそこに移される。

一段落したところでお母さんが言った。

「みんな、おなかすいたでしょ」

「うん、腹減っちゃった」

「今日はもうちょっと我慢して頂戴ね。級長君、何人かで御徒町へ行ってくれないかしら」

「買出しだね」

「そう。お鍋やお釜、それにお茶碗なんかを買ってきて欲しいの。もちろん食べる物もね。野菜に魚……なんでもいいわ。あなたたちにおまかせしますから」

「ようし」

級長は目をキラキラさせて張り切った。

「ベークライトのお椀《わん》を売ってる奴がいたぜ。今日も出てきてるといいな」

「それにアルミの皿とかコップとかも売ってた」

「箸《はし》が要るぞ。杓子《しゃもじ》やおたまも」

「塩と味噌と醬油と……油と砂糖なら売るほどあるけどさ」

「リュックをしょって行こう。傘もあるし」

「よし、地下鉄で行くぞ」

級長と飴屋とゲソがリュックサックを背負った。

「俺も行きたい」

ルスバンが両手を合わせてみせる。

「お前は自分ちの様子を見なきゃなんないからな」

級長が頷《うなず》いた。

「屋台のことも組の奴らに念を入れてたのんどけよ」

前田がそう言うと、級長たちは声を揃《そろ》えてハイと答えた。

級長がお母さんから金を預る。

「さあ行くぞ」

四人が出かけ、三階には前田と母子《おやこ》とアカチンが残った。

「アカチン君は有楽町の辺から銀座をひとまわりして、どんな物を売ってるか見てきて頂戴」

「偵察だね」

アカチンは合羽《カッパ》を着はじめる。

「全然でっかいや」

「啓子のズボン吊りにした余りの紐があります。これで胴を縛ってはしょりなさい」

お母さんは信玄袋から、自転車用の荷縄を出してアカチンに渡した。

「新橋へは行くなよ。あそこのことは俺がよく判ってるから」

前田にそんな注意をされ、アカチンも下へおりて行ってしまう。

「前田さん」

「なんですか」

「ちょっとお話があるんです」

「どうぞ」

「この品物はどういうことですの」

「いやあ、まだよく見てないんですけど」

「それじゃ、よくご覧になってください」

お母さんにそう言われて、前田は部屋の西側に積まれた品物を見てまわった。

「なるほど。今までで最高の品揃えですね。これは強力ですよ」

前田はのん気な顔で言った。

「それを青空市場の屋台で売り捌くのは、あたくしの手に余るとは思いません……」

「そうでしょうか」

「子供たちだってそう感じていますのよ。自分たちの仕事がなくなると言って、心配している子もいるんです」

「これは……」

茶色の缶を見て前田が絶句した。

「サッカリンで、モンサントという高級品だそうです。ひと缶が四、五万円もするんですって」

「ええ、知ってます」

「寒さが厳しくなる中で、あたくしが青空市場にいかなくてもすむようにと、ご配慮してくださる方がいらっしゃるような気がしているのですけれど」

前田はその缶を元に戻して、ゆっくりとお母さんのほうへ体を向けた。

「この品物は、ある男のところから流れてきています。その男は復員兵ですから、ひょっとするとご主人の部下だった奴かもしれません」

「お名前を教えていただけますか」

「横尾です。横尾常雄《かし》と言います」

お母さんは首を傾げた。

「覚えのない方ですわ。でもちょっと納得の行かないことがあるんです」

「…………」

「ほう……」

「この赤いマルじるしのついた箱をあけて、中をみたとき、変な感じがしたんです」

「やっぱり、前田さんはご存知ないんですね」

「すみません。奥さんに隠しごとをする気はさらさらないんですが……」

前田は子供たちがいなくなると、お母さんのことを奥さんと呼んだ。

「級長たちをあの境遇からぬけ出させてやりたいと思っていたら、横尾という男と出会ったんです。自分もはじめ、それを偶然だと思っていました。横尾は闇屋で、自分と妙に気が合ってよくしてくれるのだと……」

「あたくしも、あの子たちと力を合わせて生きて行くことが、この啓子やあの子たちの為になることだと気がついたから、盗品でもなんでも売る決心をしたのです。あたくしと啓子は、あの子たちに救われたんですからね。だから、前田さんや、その横尾さんというかたがよくしてくださることには、心から感謝をいたしますし、今後もずっとおすがりしたい気持でいっぱいなのです。でも、ある程度は知っておきたいのです。この箱の中には、あたくしの着る物や、化粧品までが入っているのです。そればかりか、ちり紙や……女でなければ必要のない品までもが……。これは前田さんだけがしてくださっていることではない。……あたくし、そう感じました」

「その通りです」

「このビルを紹介してくださったのも、本当は前田さんではないのですね」

「正直に言って、自分はあなたがたを援助するために、何者かに操られているのだという気がしています。しかし奥さん、自分があえてその操られる身に甘んじているのは、あの連中の力になってやりたいからなんです。空襲が防げず、彼らの家を焼き、肉親を失わせてしまったのは、自分たちのせいなんですから。自分は後輩たちに、体当たりすることを教えた身です。敵に体当たりして死ぬことを教え、後輩の多くは教えた通り死んで行き、自分はこうして生き残っているのです。あいつらの役に立つ機会がなければ、自分は死ぬところでした。いや、今でも死に場所を探しています。しかし、死ぬ前に奴らの役に立ちたいのです。奥さんに手をかす者がいることはたしかなように思います。しかしその力が自分を操るのなら、自分もそれを利用して、あの子たちに人一倍いい思いをさせてやろうときめているのです。奴らにはその権利があるんです。奴らを天涯孤独の境遇に突き落としたのは、開戦を認め、戦争を推進させ、戦闘を続行し、勝利を夢見たおとなたちです。彼ら少国民には何の責任もありません」

「あの子たちがいてくれなかったら、あたくしも死んでしまったはずです。ですから、こうした援助の手を拒否する気持など少しもありませんわ。でも、こうした援助があたくしだけでとどまるのは嫌なんです。もっともっとあの子たちによくしてあげられるのでなければ……。あの子たちの戸籍をなんとかしたいのです。学校へも行かせてあげたいのです」

「それなら心配ありません」

表情を硬くしていた前田がようやく微笑した。

「戸籍のことも、学校のこともなんとかしてやれるはずです」

「まあ……そうでしたの。でもなぜ……横尾という人や、もっとその先にいる人は、何かあの子たちにかかわりを持っているのでしょうか……」

「残念ですが、これ以上詳しくは言えないわけがあります」

お母さんはしばらく前田を見つめ、そして太く息を吐いた。

「そうですね。このままで進みましょう」

二人は合意したようだった。


濡れた傘を手に、ぺたんこのリュックサックを背負った級長、飴屋、ゲソ、それにルスバンの四人が、地下鉄の車内にいる。

「久しぶりにノガミへ行くような気分だな」

電車は満員で、ドアのガラスに顔をおしつけられながら、級長が籠《こも》った声で、となりにくっついている飴屋に言った。

「電車に乗るのが久しぶりなんだよ」

すしづめの車内でドアに体をおしつけられながら、飴屋が答える。

それでもラッシュ・アワーよりはだいぶましなほうなのだ。超満員で走る電車がカーブへさしかかったとき、人間をつめこみすぎて文字通りふくれあがった電車のドアが、その圧力に負けてこわれ、はずれてしまうという事故さえ発生している。もちろんはずれたドアのそばにいた乗客は、みな外へころげ落ちた。

浮浪児になってしまった飴屋たちは、久しぶりに電車に乗ったのだが、それを楽しむゆとりなどまるでなく、押しつぶされまいと必死になっていた。

それでも四人はなんとか上野広小路で地下鉄をおり、住みなれた町へ出た。

雨のせいで銀座は静かだったが、御徒町から上野へかけては、その雨の中で売手も買手もがんばっている。

ベークライトの食器や、鍋釜のたぐいを売っている連中などは、商品が濡れてもかまわない物だけに、いつも通りに品物を並べ、合羽姿や傘をさした客相手にダミ声をはりあげていた。

「さあさあ、落としても割れる心配のない新案特許の食器だよ」

そのダミ声を聞いて飴屋がニヤリとする。

「相変らずいいかげんな口上を言ってやがる」

「このお椀の材料は、あの貴重品ベークライトだよ。熱湯をかけても溶けるなんて心配はいらない。味もなければにおいもつかない。おそれながら天皇陛下におかせられては、防空壕《ぼうくうごう》内のお食事にこれをお使い遊ばしたという、いわくつきのベークライト食器……」

食器屋は自分の前に傘をさした子供たちが並んだのでタンカをやめた。

「あれ、お前ら唐草のお母さんとこの子じゃねえか」

「ほんとに天皇陛下がこいつを使ったの……」

食器屋は声をひそめる。

「ばかだな、本気にしたのか。そんなこと俺たちに判るもんか」

「新案特許も嘘だろ」

「商売の邪魔しにきたのか」

「今日は客だぜ。これみろよ」

ゲソが上体をねじって背中のリュックサックを見せた。

「でけえな。おとな物《もん》だ」

「これ、いくらだっけ」

「三ッ組で十二円」

「お椀が二個と皿が一個か」

「飯用に汁用の椀、それからお菜《かず》用の皿さ」

「お椀はみんなおんなじじゃないか」

「飯用か汁用かは勝手にきめろってえの」

「買うからまけなよ。仲間相場だ」

「今お前たち、客だって言ったじゃないか」

「買いに来りゃ客だろ。仲間の客だい」

「お前らも相当なもんだな」

「サクラになってやっからよ」

飴屋はそう言うと、ベークライトの皿を手にとって、大きな声で通行人に向かって叫んだ。

「あったあった。こいつを探してたんだ。貴重品だぜ、これは」

たちまち十人ほどが足をとめる。貴重品という言葉には、それだけの威力があった。米や砂糖などは貴重品だからだ。

「判ったよ、本気なんだな。で、幾組買うんだい」

「十一組」

すかさず級長が答えた。

「そりゃ上客だ。金はあんのか」

「唐草のお母さんの使いだもん」

食器屋は体を前に乗り出し、

「ほんとか」

とささやく。級長は黙って頷いてみせた。

「じゃあ大まけにまけとこう。三ツ組十一円でいい。お母さんによろしくな」

「いいんだよ。お母さんがまけてもらうなってさ。みんなここのお商売で食べてるんですからね、だって」

「さすがだな。あの人はシャンだし、その上話がよく判ってなさる」

「そっちへまわって金をかぞえるから、こいつのリュックに品物をいれてやってよ。数を間違えないで」

「判ってるよ。仲間をごまかしたりするもんか」

ゲソが食器屋に背を向け、食器屋がそのリュックサックにベークライトの食器をつめこむ。

「はい、百三十二円」

「ありがとよ」

食器屋は十円札と一円札をかぞえる。

「たしかに」

「おじさん」

「なんだい」

「俺にも手柄を立てさせて」

「どういう風に」

「あの大皿三枚、おまけしてくれないか。一枚七円だけど、唐草のお母さんが相手なら五円ってとこだろ」

「ええと……いいだろう。この雨の中を使いに来たんだしな」

食器屋は一枚七円の大皿を三枚、ゲソのリュックサックに追加した。

「さあ次だ」

級長は食器屋の前を離れる。

「あのおやじ、十一円まけるつもりで、二十一円もおまけしやがんの」

級長はそう言ってクスクスと笑った。

「でも、どうして十一人分なんだい。バアちゃんの分をいれても、十人分しか要らないぜ」

ゲソは首をひねっている。

「予備だよな」

飴屋が級長に言う。

「前田さんの分だよ。前田さんだって、お母さんの飯、食いたいだろ」

「あ、そうか。俺たち十一人家族なんだな。唐草組は十一人か」

ゲソが感心したように言った。

「飴屋はゲソを連れて、鍋だの釜だのを買ってくれ。魚焼く網も売ってたはずだぞ」

「七輪も売ってたっけな」

そう言ってゲソはニコニコしている。

「じゃあ炭も要るぜ。そうか、向こう側にマメ炭売ってる奴がいたな」

「なんでもかまわねえから、持てるだけ買って帰ろう。金はあるんだからよ」

飴屋は自信満々の顔で言った。彼らはヤミ市の隅から隅まで知り抜いている。その上、いまではちょっとしたおとな顔まけの金をポケットに入れているのだ。

もう生きる不安など微塵《みじん》もなかった。まだほとんどの日本人が食糧難にあえいでいるというのに、この無法地帯は彼らに生きて行く法を授けたのである。

地下道からヤミ市へ。彼らはまさに無法地帯の申し子であった。この大混乱の時代に、自信満々の顔でいるのも当然だろう。しかも、大げさに言えば、彼らは東京という廃墟にも似た世界で、きのうから一国一城の主《あるじ》となっている。その物資流入ルートは、ベークライトの食器を売っているおやじなど、足もとへも寄れないくらい、高級で大がかりなものなのだ。

そのとき、級長も飴屋もゲソもルスバンも喧騒《けんそう》をきわめる雨の市場で、人々を睥睨《へいげい》するような気分でいた。

その四人は徒歩で銀座へ戻った。リュックサックはふくらみ、両手に持ち切れぬほどの品物をぶらさげて。

彼らが戻ると、お母さんはすぐ食事の仕度にとりかかった。

七輪に火をおこし、味噌汁と焼魚……石油缶を細工したかまどをビルの横に置いてそれに鍋をかけ、イモ入りのかゆを炊く。いずれそこで銀シャリが炊かれる時も来るだろうが、小降りになってから人通りが増え、でんと釜を据《す》えたりしたら人目に立ってしまうのだ。

箸は竹箸。箸の尻を赤く塗った奴だ。ベークライトの食器にその竹箸で、子供たちはお母さんの料理を心ゆくまで楽しんだ。

焼いたイワシに大根おろし、繊切《せんぎ》り大根の味噌汁に梅干しとタクアン。そしてイモがゆ。

「あち……」

「おかゆが熱すぎるよ、お母さん」

子供たちはそんな苦情を言い、お母さんが笑って答える。

「あなたたち、みんな猫舌になっちゃってるのよ。だって、熱い炊きたてのご飯やお味噌汁なんて、ずっと食べてないんでしょう」

「そんならお母さんだっておんなじじゃないか」

「そうよ、あたくしも猫舌になってしまったようね。でも、すぐに治るわ。これからは毎日あたたかい物が食べられるんですからね」

……そしてお茶がアルミのカップにつがれたとき、それを飲んだルスバンが、グズッと鼻を鳴らした。

「どうしたの、ルスバン君」

「これ、本物の煎茶《せんちゃ》だ。上手に、ゆっくりいれたお茶だもんね。おばあちゃんを思い出しちゃったの」

ルスバンは涙ぐんでいた。

平穏な歳末

地下道からの、ほとんど手ぶらと言っていい彼らの引っ越しが二十六日で、天候は晴れ。

焼けビルに落着いた翌日は強い雨が降り、その次の二十八日は雨がやんで、今にも降りそうなまま天候はなんとか一日保《も》ったが、二十九日、三十日とまた小雨が降り続いた。

その間、彼らは仕入れたヤミ物資をかかえこんだまま動いていない。物資を動かすなという警告が、前田からお母さんに伝えられていたのだ。

子供たちも前田が伝えてくるその種の警報は、素直に受入れて、軽挙妄動はつつしんでいる。

なぜなら、いままでにもたびたび青空市場へ警官が大挙して乗りこんでくることがあり、彼らはそういうとき、きまって前田から、

「明日は商売《バイ》するな」

などという警告を事前に受けていたからだ。

どうやら、都内各所に自然発生した青空市場が、本格的なヤミ市化しはじめており、その繁栄ぶりに刺激されたテキ屋集団や博徒たちの間で、利権争奪の紛争が多発しているらしかった。

彼らの紛争と言えば、乱闘事件など、すべてに暴力がからむ。そんなとき、人目にたつ高級品を市場へ出せば、巻きこまれるにきまっていた。

お母さんには、すでに充分な資金があった。二十日や一ヵ月くらい、子供たちと遊んで暮らすのになんの不自由もない。

それどころか、物資をかかえて寝たふりをしていれば、自然に価格があがってきて、急いで売るより儲けは多くなるのだ。

「年末にはきっといろんな物の値段があがるはずです。もう少しおとなしくしていましょう」

お母さんも見かけよりずっと肚《はら》が据《す》わっていて、そんな風にのんびり高みの見物をきめこんでいる。

級長をはじめとする子供たちも、このところひどくおとなしい。場所が進駐軍の兵隊がうようよしている銀座だけに、用心しているのだ。

新聞は、

「飢えと寒さと病気の歳末が来た」

などという見出しで危機感を煽《あお》っている。日本人はみな、多かれ少なかれ栄養失調の状態にあり、風邪などを引いた場合、それによって誘発される余病には厳重な注意が必要だ、というのである。

壕舎《ごうしゃ》生活は、厳冬期にその弱点をさらけ出す。土が凍り、霜が立って一日中消えなくなるからだ。それはまるで、氷詰めの状態を作り出す。そんなところに住んで、しかも栄養失調ときては、元気でいるほうがおかしいくらいだろう。

政府はこの年の越冬に必要な住宅建設の戸数を、四十万戸と発表した。

それに対する当局の住宅建設計画は三十万戸だったが、年末までに完成できたのは全国でたったの二万戸にすぎず、それも全部簡易住宅であった。

しかし、闇《やみ》の請負師に頼んで金を積むと、一週間で立派な家が建った。そうしたいわゆるヤミ建築は、都内ですでに五、六万戸が入居をすませており、全国では約二十万戸がヤミで建てられている。

この年末、都の貸付住宅四百七十戸に対し、二万五千人の人々が申込みに殺到していた。

交通事情の悪化は論外で、上野駅などにはダフ屋、ショバ屋が横行し、そういう徹夜行列組をあてこんだ、あたり屋、が出現して稼ぎはじめた。焚火《たきび》をたいて、それに集まった人々から、ぬくもり代を取る商売だ。

東海道、中央、上信越、東北といった方面の列車がひどく混雑するのは当然だが、都内の交通難も激化する一方で、たとえば日中の午後一時か二時ごろに山手線で発生した、赤ちゃん圧死事件などはそれを象徴する悲惨な出来事だった。

赤ちゃんを背負って外出した若い母親が、超満員の車内で赤ちゃんを圧死させ、過失致死罪で送検されてしまったのだ。

超満員の電車に赤ちゃんを背負って来れば、赤ちゃんが圧死してしまうのは予見できたはずだというわけである。

その時間は午後一時から二時のあいだ……ラッシュ・アワーではなかったのだ。

上野駅では、改札開始と同時に乗客が改札口へ押し寄せ、駅員の帽子が飛ばされるなどはまだいいほうで、改札係は毎日生命の危険を感じながら切符を切っているという有様だ。

こうした状態の解消は、貨車客車、機関車の増加と、石炭の充分な供給、それに社会の衣食住の安定がない限り、とうてい不可能であると、運輸当局は匙《さじ》を投げてしまっている。

それぱかりか、現在の旅客輸送においては、乗客が暴徒化していると認識するしかなく、この問題は乗客の生存権にかかわっているという幹部発言さえあった。

食糧難は言うに及ばないが、たとえば一般市民生活において、ガスの供給は朝五時から七時までの、一日一回きりにとどめられるというひどさだ。

電力供給もまた、停電につぐ停電だ。戦災による送電資材の劣化もその原因に違いないが、ニクロム線電熱器や、簡易パン焼器の普及がそれに拍車をかけている。だから停電はガスのような計画的供給中断措置ではなく、予告のまるでない事故停電だった。

そうした窮乏する年末の都民をみかね、近県から米の緊急出荷が行なわれた。

埼玉県からは八万石、茨城、栃木の両県からそれぞれ二万五千石、千葉県は三万石を温情出荷したが、これらの米はいずれも都が借用する形であった。

だが、社会情勢の悪化は青少年を非行に走らせ、チンピラが町々をのし歩いて、警察は第一次、第二次と、あいついで不良群の一斉検挙に乗り出した。

しかし、非行はチンピラだけではない。この年末、凶悪犯罪が激増した。

練馬では病気中の人妻が自宅で侵入者に撲殺《ぼくさつ》され、金品が奪われた。

芝では復員水兵が腹を刺されて死亡。

田園調布に三人組強盗出没。

新宿角筈《つのはず》ににせ警官二人組出現。

世田谷方面に、食糧が買えると誘い出す手口の強盗が続発。

下谷から神田にかけて横行した、旧陸軍軍服姿の強窃盗団逮捕。

阿佐ヶ谷に日本刀五人組。

平井の質屋に日本刀四人組。

……そして、最も危険で、奇妙な報道のされかたをする事件が連続した。

たとえば鶴見区（横浜市）内に日本刀を持った強盗団が跳梁《ちょうりょう》したが、新聞紙上ではこの犯人たちが、訛《なま》りのある日本語で脅迫したと書かれた。

犯人は外国人……と書くべきところをさしひかえた結果である。

農林大臣の秘書官が乗った乗用車が、四谷左門町の路上で二名の軍服姿の男に立ち塞がれ、ピストルで同乗を強要されたのち、秘書官たちは大木戸派出所前で下車を命じられ、車は翌日道玄坂に放置してあったという事件も起こっているが、新聞はアメリカ兵という五文字をとうとう使わなかった。

交番の警官も生命の危険にさらされている。それは都内のあちこちで、警官に近寄って殴りつけ、気絶させてサーベルを奪うという荒っぽいいたずらが発生したからだ。

ちなみに、警官の常時拳銃携帯は昭和二十五年からである。

大井では通行中の青年が大男にねじ伏せられ、腕時計を奪われるし、板橋では工場の燃料倉庫へ侵入をこころみた賊が、巡回中のMPによって射殺されてしまったり、まっ昼間、疾走してきた自動車から発砲され、通行中の男性が大腿部《だいたいぶ》に貫通銃創を負う事件も起こっている。

その車が米軍の車輌だったり、射殺された者が本当に燃料泥棒だったのかという点は、新聞記事では少しも明らかにされていない。

「三十分間にピストル強盗六件」

そんな見出しで、常磐線亀有《かめあり》駅近くに出没する拳銃強盗団について報道されたが、この事件に対する警察幹部のコメントは、我々の力ではどうにもならない事件だ、ということに尽きていた。

その強盗事件が頻発するのは、なんと葛飾《かつしか》署から二百メートルほどの地点であり、犯人たちは停電した夜になると、きまって姿を現わした。

だが、彼らはピストルを持った三人以上のグループで、警察も手を出すのをためらっているようだったから、付近の住民は手も足も出ない状態になっていた。

そのため拳銃ギャング団は図に乗って、葛飾警察署のまん前で通行人から金を奪ったり、まるで面白がっているように、被害者をすっ裸に剝《む》いて衣服をそこらに放置したりした。

このとき警察は最後の手段として、米軍に支援の要請を行なった。

それにこたえ、米軍はMPの乗った車輛十五台を出動させ、治安の維持に当たってくれたが、近くには米兵がさかんに出入りする慰安所があり、MPが大挙出動したことは、犯人たちの正体を暗示している。

付近住民はMPの出動以前から自警団を組織していたが、犯人たちはその自警団の集会所にまで現われて、ピストルで脅迫する始末だった。

結局、白昼ジープで通りすがりの女性を襲い、誘拐するという事件にまでエスカレートして、犯人たちは自警団に尾行され、亀有慰安所でMPが彼らを包囲し、逮捕された。

このような武装強盗団の出現で、東京は無警察状態に陥ったが、実際にはこのような極端な事件を引き起こしたのは、すべてアメリカ兵たちであって、米軍憲兵司令部のO・S・フォーリン司令官は、都民に対して正当防衛の権利を認めるという声明を発した。

銀座の焼けビルで越冬をはじめた級長たちが、ひどくおとなしくしていたのは、こういう背景があったからだ。

GHQは、クリスマス休暇中の行動を自粛するよう、ラジオで兵士たちに、繰り返し呼びかけたし、MPのパトロールも強化させた。

GI《ジーアイ》は一方でそのように危険な存在だったが、一方には底抜けにお人好しで陽気な連中もいて、アカチンなどはアメリカ兵のガイド役をして、結構いい稼ぎになっていた。

そして、前田の警告は今度もみごとに的中した。

十二月十五日、警視庁は大量の警察官を動員して、上野駅地下道の一斉手入れを行なった。主な対象は浮浪者で、逮捕、収容された浮浪者は二千五百余名にのぼった。

前田の警告に従って焼けビルにじっとしていなかったら、何人かはその浮浪者狩りで施設にとじこめられなければならなかっただろう。

ともあれ、昭和二十年の年末、級長たちはおとなしく銀座の焼けビルにたて籠《こも》って、さしたる事件には巻きこまれずにいる。

だが、彼らの安穏な暮らしとは裏腹に、社会はますます混乱の度を深めている。

たとえば、預金の引出しが歳末を控えて激増し、郵便局や銀行などは、現金不足で悲鳴をあげていたし、海外からの引揚げが進んで、東京の人口は増加し続けていた。

この年末までに外地から帰還した人数は約四十万人。なお海外に残されている者三百五十万人。そして毎日平均五千名が日本の土を踏んで故郷に戻っている。

そのため失業者の総数は約三百四十万人。

駅はますます混雑し、ガス、電力の供給は細り、食糧難、住宅難に拍車がかかる。

だが焼けビルの級長たちは、そんな生活苦とは無縁でいられた。

十二月二十八日晴れ。二十九日晴れ。三十日晴れ。三十一日晴れ……。

的中率は低かったけれど、大晦日《おおみそか》の午後に発表された天気予報では、

「東シナ海ニ移動性高気圧アリ。元旦、北ノ風晴レ、次第ニ雲ヲ増シ、二日ハ小雪カ小雨

ノ模様」

とある。

お母さんにも子供たちにも、昭和二十年は苦難をもたらす年だったが、歳末はなんとか平穏に、飢えもせず越すことができたようである。

焦土と人間

マンジューが焼けビルの階段を、焦茶色《こげちゃ》の棕櫚《しゅろ》箒《ぼうき》で一段一段叮嚀《ていねい》に掃きおろしている。

銀座通りにずらっと並んだ露店の中には、そんな物を売る者もいて、マンジューは自分の金でその箒を買ってきたようだ。

「おい、マンジュー」

下でおとなの声がする。

「あ、前田さん」

前田は二階の踊り場で、階段から少し離れて上をみあげている。

「ちょっと掃くのをやめろよ」

踊り場の窓からさしこむ光の中で、舞いあがった砂埃《すなぼこ》りが渦を巻いているようだ。

「ごめん」

マンジューは掃除の手をとめて前田を見おろした。

「部屋の大掃除はとっくにすんじゃってさ、もうすることねえんでやがんの」

前田はトントンと爪先《つまさき》だって階段をあがりはじめる。

「いい箒だな」

マンジューの横をすり抜けるとき、前田はそう言ってマンジューの肩を軽く叩いた。

「こんちは」

前田は三階のドアを細くあけてそう言い、

「いるな、みんな」

と、ドアを大きく引きあけて中へ入った。

「こんちはなんて、よしなよ前田さん」

ゲソが言った。簀《す》の子《こ》の上にあぐらをかいて、そのあぐらの前に洗いざらしの白い綿のソックスが積んである。横には鋏《はさみ》とネルの切れっぱし。手には白い糸を通した縫い針を持っていた。

「なんでだよ」

前田はストーブのそばにいるお母さんに軽く頭をさげ、お母さんもゆっくり頭をさげてみせている。

「自分ちへ、こんちはって入ってくる奴《やつ》はいねえよ」

前田は苦笑しながら、持ってきた大型のトランクを簀の子の端に置いた。

「自分ち、か。そうだな、ここはさしずめ俺《おれ》の実家ってことか。それよりお前、靴下のつくろいをしてるみたいだが、ちゃんと縫えるのか」

お母さんがゲソにかわって言う。

「上手なんですよ。びっくりしましたわ」

ゲソは照れ臭そうな顔になった。

「本気でやったことなんかないんだよ。いつも遊びでいたずらしてただけなのさ」

「こいつん家《ち》、洋服屋だったんだってさ」

そばでアカチンが言う。

「ほう、洋服の仕立屋か」

「そう。俺ん家、吉田テーラー」

「それじゃ針くらいいたずらしても当然だな。どうでもいいけど、みんな妙にさっぱりした顔してるじゃないか。それにこの部屋、いい匂《にお》いがする」

前田はそう言って、級長、飴屋、ニコ、といつもの顔ぶれを順に見た。

「きのうみんなで竹町《たけちょう》の銭湯へ行ったんだよ。都電に乗ってさ」

ニコが言う。

「お母さんがあの風呂屋《ふろや》へ砂糖をちっとばかし持ってったから、俺たち顔なんだ。一人一円ッ払うと、裏から営業前に入れてくれるんだよ。気分いいぜ、誰もいなくて」

「あ、そんなテがあったか。じゃあ俺もそのテを使うか」

「今日はもうダメだよ。大晦日《おおみそか》だもん。風呂屋じゃなくてイモ屋になっちゃってる」

飴屋がそう言い、ゲソとアカチンが笑った。

「いい匂いがするのはそのせいか。上等な石鹼《せっけん》を使ったな」

「うん、進駐軍の石鹼さ。露店《サンズン》で売ってんだよ」

「ルスバンがいないな」

前田は道路側に積みあげた荷物を背に、からの木箱を横にしてその上に腰をおろした。

飛行服の胸ポケットから、ラッキーストライクを出してひょいとひと振りし、切り口からとび出したタバコをくわえた。

「かっこいい……俺もやってみたい」

「ニコは禁煙中だからダメ」

飴屋ががらかった。前田がジッポでタバコに火をつけると、啓子が簀の子から出て木のサンダルを突っかけ、前田のそばへ行った。

「灰皿よ」

アルミの灰皿を前田に渡す。

「前田さん用に買ったんだから」

「そりゃありがとう。ボーヤにおみやげがあるんだ」

「なになに、ねぇ、おみやげなあに」

啓子は前田にまつわりつき、前田が尻を動かして少し場所をあけると、木箱に並んで腰かけた。

「いまお茶をいれますから」

お母さんが七輪の薬缶に手をかけながら言った。その七輪から薄青い煙が立ちはじめている。

「おや、懐かしい匂いだな」

前田は顔をあげて言った。

「級長君が薪《まき》を売る人に出会って、買ってきてくれたんです。そうしたら、その薪の束の中に杉葉《すぎば》が入っていましてね」

「ああそうか。これは杉葉の匂いだ」

「お香《こう》がわりになるでしょ……」

前田は笑った。

「そうか、お香ねえ。そんなもの、すっかり忘れてましたよ。いくらヤミ市でも、お香までは売っとらんでしょうなあ」

「贅沢品《ぜいたくひん》すぎますからねえ」

「で、ルスバンは……」

「あいつ、御徒町《おかちまち》へ行ってる」

アカチンが答えた。みんなもう、年内にするべきことは全部やり尽したという様子で、所在なげに寝そべったりしていた。

「焼跡の大掃除をやるんだってさ」

「ルスバンらしいじゃないか」

「手伝ってやろうかって言ったら、俺一人でやるからって」

級長がそう答え、隅に積んだ蒲団《ふとん》に寄りかかろうとした。

「ダメッ、蒲団に寄りかかっちゃ」

アカチンが厳しく言った。

「あ、ごめん」

級長は首をすくめた。

「積んだ蒲団に寄りかかっちゃいけないんだよね、前田さん」

「そんなこと、誰に教わった」

「お父さん」

「そうだ、積んだ蒲団に寄りかかっちゃいけないぞ」

前田は笑いながら言う。

「あのね、今日屋上でお蒲団乾したの。だからふっかふかなのよ」

啓子が前田に寄りかかって、甘えた口調で言った。

「いい天気だったからな」

「前田さん、今日これからどこかへ行くの……」

級長が尋ねたとき、マンジューが箒を持って戻ってきて、直立不動の姿勢になる。

「階段掃除、完了しましたっ」

「ご苦労」

前田がふざけて調子を合わせた。

「今日はもう俺もすることがない」

「じゃあここで、一緒に年越しをしてくれる……」

「年越しか、それもいいな」

「わあ」

子供たちがはしゃぎだした。

「お母さん。下でいっぱいお湯沸かしていいかな」

「いいけれど、どうするの……」

「お湯をジャンジャン沸かして、バケツで屋上へ運んで、前田さんの体を洗っちゃうんだよ。前田さん、きっとろくに風呂なんか入ってないだろ。あしたは元日だからさ」

お母さんは前田を見て微笑した。

「それはいいことに気がつきましたね。前田さん、そうなさったら……」

「ええ」

前田は気乗りがしないような返事をした。級長は湯沸室だった部屋の隅の仕切りの中から、釜を持ち出して下へおりて行く。バケツをぶらさげ、薪の束をひとつ脇にかかえて飴屋がそのあとに続き、ニコもマッチ箱をカシャカシャ振りながら出て行った。

「みんないい子たちですわ」

「屋上にたらいが置いてあるのよ」

啓子が得意そうに言った。

「お洗濯や行水もできるの」

「行水……」

前田はお母さんの顔を見た。

「気をつけてくださいよ。寒いんだから」

お母さんは口に手を当てて品よく笑った。

「夏になったら行水もできるわねって、この子に言っただけですよ。この季節に行水はできませんわ」

「でもあいつらは俺に行水させようとしてる」

前田は少しふくれっつらになって言った。それが妙に子供っぽく、お母さんが声をあげて笑った。

「あの子たちはみんな前田さんが好きなんですよ。あなたに何かしてあげたくてうずうずしてるんです」

お母さんはそう言って、白無地の湯のみ茶碗に、青い急須《きゅうす》で茶をついだ。

「ほう、瀬戸の急須がありましたか。だんだんここも本格的になりますね」

「急須も湯のみもひとつだけです。探せば戦前のいいお茶道具を売りに出している人もたくさんいるでしょうけれど、贅沢は敵ですから」

お母さんは戦時中の標語を口にして笑った。

前田は木箱から腰をあげ、簀の子の端へ移って半長靴《はんちょうか》を脱ぎはじめた。

アカチンがその足もとをじっとみつめている。

「あれ、新品の靴下はいてやがんの」

「けさおろしたんだ」

アカチンはどうやら、ゲソがつくろった靴下をプレゼントしたかったようだ。

お母さんが簀の子の端にあぐらをかいた前田にお茶をすすめ、前田は目をとじてそれをじっくり味わっていた。

「旨《うま》い。本当に旨いお茶だ。こういうお茶の飲み方をすると気分が落着いてきます。やはり自分も日本人なんですなあ」

「本当にザワザワした世の中で……でも、おかげさまであたくしたちは、いい新年を迎えられそうです」

「ねえ、前田さん」

ゲソが真顔で言う。

「なんだい」

「地下道の狩込みのこと、どうして知ってたの」

前田はニヤリとして、

「これだよ」

と、右手で右の耳たぶを引っぱってみせた。

「それ、なんのことよ」

アカチンが尋ねる。

「地獄耳ってことさ」

「警察《サツ》とツーカーになってるの……」

マンジューは畏敬のまなざしで前田をみつめている。

「とにかく俺たち、前田さんのおかげで助かったよ。折角こんないい家《うち》に住めたのに、ノガミで狩込みに遭《あ》っちゃかなわねえもんな」

そのとき、階段をあがってくる足音と声が聞こえた。ビルの中だから、そういう物音は洞穴の中のようによく響く。

「三階だよ。よくここが判ったな」

それは飴屋の声のようだった。

「誰だろう」

アカチンとマンジューが顔を見合わせた。

「ははぁん、俺判ったぞ」

ゲソがそう言って立ちあがった。

「バアちゃんに違いない」

そう言うと、アカチンとマンジューも立ちあがる。簀の子がカタカタと鳴った。

「おい、珍しい奴が来たぞ」

ドアをあけて飴屋がそう言い、そのあとからバアちゃんが姿を現わした。

「よう。どうも……」

ポマードこってりのリーゼント・スタイルで、青白く光るような感じのズボンをはいて、灰色の革ジャンパーのポケットに両手を突っこんでいる。

「やっぱりバアちゃんだ」

「かっこいいじゃないか。どうしてたんだ」

アカチンたちがうれしそうに迎えた。

「お母さん、ごぶさたしてます」

意外にもバアちゃんは、お母さんにきちんと挨拶した。ポケットから両手を出し、腿《もも》の脇にその手を軽くそえて、品のいいお辞儀のしかただ。

「よう」

前田はトランクの錠をいじりながら、顎《あご》をしゃくった。

「お世話になりました」

バアちゃんは前田にも頭をさげる。

「へあ、前田さんとつながってたのか。それじゃここへまっすぐ来れるわけだ」

飴屋はおとなっぽい態度でバアちゃんと前田を見くらべている。

「ここへ腰かけていいかな」

バアちゃんは前田が坐っていた木箱を見て言う。

「かまわないけど、靴ぬいでこっちへあがったらどうだい」

前田が言った。

「へえ、いい家《ヤサ》でやがる。豪勢な品物かかえて」

バアちゃんは内部を見まわしてつぶやいた。

「どうしてたんだい」

飴屋はドアをしめ、その横の壁にもたれて尋ねた。左手を腰にあて、右手をぶらんとさげて、右足を軽くあげて左足首のあたりで交差させているところなど、いっぱしの愚連隊風だ。バアちゃんが現われると、対抗上すぐそんな姿勢になってしまうらしかった。

「パクられてよ、前田さんに出してもらったんだ」

「なんでパクられたんだ」

「倉庫破り」

前田が口をはさむ。

「復員兵グループが、隠匿物資専門に狙う倉庫破りをしてたんだ。バアちゃんはそいつらに使われてた。でももう、あいつらとは手を切ったんだよな」

「うん。あいつらみんな、どこかへ送られちゃって、一人も残ってない」

アカチンが目を丸くしている。

「送られたって、どこへさ」

「懲役」

ふうん……と、アカチンは感心したようにバアちゃんをみつめた。

「俺ももうちょっとで感化院へ行くとこだったけど、前田さんが手をまわしてくれて助かった」

前田はトランクの口金をパチンとあけ、中から何か出して、

「ほら、ボーヤ。おみやげだよ」

と、啓子に手渡した。幼児用のコンビネーションの肌着とコーデュロイのズボンにズボン吊り。そして黄色いセーターと小さなハンチング。

「きっと似合うと思うよ」

「わあ、ありがとう」

「あしたはお正月だから、あとでお母さんに着せてもらいな」

「うん」

啓子はそれをかかえてお母さんのそばへ行き、しきりにサスペンダーのつけ方をためしはじめる。

「どうしてすぐみんなのところへ戻らなかったんだ」

前田がバアちゃんのほうへ顔を向けて言った。

「すんません」

バアちゃんはペコリと頭をさげた。その様子が他の七人よりだいぶおとなびている。

「バラック建てるとか言って、みんなお母さんを助けて一生懸命稼いでるのに、俺だけよそで好き勝手してたから、手土産《てみやげ》がなきゃどうにも帰りにくくってさ」

「ほう」

飴屋が皮肉な笑いかたをした。

「じゃあ手土産ができたってわけだな」

「ああそうだ」

バアちゃんはジャンパーの内ポケットへ手を突っこんで、白い大きめの封筒をとりだした。

「こいつだよ」

飴屋は封筒をさし出されて壁から背中をはなし、バアちゃんに近づいて封筒を受取った。

「印刷用紙割当《わりあて》許可証……」

バアちゃんは封筒から引き出した紙の字を読んだ。

「なんだ、これ」

「別なのもある」

「製紙用原木《げんぼく》割当証……左記の者に製紙用原木を、政府指定の製紙工場へ移送することを許可する。ひとつ、数量……。なんだよこれ、あとは白紙じゃねえか」

「でもみんな役所のハンコが捺《お》してある。あとは好き勝手に書き入れればいい」

前田は鋭い目つきになって、飴屋のほうへ右手をさし出した。

「それ見せろ」

飴屋がその紙と封筒を手渡す。

「バアちゃん、これをどうやって手に入れたんだ」

「麹町《こうじまち》の焼跡へ行ってみたら、昔から俺ん家《ち》へ出入りしてた奴が、おやじの部屋のあったあたりに花を立てて、線香に火をつけて拝んでやがんのよ。墓参りのつもりだったんだろうな。で、俺が声をかけたらびっくりして飛びあがりやがんのさ。俺もあのとき死んじゃったもんだと思ってたんだな。それからしばらくその男の家《うち》へ厄介になってた。商売はうまく行ってるみたいだったけど、やっぱりそいつんとこも住宅難でさ。それに俺、ヒロポンが切れると少し暴れちゃうんだ。あんときは檻《おり》から出してもらったばかりで、調子よくなかったんだよな。だから居辛くなって、そいつの工場のほうに寝泊りしたんだけど、ある日やくざみてえのが来て、そいつをしめあげはじめるじゃねえか。そいでもって、俺は鉄棒でそのやくざみてえ奴らをブチのめしてやったら、社長が俺に逃《ふ》けろって言うんだよ。仕返しに来るといけねえからって。それで、それをもらって出てきた」

「バアちゃん、これが何だか判ってんのか」

「金目のもんだよ。本や雑誌はめちゃめちゃ売れるからな。出版社は紙さえあれば紙幣《サツ》を刷ってるのとおんなじことだ」

「その、お前の家へ出入りしてた人ってのは、何の商売をしてるんだ」

「おやじが引き立ててやった印刷屋さ。品川のほうに工場があって、うまく戦災に遭わなかったから、今はいい景気らしいぜ」

「印刷屋か……」

前田はその白紙の証明書のような紙をめくって、しきりに頷《うなず》いている。

「なんですの、それは」

「自分もこの方面のことは詳しくないんですが、印刷用紙が手に入ればえらい儲《もう》けになるそうです。ひょっとすると、これは大変なしろものですよ」

「それ、どれくらいの金になるんだい……」

飴屋が前田に尋ねる。

「白紙同然だからな。この業界のことがよく判らないと見当もつかないが、多分これ一枚で何十万円という取引になるだろう」

「すっげえ」

アカチンが大きな声で言った。

「手土産にはちょうどいいと思ってさ。それで勘弁してくれよ。俺も仲間に入れてくんないか」

バアちゃんが左手を顔の前へあげ、片手拝みをして言った。

「ばか言うんじゃねえよ。バアちゃんはずっと俺たちの仲間だ。みんな帰るのを待ってたんだぜ。飯の茶碗や箸《はし》も、寝るときの毛布や枕だって、ちゃんとバアちゃんの分がとってあるんだ」

バアちゃんは顔をあげ、お母さんを見つめた。

「ほんと、それ」

「ええそうですよ。あなたはいつ帰ってきてもよかったんです」

バアちゃんはガクリと首をたれ、前かがみになった膝《ひざ》へ両方の肱《ひじ》をのせると、両手で顔を掩《おお》った。泣いているらしい。肩が震えはじめていた。

「バアちゃん、これは俺が預るぞ。いいな」

前田が言い、バアちゃんは両手を顔にあてがったまま頷いた。

「お母さん。我々もこれで少しはあいつに借りが返せそうです」

前田は横尾のことを言ったのだが、それが通じるのは今のところお母さんだけである。

「ああ、それはいい考えですね。前田さんだって、そんな大きな値打ちのある割当用紙を上手に捌《さば》くのは大変でしょうし」

「そうなんです。あいつなら目の色変えてとびつくはずですよ」


「飴屋……お湯が沸いたぞ」

下から級長が呼んでいる。

「おい、お前ら出てこい。屋上までバケツリレーだ」

「よしきた」

ゲソとアカチンとマンジューが、威勢よく答えると、それぞれ履物を突っかけて外へと び出して行く。

「バアちゃん、もうよそへ行くなよ」

飴屋は外へ出るときドアのところで振り返り、そう言ってからバタンとドアをしめた。

「行水か……」

前田は憮然《ぶぜん》としてつぶやいたが、気をとり直すようにトランクから紙包みをとり出し、ガサガサと音を立てながらお母さんのそばへ行った。

「これ、よかったら着てください。正月の晴着、ってほどのもんじゃありませんが」

「まあ、あたくしにまで。ありがとうございます。よろこんで着させていただきますわ」

お母さんはその紙包みを受取って開きながら、

「ねえ前田さん。今日は大晦日ですし、どこかへみんな揃って初詣《はつもうで》に行きませんか。お天気もよさそうですし」

「はあ……初詣ですか」

「観音さまなんか、どうかしら」

「焼けちゃってますよ。二天門しか残っていません。草ぼうぼうで」

「じゃあ氷川《ひかわ》さまか山王《さんのう》は……」

「夜中でしょう、行くのは。あの辺はGI《ジーアイ》がウヨウヨしてますよ」

「じゃあ明治神宮……もいけませんね。アメリカ軍の基地があるし」

「二重橋、なんてのはどうですか」

前田はそう言って乾いた笑い声をあげた。

「そうそう、子供たちがここをなんと呼びはじめたかご存知……」

「この部屋をですか」

「ええ」

外では階段を登りおりする足音がしている。

「なんと呼んでるんです」

「キャンプ、ですって」

「なるほどね。アカチンなんか、もういっぱしＧＩに話しかけたりするそうだから」

啓子が立ちあがり、胸を張って言った。

「ここはボクたちのキャンプよ」

「キャンプって、どういう意味だか知ってるのかい」

「おうちのこと」

「違うんだよ。兵営のあるところさ。つまり基地だよ」

バアちゃんが顔をあげた。もう涙の跡はない。

「キャンプ唐草」

前田はそれを聞いて笑った。

「なんだ、バアちゃんも英語を覚えはじめたな」

「サンキュー・ベリマッチ」

お母さんが啓子にタオルと石鹸箱を手渡す。

「はい、これ」

啓子がそれを前田にとりついだ。

「シェーバーはあいにくなんですのよ」

「自分が持ってます」

バアちゃんがお母さんに尋ねる。

「なに、シェーバーって」

「かみそりのことです」

「なんだ、お母さんも英語を覚えはじめたのか」

前田は白い柄のついた剃刀《かみそり》と石鹸にタオルを持って立ちあがり、バアちゃんのそばへ行くと、コツンと頭を拳《こぶし》で叩いた。

「こいつ、生意気言いやがって。お母さんのは学校で習った本式の英語だぞ」

「よせよ」

バアちゃんはすぐ、ジャンパーのポケットから櫛《くし》をとり出して髪を撫《な》でつける。

「すげえな、お前の頭。ベトベトでやがる……。お母さん、寝るときこいつの枕をなんとかしてやらないと、ポマードでギトギトになっちゃいますよ」

「あら、それは困ったわね。新聞紙でも枕に巻いておいてあげましょうか」

「うん、俺、いつもそうしてるんだ」

バアちゃんはケロリとしてそう答え、前田はなぜかトランクをぶらさげて部屋を出て行った。

屋上には階段室があって、平らな屋上にそこだけ四角い箱がつきだした恰好になっている。

その階段室へお母さんの洗濯だらいを据《す》えて、前田は子供たちが補給してくれる、釜三杯分の湯で体を洗っていた。

屋上から水を捨てれば、排水は簡単だ。水は各階のトイレの位置に当たる両側の隅にある排水口へ、溝をつたって流れて行き、そこから壁の内側を貫く鉄管で一気に下へ流れ落ちる。

前田は少ないお湯で要領よく髪も洗い、ひげも剃《そ》った。

子供たちはみんな部屋に集まって、久しぶりに会ったバアちゃんを囲んで喋《しゃべ》ったり、お母さんの料理の手伝いをしたりしていた。

そこへヘルスバンが帰ってくる。

「やあ、バアちゃん、帰ってきたね」

「うん。御徒町へ行ってたんだって……」

「そう。うちの大掃除さ。あしたは正月だもんね」

級長が尋ねる。

「あっちはどんな具合だ」

「どうもこうもないよ。大晦日だってんで、市場は値段がてんでんばらばらになっちゃってる」

「へえ……」

「食べ物は倍だよ。なんでもかんでも倍になっちゃってる。中には倍以上の値をつけてる奴もいたぜ。でも、そのかわり、食えないもんは全部値さげで、まるで叩き売りみたいだ。でももう、コメなんかひと粒もないってさ」

「誰でも正月くらい銀シャリが食いてえもんな」

「子供たちを連れて、必死に食い物を探しまわってたおばさんがいたよ。可哀そうになっちゃった。イモも米もメリケン粉も、おとついあたりから影も形も見せなくなってるんだって。金があったって、なんにもなりゃしないのさ」

「今はモノの時代なんだよ。金なんかいくらためこんだって仕方ないのさ」

ニコがルスバンにあいづちを打つと、飴屋がバアちゃんの肩に手を置いて、自分のことのように威張った。

「でも今日、バアちゃんが持ってきたくらいの話になると、そうとも言えねえぜ。何しろ紙きれ一枚で何十万円って値打ちがあるんだからな。今だってそのくらいの大金になれば、食うに困るってことはない」

「へえ、紙きれ一枚で何十万円……ほんとか」

「ほんとだよ。前田さんがそう言ってたもん」

お母さんが顔をあげた。

「その話は外でしてはいけませんよ。判りましたね」

「はぁい」

飴屋が首をすくめて答えた。

「日が暮れたらご飯を炊きますからね。仕度をしておいて頂戴」

「もういつでもいいよ。お湯沸かしたとき、ついでに仕度しといたから」

「お母さん、さすがに餅はどこにも見つからなかったね」

ゲソが残念そうに言った。

「そうね。でも当たり前でしょう。白いご飯食べられるだけでもしあわせなんだから」

「よし、俺、来年は絶対うちで餅を売ってやろうっと」

ルスバンが重大な決意表明をした。

「買うんじゃなくて売るのかよ」

　アカチンがからかう。

「そうだよ。だって俺ん家《ち》、和菓子屋だぜ」

「あ、そうだったな」

「来年はあそこに立派な二階家が建つんだもん、ちゃんと商売しなくちゃ」

「でもさ、いまどき正々堂々と菓子売ってられるのかな」

「菓子家が菓子売んなきゃどうするのさ。ヤミで売るんじゃないんだぜ。昔っからの場所で、ちゃんとした建物の中で売るんだもん、ヤミなんかじゃないよ」

　ニコと飴屋が遠慮のない笑いかたをする。

「ルスバンはどうもよく判ってねえみてえだな。ちゃんとした店で、菓子屋の看板あげて売ったって、ヤミはヤミなんだぞ」

「どうしてさ」

　ルスバンは口をとがらす。

「米も砂糖もうどん粉も小豆《あずき》も、みんな統制品で、勝手に仕入れたり、それをこねて菓子にしたりはできねえのさ。売ればヤミだってんでパクられちゃうよ」

「お菓子屋にはちゃんとお菓子屋の配給があるんですよーだ」

「ばか、配給なんか当てにできるかよ。配給がきちんきちんと来りゃあ、誰もヤミ米やヤミイモなんか買わねえさ」

「そうかなあ」

「でもお前は自分家《ち》で餅を売れるぜ、きっと。ヤミ餅だけどさ。そんときは俺たちが見張《シキテン》りをして《きって》やるよ。経済《けいざい》警察が来る前に客を帰して餅を隠しちゃえばいい」

「そうか、自由販売じゃないんだな」

ルスバンはがっかりしている。

「バアちゃん」

アカチンがささやいた。

「なんだい」

「ヒロポン、まだやってんの……」

「やめたよ。だって注射してくれる奴らがいなくなっちゃったもん」

「自分で打ってる奴もいるらしいけどよ、やめたほうがいいぜ、あんなもん。あれは戦闘機乗りなんかが打ってたんだってさ。睡気《ねむけ》がさめるし、こわいもんがなくなっちゃうからなんだってさ」

「うん、そんなことを聞いたな。でも俺、ときどき変な風になるしさ。あれ打つと気分いいんだ」

「中毒になるんだぜ。しまいに気がくるっちゃうんだって」

「たしかに、ヒロポンが切れると暴れたくなっちゃうんだ。できるだけやめるようにするよ」

「戦闘機乗りが打ってたんなら、前田さんもヒロポンの味、知ってるのかな」

「あの人はそんなばかなことしねえさ」

バアちゃんが前田の肩を持ったとき、ドアがあいて、トランクをぶらさげた前田が屋上から戻ってきた。

みんな前田を見て、ヒヤーッと奇声を発した。

白いトックリのセーターに黒のスーツ。黒の短靴もピカピカに光っていて、洗ったばかりの髪は、前髪がパラリと額《ひたい》にたれている。

「どうだ、似合うか」

「すげえ。すごく似合ってる」

級長が前へ出て、しげしげと前田を眺めた。

「でもよ、前田さん」

飴屋がちょっと陰気な声で言った。

「ピストル、どこへ入れてんだい」

みんなシーンとなった。

「飛行服なら四挺《ちょう》も入れて歩いたのにさ」

「ばか、その話はよせ」

お母さんが立って近寄ってきた。

「ほんと、よくお似合いですわ」

前田はへへ……と、うなじに手を当てた。

「この前言ったとおり、飛行服を着てるとヤンキーどもに目のかたきにされちゃいますからね」

「あ、それでか。でもさ、その恰好、ヤミ屋には見えないね」

「じゃあ何に見える」

「判んねえ」

飴屋は首をひねって言った。

「でもなんだか、おっかない感じ」

マンジューが言い、それはかなり当を得た感想のようだった。ワイシャツにネクタイではなく、白いトックリのセーターのほかが黒ずくめというのが、粋でもあったが只者《ただもの》ではないという雰囲気を漂わせている。

「マンジュー君、ランプをつけて頂戴。そろそろご飯を炊きますからね」

外はもう暗くなりはじめていた。

「よし、手伝おうっと」

ルスバンがまっ先に下へおりて行く。

「タバコ切らした。ちょっと探してくる」

前田はトランクを隅にそっと置いて外へ出て行った。お母さんが米を入れた釜をかかえてそのあとに続く。

「お母さん、それ俺持つからさ」

ゲソがその釜をお母さんからとりあげた。カンテラに灯《あか》りがともり、ボーッとあたりに赤味がさす。

「これに入れてやがんな」

飴屋はニヤニヤしながらトランクを指さした。

「ピストルか」

バアちゃんが訊《き》く。

「そうだよ」

飴屋は拳銃をいじってみたくて仕方がないのだ。

「大晦日だけど、除夜の鐘、聞こえるかな」

マンジューがカンテラをストーブの上に置いて言った。

ちゃんと煙突もついたストーブだが、あれ以来そのストーブにはまだ一度も火をいれたことがない。

「お寺の鐘はみんな供出しちゃったからな」

「鐘を潰《つぶ》して作った弾丸に当たったアメリカ兵は、やっぱり成仏したんだろうか」

アカチンが真面目な顔で言って、みんなに笑われた。

「なあ、飴屋」

「なんだい」

飴屋がバアちゃんをしげしげと見た。妙に甘ったれた言い方で、バアちゃんらしくなかったからだ。

「ここで……みんなで犬を飼わねえか。犬の世話は俺が引受けるからよ」

「悪くねえ。級長、どうだい」

「利口《りこう》な犬ならな」

「品川で、すごく利口な奴に出会ったんだ。あの犬はいい躾《しつけ》をされてたんだな、きっと。でも今は野良犬になっちゃってる。それでも自分の飼主の家の焼跡を離れないでいるんだ。可哀そうじゃないか。俺が帰って来にくかったのは、その犬のせいなんだ」

「ルスバンみてえ犬だな」

飴屋が言うと、バアちゃんまで笑いこけたが、どうやらみんな気持が動いたらしかった。

飯は炊いたが、大晦日の晩の食事は肉入りのうどんだった。

「豚《トン》コマだなんて言ってやがったけど、この肉やけに固いな」

　その肉の仕入れ責任者であるマンジューが、カンテラの光の中で肉片を箸でつまんで眺めた。

　はじめてストーブに火が焚《た》かれ、部屋の中はいつもの三倍も暖かい。そのかわり、肉うどんのにおいと、石炭の煙のにおいと、灯油が燃えるにおいが入りまじって部屋の中に充満している。

「そう言えばさあ、バアちゃんがさっき、みんなで犬を飼ったらどうかって」

　飴屋が世間ばなしのように、ひょいと言いだした。

「ばか、お前の脳味噌《のうみそ》の中がまる見えだぞ」

　前田が碗と箸を手にして飴屋を叱った。お母さんはあわてて碗を下へ置き、口に手を当ててクックッと笑いだす。

「マンジュー、お前犬の肉押しつけられたのか」

　アカチンが文句をつけた。

「変なこと言うなよ」

　マンジューが口をとがらせる。

「嫌《や》だな。俺は犬を飼おうって言ったんだ。食おうなんて言わねえよ」

　バアちゃんは弁解口調だ。

「アカチンもバアちゃんもやめろよ。話がゴチャゴチャになるじゃないか。だいたい飴屋がいけないんだ。変なときに犬のことなんか言い出すから」

級長がたしなめた。

「さっきも級長たちに言ったんだけどさ、品川ですてきな犬に会ったんだよ」

バアちゃんは犬を飼うことを熱心に提案しようとしている。

「どんな犬だい」

「かっこいい犬だよ。脚が細くて背が高くて、尻っぽが細くて耳が垂れてる。白い毛のところに黒くて丸い斑《ぶち》がたくさんついてるんだ。脚にも耳にも顔のところにも」

「ああ、それならダルメシアンだわ」

お母さんが碗を持ちなおして言ったが、すぐ二、三人からおかわりの碗がさし出されて、すぐその碗をまた下へ置く。

「どんどん食べて頂戴ね。たくさん作ったんだから」

「ネギがおいしい」

「そうでしょ。いいおネギだったわ」

バアちゃんは食べるのをやめて、また犬のことを言う。

「雌犬《めすいぬ》だけど、とても利口なんだ。おとなしくて、やたら吠《ほ》えたりしない。世の中こんなだろ。ろくに食うものなんてねえもんね。でもそいつ、えらいんだ。飼われてた家《うち》の焼跡にがんばってて、今でも飼主が帰ってくるのを待ってるみたいなのさ」

みんないっせいにルスバンの顔を見た。碗を口に当ててうどんを掻《か》っこんでいたルスバンは、碗のかげから目玉をのぞかせ、キョロキョロとみんなを見返した。

「なんだよ、みんなで俺のことみつめやがってさ」

「その犬、お前そっくりだな」

飴屋がさっき受けた冗談をまた繰り返した。

「でも、その犬を飼ってたの、和菓子屋じゃないだろ」

わっとみんなが笑いだす。

「どう、お母さん」

笑いが鎮まったところで級長が尋ねた。

「みんなでちゃんと世話をしてやれるのなら、あたくしは反対しません。まるで忠犬ハチ公みたいじゃないの。そのままにしておいちゃ可哀そうよ」

バアちゃんが坐りなおして、お母さんにきちんと頭をさげる。以前とはだいぶ様子が違っていた。良家の子弟の地が出てきたという感じだ。

「ありがとうございます」

「それじゃバアちゃん、あしたにでも品川へ行って連れてこいよ。でも、そういう犬が素直について来るかな」

「大丈夫だ。よく言って聞かすから。もうお前の主人たちは帰ってこないんだ、って」

「よせよ、そんな話」

ルスバンがきつい声で言った。

「まあいいじゃないか。犬が来るとにぎやかだぞ。そうだ、名前をどうする。その犬の名前、判ってるのか……」

バアちゃんは首を横に振る。

「ポチって、いいかげんに呼んでただけさ。あいつは言葉が喋れないから、自分の名前を言えないんだ」

「その犬じゃなくたって言えないよ」

マンジューがふしぎそうな顔でバアちゃんをみつめた。ひどくませた態度を示すかと思えば、急に幼稚なことを言い出したりするのがふしぎだったのだろう。

「おいみんな、その犬、ルスって呼ぶことにしようぜ。ルスバンのルスだ」

ニコが提案した。どうやら本気らしい。

「ルスバンによく似てるなら、きっとおとなしくていい奴だろう。なあルスバン」

ルスバンはどう答えていいか判らず、うどんをすすって、勢いよく碗をお母さんに突きだす。

「おかわり」

お母さんが碗を受取ったあとも出しっぱなしにしているルスバンの手を、となりにいたニコが、下からそっと手を出して重ねた。

「お手」

「ばかやろう。俺は犬じゃねえや」

みんながまた笑う。

「はいルスバン君」

お母さんがお碗をルスバンに返して言った。

「そうね、冗談みたいでおかしいけど、ルスよりはルースって名前、どうかしら」

前田が大きく頷く。

「そりゃいい。ルースってのは女の名前だ。銀座の犬ならそれくらいしゃれた名前じゃなきゃな」

「ルース……」

「ルース」

子供たちは口々にその名を呼んでみる。

「よしきまりだ」

級長が笑顔で言った。

「バアちゃん。あしたきっとルースを連れてこいよ」

「うん。あいつきっとまた腹すかしてるよ。何か食う物持ってってやらなきゃ」

するとアカチンがうどんの中にまじった肉片を箸でつまんで、

「これ、供出しようか」

と言った。

「よせよ、犬に犬の肉なんか食わせるの」

飴屋はそう言っておいて、自分一人ゲラゲラと笑った。

お母さんがストーブに石炭を少し足した。啓子はその音も気にせず、コクリコクリと居眠りをはじめている。

ゴーン……と鐘の音。

「あ……」

「除夜の鐘がはじまったぞ」

「どこだろう」

「増上寺《ぞうじょうじ》かな」

「築地《つきじ》の東本願寺《ひがしほんがんじ》かも知れない」

ピーッ、と遠くで指笛の音がした。GIが鳴らしたのだろう。

それに続いて、パン、パン、パン、と乾いた破裂音がする。

「拳銃を撃ってやがる」

前田がつぶやいた。

「きっと、ニュー・イヤーを祝ってるんでしょう」

「無理ないかもしれませんね。奴らだって命がけで戦ってきた。戦いに勝って相手国の首都へ乗りこんで、クリスマスも新年も無事に迎えることができたんです。解放感にひたってるんでしょう。奴らには、めでたい時に拳銃をぶっ放す風習があるように聞いていています」

「開拓時代の風習ですね」

「ええ。大目に見てやりましょう。今夜のところはね」

前田はほんの一瞬だが、物騒な目の光らせかたをした。

「すっかり夜ふかししちゃったわね。さあ、お蒲団を敷いて寝《やす》みましょう」

「大晦日は夜あかしで初詣に行ってから寝るもんだよ、お母さん」

「年越しそばじゃなくて、年越しうどんだったね」

みんなそんなことを言いながら、テキパキと蒲団を敷いて横になる。

「前田さん、ここへおいでよ」

「俺はいい。こっちで一杯やらしてもらう」

前田は木のサンダルを履いて木箱を並べはじめた。

「ガサガサうるせえなあ。なんで枕に古新聞なんか巻くんだよ」

「坊主には判らねえだろ。そのうちポマードをつけるようになれば判るさ」

「あ、ばかにしやがる」

バアちゃんとニコが言い合っている。

「一杯やるって、前田さん酒まで持ってきたの……」

飴屋は寝る気になれないらしく、トランクをパチンとあけた前田に言った。

「ああ。ウイスキーを持ってきた」

「進駐軍のかい」

「うん。シーグラム・V《ヴィ》・O《オー》って言うんだ」

「ちぇっ、しゃれたんでやがんの。どこで手に入れた」

「新橋さ」

「進駐軍の物は、ノガミよりバシンのほうがよく出まわるんだってね」

「いずれ上野にも出まわるさ。ヤンキーだって人の子さ。給料はみんな国へ送っちゃう奴が多いらしい。そして自分たちの小遣いは、ウイスキーやガムやタバコの横流しさ。奴らも配給を受けるからな」

「へえ、アメリカにも配給があるの……。そうだろうな、戦争だったんだから」

「軍隊だからさ。ただで支給されるんだ。横流しと言ったって、軍の倉庫から盗むんじゃない。自分の喫《す》い料、飲み分を日本人に売るのさ。中には倉庫のを横流しする奴もいるらしいけどな」

「誰かそういう兵隊を紹介してくんないかな」

「向こうの一円を日本の金に換えると、いくらになるか知ってるか」

「知らね、そんなこと」

アカチンが横になったまま口をはさんだ。

「アメリカは一円じゃなくて、一ドルだよ」

「判りやすいように言ったまでだ。一ドルは日本の円で四百円から六百円ぐらいだそうだ。判るか……五ドルの品を買ってヤミ市の奴に売ると、二千円から三千円になっちまう。物によっては一万円近くなる品だってあるらしい。GIが気前のいいわけだよ」

「どうしてそんなに差がついちゃうんだろう。敗けたからかい」

「このウイスキーなんか、一万円出したって日本の中じゃ手に入らないからな。物のない国の金は紙きれ同然なんだろう」

「そんなもんかね。どう、ウイスキー、旨いかい」

お母さんが飴屋をたしなめる。

「もう寝なさいよ」

「はあい」

飴屋は毛布にもぐりこんだ。

「もう石炭はくべませんからね。ちゃんと暖かくして寝るんですよ」

「そうだ、みんなを早くに叩き起こしていいですか」

前田がお母さんに訊いた。

「どうするんですか」

「工場の煙突も煙を吐かなくなって、東京の空は以前と較べ物にならないくらい奇麗になってます。初詣をしないかわりに、みんなで屋上から初日の出を拝もうと思いましてね」

「見えるかしら」

「焼けてぺったんこになってますからね。多分拝めるでしょう。お天気しだいですけど」

前田はそう言い、小さなカップをつまんで、ウイスキーを口の中へ放りこんだ。


昭和二十一年一月元旦。快晴。

みごとな初日の出を、彼らは銀座の焼けビルの屋上から眺めた。

「ほんとならこのあと、皇居遥拝《ようはい》をやって、勅語《ちよくご》を聞かされるところだね」

級長が早朝の屋上で、ポツリとそんなことを前田に言った。

「なんだ、物足りんみたいだな」

「号令かけられるの、あんまり好きじゃなかったけどさ。誰にも命令されないってのも少し淋《さび》しいんだよね」

「そうか、そんなもんかな」

するとマンジューが言った。

「俺たち、上野からこっちへ引っ越すとき、変なことやっちゃったんだぜ」

「なんだ、変なことって……」

前田は怪訝《けげん》な顔をする。

「秋葉原の近くで急に整列してさ、地下道遥拝をやっちゃったんだ」

「地下道遥拝……」

「そう、級長が号令をかけてくれてさ。上野駅地下道に対し奉り、最敬礼、って」

「なるほど、気のきいたことやるじゃないか、お前らも」

「だってあの地下道には恩があるもん」

「そうだな。お前らはあそこで新しい人間に生まれ変ったようなもんだからな。別れるとき礼を言ってもバチは当たらんだろう」

「ああ、今日もいい天気だ」

級長が朝焼けの空を見あげて両手をあげ、胸をそらして深呼吸する。

「俺いま、昭和二十一年の空気を吸ったぞ」

深呼吸をおえた級長はみんなにそう言った。

「ことしは去年と違うんだ。去年は戦争に敗けたけど、ことしはまだ敗けてない。俺は勝つぞ。ことしは勝ってやるんだ」

アカチン、ゲソ、ルスバン、マンジューの四人は、級長を真似て深呼吸をしはじめる。

するとそのとき、階段室のところから、おとなの太い声がした。

「えらいぞ、その意気だ。去年は去年、ことしはことしだよな」

みんなが振り向くと、六十くらいのきちんと背広を着た男が立っていた。

「やあ、これはこれは。あけましておめでとうございます」

前田は態度をあらためて新年の挨拶をする。

「この人が吉野静子さんです。お母さん、本多商事の社長さんです」

「これはまあ、はじめまして。二、三度事務所へご挨拶に伺ったのですが、お留守のときばかりに伺いまして、ご挨拶が遅れてしまいました。わたくし吉野です。この子供たちの責任者と申しますか……今後ともどうぞよろしくお願いいたします」

「あけましておめでとうございます。なに、移っていらっしゃったころ、わたしはちょうど商用で旅行に出ておりましたものでな。失礼したのはこちらですよ。……いや、お噂は横尾さんからよく聞かされておりましてね。こうして今日はじめて見ましたが、なかなかしっかりした子供たちじゃないですか。ことにあの子の今の言葉は気に入りましたぞ。敗戦の痛みを二年とは引きずらず、今年こそ勝ってやるとは、おとなでもなかなか持てん気概です。……それがあなたのお子さんで」

お母さんのそばにいる啓子を見て、本多社長が目を細めた。

「はい。啓子です」

「話に聞いていなければ、坊やだと思うところですよ。いや、なかなかユニークなスタイルをなさっておいでだ。それに奥さんもいいスーツを着ていらっしゃるし」

「前田さんから頂戴したお正月の晴着ですの」

啓子は黄色のセーターの裾を、コーデュロイのズボンに押しこんで、黒と赤の縞《しま》が入ったサスペンダーをつけ、ハンチングをかぶっている。

お母さんは濃緑のシャツブラウスと厚手の生地でできた焦茶のスーツに、ヒールの低い靴をはいている。

だが、ポマードこってりのリーゼント・スタイルのバアちゃんを除けば、ほかはみんな浮浪児くさい恰好だ。

「彼らには詰襟《つめえり》が必要ですな」

「はい、なかなかそこまでは手がまわりませんで」

「戦災孤児……なんでしょう」

「はい」

「これから少しはいい目を見せてやりたいもんですな」

「はい」

本多は東の空を見て微笑を泛《うか》べる。

「四方拝の先《せん》を越されてしまいましたよ。君らは早起きだな」

アカチンは人なつっこく、本多社長に向かって言った。

「ア・ハピー・ニュー・イヤー」

「いかん、発音ができてないぞ」

本多はアカチンの前へしゃがみこみ、なめらかな発音で手本を示す。

「戦前はアメリカやイギリスへ行って、じかに服地を輸入していたんだそうですよ」

前田はお母さんにそうささやく。

「そのせいで特高に睨《にら》まれて、ご子息三人とも戦地へ送られたんだそうです。ただの輸入商なのに、スパイ扱いをされて」

「まあ……」

お母さんは、しゃがんでいる本多の背中を、気の毒そうな目でみつめた。

級長は本多の邪魔をしてはいけないと思ったのか、みんなに手で合図して下へおりて行く。

「今日は事務所においでですか」

お母さんが尋ねた。

「はい、わたしどもの商売は、平和になってからが勝負ですからな」

「ではのちほど、あらためてご挨拶に伺わせて頂きます」

「どうぞどうぞ。是非いらしてください。お待ちしていますよ」

本多は立ちあがり、お母さんや前田は階段室へ向かう。

部屋では子供たちがにぎやかに喋っていた。

「バアちゃん、まだ暗い内にでかけちゃったぜ」

「あいつ、よほど犬が好きなんだなあ」

「麴町《こうじまち》のお屋敷でさ、犬を二匹飼ってたんだって。その犬も爆弾でやられちゃったから、きっと思い出してんだろう」

「ルース、早く来ないかな」

「お昼ごろまでにはきっと連れてくるよ」

「今日、なにをしようか。銀座の露店、商売するのかな」

「どうかなあ、元旦だから」

「俺なら店出すな。だって元旦なら人が出るぜ、きっと」

「そりゃ神社なんかがある場所のことだよ。銀座はお参りする寺も神社もないじゃないか」

「でも銀座だぜ。銀ブラにくるかも知れねえ」

「ヘーイ、ルースバーン」

「からからなよ。バアちゃんの犬に変な名前つけやがって」

「バアちゃんの犬じゃねえよ、みんなの犬だい」

「そうだそうだ」

平和でにぎやかな元旦であった。

朝食のあと、まず前田がどこかへ出かけ、子供たちも思い思いに銀座や日比谷へ散歩に出て、お母さんは啓子を連れて一階の事務所へ挨拶に行った。

だが、子供たちはバアちゃんが連れてくる犬のことが気になって、昼前にはみんな三階へ戻ってきた。

「下の社長さんが、みんなの着る物のことで、骨を折ってくださるそうよ。地下道なんかにいると、服なんかすぐボロボロになってしまうものなのね」

「俺、バアちゃんみたいジャンパーが欲しいな」

マンジューが言った。

「俺は前田さんみたい恰好がしたい」

飴屋が照れ笑いしながら言う。

「飛行服か」

級長は判っていてとぼける。

「違わい、白いトックリのセーターと黒い背広だよ」

「僕、詰襟でいいです。早稲田の制服で」

アカチンがおどけた。

「お前みたい頭でっかちが、あの帽子かぶったらどんな風になるかな」

ニコがそれをからかう。

そのとき、コツコツと階段をあがってくる靴の音がした。

「前田さんかな」

「バアちゃんも革靴だぜ」

みんな耳をすました。バアちゃんが戻るのを心待ちにしているのだ。

「よう、ただいま」

ドアをあけたのはバアちゃんだった。

「犬は……」

級長が訊き、答えを待ってみんながシーンとなる。

ピシャ、ピシャ、と、ドアの外でコンクリートを何かで叩く音がしていた。

バアちゃんは部屋のまん中くらいまで入ってきてから、

「来い、ルース」

と呼んだ。ピシャ、ピシャという音がやんで、背が高く、ほっそりとしていて、黒く丸い斑《ぶち》を全身に散らせた犬が、首を低くさげてのっそりと入ってきた。

「わあ、ルースが来た」

部屋の中に歓声が反響する。ルースはピタリと足をとめ、細い尾をまっすぐ床につけて、きちんとお坐りをした。そしてちょっと首を傾《かし》げ、子供たちを一人一人見ているようだった。

「わあ、可愛い犬」

お母さんまで歓声をあげている。

「ルース、伏せ」

ニコが命令すると、ルースはためらわずさっと前脚をのばして伏せの姿勢になる。

「伏せもできるんだね、お前」

パタ、パタと、尻っぽが床を叩きはじめる。

「ようし、よく来たな、ルース。今日からお前は俺たちの友達《ダチ》だぞ」

飴屋がそばへ寄って頭を撫《な》でると、みんなルースのまわりへ集まって、思い思いに撫でたりさわったりする。

「級長君。ルースを啓子にも紹介してやって」

お母さんが言う。

「よしきた」

みんなはルースのまわりからはなれ、級長がルースの前にしゃがんで啓子を指さした。ルースはちゃんと指をさされたほうへ顔を向ける。

「ボーヤだ。挨拶しろ、ルース」

啓子は手を低く出して呼んだ。

「おいで、ルース」

ルースはひょいと耳を揺らせてはね起き、尾を激しく振って啓子のそばへ寄り、さし出した手を舐《な》める。

「この子、おなか空《す》いてないの……」

啓子はバアちゃんに尋ねた。

「どうかな。来るとき魚をやったんだけど」

「ご飯、食べるかしら」

お母さんはルースが気に入ったらしく、ソワソワしている。

「食べるでしょ。戦時中に育ったんだから」

「そうね。お味噌汁かけてあげようかしら。煮干しのダシだから。あらいけない。ご飯をあげる器《うつわ》がないわ」

「あ、あるある。下の焼跡に、ガラスの大きな鉢《はち》みたいのが落っこってるんだ。ふちが欠けちゃってるけど」

ニコがそう言って階段をかけおりて行く。

「おい、みんな一度にこいつを撫でたら、いくら利口な犬だって、わけが判んなくなるぜ」

バアちゃんはそう言い、簀の子に沿ってみんなを横に並ばせた。

「ほら、お母さんもここへ来て」

バアちゃんに言われ、お母さんは啓子のとなりに立つ。

バアちゃんはやはり、相当犬の扱いに慣れているようだ。

「ルース」

少し厳しい声で言い、品物を積んであるところまでさがって、ルースを自分の足もとに坐らせた。ルースはバアちゃんの足もとで、尾を振ってみんなを見ている。

「お母さん、片手を前へ出してルースを呼んで」

バアちゃんが言い、お母さんが手をさし出した。

「ルース、おいで」

ルースはすぐお母さんのほうへ近寄って行く。

「ほんと、お利口さんねえ」

ルースはお母さんに優しく頭を撫でられて、クーンと甘えるような声を出し、となりで手をさし出した啓子のほうへ寄る。

「いまお母さんがご飯をあげるからね」

啓子が撫でると、今度は級長が手を出す。ルースはその手のにおいを嗅《か》ぎ、頭を撫でられてから、次の手に移って行く。

飴屋、ゲソ、アカチン、マンジュー……。そしてなぜか、ルスバンのところへくると、手ばかりではなく、クンクンとズボンや上着のにおいまで嗅ぎ、しまいに両脚をルスバンの胸の辺りへついて立ちあがると、頰《ほお》を舐めだした。

「おい、やめろよ。擽《くすぐ》ったいからさ」

ルスバンはルースの前脚を持って下におろさせた。

「やっぱりルスバン同士仲がいいや」

飴屋がからかい、みんなが笑った。

「ルース。お前ほんとにルスバンしてたのか」

ルスバンはルースの前にしゃがみこみ、今度は舐められるのをよけもせず、しみじみとした声でそう言っている。

「お母さん、このいれ物でいいだろ」

「あら、これなら重くてちょうどいいわ」

バアちゃんがルースを呼ぶ。

「ルース。こいつがニコだぞ」

ルースはバアちゃんのほうへ向きを変え、首を傾げている。

「でっけえ耳してやがんの」

ニコがそう言ってしゃがみ、おいでおいでをした。

ワン、とルースが軽く吠えた。

「なんだよ、お前。文句あんのか」

ニコが言うと、ルースはニコに近寄りざま、ペロリと頰を舐めてバアちゃんのそばへ行く。

「挨拶か、今のが」

ニコは上着の袖口で、舐められた頰を拭《ふ》いた。


前田は帰ってこなかったが、お母さんはそう気にしていないようだった。

「トランクが置いてあるし、すぐ戻るつもりだったのかも知れませんけど、お正月ですからね。お友達やお仕事の関係の方と出会ったら、帰れなくなってしまうでしょう。さあみんな、心配しないで寝ましょう。あしたからはまた、いつも通りに早起きするんですからね」

子供たちは思う存分夕食を食べ、いつもより少し早目に寝てしまった。大晦日の夜ふかしと元旦の早起きが重なって、みんなぐっすり眠ったようだ。

翌日は全員はやばやと起き、蒲団を畳んで部屋の掃除、洗面、と手ばやく片付け、粗末な内容に戻った朝食を食べおえると、揃って御徒町へルースを連れて歩いて行った。

天候は今日も晴れ。北風が少し強かったがみんな元気いっぱいだった。

啓子も出かけた部屋の中で、お母さんは窓をあけ放ち、黙々とつくろい物をしている。と、バタンとドアがあいて前田が帰って来た。

「お帰りなさい」

「やあ、朝帰りです。すみません」

「お茶、いれましょうか。二日酔いなんじゃありません……」

前田は上着を脱いで放り出し、ガタンと音をたてて簀の子の上に坐りこんだ。

「お茶……頂きます。頂きますよ」

「あら、まだ酔っていらっしゃる」

お母さんはからかうように言って立ちあがった。まだ七輪に火が残っているらしく、豆炭《まめたん》の灰を掻《か》きおとして、その上へ木炭をつまんで乗せている。

「知ってますか……いや、知らんでしょうね。知ってたら奥さんだって、そう穏やかな顔をしていられないはずだ」

「何があったんですの……」

お母さんは七輪に薬缶をかけ、縫い物のそばへ坐り直して尋ねた。

「天皇がまた詔書《しょうしょ》を出したんですよ」

「いつ……きのうですか……」

「そう」

前田は膝を立て、その間へ首を突っ込むような姿勢で答えた。

「そう言えば、戦争に敗けて最初の元旦ですものね。何かおっしゃってもふしぎはありませんよ」

「それがおっしゃったんだなあ。おっしゃってくださったんですよ」

お母さんは前田の言い方に興味をそそられたようだ。

「ご詔書のことでお酔いになったんですか」

「まあ……まあそんなとこですかな。いや、たしかにご詔書のことで自分は酒を飲みましたよ。飲まずにいられなくて、ついさっきまで飲んじまった。だからまだ酔ってます。酔ってますよ。できればずっとこのまま酔っていたい」

「どういうご詔書だったんです。聞かせてくださいな」

「朕《ちん》となんじら国民との間の紐帯《ちゅうたい》は、終始相互の信頼と敬愛とによりて結ばれ……へへ、俺、覚えちまいやがんの。ひと晩中読んでたからな……何度も何度も……。いや、そばに新聞記者がいやがってね、そいつが今度の詔書をワラ半紙に書いて持ってやがったんです。それを何度も読み返して……悪酔いしちゃったんです。すいません」

「お湯、まだちょっと沸きそうもありませんけど、お水飲みますか」

「いや、結構。お茶、いただきます。……奥さん、朕と国民は終始相互の信頼と敬愛とによって結ばれ、単なる神話と伝説とによりて生ぜるものに非《あら》ず、なんですよ」

「まあ、そんなことがご詔書に……」

「そうです。天皇をもって現御神《あきつみかみ》とし、かつ日本国民をもって他の民族に優越せる民族にして、ひいて世界を支配すべき運命を有すとの、架空なる観念にもとづくものにも非ず……」

前田は泣いていた。

「俺たちを戦場に走らせたのは、に非ず、に非ずとおっしゃる、まさにその点にあったんじゃないか。単なる神話と伝説だけが、日本国家形成の説明だった。そういう教育をしたじゃないですか。天皇は現御神だから、ご真影に最敬礼し、ご紋章入りの銃を粗末に扱えば精神棒を叩きこまれた。畏《おそ》れ多くも……」

酔っ払い特有のわざとらしさで、前田はそう言うとピョンとはねあがって、直立不動の姿勢をとった。

「大元帥《げんすい》陛下におかせられましては……休めっ」

前田の靴底がコンクリートの床で音を立てた。

「奥さん。あの人は知ってたんだ。全部判ってたんだ」

前田はよろよろとよろけて壁に寄りかかる。お母さんはじっとそれを見つめていた。パチンと七輪の中で炭のはじける音がした。

「彼は今度の戦争の原因ではないけれど、日本人をその方向へ走らせた、最大の要因が可であったか、よく見抜いていたんだ」

　天皇をあの人と呼び、彼と呼ぶことの新鮮さに、前田は酔っているようでもあった。

「だから戦争に敗けた今、二度と同じことが起こらないように、その最大の要因を否定したんですよ。現御神……自分は生きながらの神などではないし、日本は神州でもなければ不滅の国でもないとね。奥さん、自分はひと晩中、いろいろ考えた。結論は、彼が勇気ある人だということです。戦争に敗けたら、一歩前へ出て国民に堂々と間違っていた点を教えている。そして、やり直そうと国民を励ましている。立派なことだ。もし俺が彼の立場だったら、せいぜい早いとこ腹を切って死んじゃうのが関の山です。それを生き続けてやり直そうというんだ。なみの度胸じゃない。やはり天皇だけのことはありますよね」

　前田は寄りかかっていた壁から背中を離し、しっかりとした足どりでお母さんの正面に立った。

「だがそれでも俺は許せん」

　前田はお母さんの頭上の空間へ、激しい怒りを投げつけた。その語気の鋭さに、お母さんがビクッと緊張したようだ。

「なぜもっと早くこれを言ってくれなかったんだ。勝ってりゃ言わない気だったのか。そのためにみんな死んでった。単なる神話や伝説を信じて、架空なる観念にもとづいて、天皇陛下万歳と言って、無我夢中で敵艦に突っ込んでった連中がいるんだ。神州不滅を説き、現人神《あらひとがみ》の敬いかたが悪いとビンタをくらわせ、後輩を片道切符で送り出したこの俺はどうなるんだ」

　前田は呶鳴《どな》っていたが、急に姿勢を崩し、またよろけた。

「それともまた誰かに言わされたのか。マッカーサーに……。だったら昭和十六年十二月八日のあれも、誰かに言わされたわけか。いつも誰かに何かを言わされている気の毒な弱い人……いや、そんなことはないですよね。あの人はもっと立派な人だ。そうあって欲しい。俺のこの怒りを受けとめて、はね返して欲しい。それじゃなきゃ、俺たちの青春はなんだったんだ。死んでった奴らの命はなんだったんだ。そんな頼りない奴に捧《ささ》げた命だったのか」

　前田は低い声でボソボソとそう言ったかと思うと、また声を張りあげた。

「そうじゃないって言ってくれ。天皇よ、そうじゃない、って……」

「そうじゃない」

　ドアのところで男の太い声がした。

「あ、社長さん」

　お母さんが腰を浮かせた。

「社長、助けてくれ。天皇が人間宣言をしたんだ」

　前田はよろよろと本多のほうへよろけ、その厚い胸にぶつかって、すがりつくように寄りかかった。

「君は特攻隊の生き残りだったね」

本多は前田の背中に手をまわして、あやすようにゆっくりと叩いた。

「家を焼かれ、土地を奪われて無一文になったようなとき、人間はその本性を現わすんだよ。天皇はいま、そういう状況に置かれている。そして正直に、ありのままを語ったんだ。天皇が現わした本性を、よろこぼうじゃないか。きのうあの子が屋上で言っただろう。去年は敗けたが、ことしは敗けるもんかとな。甲子園の出場校の選手みたいな文句じゃないか。あの子には未来がある。未来を信じてる。きのうのことは忘れるんだ。あしたをみつめて今日を生きればそれでいい。ただ、もう間違いは二度と繰り返すまいよ。な、それが儂《わし》らのつとめだろう。あの子供たちに対する責任だろう」

「ありがとう……ありがとう、社長」

「上で凄《すご》い声がしたって言うから来てみたんですよ」

本多はお母さんを見てそう言った。

「あなたもすてきだが、あなたのまわりにはこんな純粋な男や、たくましい子供たちが集まっているんですね。みんなすてきな連中だ。おい、前田中尉」

「はい」

「みなし子になったあの子供たちの元気さを少し見習うんだな。天皇がちょっと何か言ったくらいで、そう大騒ぎすることはあるまい。天皇は自分がそんなに偉くないんだと言ってるんだぞ。何を信じ、どう生きるか、これからはすべて自分自身できめられるんだ。死んで行った兵隊のことは、君の責任なんかじゃない。吉野さんだって戦争でご主人を亡くしてる。でもこうして、明るい顔で子供たちの面倒を見てるじゃないか。生きる目的がまだつかめないんなら、教えてやるよ。あの子供たちを立派に育てることを目標にするんだ。奥さんと力を合わせてな」

どうやら本多は、お母さんと前田を結びつけたがっているようだった。

操る者たち

「このインフレの正体は、臨時軍事費の性急な支出によるものさ」

渋い三つ揃《ぞろ》いを着た重藤が、湯河原の旅館の特別室のソファーに坐《すわ》って、がっしりした体格の多和田に言った。

「やっぱりあれの影響でしたか。何しろ終戦から八月三十一日までの二週間ほどのあいだに、日銀券発行高の二分の一に当たる百億円を、気前よく払ってしまったんですからな」

「GHQの支出禁止令が出た十一月末までに、二百六十六億だ」

「三カ月半で二百六十六億ですか、向こう見ずですな、相当に」

彼らが喋《しゃべ》っている数字は最新の情報だ。

「戦争が続いていたり、うまく行って勝ったりしておれば、政府発注分の支払いなど、延べ払いですませたはずだ。しかし敗けてしまったので、それを一遍に払った。ヨーロッパなどでは、通常支払い停止で軍需工場も国と一緒に潰《つぶ》れてしまうんだが、日本はやはり特殊だな」

「まったくです。降参したあとで借金を根こそぎ払ってしまうんですから、義理堅いというか人が好いというか」

「確たる見通しをまるで持たんかったからだ。身内の義理を果たしさえすればそれでいい。……愚かなことだった。そのため支払ってやっても、すでにその価値は二割がた目べりしてしまっているじゃないか。こういう事態になったら、支払われたほうだってあまり有難いとは言えん」

「目べりは二割じゃきかんでしょう。卸売り物価の上昇は二十パーセントですが、すべてが品薄で、必要な量を揃えるには闇ルートを使わねばどうにもなりません」

「闇価格というのは、つまりプレミアムがついているということだろう。そのプレミアムを低く抑えるには、供給を増やしてやればいい。単純なことさ」

「しかしそうおっしゃっても……」

「ひとつひとつ片付けるのさ。焦《あせ》ってもダメだ。とりあえず、砂糖あたりから手をつけるべきかな。情報によると、キューバの粗糖が生産過剰で、アメリカがそれをなんとかしてやらねばならんらしい」

「キューバの、ですか」

「そうだ。早晩それがどっと入ってくるだろう。とりあえずは、コメなどの主食の代替として処理すればいい」

「砂糖を主食なみに扱わせるんですか」

「なに、暫《しばら》くの間だけだ。国民は甘味料に飢え切っている。よろこぶことは間違いない。実際の主食は、各自闇マーケットで入手すればすむことだ。今でもそうやってみな生きているんだから、心配は要らんよ」

重藤は事もなげに言って、クリスタル・ガラスの大きな灰皿に、葉巻の灰を落とした。

「なるほど、国の食糧管理とは別体系の、自主管理方式ですな、それは」

多和田も笑ってタバコの灰をその中へ落とす。

「香ばしいじゃないか。それがピースというタバコの試作品か」

「はい。発売はこの十三日の日曜日です」

「幾らで売るのだ」

「十本入り七円だそうで」

重藤はフンと言って顔をしかめる。

「七円か、ばかばかしい。そんなものは即日十五円か二十円の闇値がついてしまうだろう。なぜ七円なんだ。タバコはただの嗜好品だぞ。喫《す》わなくたって死にはせん。喫えなくたって暴動には至らん。禁煙すれば健康にいいことは判り切っているじゃないか。なぜ十五円か二十円にせんのだ。はじめからそうすべきだよ」

「ごもっともです。貧乏人が無理してタバコを喫うことはありませんからな」

「低所得層に合わせて値をきめるという、その人道主義者ぶりが気に入らん。まるであべこべだ。高所得者がみずから毒を楽しむというなら判らんでもないが」

「ははあ、そうですか。判りましたぞ。キューバのその件は、どうやら粗糖という点が味噌ですな」

「さすが多和田は勘がいい。その通りだよ。アメリカの業者に精製させるのではなんにもならんのだ。それによって急成長する者も出さねば」

どうやら重藤は、急成長する砂糖メーカーを手中に収めようと考えているようだ。小規模な業者を砂糖業界に参入させ、それを大手に仕立てるのは、たしかに魅力的なことだろう。

「しかしアメリカさんも身勝手なものじゃありませんか」

多和田が言い出す。

「どこらへんのことを言っておるのだ」

「臨時軍事費の支出を禁止したのは、たしかに当を得たことかも知れませんが、進駐費用の支払いをこっちに押しつけているわけですからな」

「終戦処理費か」

「はい」

「これから政治家どもがやるべきことは、一日も早く日米間の講和条約を成立させることだ。終戦処理費はわが国にとって何物をも生み出さん。ただ日本の分割占領があれで阻止できたというだけのことだ。それも今では、アメリカがソ連の占領参加を嫌っていることがはっきりして、何か欺されたような具合だぞ」

「彼らも商売上手ですよ。しかし、それを言うなら、わが方《ほう》だってなかなかのものでしょう。軍需産業の民需転換に力を貸すと称して、日銀を通じ市中銀行からの貸出しを増加させているじゃないですか。臨時軍事費の支払いを停止させられても、身内をかばう策《て》はいくらでもあるわけです。アメリカは市中銀行独自の判断による貸出しまでは制限したがりませんからな」

「そういう国柄なのだ。自由競争を重んじる。彼らがそれを制限することは、自己否定につながってしまうのだよ」

「しかし、おかげでインフレはますます昂進《こうしん》するでしょうな。物価は卸売り、小売りとも、もう終戦時の二倍以上になっているそうですし、闇価格は公定価格の、なんと四十倍ですぞ」

「かまわん。要は日本の社会全体の構造がどうなるかだ。インフレでも必ず成り上ってくる者がいる。戦前からの設備投資が、そこで二重投資になる場合もあろうが、それが経済を正常に戻す働きをすることになるかも知れんじゃないか。我々は戦前の体制をそのまま戦後に持ち越そうと考えているわけではない。たとえ死屍累々《ししるいるい》としようとも、来《きた》るべき新しい秩序の中で、しっかりと根を張り威を示せば、それは戦前のものと何ら変ることはない。ヌメヌメと生きようではないか。なめらかに肥大するのだ。その点が頭の古いご一族と我々が違うところだよ。財閥解体結構。やれるならやってみろと言うんだ。姿を変え、思考を転換させて、我々は必ず次の時代の王となってみせる。アメリカ人の一部は、彼らと我々が根本的に異質であると思っているらしいが、儂《わし》に言わせればまったく同じ者なのだ。我々を否定すれば彼らも自滅の道を進むことになる。ええ、多和田。一方に共産主義があって、彼らと決定的に対立しているのが見えんか。共産社会に較べれば、我々はまったく彼らの味方なのだ。軍部は潰滅させられても、我々産業人を殺してしまうことはできん。絶対にできんのだ。我々はいま敗戦の身を焦土に横たえているように見えるかも知れんが、彼らには我々の助けがいる。今度の戦争は商社と商社の喧嘩《けんか》のようなものだ。国営公社と商社の喧嘩のような徹底的な殺し合いになるはずがない」

「しかし、とりあえずこのインフレを始末しませんと」

「策はもう出されている」

「ほう……」

「策のなかばはＧＨＱから出た。農地改革、富裕税……。要するに決断力の問題だ。まず思い切った預金封鎖をやり、過剰流動を堰止《せきと》めるのだ」

「しかしそれでは産業が……」

「国民には二種ある。国を動かす者と、動かす者を支える者だ。支える者にはしばらくじっと耐えてもらわねばならん」

「あ、産業には封鎖をせんのですか」

「資本を凍結してどうなる。世の中の法には、一滴も水を洩《も》らさぬ法と、いわばザルのように洩れてしまう法がある。預金封鎖のような極端な外見を持つ法には、ザルの機能を与えればよい」

「いつ断行するのですか」

「すぐだ。こういうことは外に洩れては始末に負えん。……そうだ、吉野末亡人を充分支援しているだろうな」

「はい、充分にしております」

「物資を与えてか」

「はい。すべておっしゃる通りの線で」

「ならばひとつ知恵をつけてやってくれんか」

「なんでしょう」

「間もなく預金封鎖と通貨切換えがはじまるのだが、小額通貨はその制限の外に置かれる。吉野未亡人が現在手持ちの物資を、すべて小額通貨に換えたとしたら、一度にかなり優位に立つのではないかな」

「それはそうでしょう。しかし、あの奥さんの周辺からそれが洩れたらどうしますか」

重藤は笑って手を叩いた。仲居を呼ぶためだ。

「はい、お呼びでございますか」

ドアが軽くあいて、外から女の声がした。

「そろそろ客を座敷へ案内してくれんか。女たちは呼んであるな」

「はい、もう揃っております」

女はドアをしめて去ったようだ。

重藤はソファーから立ち、スリッパを重そうに動かしてドアのほうへ歩きはじめる。

「あの女性が豊かになることについては、わたしも大賛成なのですが」

多和田もそのあとから歩きはじめる。

「心配無用だ。秘密はもう所定のところから洩れはじめておる」

重藤はまた笑って、ドアのノブに手をかけた。

その部屋の外から、陽気な調子で声高に外国語が聞こえはじめる。それは英語で、どうやら重藤の客というのは、米軍の将校たちのようだった。

通貨の痛み

一九四六年（昭和二十一年）二月十七日。日本政府は急激なインフレーションをなんとか阻止しようと、通貨に対する非常手段をとった。

その非常手段とは、〈金融緊急措置令〉と〈日本銀行券預入令〉という、二つの法令を公布し、即日施行させることだった。

〈日本銀行券預入令〉は、公布の日から二週間後の三月三日になると、十円券以上の日本銀行券が、強制通用の効力を失うことを告げていた。

強制通用の効力を失うとは、無価値になるということである。それ以降所持していても、骨董《こっとう》的価値しかないことになるわけだ。

したがって、それを無効にさせないためには、十円券以上の日本銀行券を、二週間以内に金融機関へ預金してしまわなければならない。

しかし、そうなると全国民が金融機関に殺到するわけだから、その混雑で預金しそこなう者が出るかもしれない。

そこで、預け入れる場合に限っては、三月七日まで待ってやる……というわけだ。ほとんどの国民がびっくり仰天した。手持ちの金があと二週間で使えなくなってしまうのだ。人々は顔色を変えて銀行や郵便局へ走った。

はじめ十円券以上と言われていたのが、二月二十二日になると五円券も追加され、三月三日になるとただの紙きれになってしまうそれらの通貨は、一括して〈旧券〉と呼ばれることになる。

そして、預け入れた旧券は、封鎖預金としてその合計が通帳に数字としてのみ残されることにきめられていた。

現金ばかりではなく、国債、地方債、社債などの元本と利息、株式証券やその配当金、保険金などもすべて封鎖された。

人々は手持ちの金をいったん全部金融機関に預金し、そのあとで新たに発行された通貨……新券を引き出して使うことになった。

ただし、新券の引き出しには制限がつけられている。月額、世帯主三百円、世帯員一人あたり百円までである。

妻と二人の子を持つ男が五千円の旧券を持っていたとしよう。彼はその五千円を銀行に預け、六百円の新券をおろしてきて、それを一カ月の生活費に当てるわけである。

しかし、職があれば、その男は勤め先から新券で給料がもらえる。会社は個人とは別の制限内で、事業資金が引き出せるからだ。ただしその場合、人件費は一人最高、月額五百円までである。

　自分の預金六百円を足したところで、一家四人がどうころんでも一ヵ月千百円の範囲内でやって行かねばならない。コツコツ貯めた四千なにがしの預金残高は封鎖されてしまっているのだ。

　二月十七日は日曜日で、十八日の月曜日から預金封鎖が実施され、あわてて銀行へ走っても、金はいっさいおろせないことになってしまった。

　妙なことに、その一週間東京はよく晴れた日が続いた。

　ところが、旧券の預け入れと新券の支払いが開始された次の月曜日。なぜか東京は土砂降りに見舞われる。

　その雨は、せめて子供だけは飢えさせまいと、闇市のイモに目の色を変えている庶民から、その資金さえ削り取った者への、恨みの涙だったのかもしれない。

　これがいわゆる、新円切替えである。新券は新円と呼ばれた。

　ちなみに、新円切替え以前、一般に通用していた旧券を列記してみよう。

　まず百円券は右に聖徳太子と左に法隆寺夢殿があるい百円券と、中央に聖徳太子があって左に「百圓」の大文字があるろ百円券。裏は共に法隆寺だ。

　十円は和気清麻呂《わけのきよまろ》で裏は護王神社。五円は菅原道真《すがわらのみちざね》と北野神社で裏は絵なしの彩紋だけ。

一円は武内宿禰《たけしうちのすくね》で裏が宇倍神社。十銭券は八紘《はっこう》基柱（平和の塔）、五銭券が楠木正《くすのきまさ》成《しげ》の銅像だ。小額紙幣はそのほかに五十銭、二十銭、十銭と大正期からのものが通用していて、武内宿禰がついた一円の大正兌換券《だかんけん》以下、富士に桜の五十銭、靖国神社の五十銭までが、なんとか新円切替えをまぬがれた。

昭和二十一年三月二日付でとどめをさされた紙幣は、前述のもののほかに、通称裏白《うらじろ》二百円という兌換券、同じく兌換券の裏赤《うらあか》二百円、藤原鎌足《ふじわらのかまたり》と談山神社のある通称藤原二百円、それとそっくりのタテ書き二十円。超大物は兌換券甲号千円という日本武尊《やまとたけるのみこと》と建部《たけべ》神社の入った、タテ十センチ、ヨコ十七・二センチの大判紙幣だ。

それらが三月三日を期して全滅した。ただし切替え初期には表面《おもて》右肩に新円代用の証紙を貼《は》って通用させられた。

つまり、切手のような証紙を右肩に貼った旧券が、とりあえず新円の役割りを果たしたわけで、実際にはその証紙も、隣組を通じて各世帯に配布されたりした。

そのことでも判る通り、この非常措置もそれほど精密には働かなかったようだし、事実多くの抜け穴があって、新円切替え後も豪勢な暮らしを続ける者があちこちにいた。

また、この新円切替えには、のちに公布される財産税法のための事前調査という目的も与えられており、預金封鎖をされた世帯主のほとんどが、限度いっぱいの三百円を引き出したため、その制限はすぐ百円に下げられてしまった。

となると、極端に減らされた通貨の大半が食糧調達にまわされ、新円は闇商人たちの手もとと農村部へ、またたく間に集中してしまった。

その新円はまず聖徳太子と夢殿の百円札で裏は法隆寺。次が戦後のシンボルとも言うべき議事堂十円札。五円は緑の地に彩紋だけで、一円札は二宮尊徳と雄鶏《おんどり》、それに板垣退助の五十銭の五種類が登場し、それらが証紙を貼った旧券といっしょに、人々のポケットを出たり入ったりした。

ことに新円の十円札はひどいしろもので、日本銀行という横書きの文字が、まだ右から左へつながっているのはいいとして、通貨としての貫禄も有難味もまるでなかった。

そのため人々から悪口の言われ放題だった。まずその第一は、表の左右に分離したデザインが、子供にさえ米国の二字に見えたことだ。

その右半分を占める四角形内の左下には、ヘルメットをかぶったMPがいて、上にある菊の紋章を睨《にら》みつけているとか、その菊の紋章がごつい鎖につながれているとか、議事堂の窓を十三あるように描いてあるだとか、裏の模様は星条旗の星の数と同じ四十八じゃないかとか、老人たちまでが目くじら立ててあげつらうのだった。

日本の社会は、これに似たモラトリアムを二度経験していた。一回は関東大震災のときで、二度目は昭和二年に起こった金融恐慌のときだ。

しかし、地震や恐慌によって、債権債務の決済が不可能になった場合のモラトリアムでは、支払い可能な者の預金引き出しには、まったく制限が加えられていない。

それにひきかえ、今回の金融緊急措置はインフレの進行を阻止するためのもので、制限外の支払いは厳禁され、そのため通貨さえ新通貨と強制交換させられた。

このような極端な手段をとる場合には、何よりもまずその準備を極秘裏に、しかも素早く行なわねばならない。

ところが激しい空襲にさらされたおかげで国の通貨製造能力は低下しており、用紙の調達さえままならない。暫定的に旧券に貼付する証紙も印刷が間に合わない状態で、当初予定していた二月十日の公布が見送られ、二十三日に繰りさげられたらしい。

ところがそのあいだに噂が世間にひろまりはじめ、あわてて十七日に公布したのだった。

モラトリアム実施の噂を耳にした人々は、封鎖をまぬがれる五円以下の小額紙幣を求めて右往左往した。

どの駅でも、切符を買う人々が長蛇の列を作った。十円札や百円札で近距離切符を買い、釣り銭の小額紙幣をできるだけ多く手に入れようというのだ。

発売されたばかりのピースが七円なので、タバコ屋にも十円札を手にした人々が行列を作る。他の小売商の店先にも、同じように釣り銭めあての客が集まった。

ところが売る側もしたたかで、どの店にも、釣り銭ありません、と書いたビラが貼り出される。売り惜しみが一般的だった風潮が、そのためいっそうエスカレートして、本気で物を買おうとする者は、なけなしの小額紙幣をむしり取られる始末であった。

情報の入手が早かった者は、手持の金を根こそぎ小額紙幣に替えて封鎖をまぬがれ、遅かった者はあり金残らず預金して、その金を凍結させられてしまった。

ところが小額紙幣以外にも、封鎖をまぬがれる紙幣が存在した。

占領軍が発行するB式軍票で、正式にはB号円表示補助通貨という名称である。

それは連合軍が日本本土進駐と同時に使用をはじめた軍票で、日本側はその流通に強く抵抗したが、結局押し切られて、昭和二十年九月二十四日付で、その通用を公布してしまった。

その大蔵省令第七十九号はこう結んでいる。……B号円表示補助通貨ノ収受ヲ拒ミタル者ハ三年以下ノ懲役若ハ禁錮《きんこ》又ハ五千円以下ノ罰金ニ処ス。

日本の補助通貨として認めてしまったわけであるが、内実は軍票発行権を占領軍が保持するだけで、必要な金額は日本政府の通貨で供給するという形であった。

だがその結着を見るまでに、軍票はどんどん発行されてしまっていたから、日本側はその源を封じたあと、すでに流出した分をコツコツと回収してきたのである。

しかしその回収はいくらか進んでも、占領軍はとめどなく軍票発行必要額を日本側に通達してくる。日本の札《さつ》を寄越さないなら、自分たちで軍票を刷るぞというわけだ。

日本側は泣く泣く二日で二億、三日で四億といった勢いで占領軍に札を渡し続け、これが兵士たちの手をへて社会に流れこんだため、インフレを加速させていたのだ。

こうした占領軍への金は、のちに終戦処理費と呼ばれることになる。

ところがここで、日本側に新円切替えの荒業が必要になってしまった。新紙幣の印刷さえ間に合わせかねる中では、とても占領軍兵士の金を交換してやるゆとりなどないし、まして突然何億円寄越せと言われても、その分の新円を刷って渡してやるわけには行かなかった。

そこで今度は、こちらからお願いしてB軍票を印刷してもらい、当座をしのぐことになった。

もともと法律で通用を定めてあるのだから、一時回収に成功したB軍票が、新円切替えと同時に、またもや町へどっと流れ出すことになった。

ただしその通用期間はごく短く、二十一年の七月でA式軍票と交替する。A軍票は軍人軍属以外の者の収受や所持を禁止され、A軍票と交換されたB軍票は、占領軍の手で沖縄へ送られて、沖縄の本土復帰まで流通していたという。

ちなみに、日本本土で流通したB軍票は、百円、二十円ともタテ六十六ミリ、ヨコ百五十五ミリのドル・タイプで、ほかにヨコ寸法のみをつめた十円、五円、一円、五十銭、十銭の紙幣があった。

日本も日清、日露の戦争以来、世界各地で軍票を使っており、B軍票流通は盛者必衰の理《ことわり》をあらわすとは言え、軍票収受の義務を課せられる側の悲しみを、つくづく思い知らされた時期であった。

犬と札束

銀座の焼けビルの三階に、そのB軍票をつめこんだ石油缶が、石炭をいれた木箱のとなりにさりげなく置かれている。

まだ世間では、釣り銭あさりもはじまっていない、一月中旬のことだった。

「俺が持ってきた許可証、もう捌《さば》けたんだろ」

米軍のボンバー・ジャケットのポケットに両手を突っこんだバアちゃんが、簀《す》の子《こ》の上に寝そべって、けだるい声でそう言った。

「ああ。今ごろB票をかき集めてるだろうな」

「やっぱりあれも軍票で売るのかい」

「うん」

答える前田はストーブのそばへ持ち出した木箱に腰をおろし、くわえタバコで火をみつめていた。

三階にいるのはその二人だけ。前田は黒い火掻棒《ひかきぼう》の先で、ストーブの焚《た》き口の扉を閉じた。

「右から左、品物《ブツ》があっさり捌けちゃうのはいいけどさ、それじゃ俺たちは何をしたらいいんだい」

三階に残って留守番役を引受けたのは、どうやら前田と二人だけになって、そのことを言いたかったかららしい。

「俺、みんなといっしょに稼ぐつもりでここへ来たんだぜ。のらくら遊ばしてもらったって楽しかねえや」

「本当ならお前は中学へ行ってなきゃならないんだ」

前田が無表情にそう答えると、バアちゃんは両足で宙を蹴るようにして体を起こした。

「何を考えてるのか、はっきり言ってくれないかな」

前田はバアちゃんに顔を向け、くわえたタバコを左の拇指《おやゆび》と人差指の間へ移した。

戦災で焼けたビルだが、その三階はむき出しのコンクリートの上も、並べて置いた簀の子の上も、隅から隅まで掃除が行き届いて、ひどく清潔な感じになっている。

前田は内側が黄色っぽく光っている大ぶりのあき缶を、灰皿がわりに足もとに置いていて、そのへりへタバコの先を軽く触れさせ、灰を落とした。

「おとなら誰でも考えることとさ」

おとな、と言われてバアちゃんは、チェッと舌打ちをする。

「俺に説教めいたことを言わせるな」

前田は苦笑を泛《うか》べる。

「級長たちだって、することがなくて困ってるんだ。このまま放っといたらまた自分たちで稼ぎはじめるぜ」

「自分たちで稼ぐ……」

「そうだよ」

「どうやって……」

「手はじめはかっぱらいかな。洋モクだって扱えるし」

「稼ぐのは俺やお母さんにまかせろ。それよりお前、自分の戸籍がなくなってるのを知ってるか」

「ああ、多分ねえだろうな」

それがどうした、という様子でバアちゃんは立ちあがった。

「要らねえだろ、もうそんなもの」

「戸籍もなし、学校へも行かずで、いったいどんなおとなになるつもりだ」

前田も立ちあがり、窓をあけて外を眺めはじめたバアちゃんのそばへ行く。

「学校なんか、行かなくたって食って行けらあ。どうせ闇で稼ぐんだ。戸籍だって要るもんか」

前田はバアちゃんの肩に手を置いて、その顔をのぞきこむようにして言う。

「俺もお母さんも、お前らをちゃんとした人間にさせたいんだよ。みんなの戸籍も復活させる。学校へも行けるようにする」

バアちゃんは、眩《まぶ》しそうな顔で前田から目をそらせた。

「学校か……いまさら」

いまさら、と低い声で言い、バアちゃんは溜息《ためいき》をする。

「この銀座にも浮浪児たちがいる。知ってるはずだ」

「ああ、知ってる。ゲソたちがつき合ってるよ」

「まっ黒けだ。上野《ノガミ》にいたときのお前らみたいにな」

バアちゃんはかすかに頷《うなず》いたようだ。前田に背を向け、窓のへりに両肱《りょうひじ》をついて、顔を外の冷たい風にさらす。

「地下道じゃ、相変らず死人が出ているぞ。餓死か凍死かはっきりしないそうだ。それに闇市だってやりにくくなるらしい。規則を厳しくして、地下道に巣食ってるような者にはやらせなくするんだとさ」

そのとたん、バアちゃんはビクッとしたように振り返って前田をみつめた。

「お母さんはやれるんだろ」

「どうかな。お母さんだって地下道にいた口《くち》だ。いろいろ事情があって、配給通帳だって持っていないらしいぜ」

前田はバアちゃんを説得するつもりらしく、お母さんの内輪ばなしを聞かせて、態度をやわらげようとしている。

「なんで配給通帳を持ってないんだよ」

前田が声をひそめたので、バアちゃんもつられて声を低くしたが、その言い方は非難するようにきつかった。この時代、種々の配給を受けるための通帳は、のちの住民票や運転免許証にも劣らぬ身分証明になるのだった。そしてそれは、野菜その他の配給制が解消したあとも、米穀通帳としてかなり長いあいだ形を留《とど》めることになる。

「亡くなったご主人の実家に身を寄せていたらしいんだが、住宅難食糧難のこんな時代だ、判るだろう……」

前田をみつめていたバアちゃんの目の色が弱くなる。肩を落としてまた外へ顔を向けた。

「居辛くされたんだな、畜生め。でも、それじゃお母さんとボーヤの分の配給は……」

「実家にそのままなんだろう」

「嫌《や》な話聞いちゃったな。追いだしといて配給はそいつらがいただきかよ」

バアちゃんはくぐもった声になる。

「まったく嫌な話さ」

前田もそう言って窓の外の空に目をやった。しかしバアちゃんの思いと前田の感慨はだいぶ違っている。前田はお母さんから、大磯《おおいそ》の吉野家を出なければならなかった事情について打明けられていた。

焼け出される前、お母さんたちは四谷区若葉《わかば》一丁目に住んでいた。学習院初等科がある近くだ。夫の吉野和彦は海軍将校で、戦死したとき三十歳。最年少の中佐だったというから、相当な逸材だったのだろう。

お母さんの本名は吉野静子。旧姓を山岡と言い、二人の兄がいたが共に出征して戦死した。吉野中佐が妻子を四谷区若葉の山岡家に住まわせていたのは、二人の息子を戦地で死なせた両親を慰めるつもりでもあったらしい。

ところが空襲が激しくなり、とうとう山岡家も焼けて、三月九日の夜にその両親も焼け死んでしまう。地方に縁者のないお母さんは、やむを得ず啓子を連れて大磯にある夫の実家吉野家を頼った。

吉野家もかなりの素封家だったが、その家には吉野中佐の実弟で内務官僚の道彦と、実父義彦という二人の男性が住んでいた。長男が軍人となり、次男が家を継いだ形だったようだ。

お母さんがその吉野家へ身を寄せてからすぐ、家の中の空気が険悪になった。お母さんにとっては義父、義弟に当たる二人の男が二人ともお母さんに……。

前田はふとわれにかえり、けがらわしいものを見たように首を振って、その回想を断ち切った。

「お母さんはお前らから生きる勇気を分けてもらったと言っている」

「あんなところにいれば、誰だって一度は死んじまいたくなるさ」

「お前もそんな風に思ったことがあるのか……」

「あるさ」

バアちゃんは吐きすてるように答えた。

「みんな一遍に死んじまったんだ。自分家《ち》の中でドカーンだ。死ぬのなんて簡単さ。なんで俺だけ死ねなかったのかなあ」

「でもお前には、もう級長たちがいるじゃないか。お母さんやボーヤもな」

前田はそう言って、身じろぎもしないバアちゃんの背中をみつめた。

「ルースだっているんだし」

バアちゃんは首をねじって前田を見た。

「いい犬だろ、あいつ」

微笑が泛んでいた。

「ああ、すばらしい犬だ。お前にはルースのすばらしさがすぐ判ったんだな」

「うん」

バアちゃんは姿勢を変え、窓のへりに倚《よ》りかかって得意そうに言う。

「あいつは俺が銀座へ行こうと言ったら、すぐ納得したんだ。俺の言うことが判ったらしいんだよ」

「犬だって自分を判ってくれる者を好きになるもんさ」

「そうかも知れないね」

バアちゃんは少し素直になったようだ。

「ルースがいちゃあ、もう死にたかねえはずだ」

前田はわざと乱暴な言い方をしている。

「うん」

それに釣りこまれたように、バアちゃんは強く頷いてみせる。

「みんなだってお前のことを判ってる。理屈抜きでな」

「あいつら、俺の枕や茶碗まで用意して待っててくれやがった」

「お前はあいつらにルースを連れて来てやった。みんなよろこんでる」

「いちばんよろこんでるのはルースさ」

バアちゃんはそう答えてから少し考え、また喋りはじめた。

「戸籍がなくちゃ、ちゃんとした人間とは扱ってもらえないよね。戸籍は元通りにしてもらったほうがいいにきまってる。それに学校へも行ったほうがいい。あいつら、今度は中学へ行く番だ。ちょうどキリがいいじゃないか。あいつらを中学へ行かしてやってよ。……でも俺はダメだぜ」

「どうしてだ」

「本当なら、四月から中学二年だもん。俺、落第するの嫌だな」

「それなら二年に編入できるようにするぜ」

「ダメ。俺、こんなだもんな」

バアちゃんは右の人差指で自分の眉《まゆ》をなぞった。かつてそこに眉毛があったはずなのに、その部分は火傷《やけど》でつるっとしていた。

「みんな俺を気味悪いってさ。こわがられちゃう。それにまだときどき、頭の具合がおかしくなるしさ。知らないあいだに眠ってたり、暴れちゃったり……。だから俺、もう学校なんか行かねえんだ。稼ぐほうにまわるよ。お母さんや前田さんのほうへ入れてくれよ。稼いであいつらを学校へやるほうにさ」

前田の目にはためらうような色があった。バアちゃんの提案を無下《むげ》には退けられないと考えたようだった。

「でもさ、なんでB票なんかで売るんだい」

バアちゃんはずっとそれが気になっていたらしく、すらりと話題を変えてしまう。

「ないしょだぞ」

前田はさりげなく答えた。

「次は進駐軍の物資《ブツ》を買う」

バアちゃんは声をあげて笑った。

「やっぱりそうか。アメちゃんの物はよく売れるからな」

バアちゃんは納得したらしいが、前田は通貨の切替えが迫っているなどということを、まだ誰にも知らせるわけには行かなかった。

前田自身、それが本当に起こるのかどうか、まだいくらか信じかねている節《ふし》があった。

「ほら」

バアちゃんは革ジャンパーのポケットから紺色の小箱をとり出して前田に渡した。

「こいつめ」

前田はニヤリとしてそれを受取る。発売されてまだ何日もたっていないピースだった。

「いくらだ」

「いいよ。あげる」

バアちゃんは前田を睨《にら》むようにみつめて言った。

「俺、学校なんか行かないからな」

前田は内箱を下から押しあげてにおいを嗅《か》ぐ。

「でもアカチンは行きたがってる。あいつ、大学へ行くんだってさ。死んだおやじと約束してたらしいぜ」

「もらっとく」

前田は内箱を元に戻して、ピースを黒い背広のポケットへ入れた。

そのアカチンはルースを連れて銀座教会のあたりを歩いている。啓子とニコもいっしょだ。

啓子はコーデュロイのズボンをはいて、古毛布で仕立てたハーフコートを着ている。子供用の小さなハンチングをかぶっているが、それでも啓子の頭にはだいぶ大きめで、歩いていると眉のあたりまでずりさがってきてしまうのが、かえって愛くるしい感じだ。

外国人の目にも可愛らしく見えるようで、GIたちからよく声がかかる。たった今も若い黒人兵が啓子の前に立ちふさがって、陽気な身ぶりで何かペラペラと話しかけたが、啓子はもうそんなことにも馴《な》れてしまい、人なつっこい笑顔を泛べてGIの足もとをすり抜けてしまった。

「ポチ、おいで」

毒々しいまでに口紅を塗りたくった女が、格子縞のスカートの裾《すそ》をひろげてしゃがみこみ、右手をさしだしてルースを呼んだ。

「ポチじゃねえよ」

ルースが頭を低くしてゆっくり尾を振り、その女に近づきはじめると、ニコが不機嫌な様子でそう言った。

「なんていう名前……」

女は顔をあげてニコに尋ねた。さしだしたままの女の指先へ、ルースが鼻を近づける。

「ルースってんだよ」

「へえ、しゃれてんのね。ルース……ルースちゃん」

女はルースに目を戻して、そっと頭に手をのせた。スカートは派手だが、紺の上着はごくありきたりの地味なものだった。その下は白の素っ気ないブラウスで、長い髪も北風に吹きさらされてバサバサの感じだ。

売春婦《パンパン》、ということはニコにも最初から判っている。だが街角で犬を撫《な》でているその女の表情は、どことなくあどけない。

そう言えば、どぎついのは口紅の塗りようだけで、よく見れば唇の紅以外には化粧っ気がまるでない。戦後最初の冬の銀座には、たしかにGI相手の売春婦《パンパン》がいたが、他の物資同様化粧品もまだ彼女らの間に行きわたってはおらず、どぎつい口紅だけを目じるしにしている女も多かった。

「来い、ルース」

ニコがルースとその女を引き離そうとした。するとその女はちょっとうらめしそうな顔

で、

「あんたの犬……」

と訊《き》いた。

「そうだよ。俺たちの犬さ」

「そう……」

女は残念そうに立ちあがる。

「犬飼ってるの……贅沢《ぜいたく》ねえ」

その女も犬好きなのだろう。ニコとアカチンの間にはさまれて去って行くルースを、じっと見送っていた。

「数寄屋橋《すきやばし》渡って駅のほうへ行こうぜ」

「うん、マンジューがいるかも知れない」

啓子がルースのすぐあとを小走りについて行く。銀座の尾張町《おわりちょう》交差点から数寄屋橋を渡って日比谷交差点にかけての一帯は、ＧＩがうようよしていて、日本人は彼らを避けるように、道の端をこそこそと歩いている感じだった。

だがルースを従えたニコとアカチン、啓子の三人は、大威張りで歩きまわっている。

占領軍は第一相互ビルにＧＨＱを置いたあと、日比谷、有楽町周辺の焼け残ったビルを、次から次へと接収して、そのあたりをＧＩの町にしてしまった。

憲兵隊は朝日生命ビルに入り、三信ビルには通信隊本部が置かれ、銀座にはGI向けのキャバレーやクラブが次々に店開きし、四丁目角の服部時計店はPXにされた。

東京宝塚劇場も接収されてアーニーパイル劇場となり、のちに日活国際会館が建てられる土地は、米軍専用のモータープールにされていて、そこに並ぶ外車の群れが日本人を眩しがらせた。

尾張町交差点のまん中では、白いヘルメットにサングラスをかけてMPが、あざやかな手つきで交通整理をしており、そのそばで野暮ったい制服を着た日本の警官が、ぎこちなくMPの助手をつとめている。

焼けた銀座三越は、ガラン洞で、まだみすぼらしい骨組をさらしており、町には看板らしい看板も見当たらず、英文の道路標識だけがやたらに目立った。

都電の安全地帯（停留所）には、腹をすかせた人々が今にもこぼれ落ちそうにして電車を待っており、その横をGIたちの乗ったジープが走り抜けて行く。

日本人の乗物は主として都電と自転車。馬にひかせた荷車も、のそのとのちの晴海《はるみ》通りを通行している。地下鉄の入口は屋根も囲いもなくなって、PXにされた服部時計店の店内を、日本人が黒山になってガラスごしにのぞきこんでいる。

有楽町駅東口あたりはのちにスシヤ横町となり、飲み屋や食い物屋がひしめくのだが、そこもまだ上野、新橋の青空市場とたいした変りはなく、朝日新聞社の日劇側では、壁新聞に人だかりがしていた。

泰明《たいめい》小学校は焼跡そのもので、生徒も先生も学校そっくり築地文海国民学校へ移ってしまっていたから、浮浪者や孤児たちには絶好のすみかとなり、ニコやアカチンたちも銀座へ来るとすぐ、その連中と渡りをつけてしまっていた。

泰明小学校の教師、児童が自校舎へ戻るのは、昭和二十二年の新学期からで、同時に都立京橋商業高校が間借人として移ってくるなど、ややこしい限りであった。

ちなみに、都立京橋商業は月島の校舎を米軍に接収され、居場所がなくなっていたのだ。

そして上野駅地下道から運よく脱出できた級長たちにも、学校の問題が大きくのしかかりはじめるのだった。

地中の酒

前田とバアちゃんが焼けビルの三階に留守番役で居残り、ニコとアカチンが啓子とルースを連れて銀座界隈《かいわい》を歩きまわっているころ、お母さんは級長や飴屋《あめや》たちといっしょに御徒町の闇市《やみいち》にいた。

子供たちに囲まれて闇市の様子を見てまわるお母さんには、行くさきざきで声がかかる。日ましににぎやかになり、本格的なひろがりを示しはじめるその闇市で、お母さんは草分けの一人だったし、結城組との拳銃乱射事件はみんなによく知られていたから、そこを取りしきる東尾組や福島組の幹部以上に、特別な畏敬《いけい》の念をもって見られていた。

草分けと言っても、お母さんがそこで商売をはじめてからまだ半年ほどのものだが、闇市の急速な発展と、そこにいる人々の移動の激しさは、通常の時代の一年分の出来事を一ヵ月に詰めこんで突っ走る、満員列車のようなものだった。

子供たちがお母さんのそばにへばりついて離れないのは、お母さんが発するそんな後光のようなものに包まれて、自分たちまでが特別な存在であるかのような快感を味わえるせいだった。

「お母さん、お母さん。唐草のお母さんよ」

闇市のまん中で、お母さんにまた声がかかる。ひどいダミ声だ。

「あら、魚屋の中田さんじゃありませんの。場所《ショバ》をお変えになったんですのね」

その男は五分刈りの頭へごつい手を当てて笑う。

「場所《ショバ》をお変えになったんですのね、なんて言われちゃうと変な気分だけどさ、鰤《ぶり》があるんだよ、鰤が。富山から着いたばかりなんだぜ、無事に」

「まあ、鰤が……」

「持ってきなよ。悪いことは言わねえからさ」

「そうね、頂きたいわ」

「切身にしてやるよ。そう言やあボーヤがいないね。どうしたんだい」

「啓子はお留守番ですの」

「あのボーヤの顔見ねえと淋しくっていけねえ。連れてきてよ」

「ええ」

そばにいた男がその会話に割って入る。

「鰤だって、おやじ」

魚を売っている男は、ドングリまなこをギョロリとさせて相手を睨《にら》んだ。

「ねえよ、そんなもん」

「だって今、この人に言ってたじゃないか。富山湾の鰤だって」

「富山湾の鰤だぁ……旨そうだな。俺も食いてえや」

「とぼけちゃって……この耳でたしかに聞いたんだぞ」

「うるせえ。ここをどこだと思ってやがる。役所じゃねえんだぞ。あるはずのねえ物が出てきたり、あるはずの物がなくなったりするから闇市ってんじゃねえか」

「そんな意地悪言わないでさ。人民同士だろ」

「ヘッ、何がジンミンだ。ジンミンの刺身でもこさえてやろうか」

売手が極端に強い時代だ。買手は札《さつ》を山と積んでその前に土下座しなければならない。

男は相手にされず、バツが悪そうに人ごみの中へ消えた。

魚屋の中田は数量も訊《き》かず、自分勝手に鰤の切身を六つばかり紙にくるんでお母さんに渡す。

「お幾ら……」

「要らねえ。実を言うと、幾らにしたらいいのか俺にも判んねえ。富山から上野へ無事に着いたのがふしぎなんだよな。お母さんたちに食ってもらえりゃ、その鰤も浮かばれるってもんだ」

「ばかだな、おじさん。鰤は魚だぜ」

「うるせえ」

口を出したゲソが呶鳴《どな》られる。

「しっかりお母さんを護衛するんだぞ」

「じゃあ頂いて行きますわ。あとで何か……物々交換ということで」

中田は首をすくめる。

「お見通しだ。そうなんだよ、お母さんとこにはいい物があるからなあ。実はね、粉ミルクが欲しいんだ。まだ急いじゃいねえんだけどさ。うちの奴がこれでね」

中田は左手で腹を押えてみせた。

「あら、おめでたですの。それはよかったですわね」

「よかねえよ。食う口が一つ増えちまいやがんだもん。住宅難だしさ、参ってんだ」

「そうおっしゃりながら、お顔はとてもうれしそうですわよ」

「粉ミルク、頼んますよ」

　中田はお母さんに片手拝みをしてみせる、鰤六切れで粉ミルクの供給ルートを確保するつもりなのだろう。

　鰤の切身が級長のリュックサックに納まって、また少し行ったところで、今度は薄茶のコートを着た品のいい女性がお母さんの前に現われた。

　そのコートは冬の日ざしを浴びて、つやつやと光って見える。髪型も着る物もきちんとしていて隙《すき》がない感じだ。

「あら奥さま」

　お母さんは自分のほうから足をとめ、そう言って行儀よく頭をさげた。

「いつぞやは失礼いたしました」

　その女性は革手袋をした手を胸のあたりにあてがい、

「ああ、よかった。やっとお目にかかれたわ」

　と笑顔になる。

「どうなさってたの……あれから何度も煙突のそばへ行って見たんですけど、いつもいらっしゃらなくて」

その女性のほうが少しお母さんより年上らしかった。

「それはどうも失礼しました。暮れからちょっと事情が変りまして」

「お店、やめたんですか」

女性の表情がちょっと曇った。

「やめたと言うわけではありませんが……」

お母さんはそう答えて、ちらっと級長を見た。

「今のところあの屋台は人にお貸ししておりますの」

「で、ご商売は……」

その女性も級長たちに視線を移して言った。どうやらお母さんが、大勢の子供たちをかかえていることを知っている様子だ。商売をやめたら、子供たちをどうやって養って行く気だと言いたいように思えた。

「そちらのほうは相変らず、なんとか」

お母さんはあいまいに答えている。銀座へ移ったこともその女性には教えないのを見て、級長たちはその二人があまり深い関係ではないと感じている。

「あれはお役に立ったでしょうか」

お母さんが尋ねる。

「ええ、あれからしばらくして編みあげました。でも、出来栄えをお見せしようと思って娘に着せてここへ連れてきたら、あなたはお商売をお休みになっていらっしゃっていて」

「あら、それは申しわけありませんでした。何しろ闇市ですから、ときどき取締りなどがございまして」

「ええ、あたしが娘を連れて来たときも、ちょうどそんなことがあったらしくて」

「でも、お役に立ててよかったですわ」

「あの毛糸、本当にいい品物でしたわよ。それに娘もそろそろおしゃれをしたがる年頃で。ですから得意がって着てますの」

級長と飴屋は顔を見合わせた。二人の会話でその女性のことを思い出したのだ。

龍岡町《たつおかちょう》から闇の商品を運んでいたころ、その荷物の中から白い毛糸が出て来たことがある。もしかすると、それはごく最初のころのことだったかもしれない。

お母さんは白い毛糸の処分を、自分の好きなようにさせてくれと言い、人柄を見てその女性にこっそり売ってやったのだった。

ひと目見て、毛糸の量がセーター一着分しかないのが、お母さんには判ったのだろう。できれば啓子にセーターを編んで着せたかったのかも知れない。

だが地下道暮らしではそんなゆとりのあるはずもなく、どうしてもその白い毛糸は、自分の思いを託せる相手に活用してもらいたかったのだ。

薄茶のコートを着た女性は、その毛糸を買った人なのだ。だがお母さんもその人も、互いに名前さえまだ知らない。

「今日、ここでお目にかかれるなんて思いませんでしたわ。どうしてもあなたにお話ししたいことがあるんです。ご用もおありでしょうけど、是非あたしの話を聞いてくださいません……」

その人はばかに真剣な様子だった。

「はあ……とにかくこんな人ごみではなんですから、よろしかったらごいっしょにどうぞ」

「ええ、どこへでも参りますわよ。こうなったらあたしもう、あなたを放しはしませんからね」

その人は冗談めかして言い、お母さんと並んで歩きはじめた。

お母さんが案内したのは、仲御徒町《なかおかちまち》のルスバンの家の建築現場だった。

「まあこれ、あなたのお家《うち》……」

その人は目を丸くした。

「いいえ、そこにいるルスバン君……じゃなくて中野君のお家が、焼ける前ここにあったんです。和菓子屋さんでね」

お母さんはルスバンのほうを見て言い、ルスバンはお母さんをみつめて頷《うなず》いた。

「その和菓子屋さんが再建なさったのね。本建築じゃないの。今どき凄《すご》いものね」

その人は一人合点にのみこんで、うっとりと木の香の漂う二階建ての木組みをみあげている。

「あそこへ行きましょうか」

焼跡に新しく建てているのはまだその一軒だけだから、資材置場には事欠かない。お母さんはその人を連れて、大工たちが食事や休憩に使う焚火《たきび》用のドラム缶のそばへ行き、敷いてある筵《むしろ》の上に横坐《よこずわ》りになった。

「あなたがたは、そこらでちょっと遊んでいて頂戴」

お母さんが級長に言うと、級長はリュックサックを背中からおろしてお母さんのそばへ置き、みんなに顎《あご》をしゃくってみせ、駅のほうへ立ち去って行く。

「よく判った子供たちね。みんな戦災孤児なんですって……」

その人はすでに、お母さんに関する噂をいろいろ聞き込んでいるらしい。

「ええ、あたくしたち地下道仲間なんですの」

お母さんは地下道生活を隠そうとはしない。むしろ誇らしげな顔でそう打明けている。

「大変なんでしょう、ああいう子供を大勢食べさせて行くのは。かと言って、曲がった道へ足を踏み入れさせてもいけないし」

お母さんは微笑する。寛大な、見ようによっては妖しい微笑である。

「ある程度のことは黙って見ているよりいたしかたありませんわ。こんな世の中ですもの」

「そりゃそう。そりゃそうよ」

その人は深く頷いてみせる。

「道を説くだけでは今どき生きて行けませんものね。でもどうなるんでしょう。物価は毎日あがり放題で、闇でいくら儲けたって、お金は目べりする一方じゃないの。儲けたお金でまたみんなが欲しがる品物を仕入れなきゃ。そのお金はあっという間に紙屑《かみくず》同然になっちゃうんですものね。あなたも随分いご商売をなさっておいでのようですけど、次の仕入れができなくなったら、いくらお金を持っていたって、タケノコ生活といっしょよ。心配じゃありません……」

お母さんはまた妖しい微笑を泛《うか》べる。謎めいた品物を、出所があいまいなまま売って生活しているうちに、そんな微笑のしかたが身についてしまったようだ。

「前途に不安を持たない日本人なんて、一人もいやしませんわ」

「強い人なのね、あなたは。あたし、あなたのような人を探していたんです。毛糸を売って頂いたとき、あ、この人だ、って判ったんです。ですから、あなたに是非お願いしたいことがあるんです」

「どうぞ、おっしゃってください」

「実はあたし、洋酒をたくさん持っているんです」

「洋酒、と言いますと……」

「コニャック、アルマニャック、スコッチ。ウイスキー、ウォッカ、ラム……それにリキュール類。なんでもひと通り揃ってるわ」

「量は……」

お母さんはそれを売り捌《さば》け、と言われるのだと思ったらしい。

「三千本はあるでしょうね。まだ数えてみたことがないんだけれど」

お母さんは、小首を傾《かし》げた。取引をするにしては、話が少しあいまいだったからだ。

「父が空襲のひどくなるのを見こして、はやばやと疎開させておいたのです。父はホテルの総支配人をしていたんですけれど、五月二十九日の空襲で、ホテルごとやられてしまいまして」

「それはお気の毒なことです」

お母さんは静かに頭をさげ、あげるとすぐ短く尋ねた。

「横浜で……」

「ええ」

横浜が手ひどくやられたのは、東京大空襲のあと。五月二十九日のことだった。

「柴又《しばまた》の帝釈《たいしゃく》さまの近くに実家がありまして……小さなお寺なんですけれど。ホテルにあった洋酒類をそのお寺の土地に埋めたんです。さいわい洋酒は無事に残りましたけど、ホテルは焼け崩れてしまいましたし」

お母さんは納得して頷いた。

「でもね、それをあなたに売り捌いていただこうというのではありませんの」

「と、おっしゃいますと……」

「その洋酒を売れば、たしかに高く売れはするでしょう。でも手に入れたお金は、その日からどんどん目べりしてしまいます。さっき言ったでしょう……タケノコ生活と同じことになってしまうんです」

「それはまあ、そうですわね」

「あなたのようなすてきな方が、吹きさらしの中で下品な言葉に囲まれていらっしゃる。あのとき、失礼ですけどあたしにはとてもいたましいような感じがしたんです。この人も苦労していらっしゃる、って」

その人はお母さんをみつめ、お母さんはみつめられて軽く頭をさげる。

「あたくしだけではありませんけれど……こういう世の中ですから」

「でも、あなたにはあなたにふさわしい苦労のしかたがあるとはお思いになりませんか……。お見受けしたところ、あなたはあたしなどよりずっとお顔も広いようですし、洋酒を専門に扱って暮らして行くようなことにはならないでしょうか」

「洋酒を専門に……」

「ええ。早く言えば酒場の経営です。いまこの東京で、あれだけの洋酒を揃えていれば、とても高級な酒場ができると思うんです。むろん今そういう高級な酒場へ出入りできるのは、闇成金とかごく限られた人たちでしょうけれど」

その人はお母さんをみつめ、答えを待っている。お母さんはその視線から目をそらして、じっと遠くを見ていた。

「考えさせて頂きます。そうですわねえ、一度に売り払ってしまうより、少しずつ毎日売ったほうが強いかもしれません。インフレに対して……。ちょうど新しいお金を上手に手に入れる方法を考えていたところなのです」

「新しいお金……」

お母さんはその人へ視線を戻した。

「いいえ、お金を手に入れる新しい方法です」

お母さんは澱《よど》みなく言い直した。

「そうですよ。あなたはいつまでも闇市にいらっしゃるべきではありません。あたしが今言ったことを、よく考えてみてください。瓶を一本ずつ売ったのでは、そのお酒はあくまでもお酒でしかありません。でも何百種類というお酒を揃えた酒場なら……。実はグラス類も、戦前からの物が一通り揃っているのです」

「で、お値段のほうは……」

「あなたがそれで酒場をやってください。あたしは三千本の洋酒とグラス類を現物で出資します。早く言えば、値段ではなくて分け前の比率よ。それはあたしにもまだ、どれくらいの数字にしていいか見当もつきませんけど、お互いに善意で話し合えば折り合いはつくはずです。お断わりしておきますけれど、あたしのほうには酒場をはじめる資金などないのです。もしあなたにこれを断わられたら、それこそタケノコ生活で、一本ずつ売り食いをして行くしか方法がありません」

「そのお酒は、お父さまの遺産というわけですのね」

「ええ。夫はさいわい軍隊にも行かずにすんで、今もちゃんとした会社に勤めています。まじめでおとなしいのだけが取り柄……洋酒のことも知ってはいますが、すべてあたしのいいようにと……下戸《げこ》なんです、夫は」

その人はそう言って悪戯《いたずら》っぽく笑った。


「駒込西片町《こまごめにしかたまち》か」

その夕方、前田はお母さんから受取ったメモを見て考えこんだ。

「子供たちがいくら嫌《いや》がっても、あたくしは、みんなを学校へ行かせます。新学期はもうすぐなんですよ」

ストーブのそばにお母さんと前田が二人だけ。子供たちはみな外へ出されている。

「白石三枝子さんか。その人が自分でやればいいのに」

前田はそう言ってメモをお母さんに返した。

「甘えるわけじゃありませんけど、あたくしだっていつまでも闇市の露店商でいたくはありません」

「でも、お母さんが水商売をやるなんて」

「体を売るわけではありませんのよ。お酒を売るだけです」

「でもなあ」

前田はお母さんが酒場をはじめる話に、乗り気ではないようだ。

「理解して頂けません……。子供たちはみんな中学へ通うようになるんですよ。あの子たちをこのまま闇市のならず者にしてしまうわけには行かないじゃありませんか」

「そりゃそうですけど」

「うまく行けば、根津《ねづ》のほうのお寺さんがあの子たちを引取ってくださるという話も、あなたが持ってきてくださったんですよ」

「自分じゃありません。あの話は横尾から出たものです」

前田と横尾常雄という男の濃い関係が、このところお母さんにもはっきり見えはじめている。お母さんが前田を通じて、その正体不明の男に、子供たちの戸籍の復活と、中学進学のことを強硬に申し入れたからだ。

それに対し、横尾からは万事まかせてもらいたいという、頼もしい返事がきている。だが前田には、横尾がなぜそんなにお母さんを援助するのか、まだ全然判ってはいなかった。

とにかく、ルスバンの戸籍はとうに復活し、仲御徒町二丁目の土地は、きちんとルスバンが相続したことになっている。後見人はお母さんで、お母さんはルスバンに地代を払い、二階建ての建物の建築許可も正式に取ってある。そういう風に、子供たちのことに関しては、ルスバンを皮切りに、ひとつひとつ片付いて行くようなのだ。

そんな最中に、降って湧《わ》いたようなこの酒場経営の話なのである。前田は自分を仲介にして進行する、お母さんや級長たちの環境整備をよろこびながら、お母さんの水商売進出には本能的な警戒心を抱くのだった。

「何かを右から左へ転売するだけではもういけないと思うんです。自分の手で何かを生産する者が勝つ時代がやってくるはずです」

「酒場で何を生産するんですか」

前田はむっとしたように言い返したが、

「サービスです」

と、意表を衝《つ》く答えを事もなげに返されて、黙りこんでしまった。

「前田さんがそんなに心配してくださるのは、本当にうれしいと思います。でも、あたくしがやろうとするのは、うんと高級な酒場ですのよ。いいお客さまだけが集まる……」

「地面の下から出てきた、三千本のウイスキーか……」

「ですから、ウイスキーだけではありません。コニャックも、リキュール類も、グラスもです。グラスはみんなバカラですって。白石さんには開店の資金がありません。でもおかげであたくしにはその資金があるじゃありませんか。あたくしは怯《おび》えているんですよ。新円切替えのあと、しばらくの間は軍票や小銭が物を言ってくれるかも知れませんけれど、そのあとはどうなるんです。昔のように利息で食べて行けるような、なまやさしい世の中に戻るとはとても思えませんし、あると言ったって、あたくしたちのお金は、利息だけで生活して行けるほどの金額ではありはしません。新円切替えのあと、またインフレになるかも知れないでしょう。それよりも、軍票や小銭が物を言ってくれている間に、あたくしはお店を手に入れてしまいたいんです。酒場は女の細腕でやれる数少ないお商売ですわ」

「あなたが酒場をはじめればさぞかしはやるでしょうよ。でもそうしたら、自分は何をすればいいんです。酒場の用心棒ですか……拳銃ぶらさげて」

　前田は自嘲めいた笑いかたをした。

「あなたと協力して、あの子たちを立派な人間に育てていくのが、戦後の自分に残された唯一の道だと思いはじめていた。だが、あなたが酒場をやるなら、自分の出る幕はありません」

　前田のその言い分は、子供たちの進学に対する言い分ときわめてよく似ていた。子供たちはみんな、自分たちが稼いでお母さんと啓子を守って行くつもりでいる。大学へ進む気のアカチンでさえ、学資は自分で稼ぐつもりになっているのだ。

前田は彼らの説得に骨折りながら、自分もお母さんに対して、同じ抗議を申し入れている。

それなら俺は何をしたらいいんだよ……と。

「自分は会社を作って、お母さんと手分けして稼ぎまくろうと思ってました。あのルスバンの家を本社にしてね。そして、奴らの親が持っていた土地を管理し、奴らが大きくなったら株主にして、奴らもこっちの戦線に参加してもらう。みんなの力ででかい会社にする夢をみてたんですよ」

「それでいいじゃありませんか。その会社、作りましょうよ。酒場はその会社の一部門です。ルスバン君は経済に進んでもらいましょう。あの子は経理なんかが向いてるわ。ニコ君は進駐軍の自動車に夢中なの。だから運輸部門がいいわね。マンジュー君はセールスマン。ゲソ君は情報部門が最適よ。あら、あたくしにももう、前田さんの夢がうつってしまったようね」

お母さんのはしゃぎように、前田は苦笑してしまう。

「随分張り切ったもんですね」

「そう、あたくし張り切ってますの。今までは万事成り行きで過してきたけれど、これからは自分で自分の道をきりひらくのよ。それにこの話、あたくし絶対成功すると思います。なぜって、あたくしは白石さんを一目見てすぐ、この人に毛糸を編んでもらいたいと思ったんですし、白石さんはあたくしを見て、是非お父さんの形見のお酒で酒場をやらせたいと思ってくれたんですもの。見ず知らずの間柄で、こんなに呼吸がぴったりと合うことなんて、まるで奇蹟《きせき》です。あたくしどうしてもやります。あしたから、お店を探しに歩いてみるつもりです」

前田は閉口したように、右手を首筋のあたりへあてがっていた。

日ならずして、そういうお母さんの夢が、陰の男たちの耳に届いた。

「その横浜のホテルというのは、多分あのホワイト・アロー・ホテルだろう。あそこの社長はたしか矢島という姓で、総支配人は白石だ。その二人が手塩にかけて作りあげたホテルだそうだ」

重藤は懐かしそうな顔でそう言った。場所は築地新富町。看板も出していない小さな料亭だ。

「どうもわたしまで入れこんでしまいまして……吉野未亡人の夢は是非とも叶《かな》えさせてやりたいのですが」

「儂《わし》もあの人の進路については、そういう線で考えておった。東洋社ビルの地階などはどうかな。あそこは昔から海軍さんの溜《たま》り場だったしな」

「東洋社ビルですか……銀座六丁目の」

「そうだ」

「結構ですなあ」

多和田は膝を叩いてよろこんでいるし、重藤は擽《くすぐ》ったそうに忍び笑いをする。

「こちらの手の中へ、あの人から入って来てくれるわけか。なかなか楽しいことになりそうじゃないか。その酒場は日本一高級な酒場になるぞ。店開きすれば、みんなそこへ押しかけるはずだ。……多和田には官憲のほうへ、そのときどきの手配をしてもらわねばならんがな」

「心得ております。酒場の一軒くらい、どうとでもなりますよ」

たしかに、その男たちにとっては、お母さんに対するバックアップくらい、ほんのいたずら程度のことでしかないのだろう。何しろ彼らのいちばん心安い角度からの支援の手なのだ。

その内密の席では、級長たちのことなど、もう話題にもならない。級長をはじめとする八人の戦災孤児の運命は、そうした巨大な黒い手の影の中へとりこまれてしまったらしい。

第二部

雪の月曜日

重そうな雪が鉛色の空から絶え間なく舞いおりてくるのをみつめていると、見ている自分のほうが空へ吸いこまれて行くような錯覚を起こしそうだ。

「来たぞ」

そういう声で右のほうを見ると、雪の降りしきる中を黄色い電車が近づいてきていた。洋傘《こうもり》を畳む前に傘の雪を振りおとそうと、黒い柄を持って二、三度半回転させると、

「よせよ、つめてえな」

というとがった声が飛んでくる。罵《ののし》り合っても喧嘩をしても、もう離ればなれに暮すことなど考えられなくなってしまった同級生の四人が、清水谷《しみずだに》の停留所からその都電に乗りこんだのは三時半ごろだった。

「この傘の柄、包帯を巻かなきゃ」

車掌に回数券を渡してそう言ったのは飯島譲《ゆずる》である。黒い詰襟《つめえり》をきちんと着て、学生帽も曲げてかぶったりはしていない。ズックのカバンを右肩から左腰へかけ、帽子の下は坊主頭だ。黒い傘の柄は皮膜のセルロイドが破れて、石膏《せっこう》の白い粉が指についている。

その時間、16番の都電はたいていすいていた。学校の多い地域だが、学生、生徒の大半

は反対方向の大塚駅前行きに乗るから、彼らはラッシュアワーの苦労をしなくてすむ。

一緒に乗った武田勝利《かつとし》、横沢健太郎、野沢浩二の三人も、ごく真面目な身なりと態度である。

区役所前、同心町《どうしんちょう》、伝通院《でんずういん》前、富坂《とみさか》二丁目、春日町《かすがちょう》、真砂町《まさごちょう》、そして本郷《ほんごう》三丁目。

四人は本郷三丁目で錦糸堀《きんしぼり》行きの都電をおり、日本橋通《とおり》三丁目からの19番電車に乗りかえる。乗るたび回数券を渡しているのは、ふだん自転車で通学しているからだ。

だがゆうべから雪が降りやまず、こういうときは都電に乗ることにしている。

「なあ級長」

本郷三丁目の交差点を渡り、王子駅前行きの停留所のほうへ向かいながら、横沢健太郎が言った。

「なんだい」

「とうとう卒業式ってとこまで来ちゃったぜ。どうするんだよ」

級長は中学の三年間、級長を続けていた。子供がつける綽名《あだな》は案外当てになる。

今日は三月の十四日、月曜日。昭和二十四年である。

バアちゃんはもう学校へは出てこない。中学三年までが義務教育になったのだと言われ、渋々通っていたのだが、素行が悪くて進学の意志がないことがはっきりしていたから、先生たちもはやばやと特別扱いして、とにかく卒業証書をやるから、授業の邪魔だけはするということになっていた。

野沢浩二は生家が万寿庵というそば屋だから、一日も早くそば屋の修業がしたくて、高校へは進まないことにきめている。

「マンジューはいいよな。さっぱりした顔してやがる」

マンジューこと野沢浩二は、へへへ……と人の好い顔で笑うだけだ。

「中途半端なのは俺《おれ》とアカチンだよな」

横沢健太郎が言った。黒い傘が四つ並んで、その傘がもう白っぽくなったが、まだ電車は見えていない。

「飴屋とおんなじじゃないよ。俺は大学まで行くんだもん」

行くんだもん、と尻あがりに答え、子供っぽく胸をそらした飯島譲は薬局の子だったから、アカチンという綽名通りに薬科大学へ行くときめている。

「ちぇっ。俺は級長の言うなりに三年間我慢したんだぜ。どうしてくれるんだい」

「講儒舘《こうじゅかん》に残れ。あと三年だ」

級長が飴屋の横沢健太郎に言った。

「なんでだよぉ。あんなインチキ学校」

「ほかに入れてくれる学校なんかなかったぞ」

「試験なんて、俺駄目だもん。きまっててんじゃねえか」

飴屋はふてくされる。電車が来て、四人はさっきのよりだいぶこんだ車内へ体を押しこんだ。

講儒舘大学附属中学校。三年前、彼らがまるで手品のようにあっさり送り込まれたのがその学校である。入るとすぐ制度がかわり、附属中学は附属高校になってしまった。したがって彼らが卒業すると、中学は消滅してしまい、高校だけが残る。

「ところてんじゃないか」

ガタンゴトンと走る都電の中で、吊《つ》り革ならぬ吊り棒につかまった級長が、飴屋の耳もとへ口を寄せてそうささやいた。

「え……ところてん……」

ばかだな、という顔で級長は飴屋をみつめ、苦笑する。

「無試験だよ。あっても形だけだ。白紙で出しても高校生になれる」

「それだよ。高校生になってどうしようってんだい。それが俺には判んねえ」

級長はまた苦笑する。

「それは俺にも判んないな」

「じゃなぜ高校へ進むんだい」

すると飴屋の横で聞き耳をたてていたマンジューが口をはさんだ。

「それは重大な問題だよね。ことに横沢君のような人物の場合は」

「すかした口きくんじゃねえ」

飴屋が気色《けしき》ばむけれど、マンジューは平然としている。

「なぜ青年は学問をすべきか。この疑問を解いたのは俺くらいなもんかな……」

「言ってみろ、マンジュー」

「そば屋に学問は要らねえ」

「ばかやろ」

彼らの前に坐っている中年婦人が、下を向いて肩を小きざみに揺らした。笑っているらしい。

赤門前、東大正門前、農学部前、そして本郷追分町。19番の電車は彼らの話題にぴったりすぎる道を進んでいる。

中年婦人に笑われて、それっきり口をつぐんだ四人は、本郷追分町でおりると傘をさし、雪でびちゃびちゃになった細い道へ入りこむと、根津須賀町《ねづすがちょう》のちょっとした寺の中へ姿を消した。

龍園寺。号は天岳山。臨済宗の寺である。そのあたりは運よく戦災をまぬがれて、昔の家並みを残しているかわり、ばかにごみごみした感じである。

正面の門は左へやや傾き、閉じられているが、潜《くぐ》り戸は外れたままで、通りぬけ自由である。

その門の内側右手に椎の巨木が一本立っており、正面の本堂そこのけの偉容を示している。屋根つきの渡り廊下でつながった左隅の建物が庫裡《くり》のようだが、渡り廊下の柱に外側から材木を打ちつけて、それを支えにトタン屋根のバラックを建ててましてあるところなどは、禅寺らしい気品もなく、かなり俗っぽい雰囲気だ。

昭和二十一年そうそうに、級長、飴屋、アカチン、マンジュー、バアちゃんの五人がこの龍園寺へ引きとられた。各人の戸籍を復活させ、講儒舘へも入れてくれた。

講儒舘は私立高等学校で、学制改革によって大学へ昇格させられたが、附属の中学校は各学年一クラスのみという、いたって小規模な学校だった。

その附属中学が新制度で高校になり、中学卒業をひかえた彼らは、いまだに最下級生なのである。彼らが卒業すると、附属中学はとかげの尻っぽよろしく、切りすてられて消滅するわけだ。

龍園寺と講儒舘のある竹早町《たけはやちょう》とは、直線距離にして二キロに満たない。だから電車を使うより自転車通学のほうがずっと早いのだ。

ルスバンこと中野好伸《よしのぶ》は、自分の家の焼跡に立派な家を建ててもらったから、当然仲御徒町のその家に住んでいるが、そこにはニコとゲソも一緒に暮らしている。

龍園寺で面倒をみることができるのは、あの当時五人が限度だったから、ニコとゲソは仲御徒町でお母さんの世話になっている。

ルスバンとゲソは商業学校へ入れられ、ニコは工業学校へ進んだ。ルスバンとゲソには簿記などを学ばせて、将来経理をまかせたかったし、トラックの運転手を父に持つニコはすでにカーマニアと呼べるほどだったので、工業学校へやったのだ。この三人の進路はお母さんの選択である。

だが龍園寺へやられた五人の将来は、どうやら別の者の手にゆだねられているようだ。

講儒舘というのは、その名の響きからも判るように、かなり右翼的な立場をとる教育機関だった。

戦前は儒教教育と少数精鋭主義で知られた学校で、昭和十六年ごろからは、それが生徒たちの顔からしたたり落ちるほどの国粋主義教育に傾いた。しかも漢文、中国語の授業時間が桁《けた》外れに多く、卒業生は大陸に送られて、特務機関員などになる者が多かったという。

敗戦で廃校の運命を辿《たど》ってもふしぎではないその講儒舘が、さりげなく新制度下で高校や大学として生きのびているのに、何やら面妖《めんよう》なものを感じている教育者もあったようだが、押し寄せる民主化の大波に、みな自分の船の舵《かじ》をとるのが精一杯で、ひとのことをとやかく言うゆとりはないようだった。

講儒舘側でもその辺のことはよく心得ているらしく、学生、生徒の規律保持には細心の注意を払い、厳しい指導を行なっていたから、級長や飴屋たちも一般の学校の生徒にくらべると、服装の乱れもなく、模範生然としている。

そこへ持ってきて、龍園寺での生活がまた厳格なのである。住職の理乗《りじょう》和尚は七十余歳の高齢だが、その下に石巻祥雲《いしまきしょううん》という三十男がいて、この男がなぜか各種の格闘技に長じており、級長たちに徹底的に武芸を叩きこんでいる。だから級長たちは毎日道場から学校へ通っているようなもので、そんな生活からバアちゃんが落ちこぼれてしまったのも、無理ないことだと言えば言えよう。

今も下校したばかりの四人は、ボロボロの柔道衣を着て、椎の木のそばへはだしで飛びだしてきた。雪は降りやまず、地面は今にも薄氷が張りそうなぬかるみである。

だが四人の態度は、あまり冷たさ寒さを気にはしていないようだ。めいめい自主的に泥をはねあげ宙を蹴《け》り、空手の型を演じはじめる。もう三年もそんな生活を続けていれば、速く烈《はげ》しく動いたほうが体があたたまって楽になるのを知り抜いている様子だ。

しばらくすると、竹刀《しない》を片手にやはり柔道衣姿の壮漢が庫裡から現われる。それが石巻祥雲だが、そのいかめしい名は本名で、僧侶の家に生まれたが青雲の志に燃えて大陸に渡り、ひと暴れしてきたと自称している。言葉に妙な訛《なま》りがあり、茶道の心得もある一風変った男である。

祥雲が近づくと、四人はさっと散って彼をとり囲む。

「今日は下がぬかっとる。すべってころんだがてや、竹刀が飛ぶさかい覚悟しとかんにや」

飴屋が右の爪先《つまさき》を使って、安全な間合いから泥をはねあげた。祥雲は顔をそむけたが、額と左の頰のあたりにその泥が当たった。

「いいぞ。勝つためにはなんでもせい」

祥雲が褒《ほ》めながら右手の甲で左の眼の辺りを拭《ぬぐ》ったとき、右後方から級長が跳《は》ねた。蹴りを狙《ねら》ったのだが、級長の足が伸びたときには祥雲の体はもうそこにはなく、左側にいたアカチンの肩へ竹刀を当てていた。打つのではなく、肩へ竹刀を押し当てたあと、ぐいと下へ押しつけたのだ。

その力でアカチンは泥の中へ片膝《かたひざ》つき、蹴りを狙った級長は、着地するなりすぐあとずさっている。

「飯島はもう死んでもうた」

祥雲はそう言いながら元の位置へふわりと戻る。泥のひとしずくもその足は跳ねさせていない。

マンジューが小石を拾って投げた。祥雲が竹刀を動かしてそれを受けたとたん、四人が同時に祥雲に飛びかかった。祥雲は体を半回転させて、飴屋と級長をしたたかに打ち据《す》えたが、マンジューがその背中へ飛びついた恰好になり、祥雲が上体を前へ倒すと、マンジューはたかだかと宙を飛び、一回転して泥の中へバシャッとあお向けに落ちた。同じように飛びついたアカチンは、辛うじて祥雲の胴の辺りに手をかけたものの、腰をひねられて目標を失い、ほとんど同時にマンジューのそばへつんのめった。

攻撃した四人とも泥の中に這《は》いつくばっている。飴屋は胴を、級長は太腿《ふともも》を打たれてころがったのだ。

しかし、あおむけになったマンジューは、泥の中から上体を起こして、

「エヘヘ……」

と笑った。

「やっつけたぞ」

四人は泥の中から立ちあがる。四人とも陽気な笑顔になっていた。

「いいぞ、マンジュー」

飴屋が泥まみれの手を叩く。祥雲の喉首《のどくび》が泥でよごれていた。

「糞、やられたか」

祥雲もそのよごれに気づいたらしく、苦笑して喉の泥を左手で拭った。マンジューが刃物を持っていたとすれば、祥雲は喉を搔《か》き切られたことになるわけだ。

「今日は上出来やった。風呂沸かしといてやったさかい、すぐ入れ。ただし、風邪引かんとけよ」

四人は姿勢を正し、いっせいに頭をさげる。

「ありがとうございました」

四人は庫裡へ走り去り、祥雲は一人で竹刀を振りはじめる。

「よし、行け」

「ちょろいちょろい」

「作戦成功だな」

四人は庫裡の土間伝いに風呂場の前で泥んこの柔道衣を脱ぎ、すっ裸になって風呂場へ入る。

「畜生、熱いよ、これ」

「断水だぞ。水なんか出やしねえぞ」

温かい湯気の中で、かえって悲鳴をあげている。去年から給水事情が悪化して、一日に二時間くらいしか水道の水が出ないことも珍しくない。台風による洪水騒ぎのせいだというが、どうやら沸かしすぎで、祥雲の善意が裏目に出たようだ。

仲御徒町《なかおかちまち》

仲御徒町二丁目に、中野忠雄という表札を掲げた木造二階建ての家がある。中野忠雄はルスバンこと中野好伸の父親の名で、戦災による一家全滅を信じたがらない彼は、家族が全員顔を揃えるまでその土地を守り抜こうとしていたのだ。

　それがはからずも級長たちのグループに加わり、お母さんとボーヤこと吉野静子、啓子の母子《おやこ》に出会って、とんとん拍子にそこへ家が建つことになったのだ。

　とは言え、昭和八年七月七日生まれだから、まだ満十五歳と六ヵ月の中学三年生では、そんな家を維持するどころか、自立さえおぼつかない。

　土地は唯一の生存者である中野好伸が相続した形になったが、吉野静子が設立した株式会社吉野商会が管理していて、ルスバンは綽名《あだな》通りまだ仲間のニコやゲソと、お母さんがでかけたあとの留守番役を果たしている。

　そのルスバンがゲソと一緒に商業学校から戻り、ニコも工業学校から帰ってくるとすぐ、お母さんが出かける仕度をはじめた。

　二階から、紺絣《こんがすり》のもんぺ姿に黒っぽいショールをかけて、ボストンバッグを手にしたお母さんが降りてくると、ルスバンが目を丸くした。

「そんな恰好《かっこ》でお店へ行くの……」

「今日はこんなお天気ですものね。お店へ行ってから着がえるの」

　お母さんはボストンバッグをちょっと持ちあげてみせた。

「あ、そうか……びっくりしちゃったよ」

　ゲソとニコが顔を見合わせる。

「そう言えばそうだよな。俺たちもびっくりしなくちゃいけねえんだ。ルスバンて、よく気がつきやがるよなあ」

ニコが言い、ゲソが真顔でうなずくのを見て、お母さんが笑いだす。

「楽しいわね、あんたたちといると。今日はライスカレーにしておいたわよ。福神漬もちゃんと買ってあるし」

「うん、学校から帰ったらすぐ匂いで判ったよ。お母さんのカレー、旨いからね」

「晩ご飯は六時よ。判ってますね」

「うん」

茶の間で三人同時にうなずいた。

「あ、高下駄出してあげる」

ルスバンが腰を浮かせると、台所から啓子が顔をつき出して、

「ボクがもうしといた。爪皮《つまかわ》もちゃんとかけてあるもん」

と言った。

「女の子でしょ。そんな話しかたはもうやめなさいって言ってるのに」

「よそではちゃんと喋《しゃべ》れるわ。でもうちじゃ女の子らしくしてると、こいつらに負けちゃうんだもん」

「あ、こいつらだってさ。お母さん今の聞いた……」

「行ってきますよ。ちゃんと鍵をかけてね」

「はあい」

「いってらっしゃい」

家の中に子供たちの威勢のいい声が響きわたり、お母さんが玄関の戸をあけると、チリリンとガラス戸の上にとりつけられた回転式のベルが鳴った。

「いってらっしゃい」

四人はもう一度声を揃えてお母さんを送りだし、ルスバンが玄関へおりて錠をかけた。

「こんな雪の日でもお客来んのかなあ」

ゲソが心配そうに言う。

「寒いからそこ閉めちゃえよ」

ニコがルスバンに言い、ルスバンは玄関と茶の間の仕切りの障子を閉めた。その茶の間には、四角い板の上に置いた練炭火鉢《れんたんひばち》があって、それにかけた薬缶から湯気が出ている。

ボーン、ボーンと柱時計が五回鳴る。

「あと一時間か」

ニコが言った。

「今日は寒いから早寝しちゃわねえか」

ゲソが提案すると啓子が口をとがらして、

「だめっ」

とゲソを睨《にら》んだ。

「ライスカレー、早く食べたいんでしょう」

「あったりぃ……」

ゲソは畳の上へひっくり返って言う。ついでに右足を左の膝の上へ乗せ、両手を頭の下で組む。

「あいつら何してるかなあ……今ごろ」

ニコがつぶやき、

「石頭にぶん投げられてるさ、きっと」

と、ゲソが言う。

「石頭じゃないわ。石巻さんよ」

啓子がたしなめた。

「左巻きだよ、あいつ」

「あ、言ってやろうっと」

「ボーヤ、それだけはやめて」

ニコはふざけはじめる。

「告げ口されたら俺が竹刀《しない》でひっぱたかれちゃうよ」

ニコはそばにあった新聞紙を丸めて筒にすると、

「こうやってさ」

と言ってゲソのおでこを叩《たた》いた。ゲソは痛くも痒《かゆ》くもないという顔で、

「雪が降ってるもん、稽古《けいこ》は休みだと思うな。泥んこになっちゃうもん」

とつぶやくように言った。

「なあボーヤ」

ニコが立ちあがって窓の外を見ながら言う。

「なあに」

「去年見た〈蜂《はち》の巣の子供たち〉って映画、なんだか俺たちみたいだったよな」

「浮浪児が八人だったから……」

「うん」

「でもあの子たちは広島へ歩いて行ったのよ。似てないわ」

「でも俺、あの映画思い出すと、今でも泣きそうになっちゃうんだよな」

「それなら俺は、もっと前に見た〈長屋紳士録〉のほうが好きだな」

ルスバンがしんみりした声で言う。

「長屋のおばさんが面倒見てやるんだけど、あの浮浪児の父ちゃんが出てきちゃうんだもの」

「そうかな……俺、よく憶えてねえや」

ニコは窓ガラスに顔を向けたまま首を傾《かし》げた。

「あたし、〈シベリヤ物語〉だいすき。も一度見たいわ。総天然色で川やお舟がとっても奇麗だったもの」

「女の子はああいうのが好きなんだ」

啓子はちょっと気色《けしき》ばんでニコのほうを見たが、急に目をそらせて台所へ行ってしまう。

「あの映画、俺たちに似てないかなあ」

「よせよ」

あおむけに寝ころんだままゲソが言う。

「またみんなのこと考えてんだろう」

みんなとは、ニコにとってのみんなだ。つまり肉親たち……。

「この雪のせいだよ。陰気臭くなるのは」

ルスバンは妙に老けた言いかたをした。

「よそうぜ」

ゲソは勢いよく上体を起こし、練炭火鉢のへりに両手を当てた。

「ちゃんとした家《うち》があって、仲間がいてボーヤもお母さんもいるんだ」

「そうだよね」

ルスバンが立っているニコのズボンの尻の辺りを引っ張ってそう言った。

「ちゃんと学校へも行かせてもらってんだしね」

ニコも気をとりなおしたような顔で、火鉢のそばへ坐る。

「もうすぐ卒業式だよな」

「アカチンが大学へ行くのはきまってるけど、級長や飴屋はどうするんだい」

「級長は高校へも行くんだって」

「飴屋は……」

「級長が行けばあいつも行くだろ」

「マンジューは行かないってさ。バアちゃんも行くわけないし」

「結構かかるんだよな」

「何が……」

「ばか、金だよ。高校行くときの」

「だって講儒館《こうじゅかん》はところてんだぜ」

「でもさ、学帽だって新しいのが要るんじゃないのか……いま四百円くらいするよ。英語の辞書は千円以上だしさ、詰襟《つめえり》だって配給のでも六千五百円だったぜ」

「よく知ってんな」

「松坂屋で見たもん」

「そうか……級長と飴屋の二人が高校へ行くとして……」

「アカチンもだよ。三人だ」

「だいぶかかるよな」

「だろ……。だからさ、俺たち中学でやめちゃうんだから、あいつらの分稼いでやんなきゃいけないだろ」

「そうか……卒業したらすぐ稼がなきゃいけねえな」

ルスバンは声をひそめた。

「今までの分だってあるんだぞ」

「今までの分……」

「俺たちのさ。中学だって結構かかるのに、お母さんは八人分、ちゃんとやってくれたんだぞ。中学行ってるあいだ、俺たちは全然稼がなかったじゃないか」

「ほんとだ。食って寝るだけだってええかかりなのによ。うかうかしちゃいらんねえぞ。バアちゃんとマンジューにも声かけなきゃ」

「それで、何して稼ぐ……もう泥棒みたいなことは嫌だよ。闇やるのは仕方ないけどさ」

「そうだな。闇なら普通の商売だもん、平気さ。闇屋に文句つけるお巡《まわ》りのほうが間違ってる。自分らだって闇米食ってやがるくせに」

啓子が台所から出てきた。

「もうご飯にしようね」

「賛成」

三人とも声を揃えて答えた。

「ボクも手伝うからね」

「カレー、あっためるだけでいいんだろ」

「違うのよ。闇屋のこと」

ゲソが笑う。

「聞いてやがったな」

ルスバンは真顔だ。

「ボーヤはまだいいんだよ。一年坊主なんだし、それにお母さんの子供じゃないか」

「やだ。ボクも加勢する。仲間に入れて。もう先《せん》はちゃんとみんなでやったじゃない」

「だめだよ。今はあのころより、うんと取締りが厳しくなってる。地下道の大手入れだってあったし、ついこないだも石鹼《せっけん》横丁が根こそぎやられたじゃないか。ボーヤが闇してつかまったら、お母さん泣いちゃうよ」

「やだ、ボクもやる。仲間に入れてくれなきゃライスカレー食べさせないからな」

啓子はルスバンたちを相手に駄々をこねはじめ、外の物置にいたダルメシアンのルースが心配してワンと吠《ほ》えた。

銀座

有楽町で電車をおりたお母さんは、傘をさして数寄屋橋を渡った。さすがにこの雪では乞食たちも出ていない。

雪が溶けた水たまりが至るところにあって、六丁目の東洋社ビルへ着いたときには、お母さんの足袋《たび》もだいぶ濡れてしまっていた。

ビルの入口のコンクリートの上で、コンコン、と二度ほど下駄の歯を鳴らしてから、赤っぽい灯りのついた地階への階段をおりていくと、だんだん床油のにおいがきつくなってくる。

〈バー・マエストロ〉の床は板ばりなのだ。厚い木の扉があけ放しになっていて、チーフの沢野がもうカウンターの中へ入っていた。

「あら本田君、来てたの……」

お母さんはデッキブラシを奥へしまいに行くバアちゃんのうしろ姿を見てそう言った。

「おはようございます」

沢野が顔をあげて挨拶する。

「おはようございます。今日もよろしくね」

お母さんはにこやかに挨拶を返した。

「お母さんのもんぺ姿見るの、久しぶりだな」

バアちゃんが振り返ってそう言う。

「この雪ですもの」

そのやりとりを聞いて、奥からウエイターの中谷が出てくる。将来はバーテンダーになるつもりで、沢野のそばから離れない二十五歳の青年だ。色白ですらりとした体つきをしていて、角《かど》のない物言いをするから客受けがいい。それがもうディナー・ジャケットに黒タイをつけて、ぴしっとした感じになっていた。

「おはようございます。この雪では大変でございましたでしょう」

「足袋をちょっと濡らしただけ。そうでもなかったわ」

もう一人、沢野とお揃いで黒と緑のブラックウォッチ・タータンのベストを着た男が出てくる。サブの米山だ。三十すぎで沢野に信頼されはじめている。

「おはようございます。マッチが出来上りましたので、本田君が少し運んできてくれました。雪で濡れますので、残りは後日晴れたときに納品するそうです」

米山はマッチ箱を一つお母さんに手渡し、残りを持ってカウンターの中へ入る。去年の秋からマッチがようやく自由販売になっていた。

「なかなかいい出来じゃありません……」

店名と電話番号の入ったマッチを見てから、お母さんは沢野に同意を求める。

「はい。なかなか贅沢《ぜいたく》な感じに仕上っておりますね」

「あたくし、仕度をはじめますので」

お母さんはマッチをカウンターの上に置くと、奥へ入って行った。入口のドアから入ってまっすぐ突き当たりに通路状のへこみがあり、左側はカウンターの中からしか行けない調理室で、右側は掃除用具などを入れる幅の狭い物置とトイレになっている。そして突き当たりにまたドアがあって、PRIVATEと記した細長い金属板が打ちつけてある。

ドアの内部はおおむね物置といった感じで、洋酒のボトルやグラス、リネンなどがしまってあり、その左側の一部が三畳間ほどの畳敷きになっている。つまり更衣室といったところで、畳敷きの境にはカーテンが吊《つ》るしてあり、お母さんがその店のマダムになってから、内側からドアに錠がかけられるようにされた。

「ちょっと灰皿借りるよ」

バアちゃんはそう断わって、一目でリモージュと判る青い灰皿を一枚引き寄せ、カウンターの隅でボンバー・ジャケットのポケットから薄赤い色の袋を出した。去年の夏に売り出されたハッピーの十本入りだ。封を切ってそのタバコをくわえ、ジッポで火をつける。

それを沢野がカウンターの中から、グラスを拭《ふ》く手をとめてじっとみつめている。

「おいしいかね……」

　バアちゃんが沢野と目を合わすと、沢野が静かに訊《き》いた。

「キャメルのが旨い。国産はいけないよ」

「君はもう、すっかりおとなになってしまったんだね」

「別にかっこつけて喫《す》ってやしないぜ」

「そういう意味じゃないよ。ことし中学を卒業するんだろう。あまり早くおとなになるのを見ると、いたましい気がするんだよ」

　バアちゃんは、ふふ……と笑った。

「それでも一つ若く見てるぜ、チーフは。俺、一年落第したんだ」

「それじゃ昭和七年生まれかい」

「ああ」

　沢野の顔が歪《ゆが》んだ。

「外地へ行っててね。帰って来たら誰もいなくなっていた。君は下の子と同い年だよ」

　バアちゃんは、すっとカウンターを離れる。まだ灰皿は汚れていなかった。

「また来る」

　床油のにおいを薄れさせようと開け放しにしてあったドアを、バアちゃんが出がけにうしろ手で閉めて行った。

ギィ、と音がして木のドアがゆっくりと閉じる。

「実の親ならぶん撲《なぐ》ってでもタバコをやめさせてやるんだが……」

沢野は淋《さび》しそうにつぶやいた。

バアちゃんは階段をかけあがり、尾張町のほうへ走りだす。靴はブーツでパンツはまだ目新しいブルージーンだ。

二丁目の裏通りに四階建ての本多ビルがある。上野駅地下道を脱出したお母さんたちが、冬をしのぐために一時借用したのは、そのビルの三階である。

バアちゃんはそのビルへかけこんだ。一階は服地問屋の本多商事で、あの当時の焼けビルがもうすっかり化粧直しをして、外壁は淡いブルーになり、しゃれた感じに生まれかわっている。

その階段の登り口にある案内板には、三階の標示のところに株式会社吉野商会と記されている。

それこそ縁というもので、三年前に級長やバアちゃんたちが寝起きした焼けビルの三階を、その後設立された吉野商会が、正式にオフィスとして借り受けているのであった。

「ただいま」

ん……と前田が生返事をした。来客用の長椅子《ながいす》に寝そべって、大判の雑誌を見ている。わりと薄いが紙質は上等で、新しそうには見えないが表紙はツルツルのピカピカだ。おまけに日本語は見当たらず、横文字ばかりが並んでいる。

「へえ……外国の雑誌か」

「うん」

「なんて雑誌……」

「ヴォーグ」

「面白い……」

「ああ、かなり役に立ちそうだ」

「読めるの……」

「いや」

「読めないのにどうして役に立つんだよ」

「ファッション雑誌だよ。写真を見れば判るんだ」

前田は起きあがり、雑誌をバアちゃんに渡した。

「タバコあるか。切らしちゃったんだ」

「はいよ」

バアちゃんは雑誌のページをめくりながら片手でハッピーの袋を出す。前田が一本抜き取るとポケットへ袋を戻し、手を引き出したときにはジッポをつかんでいて、タバコをくわえた前田へ突き出し、雑誌に目を向けたままシュポッと火をつけてやった。

「こんな雑誌をたくさん扱ってる奴《やつ》知ってるぜ。欲しけりゃ手に入れようか」

「そりゃ好都合だ。バーのマダムだからな。ファッションの知識はあったほうがいい」

「お母さんのこと……」

「ああ」

このころ、高級とされた店の女主人はみなマダムと呼ばれた。感覚的にママとかママさんという呼びかたは蔑称《べっしょう》に近い。GIたちが成熟した女と見れば、相手かまわずママさんと呼び散らしたせいだ。マダムが消えてママが定着するのは、今少し世の中が落着いてからである。

「それならごっそり仕入れよう」

バアちゃんは張り切った様子だ。

「根津や御徒町の連中に連絡してくれないか」

「なんて……」

「当分上野《ノガミ》には近づくなって」

「どうしてだい」

「また放火があったらしいのさ。鑑別所で」

「集団脱走かい。それがほんとなら浮浪児狩りがあるな、きっと」

「だからそう伝えといてくれ」

「よしきた。ここんとこルースにも会ってねえしよ。ルースを連れて根津まで散歩してくるかな」

「行くのはいいが、石巻さんにあまり楯《たて》つくなよ」

そう聞いてバアちゃんはアハハ……と笑った。

「何がおかしい」

「級長と飴屋……それにマンジューやアカチンまで、ここんとこめっきり腕をあげてるんだよ。そのうちあの石頭の野郎もやっつけられるぜ」

「ほう、そんなに強くなったか」

「飴屋と級長はもう俺と五分《サシ》で喧嘩できるな。一度会ってみなよ。いい体になりやがって、もうただのもやしじゃねえや」

「言うな、お前も」

前田は苦笑している。

「でもさ、俺、このロングスカートっての、気に入らねえな。なんだかだらしなくってさ」

バアちゃんの関心はもうヴォーグの写真に移っている。

「お前みたいな年の奴が流行に敏感でなくてどうする」

前田は励ますような言いかたをした。

「だってさ、外人と日本人は体つきが違うじゃねえか。日本人は胴長短足でよ……こんなの似合いっこねえよ」

前田はニヤリとする。

「そう言ってろ。もうすぐお前もそういうスカートをはいた奴に初恋をしかねないから」

「へん、だ。初恋……初恋なんかとっくのとうにすましてらあ」

「初恋をすませたか。ざまみろ、失恋だったんだろう」

「大きなお世話だよ。夜中からなら三コで泊まれて、貸し湯たんぽ代が三十円さ。初恋の奴とはしちゃいけねえんだってよ」

「この野郎、もう通いはじめてやがるな」

「そんなことはどうでもいいけどさ、外を見なよ。まだ降ってるぜ」

「それがどうした」

「なんにも感じねえのか……薄情な兄さんだなあ」

「どういうことだ」

「この雪じゃどこも閑《ひま》だろうぜ」

「あ、こん畜生」

前田は呆《あき》れ顔でバアちゃんの頭をこつんとやった。

「やめてよ……ヘアが崩れるじゃない」

眉毛のないバアちゃんが、気味悪く嬌態《しな》を作る。

「おかままで知ってやがるのか」

バアちゃんは椅子から立ちあがり、ドアのそばに置いてあった傘を取る。その傘は乾いていた。

「おかまは大嫌いだよ。安心しな」

ドアがあくと冷たい風が吹きこみ、その風の勢いでドアが一気に閉じる。

前田は立ちあがり、窓のそばへ行った。しばらくそうして外を眺めていてから、おもむろに隅の衝立《ついたて》の陰へ入ってゴソゴソやりはじめる。長椅子のほうへ戻ったときにはネービーブルーのスーツに臙脂《えんじ》の蝶タイをしめて、きちんとしたビジネスマン風に変っていた。

紙入れの中身をたしかめ、小銭をポケットへ入れ、さっきのヴォーグを左脇に二つ折りにしてはさむと、デスクの上からオフィスのキーをとりあげ、洋傘《こうもり》を持って外へ出てドアに鍵《かぎ》をかけた。

階段をおり、傘をひろげて歩道へ出ると、ビルの前を通って角を右に曲がる。足は明らかに〈バー・マエストロ〉に向かっていた。

ギィ……と木のドアが軽く軋《きし》るのさえ、どことなく高級で粋な感じがする。

「あ、前田さま。いらっしゃいませ」

ウエイターの中谷が出迎える。

「いらっしゃいませ」

カウンターの中でサブの米山が言い、沢野は前田をみつめて柔かく頭をさげる。案の定〈バー・マエストロ〉はまだ客が来ていない。

「こんばんは。さっき本田君がマッチを届けてくれましたわ」

「雪で納品が遅れるって言うもんですから、少しでもと思って彼を使いに出したんです。どうでしたか……」

「とても結構よ」

マダム静子はカウンターのスツールへ腰かけようとする前田のそばへ、店のマッチをひとつ置いた。彼女とチーフの沢野は、前田を客扱いしないように気を遣っているようだ。前田がマダム静子の身内同然であることはほかの男たちも開店以前からよく承知しており、マダム静子は前田から勘定を取るような羽目に陥りたくないと思っているのだ。

「今日は客です。いい酒が飲みたくなりましてね」

ありがとうございます、という目つきで沢野がまた頭をさげた。目でしっかり意味の通じる挨拶ができるのは、よほどの芸である。

「なんでもお好きなものをおっしゃって」

「だめですよ、マダム。今夜は客にしてください。チーフ……ホワイトホースをダブルで」

　そう聞くとすぐ、米山がダブルグラスとオールドファッションド・グラスを手にとった。

「オンザロックで」

　米山がうつむき、カウンターの下でカシャッと氷の音がした。そのあいだに沢野がホワイトホースのボトルを取り、グラスの底の角《かど》をカウンターにつけたまま、左手で僅《わず》かに傾け、琥珀《こはく》色の酒をついだ。

　そのすきにサブの米山が、小ぶりのアイスペールにキューブ・アイスを入れてカウンターの上に出す。たったいま割ったにしては、細氷がまったくないのは、さっと洗ったからに違いない。

　沢野はウイスキーを入れたオールドファッションド・グラスを前田の前へ置いてから、アイストングでキューブ・アイスをつまみ、そっとグラスの中へ入れた。

　前田は顔をあげて沢野を見る。

「どうして氷があとなんです。俺がよく行く店では氷を先にして、メジャーカップに入れた奴をざっとあけるけどね」

「わたしどもが教えられましたのは、氷はお酒に浮き、水はお酒に沈むということでございます」

「ははあ、そう言えばそうだな」

前田は首を傾《かし》げてグラスを横から眺めた。もう氷が溶けはじめ、溶けた水が底へおりて行くのが判る。

「ウイスキーをあとにいたしますと、注《つ》いだときの勢いでどうしてもウィスキーが水とまじってしまいます。オンザロックになさるお客さまは、大方《おおかた》ストレートを冷やして召しあがりたいとお考えのはずですので」

「つまり、あとから注ぐと水割り同然になるということだね」

「あとのほうになりますと、氷も動いて同じようなことになりますが、わたしどももはなるべくご注文通りの味を楽しんでいただこうとするものですから」

「なるほどね。そこへ行くとGIたちが飲《や》っているハイボールなんていうのは、あまりいいウィスキーである必要はないわけだ……」

沢野は微笑して答えない。

「そういうことなら、客としても叮嚀《ていねい》に飲まなければいけないんだ」

客、を強調しながら、前田はグラスをそっと持ちあげてひと口飲んだ。

「いい香りだ」

そう言ってグラスをカウンターに置き、マッチを手にとって尋ねた。

「ところで、以前から知りたいと思っていたんだけれど、どうしてこの店はマエストロという名にしたのかね」

「それはマダムにお尋ねください」

沢野は笑顔をマダム静子に向けた。

「あら、まだお教えしていませんでしたかしら」

「聞いてませんよ」

「それはうっかりしておりましたわ。マエストロというのは、このお酒たちが以前いた場所の名前なんです」

「横浜のホテルですか……」

「ええ。ホワイト・アロー・ホテルの中に、同じ名前のバーがあったんです。ですから……」

「なんだ、聞いてみれば簡単なことなんですね」

「ええ。でもそこはお酒に適《あ》った軽いお料理も出せるバーだったそうですわ。ですからいずれここもお料理が出せるようにと、狭いんですが調理場も作ってありますの」

「レストラン・バーですか。それは贅沢なことですね。でも、今だって充分に豪華ですよ」

入口のドアの左に、ちょっと陰になった感じで一卓、カウンターの中と向き合う形で壁ぞいに三卓、四人がけの席が都合四卓ある。ソファーやテーブルは一目で外国製と判る、猫脚《ねこあし》の重厚なもので、全体の色調は渋くくすんでおり、カウンターやバック・バーも同じ色調に統一してある。照明器具も壁の絵も、それがよく調和して落着いた雰囲気だ。

そしてマダム静子は肩から胸への線が、ゆるく広くえぐれた暗赤色《マルーン》のイブニングドレスを着ている。

どやどやと大勢が階段をおりてくる足音がして、ようやく客の気配に前田がほっとしたとき、ギィとドアがあき、まん丸レンズの鉄ぶち眼鏡をかけた男が、ドアを手でおさえてあとの客を待った。

最初の一人は痩《や》せぎすで険のある目をしており、その次によく肥った狸顔《たぬきがお》の男が現われた。

「あらまあ、ようこそのお運びで……大臣閣下」

「こらこら」

狸顔はさっさと壁ぎわの中央の席へ行って、ずしんとソファーに尻《しり》を沈めた。

「大臣はかまわんが閣下はやめてくれんか、マダム」

続いてあと四人、合計二卓がその男たちに占領される。

「こういう日でもなけりゃ、銀座へも出てこれんよ。マダム、さあここへ来て坐らんか」

狸顔は大蔵大臣である。痩せぎすの男は、顔つきからして内務官僚に違いないと前田は思った。

「しかしここはいい酒を揃えとる……ええ、マダム」

「お褒《ほ》めにあずかりまして光栄でございますわ」

「七・五禁令何のことやあらんだな」

昭和二十二年政令第百十八号、飲食営業緊急措置令のことを言っているのだ。

「わが国税当局は、裏口営業中の料亭にきちんと所得税をかけよった。それがまた、まわりまわってマダムの店に流れこむとは、すこぶる愉快な話じゃないか。なあ諸橋君」

痩せぎすの狐眼の男が答える。

「治外法権にあるような店が多々ありますからな。そういうところで堂々と裏口をやって行くからには、税金というよりは一種の特別許可料ですかな」

大蔵大臣は大声で笑う。

「言い得て妙、言い得て妙。特別許可の手数料じゃよ」

前田は胸くそが悪くなってきた。だいいち、税金がまわりまわってこの店に流れるとは、その連中の飲み代が国費でまかなわれるということだろう。

「そろそろおいとまするかな。この雑誌をあとでマダムに渡しておいてください」

前田は小声でそういうと、そっと勘定を払ったあと、トイレへ行くふりをして奥のドアを抜けた。

ウエイターの中谷が様子を察してついてくると、裏口の錠を外して出て行く前田に、

「ありがとうございました」

とささやいてから錠をかけた。

中《ちゅう》っ腹《ぱら》でそんな風に〈バー・マエストロ〉を出た前田は、地階をぐるっとまわって階段をあがりはじめたとき、傘を忘れてきたのに気づいた。

地上へ出ると黒い乗用車が三台並んでとめてあり、雪は少し小降りになっているようだった。

〈バー・マエストロ〉は別にしても、前田はこんな時代に、自分がかなり楽な暮らしをしていることを思った。

巷《ちまた》にはまだ家も職もない浮浪者たちがたくさんうろついている。上野駅地下道の住人は千名から千八百名のあいだと推定され、警視庁は史上最悪の犯罪者源と断定した。関東一円に続発する犯罪の、ほぼ七十パーセントが上野駅地下道を巣にしているというのだ。

その日暮らしの靴磨きたちは、この雪をどう思って見ていることだろう。あす道を歩く人々の靴の汚れを楽しみに眠れる者はそう多くあるまい。銀座の浮浪児たちが言う靴磨《シューシャン》き代は二十円で、大福一個、ビンゴゲーム一回で消えてしまう。

そういう連中のことを考えれば、級長たちはつくづく運がいいと思わねばならない。講《こう》儒館《じゅかん》という学校には幾分キナ臭いところもあるが、横尾常雄を操る者が、あの狸大臣のような権力者の影にいるとすれば、それでこそ級長たちは地下道地獄に堕《お》ちずにすんだのだし、お母さんもまたその影の権力者につながることであれ以下に堕ちることをまぬがれている。

だがそれでいて権力への憎しみは消えない。さっきのような場面にぶつかると、拳銃を持ち出してぶっ放してやりたくなるのだ。

自分の死がみんなの本当のしあわせをもたらすなら、今すぐにでも死んでしまいたい。死ぬ覚悟はずっと以前にできたきり、心の奥底に冷えかたまって消えようとはしないのだ。

極東軍事裁判にも大いに疑問があるし、GIと腕組んで歩くパンパンにも腹が立つ。山口良忠判事の餓死には心そこ泣いたし、帝銀事件には日本人の本性をつくづく疑うだけだった。

俺のこの覚悟は、どんな事に対しても役立たないのか……。前田は雪降る銀座をぐるぐると歩きまわっていた。

頼りない男

雪のあしたは裸虫《はだかむし》の洗濯。……江戸の昔から伝わる言葉だが、あいにくそれが当たらなかったのは、雪のほうがもう一日降り続くつもりだったからかもしれない。

翌日、天からの水は雪の形では地に落ちてこず、東京は小雨になり、お母さんは傘をさして買物に行った。

お母さんが日常の買物をする場所は、もちろんアメ横である。お母さんが上野駅地下道で級長たちとめぐり合い、気をとりなおして新しい人生へ踏み出したのは御徒町の青空市場で、駅前の青空市場と呼ばれる場合もあった。

そこに木造のマーケットが出現したのは昭和二十一年（一九四六年）五月。同年十一月には二棟目ができた。人々ははじめそれを上野の闇市と呼んだが、プロの闇屋のあいだでアメ屋横丁という呼び方がはやり、すぐにそれが世間へひろまって、アメ横と略されるようになった。

仲御徒町四丁目あたりの国電高架線ぞいには、少し遅れて石鹸町《せっけん》、あるいは石鹸横丁と呼ばれる一帯も出現したが、闇の石鹸売りが栄えた期間は短く、やがてアメ横に横流しの米軍物資が出まわり、それが進駐軍放出物資へとつながって行って、アメ横はアメ屋横丁の略かアメリカ横丁の略か、一般には判りにくくなってしまう。

が、とにかくお母さんの買物はアメ横。そこにいた期間は短くても、草分けの一人であることはたしかだから顔も広く、何かと特別扱いされている。

買った物は魚と野菜程度。啓子とニコ、ゲソ、ルスバンの四人の夕食を用意してから、お母さんは銀座の店へ出かけるのだ。

その買物は日常のことだから、特になんということもなくおわったが、傘をさしての帰り路《みち》で、お母さんは珍しい人物にばったり出くわした。

都電の線路を横切って二丁目のほうへ行こうとしていたお母さんは、自分のまん前に立ちどまっている男に気づいて、その男の顔を見た。

「あら……」

お母さんも足をとめる。

「あ、やっぱり奥さんだ。吉野さんですよね。お母さんですよね」

顔に見憶えがあっても、誰だったかよく思い出せないでいたお母さんは、そう言われて気がついた。

「あの、お醬油《しょうゆ》を売ってくださった……」

地面に唐草《からくさ》の風呂敷《ふろしき》をひろげ、その上に級長たちが盗み集めた品物を並べて売っていたころ、毎日となりで自分の身のまわりの品をかたはしから売ってしまっていた男だった。

「いやあ、面目ない」

男は左手をうなじにあてがって言う。

「パンク修理の道具を一式、ただで頂いた奴《やつ》ですよ」

その当時は典型的な復員兵姿だったが、今はいちおう背広らしい服を着ている。しかしその服地はドンゴロスか何かで、上着もズボンも妙にふくらんでいる感じだ。

「どうもその節はお世話になりまして」

お母さんはあらためて礼を言い、頭をさげた。

「とんでもない」

男はあわてて手を横に振る。

「助けていただいたのは僕のほうです」

二人はどちらからともなく、ガードの下に移った。小雨とはいえ、男がコートも着ず、傘も持っていなかったからだ。

「やっぱりアメ横にいらしたんですか。あれ以来ここへ来るたび、僕は吉野さんがいらっしゃるかと探してみてたんですよ。でもどうしてもみつからなくて……よかった、お目にかかれて」

「あの年の冬、あたくしたちもここを離れたんです」

「おや、そうだったんですか。僕は頂いたあの道具で、まる一年なんとか食いつなぎました。来る日も来る日も市川橋のたもとに坐りこんで、パンクした自転車が来るのを待っている生活でしたけどね」

男は恥ずかしそうに、また首に手をあてた。

「まあ、そうでしたの……でもお元気そうで」

「実はあのときパンク修理の道具を見せられて、是非譲って頂きたいと言いましたけど……」

　上野駅から電車がやって来てガード下に騒音が溢《あふ》れ、男の言葉が聞きとれなくなった。それがおさまると今度は目の前を都電が通りすぎる。

「ここじゃなんですから、ちょっとお寄りになりません……」

　二人は無言で騒音のまん中に突っ立っている形になり、ようやく音が静まるとお母さんがそう言った。

「え……この近くにおすまいなんですか……」

「ええ、すぐそこですから。よろしかったら」

「じゃあちょっとご一緒しますか。護衛がわりで」

　男は冗談のように軽く言い、お母さんと並んで道路を横切った。

「アメ横なんて、ついこのあいだまで、警官も一人きりじゃ入って行けなかったような具合でしたからね」

「ええ。でも古い人はみんなあたくしを憶えていてくださいますから、なんとかこうして一人でお買物もできますのよ」

　お母さんはそう言ってから、男の顔をちらりと見た。

「それで、今はどんなお仕事を……」

「いつまでも橋のたもとに坐りこんでいるわけにも行きませんからね。知り合いが町工場みたいのをやっていまして、なんとかそこへもぐりこましてもらいました」

「それはよかったですね」

「いや、うまく行きませんでした」

「どうして……」

「そこの経営者が闇金融に引っかかって、あっという間に会社を潰しちまいやがったんですよ。地道にやっていればどうにかやって行けたものを、詐欺師の口車に乗せられて、高利の金を借りたんです」

「まあ……」

「進駐軍のガソリンの横流しルートがあるとか言われて信用しちゃったらしいんです。現実にドラム缶で十本ほどガソリンが来たんですが、それが餌《えさ》だったんですね」

「じゃあ今は……」

「只今失業中」

男はまた恥ずかしそうな顔で答えた。

お母さんが鍵をとり出して玄関へ近づくと、男は愕然《がくぜん》としたように足をとめた。

「ここですの」

「まさか……」

信じかねる風で、木造二階建てのその家をしげしげと眺めている。

お母さんは玄関の戸をチリリンとあけ、

「どうぞ」

と振り返った。

「あの、これ……吉野さんの……」

男は玄関の表札を見てほっとしたようだ。

「中野……違いますよね。やっぱり」

男はそう言って微笑する。

「吉野さんのおうちかと思っちゃったんですよ。……ああびっくりした」

お母さんは笑いながら家の中へあがる。

「さあどうぞおあがりください」

「じゃあ失礼します。失業者だもんで、実は閑《ひま》をもて余しているんです」

「まだ誰も帰って来ていませんので……」

お母さんは買物を台所に置くと、あがりかまちに腰をおろしている男を見て、

「あら、そんなところで。おあがりくださいな、いまお茶をいれますから」

と言った。

するとは男は立ちあがり、靴を脱ぎながら家の中を眺めまわしている。

「新築ですね」

「二十一年の春に建ちましたのよ」

お母さんは練炭火鉢《れんたんひばち》のそばへ座蒲団《ざぶとん》を一枚置き、そのついでに火鉢の底近くについている吸気口の小さな戸を開くと、立ちあがって窓の戸の鍵をあけて、窓を細目に開いてから火鉢のそばへ戻る。

「どうぞお楽になさってください。練炭ですからね。気をつけませんと」

細くあけた窓のほうへちょっと顔を向け、言い訳のように説明した。

「ここはどなたのおすまいなんですか。ずいぶん立派な家ですけれど」

「いいえ、立派なんてそんな……昔ならごく当たり前の普請《ふしん》ですわ」

「そりゃそうでしょうが、今は時代が違いますよ。本普請じゃないですか。バラックだってままならないご時勢なんですよ」

男は少しむきになっている。

「羨《うらや》ましいというより、なんとなく不合理だって感じがしますね、僕らには。いったいどんな人なんですか……表札にあった中野って人は」

お母さんは口に手を当てて笑い出す。

「あ、いかん。もしかして、吉野さんは再婚……」

お母さんはいっそう笑う。

「嫌ですわ。あたくし、再婚なんかしませんわ。それどころじゃありません」

「いや、思わず失礼なことを言ってしまったんではないかと……ああ助かった」

「あたくしが戦災孤児の仲間だったこと、ご存知でしたかしら……」

「ええ、なんとなく。あいつら、醬油を運んだり、吉野さんのまわりでチョコマカしてましたからね」

「あの時の子供たちの一人が、ここの地主なんです」

「え……」

「以前ここには和菓子屋さんがあったそうです。でもそれが三月十日に焼けてしまって、その家の子供一人だけが生き残ったんです」

「はあ……」

男は要領を得ない様子だ。

「その子が中野という姓なんです。家族が全滅したということを信じられなくて……きっと信じたくなかったんでしょうね。それで、みんなが帰って来る時まで、自分の家の土地を守り抜こうと、一人きりで頑張っていたんです」

「じゃあこの家はどうしたんですか。誰が建てたんです……」

「あたくしです。正確にはあたくし一人の力じゃないんですけれど」

「その子に建ててやったんですか」

「その子はこの土地の正当な相続人ですから、地主というわけです。可愛い地主さんに土地をお借りしたのがあたくしというわけなんです」

「それじゃあ答えになっていませんよ。僕が知りたいのは……本当に吉野さんがお建てになったんですか……」

「ええ」

「資金はどうしたんです」

「子供たちとあたくしが力を合わせて稼いだんです」

「どうやって……」

「闇で」

「でも、二十一年の春に建てたとおっしゃったじゃありませんか」

「ええそうですよ」

お母さんは、どちらかと言えば気の弱そうな、文学青年風のその復員兵をからかって楽しんでいるようだ。

チリリン、と玄関の戸があいて、

「ただいま」

と啓子の声がした。チリリン、と戸がしまり、ランドセルを背負った啓子があがってくる。

啓子は神妙な顔で、ランドセルを背からおろして畳の上へ置くと、正座して両手を畳に

つき、

「いらっしゃいませ」

と挨拶した。

「お子さんですね。あのころは男の子みたいに坊主頭で……大きくなりましたねえ」

「啓子、このかた憶《かし》えてる……」

啓子は首を傾げて男をみつめた。

「はじめのころ、地面に風呂敷をひろげてお商売してたでしょ。そのときおとなりにいたかたよ」

「あ、ご本の好きな人……」

「やあ、思い出してくれたね。どうもごぶさたしました」

男は啓子に向かってぺこりと頭をさげる。

「さっき駅のそばでバッタリお母さんと出会っちゃってね」

啓子はどうしていいか判らず、困ったようにお母さんの顔を見た。

「二階へ行ってランドセルを置いてきなさい」

「ルースのお散歩、していい……」

「雨が降ってるでしょ、まだ」

「もうやんだわ」

お母さんは窓の外を見た。完全にやみはしないが、霧雨になっている。啓子はランドセルを持って二階へあがった。練炭火鉢にかけた薬缶の口から湯気がふきはじめた。お母さんは立ちあがって茶簞笥《ちゃだんす》から急須や湯呑みを出してお茶の仕度をはじめ、男はまた家の中を眺めまわす。

「ガード下で何かおっしゃいましたわね。電車の音でよくは聞こえませんでしたけど」

「ああ、パンク修理の道具のことです。あれを見て僕は目の色を変えたと思いますよ。そうじゃありませんでしたか……」

「さあ、どうだったかしら」

「もう売る物がなくなってしまってました。だからあれを見たとたん、これがあればなんとか食って行けるって思ったんです。だから夢中で、是非僕に譲ってくださいとお願いしたんですが、実は一銭だって持ってはいなかったんです。吉野さんに醬油を売る手伝いをすれば代金は要らないと言われたときは、本当にほっとしたんです。そして事実僕は、あれで一年間食いつないだんです」

お母さんはお茶をいれて、茶托《ちゃたく》にのせた茶碗を男のそばへ置く。

「そんなにたくさん、パンクした自転車がやってきたんですか……」

「ええ、一時間に一台や二台はありましたね。十台直せばなんとか食って行けました。おんなじ奴が何回も来たりするんですよ。常連みたいにね」

「日本中がボロボロになったんですね。自転車のタイヤまで」

「ええ。でもいつの間にか、橋の向こう側にも同業者が現われてたんです。だから僕は下りの自転車専門になっちゃって」

「下りの自転車……」

お母さんは声をあげて笑った。

「閑な時は本を読んでました。パ、ン、ク、って書いた旗を立ててましたからね。客は向こうから勝手に来てくれるんです」

「でも、ご本はどうなさったんですか。毎日読んでいらしたのなら……」

「本なんか買えやしませんよ。イモとスイトンを食うのが精一杯です。蔵書はマルクス著作集という奴の第二巻から第四巻まで三冊きりで、そのほかにはコンサイスの英和が一冊きりです」

「毎日それを……」

「ええ、繰り返し繰り返し、おんなじ本を読んで、倦《あ》きると英和の辞書ですよ。Aから順に……これは長持ちします。マルクスなんかよりずっとね」

お母さんはまた声をあげて笑った。

「とてもご苦労なさったみたいですけれど、こうしてお話をうかがってると、羨ましいくらい気楽な生活のようにも思えますわ」

「AとかAAAとかいう文字に続いて、英語の辞書で最初に出てくる単語は何か、ご存知ないでしょう」

「ええ、知りませんわ」

「アードヴァークです。AARDVARKです。なんとこれがツチブタのことなんです。蟻《あり》を常食としてる奴です」

「AARONかと思いましたわ」

「あ、吉野さんも英語を……」

「いえ、なんとなく憶えていただけですのよ。アロンはモーゼのお兄さんでしょ」

「凄《すご》い。じゃあ最後は……」

「存じませんわよ、そこまでは」

お母さんは笑う。

「ザイマージー。ZYMURGY、醸造学です」

「英語の先生におなりになったら……」

「発音とか会話が全然だめなんです。僕は実戦向きじゃないんですね。だから軍隊へ行っても敗けて帰るし、平和が来たって金儲けもできない。でも吉野さんは闇市であっという間にお金を稼いだ。……僕が道ばたにしゃがんでパンクした自転車が来るのを待っているあいだにね。そうなんでしょう……」

「あたくし一人の力じゃありませんのよ。あたくしには八人の戦災孤児がついているんです」

「でも、みんなまだ子供じゃないですか」

「子供でも生きる意欲は大変なものですよ」

お母さんは、男をたしなめるように言った。はじめて年下の者に対する表情を見せたのだ。

「僕だって生きる意欲はありますよ。敗けたついでにこんな日本じゃなくしてやろうと思って、代々木の共産党本部へ行ったりしたんですよ」

「まあ……」

「でも、しばらく入口を見物して帰って来ちまいましたけどね」

「どうしてですの」

「勇ましそうな顔した連中が出たり入ったりしてるのを見たら、なんだか知らないけど面倒臭くなっちゃいましてね。あそこにも軍隊と同じ階級みたいなものがありそうだと思っちゃったんです。軍曹と新兵……そんな身分の差は軍隊で嫌という程見せられましたから。どうやったら自分が一番うまく生きて行けるのか、まだ判らないんです。貧しいのは平気だけど、理由もなくばかにされるのは嫌だなあ」

「誰だってそうじゃありません……」

お母さんは男の茶碗に茶を注ぎ足した。

「どうも、恐縮です。おいしいお茶ですね。ところで今はどういうご商売をなさっておいでなんですか」

「バーです」

「え……酒場ですか」

男はうれしそうに手を打った。

「そいつは凄いや。で、場所は……この近所ですか……」

「銀座ですの」

「銀……」

男は顔を赤くして言葉に詰まった。

「銀座でバーを」

「お酒のほうはどうなんですか。お強いの……」

「いえ、全然だめなんです。体質なんですかねえ」

「あら……あたくしうっかりしてましたわ」

「なんですか」

「あなたのお名前、忘れてしまったみたい。憶えてるとばっかり思ってたのに」

男は首を傾げて考えこむ。

「いや待てよ……僕は自分の名をまだ一度も吉野さんに言ったことがないようですね。いや、たしかにそうだ。言っていませんでしたよ。これは大変失礼しました。僕は桜井三郎といいます。よろしくお願いします」

お母さんは再び楽しそうに笑った。

マルクスと札束

桜井三郎は仲御徒町の家で食事をした。時間としてはだいぶ遅い昼食で、桜井は散々遠慮してみせたが、お母さんに昼食抜きで痩《や》せ我慢しているのを言い当てられ、恐縮しながら出された物を全部奇麗に平らげた。

その間にお母さんは子供たちの夕食の仕度をすませ、二階へあがって出かける準備にとりかかった。

チリリン……。

「ただいまぁ」

まずニコが学校から帰ってきた。

「おかえんなさい」

唄うように答え、茶の間を台所からスキップして通り抜けた啓子が、玄関でニコに小声で言う。

「試験だったんでしょ」

「うん」

「遅いじゃない。試験の日はお昼でおしまいでしょ」

ニコは唇に人差指を当てて、シーッと言う。

「なに見てきたの……」

啓子はニコが学校の帰りに映画館へ行ったのを言い当てたようだ。

「秘密だぞ」

「黙ってるからあとでお話しして」

「うん」

「なんて映画……」

「〈哀愁〉」

「よかった……」

「よかったよ。お客さまかい」

「そう。みんな知ってる人よ」

「え……誰……」

ニコは茶の間へあがった。

「お邪魔してるよ。憶えてるかい」

桜井が言った。ニコは照れ臭そうな顔で黙っている。

「お醬油を売ってくれた人。まだマーケットが建ってない時に」

「あ、キッコーマンのときの……」

「そうだよ。久しぶりだね」

二階からお母さんが尋ねている。

「誰が帰ってきたの……」

「ニコちゃん」

啓子が甲高い声で答えた。

「ニコ……綽名《あだな》だね」

「浮浪児してたときタバコが好きだったからよ」

啓子が桜井に教える。

「へえ、もうタバコ喫《す》ってるのかい。よくないぞ」

「だいじょぶ。背が伸びないといけないから、ずっと禁煙してるの」

「禁煙はよかったな。そうか、ニコチン中毒のニコか」

桜井はおとなのくせに、気《け》おされたような目でニコを見た。詰襟《つめえり》の襟フックと第一ボタンを外したニコは、なみの中学生よりだいぶふてぶてしく見える。一見してかなりの不良だ。

「お母さんは事務所にご用があるから早く出かけちゃうんだって」

「ルースの散歩は……」

「まだよ。お留守番がいなくちゃいけないでしょ」

「あいつ、きのうも散歩させてもらえなかったんだぜ」

ニコは上着の内ポケットからセルロイドの筆箱を出して茶簞笥《ちゃだんす》の上にひょいと置き、窓ぎわへ行って外を見た。試験だけで授業がなかったから、カバンは持って行かなかったらしい。

「あ、あいつ」

ニコはあわてて窓をあけた。冷たい風がさっと吹きこむ。

「バアちゃん」

バアちゃんは物置のところにしゃがみ、ルースの頭を抱きかかえて、うっとりと頰《ほお》ずりしていた。

「よう」

バアちゃんが頰ずりをやめて答える。ルースは身も世もないといった感じで激しく尾を振り、体をよじって寝ころびかけている。

「なんだい、今日は」

ニコに尋ねられ、バアちゃんはやっと用件を思いだしたというように立ちあがると、ルースのそばを離れる。ボンバー・ジャケットの内側からキャメルの袋を出し、軽くひと振りして、飛び出したタバコをくわえる。

「警戒警報だ」

窓のところへ来て桜井の姿を見たが、無表情でジッポに点火した。

「警戒警報って、なんだよ」

ニコが尋ね、バアちゃんが煙を吐きながら言う。

「また鑑別所に火をつけやがった」

「いつ……」

「きのうだ」

「集団脱走だな」

「当分公園《ヤマ》や地下道には近寄るなよ」

「判った。狩込みか……危《ヤバ》いな」

ワン、とルースが吠《ほ》えた。

「ボーヤ、ルースと龍園寺まで行くぞ。来るかい」

「行く」

啓子は即座に答え、バタバタと階段をかけあがる。

「お母さん。ボク、バアちゃんと根津へ行ってくるわ」

階段の途中で啓子が甲高くそう言うと、お母さんは今の下のやりとりを聞いていたらしく、

「バアちゃんの用がすんだらすぐ帰ってくるのよ」

と答える。

「それから、お休みはいつからいつまでだか聞いてきてね」

「はぁい」

啓子は階段をおりると、

「ニコちゃん。お留守番お願い」

と言って茶の間を飛びだし、運動靴をはいてチリリン、チリリン、と玄関の戸をあけてして出て行った。

「おいバアちゃん。これボーヤに渡して」

ニコは茶の間の壁にかけてあったボーヤのハーフコートを掴《つか》んで叫ぶ。バアちゃんが引っ返してきてそれを受取った。

「早く帰っといで」

ニコはそう呶鳴《どな》り、ルースをつないだ鎖の端を持って、勇み立ったルースに引っぱられるようにして去るバアちゃんを見送った。

ニコが窓をしめたとき、お母さんが二階からおりてきた。

「騒々しかったでしょう。何かというとあんな調子ですよ、この家《うち》は」

微笑するお母さんを、桜井はポカンとしてみつめていた。みとれていると言ったほうが正しいような表情だ。

お母さんは薄化粧をして、冬物のスーツを着ている。見るからに柔かそうな髪をやや長めに伸ばし、ゆるく波うたせている。

男も女も半狂乱の乞食めいた姿で街を歩きまわり、それが少しも変でなかった時代は過ぎようとしていた。少しでもゆとりらしいものが生じれば、人は身なりに気をつかいはじめる。だが時代はまだ明らかに過渡期で、カーキ色や国防色で塗り潰された反動から、色彩のどぎついファッションがよろこばれ、フレーム・レッドとかビリヤード・グリーンの衣裳をまとったパンパンたちが、そうした潮流の先端にいた。

髪型も電熱を用いたいわゆる電気パーマが全盛で、髪を思い切りチリチリにちぢらしてしまい、髪油を多量に使って仕上げるから、ウエーブは鋭角的で遠目にも油っこい感じに見えた。

だがお母さんの髪型は、ゆるくゆったりと波打っていて、流行のよりははるかに自然でのびのびとしており、そのゆるやかさが神秘的ですらあった。お母さんはコールド・パーマができる美容師と知り合いなのだ。

桜井もはじめからお母さんが美人であることは認めていたはずだ。しかしそれは多分和風のイメージで、洋装したお母さんの姿などは想像もしなかったことだろう。

だからうつけたように見とれてしまったのだ。そんな美女が自分の身近にいるのが信じられないといった風情なのである。

「お待たせしました。さあ参りましょうか」

「え……は……どこへです」

「おひまだっておっしゃったじゃありませんか」

お母さんは微笑して桜井をみつめ、桜井は眩しそうに目をそらした。

「じゃ、とにかく」

桜井はあいまいに言って立ちあがる。お母さんはベージュのコートを腕にかけ、それとほとんどそっくりの色のハンドバッグを持って玄関へ出た。玄関で桜井に洋傘《こうもり》を一本預ける。

二人が外へ出ると、下校してきたゲソとルスバンの姿があった。

「あら、お帰りなさい」

「ただいま」

「もうお店へ行くの……」

二人とも襟のフックを外している。

「ええ。事務所に用があって早目に出かけます。あとは頼みますよ」

「はい」

とルスバンが答え、ゲソが桜井をみつめている。

「このかた憶えてる……」

「醤油の時の人じゃない……」

ゲソが自信なさそうに言うと、ルスバンが指をパチンと鳴らした。

「そうだ、あの時の人だよ」

桜井の右手がほとんど無意識にこめかみのあたりまであがった、敬礼の形である。

「よく憶えててくれたね」

「忘れないさ。あれがきっかけでツキがまわったんだもん」

「だいぶ儲けたそうだね。で、中野君というのはどっち……」

「俺」

ルスバンが右の人差指を鼻の先へ持って行く。

「そうか、君が中野君か」

お母さんが歩きはじめ、桜井はあわててそのあとを追うが、一度振り返って二人に洋傘《こうもり》をあげてみせた。

「この次ゆっくり話をしよう。じゃあな」

ルスバンとゲソはそれを見送り、

「なんとなく青瓢簞《あおびょうたん》みてぇ」

「兵隊の恰好してたときのほうが頼りになりそうだったな」

と感想を一致させた。

チリリン。

「バアちゃんが来たぞ」

茶の間でニコが言う。

「ルースとボーヤ連れて龍園寺へ行っちゃったよ」

二人は靴を脱ぎ、下駄箱へしまった。

「あん畜生、相変らずだな」

ゲソがそうつぶやき、ルスバンが茶の間へ入って訊《き》く。

「哀愁、よかったか……」

「まああだな」

「試験は……」

「関係ねえよ。三年の最後の試験でおっことす先生なんていやしねえさ」

「それもそうだ」

ルスバンは笑ってカバンを置き、練炭火鉢のそばへあぐらをかく。

「バアちゃん、何か用事かい」

「鑑別所にまた火をつけた奴がいるんだって」

「集団脱走か」

そういうことになると、ツーと言えばカーである。

「うん」

「上野《ノガミ》は危《ヤバ》いな」

「それを言いに龍園寺へ行った」

「そりゃ上出来」

ゲソもルスバンのとなりに坐って言う。

「すぐ春休みだもん。あいつら、ずっと猫かぶってるし、羽根のばしたいだろうからな。上野公園《ヤマ》や地下道へ行きたがるかも知れねえ」

「俺たち、早く集まって相談しなきゃいけねえんだぞ。バアちゃんが帰って来たら、あの話をしようよ」

「うん。でもさ、そのことだけど、あっちで相談持ちかけるのは、マンジューだけにしといたほうがよくないかな」

ニコは用心深い顔でそう言った。

「どうしてだい。級長と飴屋とアカチンは仲間はずれにしちゃうのか……」

ゲソが不服そうにニコを睨《にら》んだ。

「そんなわけねえだろ」

ニコもふくれつらになる。

「級長と飴屋とアカチンは、高校へ行くんだぜ。特に飴屋にこの話を聞かせたら、それじゃ高校はやめたって言い出すだろう。違うか……」

「そうかも知んないけど、どうやって稼ぐかだってまだきまっちゃいねえんだぞ。級長と飴屋に知恵出してもらったほうがいいだろうよ」

彼らは中学を卒業したら、なんとか自力で金を稼ぎ出そうと考えているのだ。それも、闇屋《やみや》か何かで荒稼ぎがしたいのだ。


お母さんと桜井三郎は地下鉄のホームへおりている。

「なるほど、地下鉄なら銀座へ通うのもわけないんですね」

桜井は上野広小路と書いた標示板を見ながら、感心したように言う。一種の照れかくしなのだ。そばにいると、お母さんが男女を問わず、電車を待つ人々の視線を集めているのがよく判る。そのお母さんのエスコート役に見える自分が、得意でもあり照れ臭くもあるらしい。

「それで、これからまっすぐお店へ行くんですか……」

「その前にお引き合わせしたい人がいるのです」

「いつも地下鉄で……」

「いいえ、国電を使ったり都電で行ってみたり、その都度様子を見て……時間や曜日によってこみ具合が違うんです」

　ゴーッという音が近づいて、電車がやってきた。そうこんではいないが、車内へ入ると桜井は息苦しくなるほどお母さんに接近してしまう。

「こんでますね」

　自分の胸とお母さんの肩がくっついてしまったことを詫びるように、桜井は不必要なことを言った。

　末広町、神田、三越前……。

「どんな人ですか、これから引き合わせていただく人は」

「お仕事、探していらっしゃるんでしょう」

「ええ」

「どんなお仕事があなたに適《あ》うのか判りませんけど、とりあえずのことならなんとかなると思うんです」

「それはますます恐縮してしまいます……ありがたいのは間違いないんですが、自信がなくなって来ますよ。自動車の運転くらいしか自信のあることがなくて」

日本橋、京橋……。

「あの家に少しお邪魔していただけで判ってきましたよ」

「何がですの……」

「吉野さんの実力がです。僕なんか本当に薄っぺらなんですね。吉野さんご自身もですが、あの子供たち……。圧倒されちゃうな」

「桜井さんがあの子たちにですか」

「ええ。ことに窓の外でタバコを喫ってた子。あれは何者なんですか」

「ああ、本田君ね。あの子はちょっとこわい感じでしょ」

「貫禄みたいなものがありましたよ、たしかに。ほかの子供たちよりは少し上なんでしょうね」

「ひとつ上です」

「たったひとつ……」

銀座で二人は地下鉄を降り、GIがたむろする服部時計店前の階段から地上へ出た。

バアちゃんが戻ってきた。ルースの鎖は啓子が握っていて、二人とも汗ばんでいる感じだった。

「バアちゃん、来いよ」

窓から首をのぞかせてルスバンが言う。

「何か用か」

「相談があるんだよ。家《うち》ん中へ入らないか」

「お前が出て来い。俺は暑いんだ」

「ちぇっ、あんなこと言ってやがら」

ルスバンは首を引っこめて窓をしめ、すぐ木のサンダルをはいて、ゲソやニコと勝手口から出てきた」

「駆け出して来たんだろう。見ろ、ルースがへばっちゃってるじゃないか」

「ニコ。キャメル喫うかい」

タバコをくわえたバアちゃんが言う。

「誘惑したって引っかからねえよ。禁煙してからもう二年以上たってるんだ」

「じゃポンは……」

「ヒロポンか。嫌《や》なこった」

「用ってなんだい」

「俺たちもう卒業だろ」

「うん」

「学校出たらうんと稼ぎてえんだ。だって、学校へやってもらってたあいだ、なんにもしてねえんだもんな」

「何して稼ぐ……」

「それをバアちゃんに相談したいんだよ。級長たちは高校へ行くんだしさ。お母さんにそうそう苦労させちゃいらんねえだろ」

「級長に飴屋にアカチンか。アカチンは大学まで行く気だからな」

「だろ。だからせめてあいつらの分くらい稼いでやらねえとさ。お母さんのことだから、俺たちの将来を考えて、堅いところへ就職させちゃうに違いないんだ。でもそれじゃ稼げねえ」

「たしかにそうだな。でも、むずかしいぜ、こういうことは」

「弱気なこと言うなよ。頼むからさ」

三人は真剣な顔でバアちゃんを見守る。迂闊《うかつ》なことはできねえぞ」

「とにかくおとなが相手だからな。迂闊なことはできねえぞ」

バアちゃんもその気になったようだ。

本多ビルの階段をお母さんが登ろうとしている。

「吉野商会……吉野商会ってまさか……」

桜井の声が階段の中に響く。

「ええ。あたくしたちの会社ですわ」

　桜井がなさけなさそうな声で、つぶやくようにぼやく。

「僕が橋のたもとでマルクスを読み返しているうちに、吉野さんは立派な家を建てて子供を八人学校へやって、株式会社までこしらえちゃったわけですか。僕はばかですよ。なんていう甲斐性《かいしょう》なしなんだ」

「ここですよ。お入りなさい」

「がっくりしました。今日という今日は」

「あ、いらっしゃい」

　前田英治が椅子を離れてお母さんを迎えた。

「ゆうべお店に傘を忘れたでしょう」

　お母さんはそう言って、あとから来た桜井の手から、前田の傘を取り、ドアのそばの壁に立てかけた。

「どうせ吉野さんはこの会社の社長なんでしょうね」

　桜井はぼやきの続きをやっている。

「そうですよ」

　前田がそう答えてから、お母さんを見た。

「この人は……」

お母さんは笑いだした。噴きだすという感じだ。

「はじめまして。僕、桜井と言います」

桜井はクックッと笑い続けているお母さんをうらめしそうな目で見ながら、やけくそ気味な勢いで自己紹介をした。

「ごめんなさい。だって桜井さんがあんまりおかしなことおっしゃるから」

お母さんはハンドバッグをあけてハンカチをとりだし、その端を品よく目尻にあてがっている。

「前田さん、あたくしたちがお醤油を売った話、ご存知でしょ」

「ええ」

「このかたは、そのときあれを売るのを手伝ってくださったかたなのよ」

「ああ、そうでしたか。まあそこへおかけください」

前田はソファーへ桜井を坐らせ、お母さんはそのあいだにコートを脱いで、古めかしい木製の帽子掛けへそれを掛けた。

「前田さん、コーヒーはもうないんですか」

「ありますよ、まだ」

お母さんが湯沸室へ入ろうとすると、前田があわててとめた。

「いいんです。俺がやりますから」

前田がお母さんを押しのけて湯沸室へ入ってしまう。

「二十年の冬から二十一年の春にかけて、あの子たちとここに住んでいたんですのよ、このビルもまだ焼けたままで、窓も何もありはしませんでした。床に簀《す》の子《こ》を敷いて、窓にベニヤ板を貼って……そう、このストーブは、あのころのままですわ」

「この冬は上野の凍死者もめっきり少なくなったそうですが、あのころはひどかった。毎年百人以上が凍死してた。はやばやとこんないいところへ脱出できてよかったですよ」

「ええ、幸運でしたわ」

前田が出てきて、自分のデスクの椅子に腰をおろすと、四角い箱についたハンドルを握って、カリカリ、カリカリ、と音をさせながらそれをまわしはじめる。

「それ、コーヒーの豆を挽《ひ》く奴ですね」

桜井が訊いた。

「ええ、ずいぶん昔の品ですがね」

「いいなあ……匂いがしてきましたよ、コーヒーの」

桜井は目を細めた。

「前田さん」

お母さんがソファーとテーブルをはさんで向き合う位置に置かれた椅子から、前田を呼んだ。

「はい」

「家《うち》を出るとき本田君が来ました」

「なんだ、ゆうべのうちに行ったかと思ったのに」

「用件は小耳にしましたが、そろそろ電話が必要ですね」

「ほらご覧なさい。贅沢だなんて言ってるから」

「あらためてお願いします。ここと、御徒町と六丁目のお店のあいだは、すぐ連絡できるようにしましょうよ」

「承知しました。なんとかなるでしょう」

「それからもうひとつ」

「なんでしょう」

「桜井さんのお仕事、何かないかしら」

カリカリ、カリカリと音をさせていた前田が、それを聞いたとたんに笑いだした。

「なんだ、そういうことなのか」

前田はコーヒー・ミルをデスクの上に置くと、笑いながら桜井のほうへ行った。

笑われた桜井は憮然《ぶぜん》として前田の動きを見ている。

前田は桜井のとなりへ勢いよく腰をおろし、左手で肩を叩き、右手で握手を求めた。

「お醤油売りのとき差しあげたパンク直しの道具がお役に立ったんですって」

前田としっかり握手した桜井は、すぐ打ちとけた様子になる。

「毎日橋のたもとで坐ってればよかったんです。パンクした奴は、ほっとしたような顔で自分から僕の旗のそばへ来るんです」

「旗……」

「パンク、って三文字を書いた奴」

「君もかなり暢気《のんき》坊主だな。パンクってそれだけか」

「意味が判ればいいんですよ」

「パンクしてない自転車に乗った奴は、君がパンクして坐りこんでるんだと思ったんじゃないかな」

「そういう見方もあるでしょうが、そういう奴らは僕の客じゃないし」

「どこの橋で……」

「市川橋」

「蔵前《くらまえ》通りから行って江戸川を渡る橋だな」

「ええ、復員してすぐは市川にいたんですが、都内へ追い返されましてね。小岩のはずれにある家に間借りしてたんです」

「よく部屋が借りられたな」

「それが、二階の三畳の部屋で、日当たりがよすぎるんです。朝ゆっくり寝てらんない」

「どんな部屋だよ。日当たりがよすぎるなんて贅沢じゃないか」

「ただの三畳間じゃないんです。縦長の三畳間」

「おいおい、ひょっとしてそれは三間《さんげん》の廊下じゃないのか」

「ええ。因業な家主で、廊下までゴザを敷いて人に貸しやがる」

お母さんは笑いこけている。

「でも案外使い勝手はいいんです。一番突き当たりが押入れで、その手前に蒲団敷いて、蒲団の足もとに荷物とか洗面道具でしょ、その次が更衣室がわり。だから階段昇って戸をあけて、服を脱いで、って、手順通りに前進すると蒲団の所へ着くわけです。それに天気のいい日は毎日日光消毒できるから、ノミとかシラミの心配はまずない」

前田は疑わしそうな顔で、桜井の着ているドンゴロスの服を見た。

「マルクスの研究をなさっているんですって」

お母さんがそう言い、前田と目が合うと、ね……と同意を求めるような目つきになった。面白い人でしょう、という程の意味らしく、前田が了解したというように、ニヤッと笑ってみせた。

「いや、研究なんてもんじゃありませんよ。ただパンクした奴が自転車を引っぱってやって来るあいだ、することがないからマルクスを読んでただけなんです。本がたくさんあれば、毎日とっかえひっかえ読んでますよ」

桜井はお母さんと前田の合図に気づかず、本気で釈明している。

「あんたみたいな男が生き残ってくれてて、俺はうれしいよ」

前田は桜井の肩をポンと叩いて言った。

「若い兵隊はみんな蒼白《あおじろ》くなるほど精神を張りつめてた。自分が死ぬしか道はないと思いこんでな」

「前田さんの綽名《あだな》を教えてあげましょうね」

「よしてくださいよ、お母さん」

「是非教えてください」

「カミカゼ、よ」

桜井は驚いた様子で前田を見た。

「特攻隊ですか」

「二度発進して二度とも故障だ。おかげでこうして生きのびてる」

「海軍ですか」

「ああ」

「辛いでしょうねえ、そんなところで生きのびちゃうのは」

桜井は至って素直にそう言った。邪気は露ほどもなく、思ったことをちらりと言葉にしただけなのが、よく感じられた。

「辛かったが、生きる目あてが見つかった」

「なんですか」

「子供たちさ」

「戦災孤児の……地下道にいた」

「ああ。……いけねえ、豆挽くの忘れてた」

前田は自分のデスクに戻る。

カリカリ、カリカリ……。

「ゆうべの雪で思いついたというわけでもないんですけどね」

お母さんが前田に顔を向けて言う。

「はい、なんですか」

「お客さまの送り迎えに、自動車を使っちゃいけないかしら」

「マエストロのお客は上客ばかりですから、悪くはないでしょうね」

「マエストロは57の5757で、電話番号も憶えやすいでしょう。だからお呼びがかかればすぐお迎えにあがれますわ」

「ははあ……そういうことですか。それはいいですね」

「前田さん、何を一人合点していらっしゃるのよ」

「いや、御徒町にも電話を引こうというのと、自家用車のことはつながってるんだなと思ったまでです」

「嫌だわ。前田さん、察しがよすぎるのよ。ええ、実はその通りなの。自動車があれば、家《うち》を出るときからお店の衣裳で出られるわけですしね。それに、前田さんのほうでも自動車があったほうがいいんじゃないかしら」

「そりゃ助かりますよ。ハッタリも時には必要ですからね。金の輸送にも」

「桜井さんは自動車の運転がお上手なの」

「ほう。免許は……」

「あります。運転なら得意です」

豆が挽けたらしく、前田は湯沸室へ行く。ネルの三角袋がその隅に乾してあった。

「どんな車にするかだな」

声がお母さんと桜井に届く。

「ルノー」

桜井が言い、

「だめだ」

と前田が答える。

「お母さんの店には、ゆうべ大蔵大臣が来てた。そういう客の送り迎えだぞ」

どうやら前田はコーヒーをいれながら、桜井と喋っているらしい。

「じゃあ思い切ってパッカード」

「闇屋まる出しだ、あの車じゃ」

桜井はお母さんのほうへ笑ってみせる。

「夢だな、こりゃ。僕はいま夢見てるんだ、きっと」

小声でそう言うと、

「じゃあマセラッティ」

と大声で前田に言う。

「なんだ、それは」

「イタリーの自動車です」

「でかくなきゃいかんぞ。君がショーファーをやるんだから」

「なんですか、吉野さんたちは。みんな英語を知ってる」

「いいじゃありませんか。たった今、あなたの就職がきまったのよ」

「あ、そうか。そうかそうか、そういうわけだ。僕は高級車で東京中を走りまわるんですね。でも、外国製の自動車、高いですよ」

「どのくらいかしら」

「みんな中古です。GHQのおさがりとか、戦前のハイヤーとか。木炭車の改造されちゃった奴も多いんですよ。そうですね、戦前のハイヤー崩れで程度のいい奴……十年か十

一、二年たってる中古車で、噂《うわさ》に聞いたんですが、たしかフォードが百五十万円以上するとか」

「ちょっと取りに来てくれ」

「はいっ」

桜井はソファーからとびあがるようにして湯沸室へ行った。前田はアルミの薬缶をストーブの上に置き、ジュッという音を立てさせる。

カチャカチャ……と両手にコーヒーカップの受け皿を持って、桜井が不器用な足どりでテーブルのほうへ行く。

「落とすなよ」

「…………」

桜井は無事にコーヒーカップをテーブルの上に置き、

「はい」

と、あらためて返事をする。前田は自分のカップとシュガーポットを持ってソファーへ腰をおろした。

「お母さん、どうぞ」

前田はシュガーポットをお母さんのほうへすべらせ、

「ミルクはありませんよ」

と言った。

「いい香りね」

お母さんは満足そうな顔だ。

「たしかに君の言う通り、民間人が外国車を手に入れるとなると、ばかに高くつく。俺のほうのルートでも、一九三六年型のダッジに百六十万円の値がついているそうだ」

桜井は溜息をついた。

「やっぱり夢なんだなあ」

「でもこうなったら自家用車は欲しい。なんとか工夫してみましょう」

「お願いするわ。それから、四人卒業します。本田君を入れると五人になりますけど」

「ニコ、ゲソ、ルスバン、マンジューですね」

「ええ」

「ニコには溜池《ためいけ》の自動車会社を用意してあります。ゲソとマンジューのことはまだきめていませんが、ルスバンはどうですかね。もっと上へやったほうがいいような気がしてるんですが」

「間に合うの、今から……」

「お母さんさえ承知なら、なんとかなります」

「じゃあそうお願いするわね。あたくしも少し考えが浅かったようね。夜学だなんて」

「いや、やる気の問題ですよ。中学から先は、教育機関の水準よりも、当人のやる気のほうが重要だと思いますよ。お母さんはあの子たちにもう少し苦労をさせて、できるだけしっかりした人間に育てようと思っているんでしょう。それは正しいことですよ。書類審査からはじめるようなテストでは、あの子たちのハンデキャップは大きすぎます。今はまだ、片親というだけでもハネてしまう会社が多いんです。ましてみなし児となれば、一流企業は問題外ですよ。裏街道でもいいから、奴らには逞《たくま》しく育ってもらわなくてはね。ただしルスバンのターゲットは経理ですからね。経理士になる試験なら、点さえ多く取ればいいわけで、親が両方いなかろうと、そんなことは問題じゃありません」

桜井はコーヒーを飲みおえ、また溜息をついた。

「大変なことをしてるんですねえ、あなたがたは。八人も九人もの子供たちの将来を考えてやっているなんて」

そのとき電話のベルが鳴った。前田はソファーから立ちあがり、自分のデスクの受話器をとった。

「はい吉野商会です。……あ、俺だ。なに……キャラコ……綿ネル……綿ばっかりだな。どういうことだい。……ああ……ああ……いいとも。金、どうする。持って行こうか。……急なんだな。ちょうど社長も来てるし、すぐ決裁はもらえるよ。……うん、……うん……判った。待ってるぞ」

前田は受話器を置くと、メモしていた便箋を破り取って、それを手にお母さんに言う。

「商売です」

「どなた……」

「それが、横尾なんです」

「綿ですって」

「ええ。とりあえず貨車一輛《いちりよう》分だそうです。例によって内容は雑多らしいんですが、手付金が要ります」

「おいくら……」

「今晩これから、百万ちょっきり」

「そう。横尾さんならかまわないでしょう」

ソファーでそのやりとりを聞いている桜井の目玉が、くりくりっと大きく動いた。

「桜井君、手伝ってくれないか。初対面そうそうで仕事とは申しわけないが」

「はい、いいですよ」

桜井は立ちあがる。

「そうだ」

外の通りに面したほうへ行きかけた前田が、急に足をとめて振り返る。

「一方的にきめてすまん。わが社の社員として働いてくれるかい」

「もちろんですとも。よろしくお願いいたします」

「運転手をやらせることになりそうだが、それでもいいかい」

「よろこんでやらせていただきます」

「月給なんかはあとでじっくり話し合うことにしよう」

「はい」

「そこの小さいボール箱を取ってくれ。小さいあき箱があるだろ」

「これですか」

「うん、それを二つ、いや三つだな」

「はい」

「この上の箱をどけて、このマル印のついたボール箱を下へおろすんだ。手伝ってくれ。ちょっと重いぞ」

「いいですか……せえの……よいしょっと」

「これでいい。どけた箱を元通りにしてくれ。軽いよ、それは。ガーゼが入ってるだけだ」

「ねえ前田さん」

「なんだい」

「貨車一輛分って言いましたよね」

「うん」

「鉄道の……線路を走ってるあの貨車のことですか」

「そうだ」

「すげえ取引をするんですね。しかも手付金が百万だなんて」

「百万は重いだろう」

「重いでしょうね。百円札で一万枚ですからね」

「君がいま持ったのが百万の重さだよ」

「え……」

「ほら、ボール箱の中を見ろよ」

「わ……さ、札束じゃないですか」

「ひと束二センチ五ミリくらいかな。十枚で千円、百枚で一万。それが百束だから積み重ねると二メーター五十になっちゃう。こんなばかげた世の中があっていいのかよ」

前田は憤ったように言い、高さ五十センチほどのボール箱から百円札の束を取り出して、小さいボール箱へ移して行く。その箱の厚さは十センチそこそこ。幅が三十センチ強で、長さは約五十センチ。

それへ百円札の束を二十束ずつ二列に並べると、ひと箱でちょうど四十万円入るようになっている。ふた箱で八十万円だ。三箱目は二十束が一列だけ。

四枚の蓋板《ふたいた》を互い違いにしっかり組み合わせてから太い紐で縛り、それを三箱入口のほうへ移したところで桜井はまた溜息だ。

「札束を持ち運びし易いように分けて梱包《こんぽう》するなんて、考えてもみなかったなあ」

この時期、インフレの進行で一部の社会では百万円単位の取引が珍しくなくなっていた。しかし通貨は百円と十円。あとは五円と一円と五十銭と十銭があるだけだ。

青い千円札が発行されるのはこの翌年の一月七日だし、茶色い五百円はもう一年あとの四月二日である。

ちなみに一万円札の発行は昭和三十三年（一九五八年）十二月一日で、同年同月に完成した東京タワーは、一万円札時代のシンボルとして見ることができる。

いずれにせよ、昭和二十三、四年は、通貨の面から見ても過渡期であった。

横尾の車がその札束と前田を迎えに来たのは七時近かった。紐をかけた札束入りのボール箱を、前田が二つ桜井が一つ持って階段をおり、お母さんがドアに鍵をかけて最後におりて行った。

前田はその車で走り去り、桜井はお母さんを六丁目まで送って、〈バー・マエストロ〉の前で別れた。

だがその二人も、前田が拳銃をしのばせて出かけたことには全く気づいていなかった。

もちろん、横尾と一緒ならそんな物を使う必要はないはずだったが、前田には平和と馴れ合う気持が薄かったのだ。

京都

その料亭は戦前から入口が九つあるなどと噂されている。

西の隅の建物が川に接しており、南に面した庭園の外はその川の河原である。

北側は森で、その森は広大な寺院の境内と接しているから、開口部は東側だけだ。

それに加えて一般道路から東の正面玄関までは、神社の参道を思わせる長い直線の進入路で左右に見事な植込みを配し、とてものことに下男下女、雑用の者などがそこを歩くさまは考えられない。

となると、魚介類その他を搬入する者の出入口や、職人、女中などが通う道はどこにあるのかなどと、そのことが口さがない庶民の想像をかきたてて、いつの間にか出入りの場所が九つもあるという噂になったのかも知れない。

しかし、ならばその料亭が、しばしば密会の場として用いられるのはなぜだろう。そのように用いる者の多くは、貴人、高官と呼ばれる人々である。

内部の廊下も曲折が複雑で、時には大小の短い階段によって上下させられる。音に聞こえた大広間があり、人知れぬ風の小部屋も数多い。

今もどの入口を使ったのか、そのような小部屋の一つに二人の人物が、仔細《しさい》ありげに密談を交わしていた。

床柱のやや斜め前に置かれた厚い座蒲団に坐っているのは重藤正広である。朱塗りの卓をはさんで対座するのは多和田礼三。

ほかに人はなく、多和田の背後にある雪見障子の外からは、意外な近さで川のせせらぎが聞こえてくる。

「儂《わし》らの構想が実行に移されれば、もう二度と革新勢力がこの国の政権の座につくことはなくなるのだ。二十年の八月から三年と七カ月ほどで、事実上この国は膝を屈した敗者の姿勢から脱したのだよ。多和田はボクシングはどうだ。たまには見ることもあるだろう」

「ええ、ときどきは」

多和田はそう答えて自分の盃に銚子を傾ける。この二人の間では献酬《けんしゅう》がない。互いに手酌というのがきまりのようである。

「ボクシングにたとえれば、カウント・フォーというところかな」

重藤は笑った。

「日本人は敗れたことがないのでうろたえただけだ。儂が言った通りになったではないか。デトロイト銀行の頭取がそうしろと言うなら、言う通りにしようではないか。儂はみんなにそう言ってある。逆らうな。彼らには儂らが必要なのだとな。彼らは日本を必要としている。これはひとつの真理だ。彼らに日本は潰せん。これをひとつの原理としてすべてを考えて行けばいい。その原理に従って、ドッジを利用すればよいのさ。国民は戦いに敗れたという衝撃からまだ醒《さ》めてはおらん。GHQを恐れている。まるで祟り神を恐れるようにな。ドッジはその祟り神の託宣を伝えているのだ。同じことを現政権が言い出したらどうなる。租税負担を所得の三十パーセントまで引きあげる。インフレーションを終息させるために、一時的にデフレーションの苦さを味わわせるだろう。こう言っただけで大騒ぎになる。だがドッジが言ってくれるなら話は別だ。ドッジの言葉はGHQの意志だ。日本政府は国民と共にそれを受入れる苦痛を互いに耐えるのだ。この苦痛は敗戦の苦痛なのだとな。だからその苦痛の根源はどこにあるのか。二十四年度予算だ。超均衡予算なのだ。すべての政府支出を収入と等しくする。それが超均衡予算だ。支出と収入が等しければ債務は増えるはずがない。債務を支出の一部に加えて、その都度収入と均衡させれば、債務は減少し、やがて消滅する。苦い薬だが経済自立という健康を取り戻す妙薬なのだ」

重藤はすでにだいぶ盃を重ねていることもあって、常になく多弁だ。成功を祝う酒に酔っている様子が見える。珍しいことだ。

「あの頭取はわれわれにとって、招かれざる客だと思うか……」

多和田は自分が質問されたのを悟って盃をおき、僅《わず》かに姿勢を正す動きを示した。

「こういう話をお聞かせいただかねば、まさかと思うでしょう」

「まさか、か」

重藤は愉《たの》しそうに笑った。

「そう思わねば、これほどうれしく酔うものかよ。ここでみずから招き寄せた刺客だと悟られれば、われわれは膝を屈した姿勢をあと十年以上も続けなければならん。ここで原理を思い出してもらわねばならんな。彼にわれわれを潰すことはできん。それができんのなら、あの頭取はわれわれに招き寄せられたことを、決して他に洩《も》らすことはできんのだ」

多和田は重藤にこの料亭へ来るよう指示された時から、何か重要な問題について命令があるのだと思いこんでいた。

この小部屋へ通されたとき、重藤はいなかったが、しばらくして現われた重藤は明らかに微醺《びくん》を帯びていて、料亭内の別の宴席から移ってきたのがはっきりと判った。

それでも多和田はまだ、重要な指示が出るものと思っていた。ここは秘密の会合には非常に都合のいい場所で、よほどマークされていない限り、特定の人物たちが一室に集まって密議を凝らしたことが外部に洩れることはないのである。

だからそんな場所で会うのは、重藤が機密保持に気を使っている証拠で、密談の内容も最高機密に属するものだと思っていたのだ。

だが実際にこうして会った重藤が口を開けば、ただ延々と自画自賛の弁が続くだけなのだ。

たしかにそれは、人に聞かれてはならない事柄ではあるが、きわめて高度な機密保持を要する時にしか使われないこうした超高級料亭を、自画自賛のために使うのは妙なことだ。重藤がその欲求を自制すればすむことではないか。

重藤の内部に何か変化が起きている。……多和田はその時そう確信した。

「ひょっとすると、それは西ドイツを経由した働きかけではなかったのですか」

重藤が言葉を切り、盃を口に運んだとき、多和田は勘を働かせてそう尋ねた。

「さすがだぞ、多和田。鋭い男だな。あの男は西ドイツの通貨改革を立案し、成功させた。だが米国内でも、わが国の経済再建にあの頭取を起用しようという動きはなかったのだ。西ドイツ経由。まさしく今の指摘通り西ドイツから儂らは事をはじめた」

多和田は妙な気分だった。たしかに自分は重藤側近の一人ではあったが、同時に重藤の数多い手駒の一つに過ぎないということも充分自覚していた。そしてそれに満足していた。重藤は帰国以来ぐんぐん勢力をひろげていたからだ。彼が大きくなれば自分も大きくなれる。大陸における黒岩財閥の陰の統括者として暗躍していた重藤が、敗戦を見越してはやばやと帰国し、戦争終結で混乱する政局の裏面で急速に勢力を拡大して行ったとき、多和田はその重藤を補佐しながら、これこそ自分が望んだ生き方だと感じていた。

重藤は意志の強固な男だった。彼は自分の意志を貫く手段として権力に接近し、それを利用する。彼は生まれながらの傀儡師《くぐつし》で、決して表面へは出たがらない。自分が選んだ者を王位につけ、その王に自分の理想を託して人々を導かせるというのが重藤のやりかただった。

そしてそれは多和田自身の生き方でもあった。これから起こることの筋書を熟知し、その筋書に沿って、舞台にあがった人々を動かすというのは多和田にとっていかにもやり甲斐《がい》のある仕事だった。

しかし今夜、重藤は自分のなしとげたことや自分の力について、執拗なまでに自画自賛している。それは権力の美酒に溺れて傀儡師の本来を忘れ、みずから舞台にあがって踊る姿ではあるまいか。

もちろんいま、多和田に重藤をおしのける力はない。重藤がいなければ何ひとつ出来ないのは充分承知している。しかし何かがほんの少し動いたのはたしかだった。

そのとき多和田は、ずらりとつらなる傀儡師の列を見たように思った。操る者が操られ、それがまた操られて際限もない列を作っている。

重藤はアメリカ政府内におけるドッジ起用の経緯《いきさつ》を、得々として喋《しゃべ》っている。

「そのうちアメリカは、わが国をパートナーと呼びはじめるに違いない。この世界に中国とソ連という二つの大国がある限り、彼らはそうせざるを得ないのだ。と、なれば、中国が原爆を持つことは、われわれにとって正しいことになる。そうは思わんか」

「おっしゃる通りかも知れませんね。そうです、アメリカにとって、日本は極東における防共事業の共同出資者になるわけです」

「パートナー。相棒という意味だ。相棒と呼ぶ仲ならば、お互いの家にも気安く出入りするようにならなければいかん」

「ええ、そうです」

「そこでわれわれは通商産業省を設置することにきめた。単一為替レートを実施するということだ」

「やはり三百六十円ですか」

「その線でかたまった。これはもう確定事項と考えて動いてくれてよろしい」

多和田は声を出して笑いたいのをこらえ、やんわりと微笑した。

なぜジョセフ・M・ドッジが来日したかは、たったいま重藤の口から聞かされるまで知らなかったが、単一為替レートがいくらになるかは、このところ彼らの最大の関心事だったからだ。

輸入原料への依存度が高い製鉄業などは、レートの設定が低く抑えられると立ち行かなくなるし、高ければ輸出に頼る繊維業界などが参ってしまう。

筋書を先に読まねばならない多和田にとって、為替レートがいくらになるのかを知ることは、生死にかかわる重大事だった。

彼は自力でその数字を探りだし、懸命に対策を講じてようやくひと息ついたところなのだ。重藤の命令を先どりして、なすべきことはすべてやりおえてしまったのである。

「価格差補給金を含むすべての補助金が廃止や大幅削減になったうえ、一ドル三百六十円ときては、八幡《やはた》も富士もあったものではない。残された道はただ合理化あるのみだ。アメリカ側は儂の言う原理を、さっそくみずから証明してみせたぞ」

「なんですか、それは」

「ＵＳスチール社を知っておるな」

「ええ」

「彼らはみずから、そのＵＳスチール社から人材を派遣してよこすと言い出した。同時にこちらの鉄鋼技術者を調査団として受入れてもよいそうだ」

「造船はたしか、大型船のレートが一ドル五百四十六円でしたかな」

「あの業界も円安のうま味はなくなった。復金融資も打切られるしな」

「どうしのぐ気でしょう」

「とにかく借り続けるよりないだろう」

「どこが貸します」

それは多和田独自では見当がつきかねることだった。

「対日援助見返り資金、かな」

重藤は目を細めて盃に口をつけた。

頃合いを見はからっていたのだろう、二人の仲居が酒と料理を運んできた。

そのあいだ多和田は軽い話題を持ち出してつなぐ。

「東京のことですが」

「おお、どうなっとる。未亡人は相変らず元気にやっとるかな」

重藤は箸《はし》を持ち、何の刺身か白身のひときれをつまんで口に入れた。

「あの店へはお歴々が足繁くお通いで」

「そうだろう。しかしもっと大きくしてやらねばいかんな。適当な土地を見つけてうまくはからってやってくれ。年度が変って……そう、早ければ五月かな。七・五禁令が緩むことになっておる」

裏口営業ではなく、飲食店は正式営業ができるようになるということだ。

「未亡人の件はどの程度の規模までよろしいのですか」

「多和田にまかせる。しかし儂の意図に沿っていることが前提だ」

「と申しますと……」

「未亡人は使える」

「………」

多和田は重藤を凝視した。同情や単なる懐旧の念からだけではなく、この男は吉野静子に新しい利用価値を発見したようだ。

「政治家にも実業家にも魅力ある場所を作るのだ。吉野未亡人にそれだけの力量があることははっきりしたではないか」

仲居が退り、襖《ふすま》をしめた。

「東京の情報源として……」

多和田が尋ね、重藤は頷《うなず》く。

「直接未亡人にやらせる必要はないが、多和田の息のかかった者を配置することだ」

「承知しました。ところで、そうなると資金のことで、多少今から手を打って置いてもよろしいでしょうか」

「どうする気だ」

「ドルが三百六十円ということになれば、明日からでも繊維の値がさがります。在庫処理の上からも、今がいい機会です」

「例の綿布のことだな。いいだろう、うまくやってくれ」

「はい」

多和田はさり気なく持ち出したが、その時はすでに東京で横尾が動いていた。前田が本多ビルの三階で札束を数えはじめたのは、ちょうどその時刻だった。多和田は事後承諾をとりつけたことになる。

「どの産業も周章狼狽《しゅうしょうろうばい》するだろう。しかし日本経済再建のためには避けられぬ道なのだ。やがてすべての産業がいっせいに合理化と近代化に乗り出すはずだ。光明はその先にしかないわけだからな。そこで儂らはもう一つの策を講じた」

重藤の声が低くなったので、多和田は本題に入ったのを悟った。

「団体等規正令」

重藤はそう言い、何者かを悼《いた》むような感じで目を閉じた。

「二十一年の勅令《ちょくれい》一〇一号を改正するわけですか」

すると重藤は目を開き、多和田に冷たい目を向けた。

「勅令でやるわけには行かんだろうが」

「ごもっともです」

「こういうことだ」

重藤はつい現われた多和田に対する軽視の表情を素早く消し、柔和な顔になって言う。

「暴力主義的、反民主主義的団体とその運動を禁止するのが規正令を出す目的だ」

「まるで再建同盟のことを言われているような気がします」

「いや、事実日本再建同盟は、その規正令が出たらすぐ解散させるぞ」

「あ、判りました。右も左も等しくという形を作らねばならんのですね」

「そうだ。もっとも、再建同盟などはもうあってもなくてもかまわん存在だがな」

「その法令はどの程度まで規正するのですか」

「政治団体の届出義務を明確にしてある。構成員の登録や機関紙の提出もだ」

「そこまでやれるのでしょうか」

「やる。それを義務づける。また、法務総裁が必要と認めれば、関係者の出頭や必要資料の提出を求めることができる」

「反撥《はんぱつ》がありそうですな」

「あるだろう」

重藤は盃を満たし、銚子を置いてニヤリとしてみせた。

「党勢誇示のため、日本共産党は全党員を登録してくれるかも知れん」

「しかし率直に申しまして、現に炭管で田中角栄《たなかかくえい》が収監されたり、昭電では芦田《あしだ》首相が逮捕されたりしております。厳しくなるのは左右双方ともということではありませんか」

「汚職収賄のことなど考えてはおらん。そういうことはしなければいい。また、そういうことが起きれば国会議員であれ時の首相であれ、徹底的に究明して、法の正義を天下に示せばそれでよい。問題はドッジラインや為替レートの問題から生じる社会のゆらぎを抑えることだ。判るな」

「合理化には人員の削減が不可欠です。今後は労働争議が頻発することになりましょうな」

「団体等規正令の次にあるべきものは、行政機関職員定員法だ。国鉄は早急に日本国有鉄道なる公共事業体に移行されるのだ。定員法による国鉄の整理対象人員は、ざっと十万人に及ぶだろう」

「行政機関全体では……」

「二十八万五千」

「恐るべき数ですな」

「強くあらねばならん。怯《おび》えて二の足を踏む者もいるが、ドッジの場合と同じように、GHQが強権を持つ今のうちにすませておかねばならんことだ。われわれが弱くGHQがなければ、内戦にもなりかねん。そういう状況をみずから作り出し、これを克服するのが真の勇者であり智者である」

多和田は手酌で二杯、続けて飲んだ。重藤は多和田の手が届かないところで、きわめて強力な人員をかかえているのだ。

それは大陸時代からの、重藤の本質とでもいうべき組織だった。少数精鋭の特殊工作員の一団に彼は絶大な力をもって君臨しているのだ。

多和田が姿を見ることができるのは、その中のたった一人だけだ。その男はいま、東京、根津の龍園寺にいて、石巻祥雲と名乗っている。特殊工作のプロたちに何かやらせようという肚《はら》らしい。

「儂にはやりとげる確信がある。もう二度と政権は渡さんぞ。左翼には」

ドン、と朱塗りの卓が鳴った。重藤が拳で叩いたのだ。

多和田は白けた思いになり、それを隠そうと箸を取った。

「懐石料理は残念ながら私の口に適《あ》いません。やはりシナや朝鮮の脂《あぶら》っこいものでないと」

「うん、実は儂もそうだ。少し酔ったらしいな」

重藤は多和田から諫《いさ》められたように受取ったようである。

「だが儂はやるぞ」

打ってかわった柔和な表情と声になった。

「在日本朝鮮人連盟、在日本朝鮮民主青年同盟、在日本大韓民国居留民団宮城県本部。政府はそれらにも解散を申し渡すだろう。そしてこの国は安定し、繁栄するのだ」

二人はしばらく口をつぐみ、それぞれの思いの中で飲んでいた。

「次代をになう者たちの育成にも、そろそろ本腰を入れんとな」

ポツリ、と重藤が言った。

「アメリカ文化への憧れが強く見られますが……」

「かまわん。それはかまわんよ。ほかの国ならともかく、この国は相手の文化を呑《の》みこむだけの底力を持っている。消化吸収し、自分のものとして、いずれ逆に相手を圧倒するだろう。われわれも旧文化に固執しておってはいかんのだ。大陸の文化をとりいれて、漢字をわが物としたようにな。そう言えば、吉野未亡人に慕い寄った少年たちは、なかなか見どころがあるようだな」

「そうですか」

多和田は笑って答えた。このところ横尾にすべてまかせていたから、彼も孤児たちのことについてはうとくなっている。

「講儒館《こうじゅかん》でも模範生で通っているそうだ。あそこで猫をかぶり通しているとすれば、なかなかのものだぞ」

重藤の機嫌がよくなったようだ。

多和田は翌朝、京都駅から東京へ向かった。京都の空は多和田が去ったあともよく晴れていた。

春分の日

仲御徒町の家に、久しぶりで全員が顔を揃えている。三月二十一日、春分の日だ。

「お母さん、今日はどこへも行かないの……」

級長が訊《き》いた。

「ええ。今日はお店もお休みよ」

「違うったらぁ」

　マンジューが甘ったれた声を出した。

「ねえ、みんなでどっか行こうよ」

「それもいいわね。お花見……」

「俺《おれ》たちが揃って上野の山へ行ってどうすんだよ」

　ゲソが口をとがらせ、

「先輩が来たって、大歓迎」

　と飴屋がまぜっ返す。練炭《れんたん》火鉢《ひばち》は台所へ引っこんで、四角い座卓と丸い卓袱台《ちゃぶだい》を並べ、その上に人数分だけコップが置いてある。みんなが飲んでいるのはサイダー。コカコーラなどはまだ世間に現われてはいない。一般大衆がそれを口にするのは、この年の秋、サンフランシスコ・シールズがやってきて、後楽園でジャイアンツと最初の試合をやったとき、場内販売されてからだ。

「〈打撃王〉はあしたっからなんだよな」

　ニコが残念そうに言う。十四日に雪が降ったあと、東京は一気に春めいて、あけ放した茶の間の窓から、柔かい風が入ってくる。

「今日はなんの日だぁ……」

台所から茶の間をのぞいて啓子が言う。ルスバンがそばの柱によりかかっていて、

「春季皇霊祭」

と、だるそうな声で答えた。

「春分の日ですよぉだ」

「どっちみち学校は休みですよぉだ」

「だって春分の日だもん。春季皇霊祭なんかじゃないもん」

「そうだよな。ボーヤのが正しい。ボーヤの勝ちぃ」

アカチンが行司のように言って右手をあげてみせる。

「じゃ、こん次の旗日はいつだよ」

ルスバンがアカチンに言う。

「四月二十九日天皇誕生日」

「あれ、そいじゃ四月三日の神武《じんむ》天皇祭はどうしたんだい」

「ないよ、もう」

「え、ほんとか。ねえみんな、神武天皇祭はなくなっちゃったの……」

「ねえよ、そんなもん。とっくに」

ニコが答える。

「とっくにって、去年は休んだろ」

「お前、神武天皇って本当にいたと思ってんのか」

「そういう風に教わったもん」

「ボクのお誕生日、四月二日」

「ボーヤが生まれた日くらいじゃ学校は休ましてくんないの」

ニコがからかう。

「バアちゃん、来ないかなあ。あいつも来ればいいのに。みんな集まってんだから」

マンジューは残念そうだ。

「さあさあ、みんなどいてちょうだい」

お母さんが台所から出てくる。

「啓子ちゃん。みんなにお皿とお箸《はし》を配ってあげて」

「わ、がんもどきでやがる」

背の高いゲソが、お母さんが持った盆をのぞいて言う。五目寿司とがんもどきの煮つけに、水の入ったコップが並んでいた。

お母さんはそれを持って二階へあがって行った。

子供たちは急にしんとなる。二階でチーンと鉦《かね》の音。

すぐお母さんがおりてきて、

「さあ、行ってらっしゃい」

と言い、台所へ戻った。

二階のお母さんの部屋がきちんと片付いて、二月堂に白布をかけたのを窓ぎわに置き、その中央に台とへリが金色で正面が黒塗りの位牌《いはい》をのせてある。位牌の前には灰のつまった丸い香炉に小さな真鍮《しんちゅう》の燭台《しょくだい》。赤青まんだらの蒲団に載った鉦、そして万年筆ほどの叩き棒。線香の箱がそのそばにあって、位牌の両脇に花が飾ってある。供物はたった今運ばれた五目寿司、がんもどき、そして水。

「級長、行けよ」

そう言われて級長がまず階段を静かに登る。黒く塗った位牌に戒名はなく、上のほうにただひと文字、霊、と金色の字が記してある。

この家ができてすぐ、お母さんがそういうきまりを作った。春秋の彼岸と盂蘭盆《うらぼん》には、みんなが集まってその位牌に手を合わせるのだが、お母さんは春の彼岸にはことに気を遣っている。

本当なら、彼らが死者を偲《しの》ぶ日は三月の十日にすべきなのだ。だが、それではいかにもなまなましい。それは彼らが孤児となった記念日で、戦火に焼かれた親兄弟の命日にも当たるからだ。

級長はその位牌の前で一人きりになり、線香に火をつけ、合掌している。ことにこの日ばかりは、日ごろ頭の隅に追いやっている母親の姿が、大きく泛《うか》んで仕方がない。

轟《ゴウ》……という炎の音。膨れあがる家、はじけるさまがまざまざと思い出される。火達磨《ひだるま》になってなお立ちあがった母親の姿。

「かあちゃん……」

火達磨の母がゆっくりと両腕をあげた。

チーン……。

級長は鉦を叩き、棒を置いた。立ってから目をしばたたいたのは、泪《なみだ》が出ていないかどうかをたしかめたのだ。

「飴屋」

階段をおりて低くそう言う。飴屋はのそのそ階段を登る。

チーン……。

飴屋がおりてきてマンジューが行く。

チーン……。

マンジューの次はゲソ。その次がルスバン。そしてアカチン、最後がニコである。

その順番は子供たちがごく自然にきめた。級長と飴屋は彼らのリーダー格だからさき。あとは誕生日の順だ。バアちゃんがいればアカチンとニコの間へ入る。バアちゃんは昭和七年の十月十日生まれだが、一匹狼的で準会員という趣きがあるからだ。

いつもならそのあと、お母さんは自分が先頭になってはしゃぎ、小遣いを渡して自由行動を許すのだが、今日はそうしなかった。

全員が五目寿司の皿を前に坐ったとき、少し沈んだ表情で言いだした。

「龍園寺の和尚さまのお世話で、墓地を買うことができそうです。お盆にはそのお墓へお参りに行くことになるでしょう。お墓の石になんと刻んだらいいか、まだきめていません。和尚さまにはご相談しましたが、それはみんなが亡くしたかたがたのお墓です。だから石にはその人たちのお名前を刻もうと思っています。正面ではなくて、両脇とうしろにです。少し辛いかも知れませんが、めいめい亡くなったかたのお名前を書いて出してくださいね」

アカチンが教室でするように右手をあげた。

「はぁい」

「はい飯島君」

「いつまでですか」

「今月中にあたくしが集めます。龍園寺の人たちは横沢君がまとめて預ってください」

「はい」

ニコが首をすくめて、

「宿題みてえだ」

と言ったが、誰も笑わなかった。

「正面には何て書くの」

ルスバンが訊く。

「普通のお墓は、先祖代々の墓、とか、ナニナニ家の墓とか書いてあるよね」

マンジューがそう言った。

「上のお位牌みたいにするのかな」

飴屋も真面目な顔で言い、考える様子だ。

「理乗和尚に相談したって言いましたね。和尚はどう書くか返事してくれたんですか」

級長がお母さんに訊いた。

「ええ、これからみんなに見せて、意見を聞こうと思ってたんです」

台所を背にしたお母さんは、少し膝をずらせて茶簞笥《ちゃだんす》の下の抽斗《ひきだし》から、丸めた和紙を取り出して元の位置に戻った。

「啓子ちゃん。あなた立ってこれをみんなに見せてあげて」

「はい」

ボーヤはぴょんと立ちあがり、お母さんが渡した和紙の上端を両手でつまんだ。お母さんが巻き癖のついたその紙を下へ伸ばして行く。

昭和二十年三月十日之墓。

墨痕《ぼっこん》鮮かな筆太の字が一行。

お母さんは紙の下を手でおさえたまま、静かな声で言った。

「お墓らしくないな」

「ルスバンがつぶやく。

「いいじゃないか。ほかに書きようがあるかい」

そう言ったのは級長だった。

「うん。こんなのが出来たらかっこいいな。だってどこにもねえぜ、こんな墓」

「うん、かっこいいや」

「じゃあもう一枚お見せするわね。これは大切にしなきゃだめよ」

お母さんは啓子の手から紙の上端を取って、それを手早く巻いてしまう。

「よければ和尚さまの字をそのまま彫ってもらうんですから」

そう言って今度は、もうちょっと小さい紙を横にひろげて見せた。

誇り高き子等の家族、という文字が左から右へ一行だけ。

「和尚さまは、お墓の両脇やうしろではなくて、もうひとつ石碑を作ったほうがいいとおっしゃってます。これがその石碑の上に来て、この下にこれからみんなが書く人の名前が並ぶのです。縦にね」

「へへ……俺たち誇り高いんだってさ」

「どう思いますか」

と言ったのはマンジューで、

「わあ、また物要りだ」

と悲鳴のような声を出したのはニコだった。

「お金のことは心配しないでね」

お母さんは微笑する。

「よし、これにきめた」

手を鳴らしてそう言ったのは飴屋である。

「おとなになってからめいめいバラバラにするより、今のうちこういう墓たてちゃったほうがいいぜ。あとでする手間は要らねえし。それにその墓は俺たちが仲間だっていう証拠になるじゃねえか」

「シンボルだよ」

アカチンが言った。

「信号の……」

啓子が口をはさんだ。

「あれはシグナルよ」

お母さんが啓子の肩に手をのばして坐らせた。

「シンボルってなんだい」

ニコが訊く。

「あれ、知らねえのか……」

「俺、工業だもん」

ニコはけろりとしていた。

「どうやら意見はまとまったようですね」

お母さんはその紙を巻いて、さっきの長いほうの間へさしこみながら言う。

「はぁい」

全員声を揃えて答えた。

「じゃあ湿ったお話はこれでおしまい。さあ召しあがれ」

「いただきまぁす」

また元気な声が揃った。

「三月十日の墓か……」

「あれ、変な字だったな。よろけてるみたいで」

「ばか、龍園寺の和尚は字の名人なんだぞ」

「習字の先生にあんな字書いて出したら、ペケだろうな」

「英語の墓もかっこいいだろうな」

「アメリカはキリスト教だい」

「ちょっとどけ、この野郎。がんもどきに手が届かねえよ」

「やっぱりお母さんの五目がいちばん旨《うめ》えや」

「どこで五目食ったんだ」

「よせよ、でかい声で」

「〈せむしの仔馬《こうま》〉って映画が来るんだってさ。ボーヤ見に行けばいい」

「いつ封切り……」

「知らねえ。今度ポスターをよく見といてやる」

「どんな映画……」

「ソビエトのだってさ。長編色彩漫画って書いてあったよ」

九人の食卓はにぎやかだ。

そのにぎやかな食事がおわって、ルスバンとアカチンがお母さんを手伝い、台所へ食器を運んでひと区切りついたとき、チリリン……と玄関の戸があいた。

「おう、集まってるな、みんな」

前田だった。紺の背広に空色のシャツ。ノータイで春めいた感じだ。

「お母さん、カミカゼの兄貴」

ニコが大声で告げる。

「前田さんと言え、前田さんと」

前田は茶の間へあがって、ニコの頭をコツンとやる。

「あら、いらっしゃい」

お母さんが台所から言った。前田は茶の間と台所の境の障子のところまで行き、立ったままで、

「ちょっと外へ出てきてくれませんか」

と言った。

「待ってて。すぐ洗ってしまいますから」

前田はそばにいるルスバンの耳を引っぱって立ちあがらせる。

「お前がかわりに洗え。何から何までお母さんにやらせるなよ」

と叱言《こごと》を言った。

「お母さん、行っていいよ。俺やるから」

ルスバンはお母さんのそばへ行ってそう言う。

「替ってくんないと俺、耳を引きちぎられちゃう」

「そう、じゃ頼みますね」

「叮嚀《ていねい》に洗え、割るんじゃないぞ」

「ちぇっ、おやじ気どりでやがんの」

「なんだと……」

前田は台所へ入ってルスバンの後頭部をパチン。

「およしなさい。可哀そうに」

「いいんです。あいつの頭は断崖絶壁で叩きやすくできてるから」

「まあ、おほほ……」

「やだな、お母さん。おほほ、だなんて」

啓子がはやす。

「やぁい、断崖絶壁ぃ」

前田がお母さんに耳打ちする。

「車が手に入ったんです。見てください」

お母さんは目を丸くした。

「まあ……早かったわね。おいくら」

前田は右手をあげて人差指を立て、それから拇指《おやゆび》を折ってほかの指を全部立てて見せた。

お母さんは黙って頷《うなず》く。そのあいだに、開け放しになっていた玄関からバアちゃんが茶の間へのっそりと現われ、それに気付いたみんなはいっせいに拍手をした。

バアちゃんは顎をしゃくってそれに答え、無言のまま二階へあがって行く。拍手が急にやみ、みんなはシーンとなる。

チーン……チチチンチンチン、チーン……。

茶の間に笑いが弾ける。バアちゃんは神妙さを見せるのが照れ臭いのだろうし、下に鉦の音が聞こえるのも判っている。

お母さんと前田は苦笑しながら外へ出た。

「こんにちは」

ドンゴロスの服をふくらませて桜井三郎が黒塗りのダッジのそばに立っていた。

「大きい自動車。近くで見るとほんとに大きな車ね」

「あいつらが二階で拝む日ですからね。景気をつけてやろうと思って、無理して早く引取って来たんです」

「そう、これがあたくしたちの自家用車……」

お母さんはエプロンの端を持って顔に当てた。

「困るな、お母さんに泣かれちゃ」

「地下道にいた時のことを思い出してしまいました。啓子を捨てかけて……級長君たちに助けられて……僕らみたいにまっ黒けになってしまっても、その子といっしょにいてください、って……。忘れませんわ、あの言葉。それがこんな立派な自家用車を持つ身になれるなんて、……あたくしたち、なんて運がいいのかしら」

「これから二班に分けて連中を乗せます」

「どこへ……」

「奴らの家のあった所をまわってやるつもりです」

「大丈夫かしら」

「めいめい一人でちょくちょく行ってますよ。淋しくなる時があるんでしょうね」

「まあ、そうだったの」

「お母さんはそのあいだに、ちょっと着がえておいてください。最後にお乗せしますから」

「どこへ……」

「お見せするものがあるんです」

「いいわ。前田さんのおっしゃる通りにしましょう。そうすると啓子は……」

「第二班です。四谷の若葉でしたね」

「ええ。でもあの子、以前の家《うち》が判るかしら。あの辺り、すっかり変ってしまったそうですし」

「判るでしょう。判らなければ判らないでいいじゃないですか」

「そうね」

二人は家の中へ引き返す。

「おい、お前ら。外へ出ろ」

前田が張りのある声で言った。

「表へ出ろだってさ。まるで殴りこみだな」

そんな声も聞こえたが、ひとたび外へ出てダッジを見ると、ヒェーッと奇声を発して、みんな車に飛びついた。

「何よ、これ。どうしたの」

「借りもんだよ。きまってんじゃねえか」

「進駐軍の自動車だぜ。掻《か》っぱらったんじゃねえだろうな」

みんな車を撫《な》でまわし、かなり興奮している。ステップに足をかけ、

「この方向指示器《アポロ》、変ってるな」

と、商標と器具名を取り違えたところを披露してしまったり、大騒ぎだ。

「みんなこっちへ来い」

前田は玄関の戸を背に、みんなを集合させた。その様子はまるで中学の体操の先生みたいだ。

「聞いてもでかい声出すなよ」

前田は声を低くして言った。

「あれは今日からうちの自家用車だ」

うっ、とみんな奇声が出るのを抑えたから、その場に気合のようなものが溢れた。

「うちの、って……」

　級長が尋ねる。

「お前らもいれば、吉野商会という会社もあるし、銀座の店もある。それ全部の自家用車だ」

「すげえ」

　ニコが唸《うな》った。

「今日は二階で拝む日だし、記念してみんなをあれに乗せてやる」

「ドライブだ、ドライブ」

　ニコは一人一人にそうささやいた。

「一度には乗り切れないから二班に分けるぞ。第一班は飴屋、ニコ、アカチン、それに級長。第二班はマンジュー、ゲソ、ボーヤ、バアちゃん、ルスバンだ。判ったな」

「はぁい」

　ニコは返事もせずにダッジへ走り、ドアをあけて助手席を占領した。

「あいつ、自動車の修理工になるんだ、好きなとこへ坐らせてやれ」

　前田はそう言い、四人が乗り込むと窓の外から桜井に命じた。

「道順はこいつらに聞いてくれ。よく知ってるはずだ」

「え……どこへ行くか聞いてないぜ」

級長が言う。

「顔ぶれを見て気がつかないのかよ。お前らは東組だ」

車の中で四人はお互いの顔をじろじろと見合っている。

「あ、判った。級長は亀戸《かめいど》でニコが町屋《まちや》、アカチンが太平町《たいへいちょう》で俺は浅草芝崎町《しばざきちょう》」

「なんだ、そういうことかぁ」

飴屋が解答をみつけ、アカチンが感心したように言う。

「つまんねえこと考えやがんなあ、前田さんて」

級長は苦笑いしている。

「じゃあ行って参ります」

「大事にころがして行けよ。こいつらより車に気をつけて」

「はい」

桜井は笑ってダッジを発進させる。

「行ってらっしゃぁい」

「バイバイ」

残った者は手を振った。

「つまんねえの」

ルスバンがふくれている。

「どうしてよ」

「だってそうじゃないか。俺ん家《ち》ここだぞ。乗ったって行くとこがない」

「ばっきゃろう。家《うち》を建て直したのはお前だけだ」

「でもさあ」

「ぐるっとみんなが焼け出されたとこを見て来て、終点がお前の目的地だ。上等すぎらあ。文句言うことあるかよ」

「あ、そうか」

ルスバンはマンジューにやりこめられた。

「前田さん」

「なんだ」

バアちゃんは妙に凄《すご》んでみせる。

「一人忘れてるぜ」

「……誰を」

「ルースだよ。あいつの家《うち》は品川だ」

前田は笑い出す。

「ごめんごめん。でもな、犬は抜きだ。勘弁してくれよ」

バアちゃんはニタッと笑い、

「してやる」

と言って物置のほうへ去った。

「ボーヤの家《うち》はどこだったっけ。たしか四谷だよな」

「うん、ボクの家《うち》は四谷区若葉三丁目」

「行ってどこだか判るかな」

「判らい」

啓子は胸を反らせた。

「ちゃんと判るんだもん。学校のそばよ。焼けなきゃその学校へ入ってたのにって、お母さんがそう言ってたもん」

「へえ。なんて言う学校……」

「学習院初等科」

「…………」

尋ねたゲソが金縛りになる。

「そうか、お姫さまなんだ」

「ボクお姫さまなんかじゃないっ」

口を出したマンジューが首をすくめ、ゲソの呪縛《じゅばく》は解けたようだ。

「バアちゃん家《ち》もえらいんだぞ。麹町《こうじまち》四番町だもんな。俺んちは柏木三丁目」

「えらい家《うち》」

「えらくない、えらくない。そば屋のほうがうちよりずっと上さ」

「厭味《いやみ》言うなよな」

横山町のそば屋万寿庵の倅《せがれ》のマンジューが、ニヤニヤしながらそう言った。

夢を見る夜

第一班第二班のドライブが無事におわると、髪を束ねて髷《まげ》にしたお母さんが、地味な紬《つむぎ》に羽織を着てダッジへ乗りこんだ。

「すげえなあ、ほんとに」

茶の間では、ニコが畳の上にあおむけになり、足をバタバタさせながら言う。

「こんなことってあるかよ、畜生め。いつの間にあんな自動車が買えるほど儲けちゃったのかなあ」

するとアルミの灰皿を膝の上に置いて階段に坐りこみ、タバコをふかしていたバアちゃんが言った。

「みんな聞いてくれ」

級長がびっくりして、バアちゃんのほうへ体を向けて坐りなおす。バアちゃんが自分からみんなに向かって発言することなど珍しいのだ。

「あの自動車の値段、いくらだ」

「…………」

「俺、知ってる。内緒だぞ」

みんな黙って頷《うなず》く。

「百四十万」

「マンエン……」

ニコが素っ頓狂な声をあげた。

「百四十万円」

うへぇという声なき声が茶の間を満たす。

「吉野商会、いま稼いでる。でも俺たちも稼がなきゃなんねえ。級長、判るな……」

「俺は高校へ行かなきゃなんないんだ」

さすがに級長は、バアちゃんの言うことの先が読めたようだが、アカチンには皆目判らない。

「なんの話だよ。はっきり言ってくんないか」

「お前は高校出て大学へ行く。薬剤師になれ。誰もそのことで文句なんか言いやしねえ」

バアちゃんはアカチンにではなく、みんなに向かって言っていた。

「うん」

アカチンが頷いた。

「学校へ行くと金がかかる。みんな中学へ三年通った。八人分の掛りだ。高校へ行く奴は手をあげろ」

級長、アカチンがさっと手をあげ、ルスバンが首をすくめて低く挙手した。

「飴屋は……」

「俺、行きたくねえ」

アカチンがむきになって言う。

「行けって言われたろ。級長が行くんなら仕方ないって、そう自分で返事したくせに」

「級長は高校も大学も出とかなきゃしょうがねえ。俺たちの会社の社長をやってもらわなきゃなんねえからな。でも俺が行ってどうなるよ。三年間無駄飯食うだけさ」

バアちゃんはその話を独特のやり方でやめさせてしまう。

ラッキーストライクの袋をひょいと飴屋に放り、

「そろそろ喫ったらどうだい」

と言ったのだ。飴屋はその袋を手に考えている。

「高校へ行くかどうかは飴屋が自分できめる。そうだな、級長」

「まあそういうことさ。今から飴屋が行くって言えば、裏口入学にきまってる」

「あ、やっぱり試験受けてねえのか」

アカチンが叫んだ。

「だから俺、行かねえって最初から言ってんじゃねえかよぉ」

飴屋がとがった声になる。バアちゃんは一つ年上だから別として、乱暴者となるとこの中では飴屋が一番でニコが二番。喧嘩腕力となればそれにゲソと級長が加わる。その点バアちゃんは棄て鉢な度胸だけで、見た目より実際は非力だ。

「学校のことじゃねえ、稼ぐ相談だ」

バアちゃんがそう言ったとたん、飴屋はニヤリとしてラッキーストライクをくわえた。

「おい、マッチ放ってくれ」

飴屋が言い、マンジューが〈バー・マエストロ〉のマッチを投げた。座卓の上に前田が忘れて行ったマッチがあったのだ。

そのマッチを擦《す》って飴屋がタバコに火をつけるのを、全員が見守っていた。

それは高校進学辞退の意志表明であった。飴屋は自分の決断を煙にしてみんなに示したわけだ。

「三年間、お母さんに食わしてもらった」

それに異を唱える者はいるはずがない。

「学校も行かしてもらった」

みんな黙っている。

「借りを返そうぜ」

「よし」

「オッケー」

「判った」

みんなの返事が重なる。

「グレちゃいけねえ。お母さんが泣く」

シーンとなる。

「何をやる気だ」

級長があらたまった様子でバアちゃんに尋ねる。

「闇屋」

「何のだ。つもりがあるんだろうな」

「ある」

「よし、やれ。俺とアカチンは大学へ行く。大学を出たらみんなと合流する。そのほうが役に立つと思うぜ」

自分一人がいい目を見るような気がして、おろおろしていたアカチンの動揺も、それでおさまった。ルスバンも気が楽になったようだ。

「今、うちは純綿をしこたまかかえこんだ」

みんなざわつく。

「純綿か。それなら捌けるぞ」

「ちょっと待て」

飴屋が手をあげて制止した。

「バアちゃん。前田さんが……違う。吉野商会がそれを俺たちに扱わしてくれるのか」

「くれない」

「じゃどうする」

「俺たちが捌く」

「そんなことできるかよ」

「横流しだ」

「吉野商会の品《ネタ》をか」

「商会より儲ければいいんだろ」

「そりゃそうだな」

「どこから仕入れてもおんなじさ。それでまず資金《もと》をこさえる。そしたら横流ししなくてすむ」

「吉野商会の純綿の次は何をやる」

「みんな考えろ。何かきっとある」

「だめだったらどうする気だ」

バアちゃんはクスクスと笑った。

「お母さんの言いつけ通り、就職先で一生懸命真面目に働け。それが嫌ならだめにするな。商会の純綿はすぐなくなるぞ。前田さんがどんどん売ってる。学校が始まるまでだな、横流し出来るのは」

「そんなに急かよ」

みんなは日数が足りないと騒いだ。

「時間かまわずに売るなら誰でも売るぜ」

飴屋が大声で言った。

「俺たちは、誇り高き子等、だぞ」

みんなは笑ったが、飴屋の言葉は一発で要点を指していた。

「策がある」

バアちゃんは短くなったタバコを揉み消して、灰皿を飴屋に渡した。あぐらをかいた飴屋のズボンに灰が落ちている。

「車を運転してた奴、知ってるな」

「醤油売った時の復員兵じゃないか」

ニコが答える。

「あの人、運転うまいよ」

尊敬したらしい。

「桜井さんて言うんだよ」

ルスバンは物憶えがいい。

「あの運公を表に立てるぜ」

バアちゃんはニコと違い、桜井をただの運転手扱いにしている。運転手で運公なのだ。

先生を先公というのと同じだ。

「どうやって表に立ってもらうんだい」

「仲間に入れる」

「だからどうやって」

「俺にまかせろ。それがうまく行かなきゃ、これはお釈迦《しゃか》だ」

飴屋が腕組みをして言った。

「そうだな。運公が途中で荷物をくすねて売っちゃうってのはよくある話だぜ。おんなじことをまとめてやらせればいいわけか」

「そういうこと」

バアちゃんは肩の凝《こ》った中年男のように、首をぐるりとまわして肩をあげ下げしながら言った。

「よし、みんな、運公のことはバアちゃんにまかせよう」

よしきた、オッケーとみんなが張り切ると、バアちゃんがそれに水を差した。

「ニコはだめだぞ」

そう聞いて、ニコはさっと立ちあがる。

「なんでだよぉ」

「お前は溜池《ためいけ》の自動車屋へ行くんだ。前田さんがお母さんにそう言ったってさ」

「…………」

ニコはいきりたったのだが、自分の就職先を知らされてモゴモゴやっている。

「自動車屋になりたくなきゃ、闇屋やればいい」

バアちゃんの言い方はいつもこうだ。ほかの連中と違って、どこか突き抜けたところがある。

「お前は自動車を習ったほうがいい」

級長が裁定を下してけりがついた。ニコはホクホク顔で坐ってしまう。

「ここなんか、どうですか」

山王下から檜町《ひのきちょう》へ向かって入り、ちょっと行って左へ折れた突き当たりの一画だ。

ダッジが穴だらけの道に停めてある。

「儲けが出たら、この土地を押えときましょうか」

「押えるって……できますの……」

「ええまあ。今のうちならね」

「料亭、かしら」

空地である。あたりは建物が密集しはじめ、ところどころにそんな空地が、ぽかんと口をあけている。

「場所はいいですよ。高級なことをやるにはね」

「でも、人をたくさん使わなきゃいけないでしょう」

「それをこわがったらなんにもできません。やるんですよ、お母さん」

「社長、きめたほうがいいですよ。ここはそのうち一等地になっちゃいますからね」

桜井まで本気ですすめている。

「考えてみましょう。だって、今日あすというわけではないんでしょうから」

「そりゃそうです。じゃ、もう一ヵ所」

前田はそう言い、桜井の肩をうしろからつついた。

「ここはいいんだけどなあ。駐車場をでっかく取れるだろうし」

桜井は桜井なりに、目のつけどころが違う。

ダッジは暗くなった町を赤坂見附方面へ進んでいる。

「次はどんなところなの……。さっきの銀座の土地は、何をしていいかあたくしには見当もつきませんでしたけれど、今の場所ならお料理屋さんしかなさそうだわね」

お母さんも夢を持ったらしく、少し弾んだ声だ。

「この次はもう少し淋しい所です」

「どこら……」

「千駄ヶ谷の近くです」

「まあ、そんなところまで」

「大して遠くはありませんよ。新宿御苑は四谷区ですしね」

「でも、そんな所で何を……やっぱりお料理屋さん……」

「次のはうんと広い土地です」

「今のよりも……」

「ええ」

「それじゃ広すぎやしないかしら」

「離れを点々と庭の中に配した営業形態があるんです。そういうのには絶好だと思いますよ」

「なんだかあたくし、こわくなってしまいますわ」

お母さんは本気で少しこわがっているようだった。

彼らにはでっかい未来がひろがっているようだ。夢、希望……お母さんはおとなだから少し恐れたが、少年たちにためらいはない。彼らにはふりすてるべき過去があるだけだった。

（本書は、平成三年七月、集英社から四六判で刊行されたものです）

一〇〇字書評

切り取り線

購買動機（新聞、雑誌名を記入するか、あるいは○をつけてください）	
□（　　　　　　　）の広告を見て	
□（　　　　　　　）の書評を見て	
□ 知人のすすめで	□ タイトルに惹かれて
□ カバーがよかったから	□ 内容が面白そうだから
□ 好きな作家だから	□ 好きな分野の本だから

●最近、最も感銘を受けた作品名をお書きください

●あなたのお好きな作家名をお書きください

●その他、ご要望がありましたらお書きください

住所	〒				
氏名		職業		年齢	
Eメール	※携帯には配信できません	新刊情報等のメール配信を希望する・しない			

あなたにお願い

この本の感想を、編集部までお寄せいただけたらありがたく存じます。今後の企画の参考にさせていただきます。Eメールでも結構です。

いただいた「一〇〇字書評」は、新聞・雑誌等に紹介させていただくことがあります。その場合はお礼として特製図書カードを差し上げます。

前ページの原稿用紙に書評をお書きの上、切り取り、左記までお送り下さい。宛先の住所は不要です。

なお、ご記入いただいたお名前、ご住所等は、書評紹介の事前了解、謝礼のお届けのためだけに利用し、そのほかの目的のために利用することはありません。またそのデータを六カ月を超えて保管することもありませんので、ご安心ください。

〒一〇一―八七〇一
祥伝社文庫編集長　加藤　淳
☎〇三（三二六五）二〇八〇
bunko@shodensha.co.jp

祥伝社文庫

上質のエンターテインメントを！　珠玉のエスプリを！

祥伝社文庫は創刊15周年を迎える2000年を機に、ここに新たな宣言をいたします。いつの世にも変わらない価値観、つまり「豊かな心」「深い知恵」「大きな楽しみ」に満ちた作品を厳選し、次代を拓く書下ろし作品を大胆に起用し、読者の皆様の心に響く文庫を目指します。どうぞご意見、ご希望を編集部までお寄せくださるよう、お願いいたします。

2000年1月1日　　　祥伝社文庫編集部

晴《は》れた空（上）　長編小説

平成17年7月30日　初版第1刷発行

著　者　半《はん》村《むら》　良《りょう》

発行者　深澤健一

発行所　祥《しょう》伝《でん》社《しゃ》

東京都千代田区神田神保町3-6-5
九段尚学ビル　〒101-8701
☎03（3265）2081（販売部）
☎03（3265）2080（編集部）
☎03（3265）3622（業務部）

印刷所　萩原印刷

製本所　関川製本

ISBN4-396-33234-3　C0193

祥伝社のホームページ・http://www.shodensha.co.jp/